空よりも遠く、のびやかに

川端裕人

集英社文庫

目次

序章　雲海を登る　7
第一部　市立万葉高校地学部（二〇一九年春）　12
第二部　スポーツクライミング（二〇一九年夏）　74
第三部　地と知と宇宙（コスモス）（二〇一九年秋冬）　197
第四部　そして時間は動き始める（二〇二〇年冬春）　339
終章　空よりも遠く、のびやかに（二〇二〇年夏）　433
解説　吉田伸子　452

空よりも遠く、のびやかに

序章　雲海を登る

手、というものがある。

左右二本でワンセットになっており、それぞれ指が五本。

そのうち四本は細長く三つの関節を持つため多彩な動きができる。残りの一本は短く太く、二つの関節しか持たないが、他の四本と相対する位置にも動かせるため、摑(つか)む、つまむ、といった動作が可能になる。

おれたちは、この手でいろんなことをやってきた。

保持する、包み込む、押し込む、抱える、引っ張る。書く、食べる、千切る、捻(ひね)る、愛撫(あいぶ)する、手触りを感じ取る。生活の中で、外界に働きかけるとき、そのかなりの部分は手を通じて行う。届くはずもない遠くのものにすら、手を差し伸べては、結局、宙を摑む。

おれは目の前にある石灰岩の壁の表面をまずは撫(な)でる。早朝特有の霧のせいでわずかに湿っており、指先からひんやりとした感触が伝わってくる。

この半年間、おれたちはずいぶん窮屈な空間と時間の中に閉じ込められてきた。感染症の世界的な流行の中で、人と人との接触を制限しなければならず、高校生として当たり前の日常が奪われた。

おれは出会ったばかりの地学を学ぶ機会をかなり失ったし、同時期に始めたクライミングの練習も一時はできなかった。仲間が目指していた国際地学オリンピックは中止になって、本家のアスリートたちのオリンピックも延期された。スポーツクライミングははじめて五輪種目になったのに、目指していた人たちは目標を見失った。狭い空間と時間を行き来するだけの、きのうときょうの区別がつかないような日々が続いた。

でも、今、指先に感じるのは、ザラッ、ギザッ、とした圧倒的な触感だ。もっとも、これを言い始めた花音(かのん)によれば、ギザッではなくキラッが正しい。おれの目には分からないが、花音には地層の中で目当ての部分がキラキラ光って見えるという。

おれはさらに壁面に手のひらを押し当ててから、その周囲を指先でなぞる。鋭い突起に痛みを感じて、ようやく自分があのループする時間から抜け出したことを実感する。

そもそもこの壁は、ものすごく古い時代の海底が地殻に閉じ込められ、長い時間を経(へ)て、ふたたび地上に顔を出したものだ。当時生きていた生き物たち由来のカルシウムがぎゅっと固まってできている。

今からこの壁を登るおれたちがその頃を意識するなら、ここで閉じ込められていたものを解きほぐし、新しい時間の流れを作り出すことができるかもしれない。二億五〇〇〇万年以上も前の生き物たちを、二一世紀の今に召喚するかのように。

おれは大きく深呼吸すると、壁に背を向けて振り向いた。まずはハーネスに結ばれたロープを確認し、そのロープを繰り出しながら確保(ビレイ)してくれる花音と視線を交わしてうなずき合う。体重差がかなりあるため、花音自身も自分のハーネスを介して背後の木に自己確保（セルフビレイ）をしていることを目視で確認。

いよいよ登攀（とうはん）を開始する。両手両足を所定の場所に置いて、最初の突起に指先をかけ、足の力で身体（からだ）を持ち上げつつ、新しい突起を摑む。

中級レベルのルートだから、それほどきつくはない。ただし、湿った石灰岩特有のぬめりは油断禁物で、おれは、一手一手、着実に行く。筋肉に熱が入って、もっと上へ上へという欲求が高まっても、ここは慎重に。

数メートル離れた隣では、夏凪（なつなぎ）がはるかに難易度の高いルートをさりげなく登っていくのが見えた。一瞬、おれと目が合って、にこりと笑いかけてきた。世界的なトップクライマーである夏凪は、いつも涼しげで、嫌味ですらあるが、それさえ爽やかだ。まあ、あの笑顔に励まされる人が多いのだから、そこはまるっと受け入れて、おれはペースを乱されずに登っていく。

しばらくすると、濃い霧が流れてきて、おれたちは壁面で休息（レスト）しながら待たざるをえなくなった。下は十分見えるが、むしろ上が真っ白だ。とすると、これは霧というよりも雲なのかもしれない。

おれたちは雲海の中を登っており、行く先は見えない。宇宙まで通じる巨大な壁面に張り付いているような気分になる。いや、ここがもう、火星のオリンポス山かなにかで、おれたちはまさに宇宙を登っているような状況ではないのだろうか。

やがて太陽が山々の隙間から顔を出し、熱を持った光を投げかけた。すると、視界が速やかに開けて、さっきまで白に塗り込められていた空が目に染みる青に染まった。火星の赤い空ではなく、ここはやはり地球だ。一方で、日が当たらない谷筋にはまだたっぷりと霧が残っているのも見える。

おれと隣の夏凪は、また目を合わせてから、ふたたび上昇し始める。石灰岩の表面にうっすらと張っていた水分はすぐに吹き飛んで、指先にしっくりと吸い付く感覚を抱く。こうなると、おれは壁と一体になってどこまでも登っていけそうな気がする。いにしえの生き物たちが凝縮した壁と、宇宙まで突き抜けそうな空。

思わず、手を高く差し伸べる。地球の生命史を踏み台にして、そこにあるはずの見えない空の突起を摑もうとして、バランスを崩しかけた。もちろん、その動きの中で、壁の窪（くぼ）みに指をかけて事なきを得る。

「瞬（しゅん）、ふざけないで！　危ないよ！」と下で見ている花音が怒っている。

でも、悪いが、思わず宙に手を差し伸べるのは、花音の癖がうつったんだ。

いつでも、もっと遠くを、空よりも遠くを望んで、手を伸ばす。宇宙を摑もうとするかのように、伸び上がる。

でも、今はその時ではない。もっと深く深く、この壁と対話する時だ。そのために、おれたちはここにいる。だから、おれはふたたび、目の前の壁に向き合う。

手だけではない。目を使い、頭を使い、おれは壁に問いかけ、壁はおれに問い返す。

重力に逆らい、登る、という行為の中で、身体と頭の働きが一つになって、おれは何十億年もの地球と生命の歴史を内に宿す。

先行する夏凪の姿を目の端に捉え、登攀のギアを上げる。体が熱い。しかし、頭はクールだ。ここ一年と少しのうちにあったいろんなことを思い出しつつ、おれは石灰岩の壁を一手一手、上へと進んでいく。

第一部　市立万葉高校地学部（二〇一九年春）

一

　市立万葉高校の入学式は、見晴らしの良い丘の上の立地と、正門から中庭に続く桜並木のおかげで、毎年、大いに盛り上がる。保護者や生徒が撮った画像が、ネット上で「#世界で一番美しい入学式」「#天空の桜並木」といったタグつきで拡散されるので、目にしたことがある人も多いはずだ。

　だが、この年に関しては、期待を裏切る最悪の日和だったと断言できる。

　三月に好天が続いたおかげで、入学式にはとっくに葉桜になっていた。おまけに、当日は、真冬並みの寒さがぶり返した。強い風が、地面に落ちた花びらを土埃と一緒に舞い上がらせて小さな竜巻を作るのは、実に寒々しい光景だった。

　もっとも、おれにしてみると、その気分と妙に合っていた。どのみち、高校生活が弾けるような楽しいものになるとは思っておらず、「日々、平熱」をモットーにして生きると決めていた。だからこんな気だるい始まりは、悪くないはずだった。

　クラスでの自己紹介では、期待に胸をふくらませる級友たちの言葉を聞き流し、「趣味は読書です」と人畜無害なところを強調した。方向性の定まらないもやっとした微熱が教室に蔓延（まんえん）する中でも、浮かされることなく無事に「平熱」のままやり過ごせたと思う。

しかし、入学式後のホームルームが終わってほっとした矢先に新たな問題が発生した。

荷物をまとめて廊下に出たところ、上級生たちが待っていて「みなさん、いったん中庭に出て花道を通って帰ってください」と先導し始めたのである。級友たちはそれについていく。

花道とは、なんだ。謎だ。みんな知っているのだろうか。

これは警戒した方がよさそうだった。というのも、言葉が出たとたんに、さっきまでの教室の微熱が戻ってきて、空気が浮き立ったからだ。

誘導に従って昇降口から中庭に向かうと、中央にある小さな池、「友愛の泉」の前に列ができていた。拡声器を持った生徒会の上級生たちが、あれこれと差配している。

「新入生のみなさんは、友愛の泉から、花道を通って正門まで歩いてください。二年生、三年生は花道には入れません。勧誘は花道の外からのみ行ってください。あ、そこ！　柔道部！　新入生に触らない！　ラグビー部！　タックル禁止！」

つまり、この花道というのは、部活勧誘の場で、おれのように本格的な部活は避けたい者にとってはひたすら通過儀礼のようなものだと分かった。

おれたちのクラスは比較的早くホームルームが終わったので、すぐに順番がやってきた。プラカードやチラシを持った各部の勧誘員たちが左右に並んでおり、その間を歩いていくことになる。葉桜の下に散った花びらを踏んで歩くという意味では、たしかに花道ではあった。

おれはできるだけ道の真ん中を通り、目立つことなく、最短で正門を出る作戦に徹することにした。肩を丸めて、うつむいて、話しかけられたくないオーラを出しながら進む。

しかし、ままならない。いくら縮こまって歩いても、他の新入生よりも頭一つ分は確実に高い。つまり、悪目立ちする。

いきなりバスケ部に声をかけられた。ユニフォームを着てボールを抱えた、がっしりした体格の人だ。

「背が高いね！　レギュラー間違いないよ。バスケ部で決まり！」

「あ、すみません。運動、だめなんで」

「バレー部にようこそ。一から優しく教えます！」

次に声をかけてきたのは小柄な女子で、いわゆる女子マネジャーらしかった。しっかりと袖を摑まれてしまい、思わず立ち止まった。自分で言うのもなんだが、おれは女子との接触に慣れていない。この時は頭も体もフリーズしてしまった。

「坂上！　坂上瞬！」

自分の名前が野太い声で呼ばれて、おれはほっとしてそっちを見た。

でも、なぜ入学したばかりのおれの名前を知っている？

「悪いね、坂上は同中の後輩なんで、先に話をさせてくれ」

バレー部の先輩を制しておれを野球部の位置に誘導したのは、たしかに見知った顔だった。

「今うちでは、一番を打てる外野手が穴なんだ。坂上も高校でまた一緒にがんばらないか」

おれは中学時代、一年間だけ野球部にいたことがあり、その時、目をかけてくれた先輩だ。瞳の中に炎を浮かべるみたいに熱っぽく語るのはまったく変わっていない。

「お久しぶりです……でも、おれ、もともと野球下手だし、ずっと体を動かしてないんで」

「だからこれからまた、挑戦してもいいんじゃないか」

「本当に勘弁してください。おれ、そういうのじゃないですから」

おれは逃げるように半歩下がった。

野球部をやめたのは、おれにとってはわりと大きな決断で、今もあまり触れたくない話題だ。高く評価してくれるのはうれしいが、ただの買いかぶりだ。今のおれが望むのは「平熱の高校生活」にすぎない。

「さーせん」と頭を下げると、ちょうど後から来た人たちに押された。おれは、そのまま人波にもみくちゃにされつつ、花道の下流へと押し流された。

本当に部活ってやつの熱気はすさまじい。勧誘だけでこんなふうになる。巻き込まれるのはよろしくない。

しばらく押し合いへし合いした後で、ふと圧力がゆるんだ。

まわりを見渡すと、運動部が終わって、いわゆる文化系の部活動や研究会活動の区間に移っていた。

「料理研究会です。兼部歓迎」「アニメ同好会です」「映像研です」「競技かるたをやりたいか！」「ゴスペルで魂を震わせろ！」「目指せ、オリンピック！」などなど。

最後のやつで「えっ」となった。

なんで文化系の部活でオリンピックなのか。

「はい、どうぞ」とチラシを手渡された。

背が高く手足の長い、涼やかな目つきの美人の先輩だった。

〈チのアスリートよ、出(いで)よ！　世界（宇宙）が待っている！〉とチラシにはあった。

チというのはカタカナだが、よくよく見ると、「知」と「地」という、二種類の漢字があててある。

「知のアスリート」というのは意味が分からなくもないが、「地のアスリート」というのはなんだろう。「世界（宇宙）」というのも謎だ。

〈わたしたち地学部は、地学オリンピックの国際大会を目指しています〉

〈地学とは、物理、化学、生物、すべての理科分野がかかわる、サイエンスの十種競技、総合格闘技です。ガチンコのサイエンスバトルを、地学部で！〉

いやいや、とおれは首を振った。一瞬でも、変なものに関心を持ってしまった。

おれの高校生活は、せいぜい文芸サークルだとか軽音同好会だとか、女子が多そうなところでなんとなく友だちを作りつつ、活動的には幽霊部員にでもなって、毎日、のんびりするのがいい。平熱の中のときめきのようなものも期待しなくはないが、限りなく帰宅部に近いところでよい。

つまり、文化系の部活とはいえ、「アスリート」やら「ガチンコバトル」などという言葉を勧誘に使うような暑苦しいところは、おれの目論見(もくろみ)にはまったくそぐわない。

その場を去ろうと半身になると、隣で熱心に話を聞いている女子の新入生の横顔が目に入った。

心臓がトクンと軽く弾んだ。

なぜだ。この子はどこかで見たことがある。

小柄で、華奢(きゃしゃ)で、色白で、全体的な印象は地味だ。でも、いかにも秀才風のメガネ男子の上級生を相手にまったく臆していない。まっすぐな目で相手を見て、のびやかに話す。使っている言葉が理科的な専門用語でおれにはよく分からなかったが、それがまさに平熱の話し方に聞こえて、おれはつい見とれてしまった。

これは、まずい。おれの方が、熱を持ってしまいそうだった。

あわてて立ち去ろうと足を動かしたら、その子がこっちを見た。

それどころか、おれに笑いかけた。

「坂上くんも、地学部に入るんだ」と本当にうれしそうな表情を浮かべる。

「え？」と思わず声を出した。

なんでおれの名前を知ってるんだ？

「中学では、野球部だったのに、高校では文化部？」

「ええっと、そういうわけじゃなくて……」

きっぱりと否定できなかったのは、目に魅入られたからだ。さっき眼鏡の先輩と話していたときと同じだ。淡々として平熱なのに、のびやかで力強い。

「自己紹介で、読書好きって言ってたよね。イメージと違ってびっくりしたかも」

「それは、どうも……」

おれは受け答えがちゃんとできなかった。

短い会話の中で、おれは少し混乱してから、合理的な答えを導き出した。

まず、この子は、同中だ。野球部の印象が強いということは、中学一年の時、同じクラスだったらしい。

そして、さっきの自己紹介を聞いているということは、今、高校一年で同じクラスってことだ。

たしかに、おれはぼーっとしていて、ほかの人の自己紹介をまともに聞いていなかったと認めざるをえない。

ええっと名前なんだっけ、と思い出す間もなく、その子は「じゃあね」と歩み去った。

「ああ、岩月（いわつき）さん、待って！」と声がして、それをきっかけにフルネームを思い出した。

そうだ、岩月花音だ。

もっとも、名前を思い出しても、印象は薄い。中一当時のおれは、野球部の練習についていくのに精一杯で、クラスにはあまり関心がなかった。だから、その頃の記憶には霞がかかっていた。

「ああ、そこのきみ」と声をかけられた。

さっきのメガネ男子の上級生だ。

「岩月さんが、入部届を忘れて行ってしまったんだけど、追いかけて渡してくれないかな。うちにとっては期待の新人なんだ。ぜひ入ってもらわないと」

「期待の新人って、そんなにすごいんですか」

「だって中学生にして地学オリンピック日本大会で活躍して入賞だよ。まわりは高校生ばかりなのに」

「へえ、そうなんですか！」

それがどういうものなのか、おれは今一つわからなかったけれど、日本大会で入賞というのがすごいことだけはわかる。

「ねえ、お願いだよ。ぼくたちは花道に入れないんだ」

結局、入部届の紙を押し付けられて、おれは岩月さんの後を追った。実をいえば、おれはこの事態を少し歓迎していた。さっき話しかけてくれた彼女と、もうひとことふたこと話してみたかった。

ちょうど花道を抜けたところで、岩月さんはひらりとステップを踏んで右折した。正門から直接外に出ずに、自転車置き場の方へと向かう。

あれ？　と思った。

同中だから、住んでいる場所も近いはずで、ということは、自転車で通学する距離ではない。一五分ほど歩いた先にあるＪＲ駅から各駅停車を使うのが普通だ。

案の定、岩月さんは自転車置き場を素通りして、校舎の裏側に回り込んだ。フェンス越しに見下ろす町並みの景色が広がった。

声をかけようと、まずは息を整えた瞬間、おれはそのまま呼吸するのを忘れた。

岩月さんは手を空に差し伸べて、何かを掴もうとするような動作をした。白く繊細な指先が、なにか意思に満ちた力強さを感じさせて、おれは目を見張った。

そのままふわっと浮き上がったように見えた。

天使、かよ。

とおれは思った。

実際、おれの目には、その背中に透明な翼が見えた。

ふいに風が起きて、舞い上がった桜の花びらと一緒に、手に持っていた入部届が飛ばされそうになった。

しっかりと掴みなおした瞬間、ふと息苦しさを感じて、自分が息を止めているのに気づいた。あわてて空気を吸い込むと、とたんに心臓が飛び跳ねるみたいに高鳴った。

おれは、いったい何を見たんだろう。

いや、それよりも……。

岩月さんの姿が消えていた。

ふわっと舞い上がった後で、透明な翼を羽ばたかせて本当に飛んでいってしまったんだろうか。

おれは急いでフェンスまで駆け寄った。

足元は、ほとんど崖と言ってもいい角度で、石垣風の斜面になっていた。階段も梯子(はしご)もない。真下には正門から一般道へと続く道があって、下校する生徒たちの集団が大声で話しながら歩いていた。

その間を駆け抜ける小柄な女子の姿が見えた気がした。

おれは、しばらく鼓動の高まりを抑えられず、その場にじっとしていた。

それが、おれと岩月花音との再会であり、実質的には出会いだった。

二

一般にはすごく変な癖だと思われるかもしれないが、トイレで小用を足す時、おれは放出された液体をじっと見る。いくらしげしげと見ても、尿は尿だし、小便は小便だが、つい、その輝かしい放物線を凝視してしまう。もっとも、上からでは放物線なのかどうかよくわからないので、いつか真冬の南極に行くチャンスがあれば、地面に落ちる前に凍りついたその形を観察できないだろうかなどと考えたりもする。

「坂上ってさ、下ばっか見てない？」

「ふだんから背筋を伸ばした方がいいんじゃね」

トイレの両隣の小便器で同じく用を足している級友たちに口々に言われた。

教室の席の並びと同じで、左隣が誉田（ほんだ）、右隣が香取（かとり）だ。この時期、席の縁は友だちの縁ってやつで、今のところ教室の外でもつるんでいる。二人とも連れション文化圏の育ちのようで用を足しながらの会話に余念がない。その点は、孤高の放物線凝視派のおれとは大いに違うところだ。

「それで、坂上は部活、どうするの？」と誉田。

「おれも先輩に聞かれた。野球部がかなり本気でほしがってるってよ」と香取。

誉田は中学から陸上部でハードルのスペシャリストだ。香取も中学からの継続組で卓球部に入った。もうすでに部活は始まっており、朝練が相当疲れるらしく授業中よく眠っている。

「まあ、おれは、運動はダメなんで」とおれはいつもの通りに言い、それで沙汰止み（さたや）みになった。

教室に戻ると、机の上に教科書を開き、さらにその内側に読書中の小説をセットして授業の準備完了。おれの趣味が読書だというのは本当だ。授業中も読書に余念がない。中二病的なライトノベルは一通り読んできたし、今は「元祖中二病小説」といえる『キヤッチャー・イン・ザ・ライ』を読み進めている。もっとも、なかなか進まなくて、最初のあたりをぐるぐる循環しているのだが、その読書体験がラノベの「ループもの」を彷彿させるのがまたおもしろいと、変な楽しみ方をしていた。

現文の授業は自主的にそのまま自分なりの現文を読み続け、英語と数学は聞いておかないとわけが分からなくなるので、先生の話を聞いた。黒板を見るときに、前方の窓際の席に座っている女子の背中にもちらちらと視線を送ってしまうのがこのところの常だった。

岩月さんは、最初の印象通り決して目立つ女子ではない。でも、当てられたらハキハキ話す。英語を読み上げてもかなりちゃんとした発音と抑揚だった。おれは、岩月さんの背中を見ていると、なぜか落ち着かない気分になった。今のおれには平静が大事なので、ここは自制するのが望ましい。しかし、自然と目が吸い寄せられることが多く、いかん！　となることとの繰り返しだった。

とはいっても、そういう些細な問題を除き、高校生活はまずまず穏やかだ。

中学三年の時、若干無理してでも、この高校を狙ってよかった。

とにかく校則がゆるやかで、学校生活も平和なところに行きたかった。ネットで調べる限り、万葉高校はおおらかな校風で知られ、進学実績も悪くない。まさにおれの希望通りだった。「日々、平熱」のモットーを維持できそうだし、一部の高校にありがちな部活至上主義みたいなものとも無縁で、おれはこのまま「帰宅部」のままでいいかもしれないと思うようになっていた。文芸研究会、美術部、クラシック鑑賞研究会、軽音サークルといったあたりをのぞいてみようとは思っていたけれど、惹かれるものがなければ無理に所属することはないだろう。


四月の第三週、おれは掃除当番を拝命した。

班のメンバーの一人は岩月さんで、おれと組んで廊下を掃除することになった。テキパキとした身のこなしにほれぼれとしたおれは、その姿を見すぎて作業が滞ったかもしれない。岩月さんは、たぶんおれの倍くらいの面積をモップがけしてくれたんじゃないだろうか。

最後に残った未清掃ラインに廊下の両側からモップをかけていき、ちょうどぶつかる直前で互いに動きを止めた。

自然と顔を上げて目を合わせたら、岩月さんは笑っていた。たったそれだけのことで、おれの心拍数はそこはかとなく上昇する。

今なら聞けるのではないか、とおれは思った。

入学式の日に、校舎裏で姿を見失ってから、おれは岩月さんと一度も話していなかった。地学部の上級生から頼まれた入部届の用紙も、翌朝、早めに登校して、机の上に置いておいた。それ以来、何も接触がなく、きょうに至る。

「あのさ——」とおれは問いかけた。

あの日、どうやって校舎裏から消えたのか。そう聞くつもりだった。

でも、こうやって目を合わせると、白目がきりっと白くて、黒目はきゅっと黒い。当たり前じゃないかと言われるかもしれないが、濁りがないって、こういうことなのかと思う。

つまり、おれは、また不覚にもドキドキしてしまった。

「やっぱり、地学部、入ったの？」と話題を脇にそらした。

「うん。もちろん。坂上くんは？　地学部に来るのかと思ってた」

「いや、まあ、おれは、文芸サークルとか軽音を考えてて……」

岩月さんが小首をかしげた。

「もう、入った？」

「まだだよ。放課後、のぞいてみたことはあるんだけど、誰もいなくて」

「そりゃあそうだよ。みんな、兼部でふだん別のところにいるから」

意外にも岩月さんは、事情通らしい。

「このあと時間があるなら、一緒においでよ。紹介するから」

「ええっ」と突然の展開におれは喉をつまらせた。

「じゃあ、決まりね！」

岩月さんは、いきなりおれの左の手首を摑んで、まるで今から連れて行くとでもいうように引っ張った。

なんだこの小学生みたいなリアクションは。おれは顔がかーっと熱くなって、もはや断るすべはなかった。一応、教室に戻って荷物を持つと、おれは岩月さんの後を追った。

地学部の活動拠点である地学実験室は、校舎端の階段を四階まで上がった廊下の突き当たりにある。つまり、最上階の一番端にある辺境の教室だ。

「遅くなりました！　掃除当番だったので」

岩月さんが元気よく言った。

「おつかれー」「待ってたよー」とゆるいかんじの声が重なって聞こえてきた。

おおっ、とおれは思った。このゆるさは、まさに文化系部活のイメージそのものだ。

「ちーっす、おじゃまします」とおれは元気よく地学実験室に入った。

おーっ、というふうにどよめきが起きた。

「同じクラスで中学も一緒だった坂上くんです」と岩月さんがごくごく標準的に紹介してくれた。

そして、おれの方をちらっと見て、

「こちらが、部長の奥寺（おくでら）さんと、副部長の神保（じんぼ）さん」と手のひらを差し出して示した。

二人とも、例の花道にいた人だ。奥寺さんは手足の長いすらりとした女性で、神保さんはメガネ男子の先輩だった。

「いやあ、今年、岩月さん以外に入部してくれる人がいるとは思ってなかったよ！　よろしく！」と神保さん。

「ようこそ、万葉高校地学部へ。地学は幅広くて、自分の関心があるところを追究できるから、誰にでもおすすめすることができると思う。一緒に楽しくやっていこう」と奥寺さん。

「あ、すみません、おれ、入部希望ってわけじゃなくて……文芸とか軽音のサークルとか……」

　隣に立っている岩月さんが、そこでうんうんと大きくうなずいた。

「ああ、なるほど。うちの学校では、部活動は兼部するのが当たり前だから、地学部も兼部だらけだよ」と眼鏡の神保さん。

「ぼくは、文芸サークルでも副代表をやってるんだ。忙しくなるのは秋桜（あきざくら）祭、つまり文化祭の前だけかな。創作と評論の冊子を作るから」

「うちの軽音は、今年、一年生が多いよ。わたし、一年生のオリエンテーション担当だから、今度、そっちものぞいてみる？　ちなみに軽音も一番忙しいのは秋桜祭で、あとは、みんな別々の部活に出てるかんじかな」

「そ、そうなんすか」とおれは、思わず口ごもった。

　岩月さんがなぜおれをここに連れてきたのか分かった。文芸も軽音も、ふだんは「全員が幽霊部員」みたいな状態だ。事前に活動予定を調べるなどして訪ねないと、永遠に空振りになってしまう。

もっとも、この時点でどちらにもたどり着いていなかったおれは、本気度が薄いと思われても仕方ない。いや、実際にそうだ。

「兼部、しちゃう?」と奥寺さんがにこやかに言った。

うんうんと岩月さんがうなずいた。

「ええ、まあ……」

おれが口を濁すと、岩月さんがさっきみたいにまたおれの手首を取って無邪気に笑った。

「だよね。岩月さんも一年生が一人だけだと不安だよね」と神保さん。

おれは、もう顔が白熱するんじゃないかってくらいに熱くなって「はい」と言うしかないような気がした。

そんな行きがかりで、おれは奥寺さんと神保さんによる説明を聞くことになった。

まず、地学部に入る三つのメリットを、二人は強調した。

一つ目は、「治外法権」である。

学校の中で一番の辺境、生徒も教員も足を伸ばしにくい端っこにある地学実験室が部室なので、教員の目も届きにくい。地学準備室にいる顧問の苫米地(とまべち)先生も、完全に放任主義だ。

そして、二つ目は、「上下関係の意識が希薄」だ。

みんなここにいる理由も目標も違う部員たちなので、誰が上で誰が下という発想になりにくい。逆に、運動部にありがちな上下関係の秩序を求める人にはむしろ向かないかもしれない。

さらに、三つ目は、「自由闊達（じゆうかったつ）、天衣無縫」だ。

活動内容もなんでもよい。

というのも、地学というのは、理科「全部入り」の総合格闘技で、十種競技だからだ。

奥寺さんは涼しい笑顔で、こんなふうに言った。

「地学は地球科学の略だけど、『地球』と聞いてイメージするものをはるかに超えていると思う。地球は生命の星だから、物理や化学が必要なだけでなく、生物の知識や道具も総動員しなければならないし。それって、理科の王でしょう！」

ちなみに、地学部には三つの「班」がある。地質班（地球の歴史と固体地球）、気象班（大気と海洋）、天文班だ。

「今の二年生は、気象班と天文班だけで、地質班は片手間だったんだ。そこに岩月さんが入って地質班をやるって言ってくれたから、これからの活動はもっと充実するはず。ちなみに、わたしは気象班で、神保くんは天文班。でもね、一応の班分けはあっても、きっぱりと分かれているわけじゃない。みんな重なり合っているから」

「そうそう、文化系だからインドアかと思うと大間違いで、地学にはたくさんのフィールドワークがあるんだ。月一回の観測会や夏合宿ではどんどん外に行くよ」

「おっ、フィールドっすか。夏合宿があるんすね！」

おれは思わず身を乗り出した。運動部の合宿と違い、文化部の合宿は体力的にきついこともないだろう。血反吐や血尿とは無縁の、エンジョイ夏合宿！　みたいな雰囲気のはずだ。

「うん、去年の夏合宿では昼間は雲を見て、夜は星を見た。これからは、地質を見る活動も入ってくるね。楽しみだ。それで、坂上くんはどの班になる？　地質と気象と宇宙なら、どれが好き？」

うーん、とおれは顎に手を当てた。

これまで、そんなこと、考えたこともなかった。そもそも、地質って、なんだ。地味すぎるだろ。気象も、天気予報がわかれば十分だ。

「強いていえば、宇宙っすかね。やっぱり夢がありますから」

「いいね！」と神保さん。「天文班は、いつでも若者を歓迎する！」

「でも、いいの？」と奥寺さん。

「だって、岩月さんは、地質班で一人になっちゃうよ」

「あっ」とおれは声を出した。

たしかに、地質班になれば、岩月さんとおれの接点は増えるはずだ。

「うーん、急に地質にも興味が出てきました！」

そこで、神保さんの眼鏡の縁がきらりと光った。

「なら、ぼくのプロジェクトを手伝ってよ！　地質班と天文班がつながるテーマだから。

岩月さんも一緒にやってくれることになってる。人手は多い方がいいんだ！」

この時点で、おれはもう地学部に入部したことになっていたみたいだし、おれはなかば熱にうなされるみたいに受け入れた。

三

おれの地学部での活動は、平熱からは少し逸脱した微熱含みで始まったわけだが、実を言えばクラスの方も決して平穏ではなかった。予想していたこととはいえ、最初の一ヶ月のうちに二つの山を越えなければならなかったのである。

健康診断と体力テストだ。人に言ってても理解してもらえないかもしれないが、おれはこの二つが苦手である。

健康診断の方は、入学早々にやってきた。

保健室に順番に入って、身長、体重、視力、聴力を測り、別室で歯科検診を受けた。さらに、肺のエックス線検査まである念の入れようで、これは校舎の前に停めてある専用車の中で受診した。

人前で、自分自身が「測定される」というのに抵抗がある。自意識過剰かもしれないが、おれにいわせれば、なぜみんな平気でできるのか不思議で仕方ない。

特に尿検査はプレッシャーだ。自宅で採尿して持っていくわけだが、その際、いろいろ気にしなければならないことが多すぎる。前の夜には眠る前にきちんとトイレに行き、いったん膀胱の中を空にしてから、翌朝の尿のさらに最初に出たものを避けて途中から採れ……。眠っている間にとある生理現象が起きると尿に蛋白が混ざるのではないかという心配も生じる。おれにとっては結構リアルな悩みだ。そして、なにより、検体を集める当日は、やっぱり何度経験しても気恥ずかしい。

今年もなんとかやり遂げて、ほっと一息ついたところ、一週間後には体力テストがやってきた。

体育の授業の中で、握力、上体起こし、長座体前屈、反復横跳び、五〇メートル走、立ち幅跳び、ハンドボール投げ、持久走（一五〇〇メートル）というメニューをこなし、やはり測定される。おれは、陸上部の誉田、卓球部の香取というアスリートコンビと一緒の組で各種目をめぐった。

二人とも、部活では期待の新人らしく、なかなかの運動能力だ。反復横跳びなど、ともにトップクラスだった。敏捷性が大切な競技をやっているだけのことはある。

一方、おれの方は、すべて平均よりはいいくらいの記録で収まった。運動部を避けているからといって、別に運動自体嫌いなわけじゃない。ハンドボール投げの時には、誉田と香取が口々に言った。

「無駄にフォームがいい！」

「なんで飛距離が出ないんだ。ちょっと修正すれば、倍の記録になるんじゃないか」

「いやいや、そんなんじゃないんで」とおれは頭をかいた。

まあ、褒められたのだと思っておく。

誤算だったのは、五〇メートル走のためにグラウンドに出た時だ。男子が校庭のまわりのトラック部分で五〇メートル走をする一方で、すでに体力テストを終えた女子たちは中央のフィールド部分で、グループごとにダンスの練習をしていた。

女子の目があると、がぜんがんばるやつがいる。

おれもその一人だ。

ただし、近年の成長として、いくら女子がいるからといって、無理にがんばったりしないように自制が効くようにはなってきた。もう、中学生じゃないのである。

しかし、五〇メートル走のトラックに一番近いところに、岩月さんの姿を見つけてしまい、目が離せなくなった。

岩月さんって、ダンスの心得があるのだろうか。グループの中心になって、なにか振り付けを考えているようだ。手を叩きながらサイドステップしてジャンプ、肩関節を外旋させて徐々に大きく上半身をそらし、ジャンプしてキック、そして、Y字バランス！

途中から、ダンスというよりも、体操になってしまった気がするけれど、すごく体が柔軟なことは分かった。地味だと思っていた岩月さんが、こうやってみんなの中心にいるのも別の驚きだった。

「岩月って、おもしろいよな」と誉田が言った。

「本人がおもしろいっていうか、まわりに癖が強いやつが集まってるっていうか」と香取がうなずいた。

「そうかな」とおれは聞き返した。

しげしげと見ると、たしかに、同じグループで笑い合っているのは、どこかアウトローな雰囲気で金髪の大網(おおあみ)さんと、超優等生キャラで眼鏡が似合う白里(しろさと)さんだ。クラスでも水と油みたいな女子たちが、岩月さんを中心につながっているわけだ。

「まあ、坂上は見すぎ、な」と誉田が言い、香取がドンとおれの背中を叩いた。

なんか完全にばれているわけで、おれはかーっと顔が熱くなった。

まずいことにその瞬間、岩月さんがこっちに顔を向けた。

笑ったままだったから、目が合うと、結果的におれに笑いかけてくれる格好になった。

おまけに小さく手を振ってくれた。

おれは顔が熱いだけでなく、体全体が燃え上がった。

「おーい、おまえら、次だぞ」と誰かに言われて、おれはスタートラインに向かった。

スターティングブロックもないくせに、一応、クラウチングスタートをすることになっていて、おれは膝をついた。

ヨーイ、スタート！　の合図をおれは覚えていない。

とにかく気がついたら走っていた。

ぐんと足が上がり、振り下ろしたつま先は、しっかりと地面を蹴った。

この感覚は懐かしい。

バットにボールを当てて、前に転がせば、とにかく全力で一塁に走る。小学生の頃から、おれはそう心がけてきたし、その努力が報われたこともあった。小六の時、市の大会で優勝して、一番打者の外野手としてベストナインに選ばれたのは、おれにとっては数少ない栄光の瞬間だった。

あの頃の感覚だ。体に漲る力を、そのまま大地に、地球に伝える。思い切り速く走り、高く跳び、遠くへ投げる。

今となってはひどく遠い記憶だが、決して忘れたわけではない。

気づいたら、前には誰もいなかった。

スタートしてすぐの時点で、右隣の香取を引き離したのは目の端に捉えていた。一方で、左隣の誉田は、おれの前を走っていたはずだ。現役陸上部員で、ハードルの選手なのだから、当然だ。

それなのに、おれの視界には誉田がいない。

なぜだ。視線を少し左側に送ったら、そこにいた。どうしたんだ、調子が悪いんだろうか。

そう思った瞬間に、五〇メートルのラインを越えていた。

足がガクガクして、おれはそのまま膝をついた。

おれは今の体力をはるかに超える走りをしてしまったらしい。もう足が動かない。

どよめきが聞こえた。

ああ、まずかったか、と後悔する。

悪目立ちしてしまったかもしれない。

腕をぐいと引っ張られて、おれは立ち上がった。

誉田が口をへの字にまげて、おれを見ていた。

「陸上部の面目が丸つぶれだ。おまえ、陸上部入れよ。少しフォーム変えるだけで、ずっと速くなる」

「いや、おれ、運動だめなんで」

「それだけの走力で、だめってことはないだろう。トラック競技、それも短距離に向いてる」

「でも、ほら、体力ないし、これだけでもう立てない」

「そんなの、鍛えりゃなんとでもなる」

「そもそも鍛えられない体質なんだよね。ごめんな」

まあまあと言いながら香取がいなしてくれた。

ちょっと熱に浮かされたみたいに気合を入れたら、こんなことになる。まったくいいことがない。おれは、もっとだらだらしておくべきだった。

いや、そんなことはない。

少しはいいことがあったかもしれない。

岩月さんが、こっちを見てまたも手を振ってくれたからだ。

「おれには、トラック競技よりも、フィールドがあるからな」

「はあ？　フィールド競技ってことか？」と誉田が言った。

「地学部にも、フィールドがあるんだ」

「なんだそれ」

「例えば、夜、郊外まで行って天体観測するのも宇宙につながっているフィールドだ。山や川に行って、地層を見たり、化石を掘るのもフィールドだ」

　諸先輩方からの受け売りだ。なにはともあれ、地学部が、それなりに活動内容が豊富な部活でよかったと、おれはこの時、はじめて思った。

「わかった。おまえはそっちをがんばるんだな」と誉田が言うので、おれは「そうだ、がんばる」と答えた。

　誉田の目が、マジで怖かった。でも、ここはそう言わざるをえなかった。

　がんばろうにも、がんばれない局面というのがあるものだが、なかなかそれは人にはわかってもらえない。

　悪いことは重なるもので、体力テストの一件の後、すぐに健康診断の方がふたたび追いかけてきた。おれの場合、一度ではおしまいにならないのである。

　放課後、担任の先生に言われて、おれは、下校を装いつつ一階の保健室を訪ねた。

「中学でも、そうだったみたいだから、分かっていると思うけど、再検査だね。今は、通院しているの？」

保健の先生は、気さくに話しかけた。

「はい、大丈夫です。定期的に行ってますし、生活指導も受けてます」

「じゃあ、わざわざ学校健診で検査する必要もないのだけど、必須項目なので再検査の検体をよろしくね」

「わかってます」

たぶん、誰かが聞き耳を立てていても、会話の意味は分からなかっただろう。

それで問題ないし、その方がいい。

おれは、先生から検体用の容器が入った封筒をもらい、そそくさと保健室を後にした。

病院にはゴールデンウィーク明けに行くことになっているから、こんな検査、本当はいらない。正直うんざりだが、生徒の健康にまつわる数値を全部書類に残したい学校の事情というのを、まるまる飲み込んで、大人の対応をするしかない。

おれは保健室を出て一番近くの階段までたどり着くと、いったん足を止めて深呼吸した。そして、二段飛ばし、いや、三段飛ばしで駆け上がり、四階の奥の地学実験室へ爆走した。

こんな荒々しいことは、ふだんは自重する。でも、胸のあたりにもやっとしたものがわだかまり、どうしようもなかった。ひとたび体を動かすと、昼間の体力テストの時の走る感覚を思い出してしまい、体が熱くなった。

でも、それは四階に着くまでだ。

地学部のみんながたむろする地学実験室に入ったら、気持ちを切り替える。

「ちわっす。遅くなりました！」

開けっ放しになっていた扉の手前から、おれは言った。

「おお、いいところに来た！」と神保さんが手招いた。

「ちょうど今年の活動についてみんなで話し合うところよ。絶妙なタイミング」と奥寺さんが言った。

そして、岩月さんがこっちを向いて笑った。

おれは、ほっと一息ついて、みんながまとまっている中央の島へと足を運んだ。

四

「まだっすかね。結構歩きますね」とおれは隣を歩く地学部天文班の二年生、市原（いちはら）さんに話しかけた。

明らかに運動不足な体型の市原さんは、かなり前から肩で息をしている。

「だから、嫌だったんだ。なんで、山歩きなんかしなきゃなんないんだ」と最初はブツブツ言っていたけれど、すぐに不平を言う余裕もなくなった。

バス停脇の散策道入り口から歩き始めて、もう一時間になるだろうか。おれが地学部に入って最初の「巡検（フィールドワーク）」は、たしかに「山歩き」で、これまでのところ予想していたアカデミックな部分はまったくなかった。

訪ねたのは県内の秘境的なエリアで、「奥御子(おくみこ)」と呼ばれていた。「川が刻む渓谷と、川の両側にそびえる山塊の絶景をお楽しみください」と入り口の看板には書いてあった。

最初の巡検の場所として、ここを提案したのは岩月さんだ。その経緯もあって、岩月さんが細い道を先導した。すぐ後ろを、部長の奥寺さんともう一人の女子、仁科(にしな)さん、さらに副部長の神保さんが続いた。ややぽっちゃり体型の市原さんは少し遅れがちで、おれは行きがかり上、一緒に歩いた。同行してくれている苫米地先生は、安全管理のために最後尾だ。

やがて、市原さんの足が限界に近づいて「もうだめだー、歩けない!」と言い始めた。おれは、苫米地先生に市原さんを頼んで、前のグループに待ってくれるようにと伝えるために足を速めた。

ほんの数分進むと眺望が開け、みんなもそこに立ち止まっていた。おれは思わず「うわー」と声を上げた。

白灰色の山肌と深く切れ込んだ川が同時に見えた。背景の空には、もこっとした雲がいくつも浮かび、ゆっくりと動いてた。

ものすごい景色だ。岩月さんが、部員の希望を聞いて、ここを提案した理由が納得できた。

空から山に視線を戻し、おれは目を凝らした。

山肌には米粒みたいなシミがある。

あれは、なんだろう。

シミに見えたのは、人だ。かなり絶壁なのに、そこに張り付いているみたいに見える。

「岩月さん、あれ……」とおれは指差した。

「うん、ここは、クライミングの聖地だからね」

「あ、うん、クライミングね」

おれは、うなずきつつ、その時は、まだクライミングというのがどういうものなのかよく分かっていなかった。ただ、岩月さんの横顔がいつになくきりっとして、視線が強いことに気づいただけだった。


万葉高校地学部は、月に一度、校外での巡検に出かける。第一回目はゴールデンウィーク中に行われ、その行き先が県南の山岳地帯、奥御子渓谷だった。おれが一階から四階まで爆速で駆け上がったあの日の部員会議で決まった。

新歓を兼ねたその会議に参加したのは、一年生は岩月さんとおれの二人で、二年生は部長の奥寺さんと、副部長の神保さん、そして、市原さんと仁科さんの四人だった。市原さんは天文学者志望、仁科さんはサーファーみたいな小麦色の肌をした地元和菓子屋の娘で、気象研究者志望だそうだ。

おれが到着した時点では、仁科さんの父上からの差し入れの桜餅などを食べながら、地学トークが展開しているところだった。

「ぼくの方は、微隕石(びいんせき)研究で行けそうだから、天文班からは市原の『系外惑星のトランジット観測』と合わせて、二つの課題研究を出すので決定だね。気象班のテーマも早めに決めた方がいいよ」と神保さんが言う。

ここで言う課題研究とは、一〇月に開かれる高校生科学研究コンクールの県大会で発表するものだ。これが地学部の活動の一つ目の柱で、いわばチームプレイで挑む「ガチンコバトル」だ。そして、このフェスティバルが終わる頃、地学オリンピックのエントリーが始まるので、希望者は個々に申し込む。こちらは、個人の知識や創造性が試される、いわば個人種目。去年の出場者は、奥寺さんと神保さんだけで、一二月の予選を経て、二人とも三月の日本大会にまで行った。岩月さんも同じ大会に出場しており、つまり、今の地学部には全国経験者が三人もいることになる。

課題研究と地学オリンピックをめぐる予定を確認したあとで、奥寺さんが話を先に進めた。

「地学部では、ゴールデンウィークに新人研修もかねて、最初の巡検に行きます。場所はどこにしましょうか」

奥寺さんが言うと、部員たちが一瞬互いに顔を見合わせた。まだ誰にもアイデアがないらしい。

「あの……」と岩月さんが小さく手を上げた。

「巡検なら、奥御子なんかどうでしょうか」

心なしか、岩月さんの頬が上気しているように見えた。

「いいね！」とおれは思わず言ってしまった。

ジュンケンというのがいったいなになのか、わからないままだ。

「たしかに、奥御子なら、地質だけでなく、同時に気象も見られるし、惑星科学の全体的な勉強になるとも言えるよね」

神保さんがうなずいた。

「じゃあ景色がよくて、化石が出るならいいなあ」

なぜかサメ好きだという仁科さんが一人で盛り上がった。

「うーん、ぼくは長距離、歩きたくないなあ。リュックが重いし……」と市原さんが消極的なことを言ったけれど、反対するには至らず、結局、そこに決まった。

「ジュンケンって、なんですか？」とおれはこの時点でやっと聞いた。

「えーっ」とみんなに呆れられつつも、知らないものは聞かないと永遠にわからないままだ。

「たしかに、あまり使わない言葉だよね」と神保さん。

「巡るって字に、検査の検の字で、巡検だよ。英語にすれば、フィールドワークとかフィールドトリップ、ってとこかな」

「なるほど！」とおれは膝を打った。

「それで、奥御子は、地学部のすべての班の関心を満たす便利きわまりないロケーションというわけですね」

「景色もいいし、石灰岩層で化石も出て、古い魚類も期待できるし。渓谷まで降りればチャートの岩がゴロゴロしてて、そっちも、古生物由来だし」

岩月さんが楽しそうに答えてくれた。

一方で、神保さんはささっとスマホを操作して検索し、「問題は……県内なのはいいけど、ちょっと不便なところだよね」と表示された地図をみんなの方に見せた。

「じゃあ、相談してくる」と奥寺さんが腰を浮かした。

ほんの何分かで、奥寺さんは、もう一人、地学部の主要人物と一緒に戻ってきた。

地学実験室の隣にある地学準備室の主、顧問の苫米地先生だ。

地学準備室は混沌（こんとん）の世界で、歴代の地学教員や地学部員が残した様々なアイテムのおかげでダンジョンと化していた。岩月さんが入学早々、岩石標本の整理を買って出ているが、いまだ迷宮の一部を切り崩したにすぎず、全貌は明らかになっていない。おれは、苫米地先生について、少し爬虫類（はちゅうるい）的ともいえる顔つきと、痩せて細長い身体から、地学ダンジョンに巣食うドラゴンを連想していた。そして、勇者（部長）である奥寺さんは、地学ダンジョンに分け入り、苫米地ドラゴンを召喚して戻ってきたのである。

「奥御子に行くなら、日帰りだと相当早起きになるな。まあいいか、連休は暇だし」

見たところまだ三十代後半の未婚の教員が、連休が暇だというのは、嘆かわしい。しかし、苫米地先生はだいたいいつもこんなふうで、眠たい目をこすりながらも付き合ってくれるそうだ。

　そんなわけで、おれの巡検初体験は、奥御子に決まったのだった。

「なにこれ、すっごい景色じゃん！　岩月ちゃん、いいとこ紹介してくれたね！」

　仁科さんが、はしゃぎながら小型のミラーレス一眼カメラのシャッターを切る。

　山から渓谷までが一望できて、おまけに天気がいい。空にはちょっと夏めいたもこもこした雲、「雄大積雲」というものが成長中で、ここから見える三連山、西岳、中岳、北岳に影を落としていた。そして、山体には木々が生えていない絶壁の部分がかなりあって、直射日光が当たると、白灰色に輝いた。

　ちょうど小休止が始まったばかりで、おれたちは遅れている市原さんと苫米地先生を待っている。

「せっかくだから岩月さんに解説してほしいね」と神保さん。

　岩月さんは地質班の班長なので、ここではガイドの役割が期待されている。

「このあたりは、日本列島の下にプレートが沈み込むときに、引き剝がされて地殻にくっついていった、いわゆる付加体が表に出てきた地層です。山はだいたい石灰岩で、つまり、生物起源の堆積岩です。あとで近くに行けば、化石がよく見つかりますよ。大きなものとしては、ウミユリの茎とかフズリナとか。三葉虫が出たらすごくラッキーです。サメは……わたしは見つけたことはないですけど、歯が見つかった記録はあります」

　地学部にいればわかることだが、これはまさにオタクが別のオタクに話をするときに使うオタク話法だ。自分が知っているすばらしいことを、要求されている水準を上回る熱量で嬉々として伝えようとするやつ。おれは受容体が欠けているモードだが、岩月さんが語るなら別である。岩月さんの新しい一面を知って、感動することしきりだ。

「そうか、やっぱり、岩月さんは子どもの頃から地質とか地層に馴染んでいたんだね」

と神保さんが顎に手をやって言った。

「はい、父とよく来ていたので」

「へえ、だからなんだ！」と奥寺さんもうなずいた。

「岩月さん、目がいいよね。わたしたちが区別できないような微妙な違いがわかってて、地学オリンピックでは、みんなびっくりしていたんだよ」

　おれが知るところによると、地学オリンピックの日本大会では、国際大会に送り出される「日本代表」が選考される。それと一緒に、岩石の鑑定などの部門での特別賞のようなものが設けられる。岩月さんはそういった岩石テーマの課題に強く、特別賞を受賞したのだそうだ。

　そうこうするうちに、仁科さんが、雄大積雲がこのまま積乱雲に成長するかについて話し始め、このあたりの地形が「対流の起爆」に与える影響がどうしたと言い始めた。みんなでそのオタク話法を楽しみつつ、茶菓子をつまむのが地学部スタイルである。

「ああ、追いついた！　みんな大変だ！」

顔に玉の汗をかいた市原さんが、さっきとは見違えるようなしっかりした足取りでこっちに向かってきた。よくわからない理由でモチベーションが高まったふうに見えた。少し後から苫米地先生がついてくる。相変わらず眠たそうだ。

市原さんはみんなが座っているシートのところまでやってくるとリュックをおろし、中から大きな双眼鏡を取り出した。そりゃあ、重いわけだ。

「ISSが南中する。この環境なら昼間でも見えると思うんだ。いた！　ちょうど山と山の間！」

ISSというのは、国際宇宙ステーションの略称だと、おれでも知っている。地上四〇〇キロメートルくらいの低軌道をぐるぐる回っているので、時々、日本上空にもやってくる。

「わあ、シーイングがよいよ。これ肉眼でも行けるんじゃないかな。ほら、あのあたり」

市原さんが指を差したあたりに、白っぽいものがすーっと線を引くように動くのが見えた。

「わ、見えましたよ！」

視力に自信があるおれが声を上げると、みんなが「ええ！」「まじ！」と同じ方向を見た。そして、すぐに「わー」「見えるもんだね」と歓声を上げた。

おれは途中から、ISSよりも岩月さんが目を細めている姿に目を奪われた。

岩月さんはＩＳＳというよりは、空を見つめていた。そして、すーっと右手を差し出した。もう何度か見たことがある、空に手を伸ばして指先で摑もうとする仕草だ。伸びやかでしなやかで、おれはさらに見とれてしまうのだ。

「じゃあ、顧問らしいことを一応言っておくと、このあたりは公有地なので、地層を剝がすのは正式には許可がいる。だから、転石を叩くくらいにしておいてくれ。あと、ヘルメットはしてくれよ。上から落ちてくるものがあるからな」

苫米地先生が、ヒゲを撫でながら、おれたちに向かって指示を出した。本人も言う通り、おれが入学して以来、はじめて顧問らしい発言を聞いた。とにかく先生の関心の中心は「安全」であることも分かった。手続き上の安全、生徒の安全、もろもろだ。でも、すぐに生あくびを嚙み殺す。低血圧だと朝言っていたけれど、おれの目にはやる気のなさが際立って見える。その分、生徒の自主性に任せてくれるわけで、地学部が治外法権でいられる理由の一つが苫米地先生のキャラだった。

みんな地面に転がっている転石を、持参のハンマーで割り始めた。岩月さんがさっそく何かを見つけたみたいで、「ありました！」と大きな声を出した。

「化石です。フズリナ、有孔虫、いましたよ！」

みんな顔を輝かせてのぞき込んだ。世界中の子どもたちに恐竜が人気であるように、地学部員にとって古代の生き物が残した痕跡というのはそれだけでロマンだ。おれにだってわからなくはない。ただ、岩月さんが差し出した石の断面に見えているのは、恐竜や魚ではなく、無数の小さなポツポツだ。

よくよく見ると、そのポツポツは一つ一つが楕円形(だえんけい)をしていて、渦巻いているような模様がくっきり見えているものもあった。

正直、ぱっとしない化石なので、おれは、みんなと離れて壁の近くに立った。この白灰色の壁から、そういうものが落ちてきたこと自体は、結構、おもしろいと思ったからだ。

指先で触れると、まずはカチッとしっかりした感覚があり、そして、撫でてみるとザラッとした感触が伝わってきた。目の細かい紙やすりみたいだ。

「どうしたの？」と岩月さんが近づいてきた。

「さっき、この壁を登っていた人がいたよね。見た目よりもザラついていると思って」

「石灰岩は、ザラッ、ギザッ、だからね」

「ああ、ザラザラで、ギザギザしてる？　たしかに、場所によっては痛いくらいだ」

「その痛さが、場所によって違うよ。沖縄のやつは、触ったら指が切れそうなくらいだった」

ザラギザというのはなんだ、と思ったけれど、意味はわかった。

「それにしても、岩月さんって、すっごく詳しいんだね」

「ここは、父と一緒によく来たからね」

「お父さんて、ひょっとして古生物の研究者とか？」

「ちがうちがう。父は公務員」

岩月さんが、とても朗らかに話すから、おれもうれしくなった。

「じゃあ、古生物のマニアだったんだね」

「それも違うよ。わたしが好きなだけ。父はクライマーだったから」

「クライマー……登る人ってこと？」

「ほら、あそこ」

岩月さんは、華奢だけどなぜか関節部分に力強い存在感のある指先で、ちょっと離れた岩肌を示した。そして、遠いなにかを摑むような仕草をした。ふいに日が差して、おれは目を細めた。

「なんか、眩しい」

「え、本当？」

「白い壁に直射日光が当たると、ものすごく眩しいよね」

「あ、そうか、そうだね」

岩月さんの反応が少し不思議な気がしたが、なにはともあれ、おれは目を細めたまま、その壁に取り付いている人たちを見上げた。さっき休憩中に見たのと同じ人たちだろうか。下から見ると、本当に絶壁だ。

「よくもあんなに高いところに登るよね」

「ロープで安全確保しているから。ビレイっていうんだけど、下でロープを持っている人がいるでしょう」

たしかに、下の方には、ロープを繰り出しながら安全確保している人がいた。一人登るためには、必ず一人、ロープ担当の人がついているみたいだ。

それにしても、よくああいうことをやるよなあ、というのがおれの感想だった。今、実際に触れてみて、岩質が「ザラギザ」なのも分かったから、なおさらだった。

「お父さんもあんなふうに登るんだ。じゃあ、岩月さんも登るの？」

「ううん」と岩月さんは首を横に振った。

「もう……登らないよ」

岩月さんがそう言うまでに一瞬の間があり、おれはどう反応しようか逡巡（しゅんじゅん）した。

というのも、クライミングという言葉と、入学式後、おれが岩月さんと言葉を交わした後のことが頭の中でつながったからだ。岩月さんが校舎裏からふっと消えたのは、透明な翼を持っているからだというファンタジー路線ではなく、もうちょっと現実的な理由があるはずだ。

「ねえ、岩月さんって、あの時、ひょっとして――」

おれが言いかけたら、別の方面から「ねえ、岩月さん、これ何かな！」と二年生の声がして、会話は終わってしまった。

「あ、おもしろいもの見つけましたね。これ、違う種類のフズリナですよ。フズリナって、どの時代にどういうものがいたのかはっきりわかっているので、年代を見るのに使えるんです。いわゆる示準化石です。さっきのよりも、今見つかったやつの方が、少し新しい時代のものですね」

また、この地味なフズリナというやつに夢中になっている。もっと話していたかったし、疑問も宙ぶらりんになったままで、残念なことだった。

五

「結局、サメの歯、出ませんでしたね」と岩月さんは頬を膨らませた。

ほかのいくつかのガレ場、つまり上から落ちてきた岩が転がっているところをめぐった後、そろそろこのエリアから移動しよう、となった時のことだ。

仁科さんが見つけたがっていた古代サメの化石を、実は岩月さんも本気で探していたらしい。

「じゃあ、お昼の前に、もう一つ、生物由来の岩石、チャートを見に行きます」

岩月さんは、おれたちをさらに導いた。

坂を下って川沿いまで来ると、キャンプ場があった。ここが本日、遅めの昼食をとる予定のスポットだ。

ただ、岩月さんは、いったんキャンプ場を通り越して、少し下流に向かった。川の流路が大きく曲がった先に、巨石文明の遺物かと思うほど大きな岩がいくつも転がっていた。

「このあたりは、別の時代にできたチャートという岩で、石灰岩とならんで生物学的な堆積岩です。放散虫という生物の殻に入っていた石英、二酸化ケイ素が海の底に積もってできました。放散虫の化石も入っています。ただ、それは顕微鏡でないと見えません」

　おれは手近な岩に触ってみた。さっきの石灰岩と比べると、チャートはつるつるですべすべ、つまり「ツルスベ」だ。同じ生物由来の岩とはいっても、これほど違うものかとびっくりする。

「あ、ここにも」とおれは小さく声を上げた。

　このあたりでも、岩登りをしている人たちがいたのである。

　さっき見たのとは流儀が違う。命綱は使わずに、下にマットを敷いただけで済ませている。大人の身長の倍くらいまでの高さだからというのもあるだろうが、それでも危なっかしい。本当に、人の好みというのは多様だ。走るとか跳ぶならまだしも、ひたすら登るというのは、どういう了見なのだろう。

　などととっさに考えてしまったが、今、おれが、焦点を当てなければならないのは、チャートである。そのツルスベの触感を、おれはしげしげと触っては指の腹で感じ取ろうとした。すると、体がふわっと浮くような感覚を抱いた。

　なんだろう、これは。

岩月さんが「海の底」と言った時のイメージが頭の中に残っていた。海に降り積もった放散虫の死骸なのだと思ったら、自分も海の中にいるような気がしたのだ。

ふと顔を上げると、さきほどまでおれたちがいた石灰岩の壁面が見えた。あそこも海の底だったわけだから、つまり、この一帯が海水に覆われていて、古代のフズリナやら放散虫やらがうじゃうじゃ漂っていたのだろう。そして、みんながきょう探していた古代のサメなども、獲物を狙って泳いでいたに違いない。

水の底から空を見上げる気分。自然と浮力を感じて、ふわっと身体が軽くなったように思う。

というのは、ほんの一〇秒、二〇秒のあいだのことだ。

おれはすぐに古代の海底から、現代の川べりに戻ってきた。

「チャートの色は本当にいろいろあって……」と岩月さんは話を続けていた。

「ここでは灰褐色ですが、もっと赤っぽいのから、緑っぽいのから、黒っぽいのまで、成分によっていろんなものがあります。わたしは赤っぽいチャートが一番きれいだと思っています。実は、もう少し歩くと、チャートと石灰岩の交互層も見られますよ。定期的に環境が変わって、そんな地層ができたんですよね」

ものすごいマニアックな解説で、残念ながらおれにはよく分からなかった。

二年生たちは、山道でも元気な岩月さんのペースで石灰岩地帯を歩きまわり、すでに疲労困憊(ひろうこんぱい)していた。最初から息が上がっていた市原さんはもう岩陰に膝をつき「もう、岩のことはいいよぉ」とぼやいていたし、他の二年生たちも、うつむき加減で立ち尽くし、目がうつろだった。

「おーい、おまえら、もう食事とった方がいいんじゃないか」と自分自身、疲れた様子の苫米地先生が言った。

「岩月には悪いがいったんキャンプ場に戻ろう。みんな腹が減っただろうし、弁当を食べよう。その後で、リラックスする時間も必要だしな」

岩月さんはうんうんとうなずき、おれたちはキャンプ場に向けて歩き出した。ゴールデンウィークだから、キャンプ場はとても賑（にぎ）わっており、管理棟にある売店だけでなく、臨時に設置された天幕にも露店がいくつも出ていた。

おれたちは、少し離れた場所で弁当を黙々と食べ、食べ終わるとそれぞれ体を休めた。市原さんは、ヘルメットを顔にかぶせて大の字になり、神保さんは木の幹に背中を預け、奥寺さんと仁科さんは肩を寄せ合ってうとうとし始めた。

きょうの計画は、バスを降りた停留所から、景観がよいところを通って、地質的な注目ポイントをめぐるものだった。絶景ポイントを経由するために遠回りすることになった分、体力を削（そ）いでしまったかもしれない。

「こりゃあ、きょうはここまでかな」と苫米地先生が頭をかいた。

「元気なのは、岩月と坂上だけか。二人とも体力があり余っているようだが、しばらく待ってやってくれ。まあ、安全第一だしな。どっちにしてもまずは休もう……」

そう言って苫米地先生も木陰に横になり、午睡モードに入った。

さて、おれはどうしたものか。

目を覚ましているのは、岩月さんとおれだけなので、また、さっきの続きを語らうのはどうだろう。そう考えて、さりげなく近づいたのだが、期待はあっさりと裏切られた。

「あれ、花音？　びっくりしたなあ。まさかこんなところで会えるとは思ってなかった」

突然、声が響いた。決して、大声というわけではないけれど、川の音に負けずにしっかりと聞こえてきた。自信にあふれたテノール歌手みたいな声質だった。声の主は、細身で、きりっとした顔つきで、濃紺のジャージを着ていた。

「ケイちゃん！　びっくりした。きょうはわたしたち、地学部の巡検なんだよ」と岩月さんが、相手の名前を呼んだ。

「なるほど、地学部ならこういうところにも来るんだね。ぼくたちは、いつものところで登ってるから、後で気が向いたらのぞいてみて。きょうはユースのほぼ高校世代だけだから、フーガはいないけどね」

そいつは、爽やかな雰囲気で去っていった。

その後、岩月さんの様子がおかしくなった。そわそわして、時々、宙を見て、心を別のところに飛ばしてしまっているみたいだ。

おれとしては、おもしろくない。

いきなり登場した男が、地学部の巡検に専念していた岩月さんの心を乱した。おまけに、やりとりを聞く限り、岩月さんをファーストネームで花音と呼んだり、逆に「ケイちゃん」と呼ばれたり、ちょっと込み入ったことを知ってそうな雰囲気だったり、つまりは、けしからんやつだ。

岩月さんは、挙動不審である。

キャンプ場の芝生の部分と河原への斜面を行ったり来たりして、拾ってきた石を持ったまましばらく固まっていたかと思うと、いきなり手を空にかざす例の仕草をする。雲を包み込むかのように手を広げたら、石を落としかけてあわてて摑み直した。

「おーい、休んでおけよ」と苫米地先生に言われて、花音は「はい」と素直に従った。

岩月さんは自分の頭を両手で挟み込むような姿勢で座り込んだ。すーっと大きく呼吸をしたかと思ったら、精神を集中するみたいに目を閉じた。すぐに呼吸が規則正しくなり、それに合わせて肩が上下した。なんのことはない。岩月さんだって疲れていたのだ。体力的には元気でも、朝からリーダーを任されてきたのだから精神的な疲労は相当なはずだ。

少し安心したら、おれも急に眠気を感じた。ふだん夜型なのに、きょうは夜明け前に起きて、始発に近いバスで集合場所の駅に向かった。昼食後に、眠気の波がやってくるのは自然だった。

膝を抱えてうとうとしていると、巨大な岩山を登り続ける夢を見た。明らかにきょうあちこちで見たクライマーの姿に影響されていた。

ただし、おれの登り方は独特で、まるで映画に出てくる超人みたいに壁を垂直に駆け上がった。ふと気づくとずいぶんな高さに達しており、ものすごい景色が広がっていた。それはこれまで見たことがないほどの高みから、地球の丸みがそのまま分かるんじゃないかというほど遠くまで見渡した光景だった。爽快だった。

耳元で声が聞こえた。

「ねえ、坂上くん、いいのかな」

「ふぁあ」とおれは間抜けな返事をした。

「岩月さん、さっきからいないじゃん。どっか行って帰ってこないみたい」

この声は、仁科さんだ。落ち着きのある奥寺さんと、はつらつとして地元のなまりも時々入る仁科さんは、すごく対照的なキャラだった。

「え、なんすか。苫米地先生が休めって言ってましたよね」

「ベッチーは、救急セットを借りに事務棟に行ったよ。市原の足の裏の皮がむけて、ちょっとひどい状態みたいだって。それで、今気づいたんだけど、岩月さんがどっかに行っちゃったみたいだよ」

「まじすか。仁科さん、心当たりは？」

「わかんないけどさ、さっき、岩月ちゃんと話してた男の人いたでしょ。あたしは、眠たくてスルーしたけど、あれ、うちの高校の上級生だよ。夏凪さんっていって、女子に人気がある有名人だよ」

　おれの背筋をピキンと電流が走った。

「言っとくけど、恋はいつでもスーパーセルだよ！　突然始まって何もかもなぎ倒す勢いで成長するんだから」

　仁科さんのわけがわからない言葉に、おれは弾かれたみたいに立ち上がった。

「おれ、様子を見てきます！」


　河原に転がっている巨岩の中でも、特に大きなもののまわりに人だかりができていた。みんなキャンプというよりは、運動をしに来ているらしく、スポーツウェアの人ばかりだった。つまり、クライマーだ。

「どうしたんですか」おれは、人だかりの中のマッチョなおじさんに聞いた。

「夏凪くんたちのグループが、初段の課題『空を摑むつもりかい』にチャレンジしているんだよ。今は、女の子が登ろうとしてるところ。あの体格じゃ、ちょっときつい課題なんだけど、あの子、隣の一級課題、『電撃ハイパー』を一撃してるんだよ」

「なんですかそれ。初段とか、一級とか、なんとかって課題とか」

「ああ、登る人じゃないんだね。つまり、段や級というのは難しさのランクで、初段は相当難しいものだよ。課題の名前は、その課題を考えた人に命名権があるんだ。このあたりには、『つばめ返し』とか『アララト山の頂き』とか『美空ひばりと歌いたい』とか、変な名前がついているやつが多いよ。わけがわからないけどね」

まじでなんかよくわからないが、今登ろうとしているという女の子の背中を見た瞬間、おれの心臓がどくんと鳴った。

岩月さんだ。

おれは「ちょっと待ったー！」と叫びたくなった。

岩月さんのことを、遠くに感じた。地学部で巡検を率いる地質班の岩月さんではなく、おれの手の届かない世界の人に見えた。

でも、おれは結局、声を出せなかった。

岩月さんは、地面に敷かれたマットの上に立って、巨大な「ツルスベ」の岩を見上げている。

その岩は、河原に転がっているものとしては相当な大きさで、岩月さんの身長の二倍から三倍くらいの高さがあった。こっちから見える断面は、ちょうど富士山をすっぱりと縦に切ったような形で、その向こう側は石切り場で切り出したみたいな角張った形をしていた。

「空を摑むつもりかい」というのは、この岩を登る「課題」につけられた名前だという。

岩月さんは、まさにその課題名の通り、空を摑むような例の仕草をしてから、一歩前に進んだ。そして、左足のつま先をちょっとした岩のくぼみに置き、左手は顔あたりの、右手は胸の高さの岩の出っ張りにかけた。そして、右肘を張ってから、ぐいと体を引き上げた。最初は力技に見えたけれど、いつも、三点支持できる体勢から、別の三点支持の体勢に素早く移るみたいで、安定感があった。

自分の身長くらいの高さまで上がった時、動きが止まった。

「最初の核心、つまり難しいところだね」とさっきいろいろ教えてくれたおじさんがつぶやいた。

たしかに、そこよりも上には、指をかけられそうなくぼみや足を置けそうな出っ張りなど、なにもないように見えた。

それでも、岩月さんは左手を伸ばして、おれにはよくわからない細かなくぼみに指をかけた。

でも、浅かったようでつるりと滑らせて、見ている人たちがどよめいた。なんとかこらえて、今度は手ではなく足を顔の高さまで振り上げた。

「ナイス！」と声が上がった。

「ヒールフック！　あの柔軟性は見てほれぼれするね」とおじさん。

今度はなんなく高度を上げた。

おれはもう、単純に見とれた。

岩月さんの登りは、こんなにも柔軟で力強い。

おれにとっては、はじめて見るリアルなクライミングでもあった。正直、これがどれくらいのレベルなのかは分からなかったけれど、とにかく、おれも含めて見ている人たちを夢中にさせているのは間違いなかった。

どんどん胸が高鳴ってきた。入学式の後で見た透明な翼を、岩月さんは本当に持っている。これはもう、登攀というより、むしろ壁を滑空しているかのようななめらかさだ。

でも、それは、いきなり終わりを告げた。全体の四分の三くらい、高さでいえば、おれが背のびをして手が届くよりも少し上に行ったあたりで、つるつるの表面を摑みそこねた。

岩月さんは翼を失って転落した。

もちろん下にはマットが敷いてある。岩月さんが落ちてきたところで、近くに立っていた男性が、うまく体を押して、マットの真ん中に安全に倒れるように仕向けた。岩月さんは、そうされるのが当たり前というふうに、押される力をうまく使って体をねじり、仰向け(あおむ)けに倒れた。

その男性というのは、つまりトップクライマーで、仁科さんが言っていた有名人の夏凪ってやつだ。おれが嫉妬の気持ちを燃え上がらせているうちに、周囲からは拍手が湧き起こった。かなり難しい「課題」で、岩月さんの登りはよいトライだったということだろう。

それでも岩月さんは、ちょっと納得いかないというふうに首を振っていた。そして、両手を空と岩の方向にまたも差し伸べてから、目を細めた。

おれは、はっと気づいて、またも背中にピキンと電流が走った。

ふだんから岩月さんがよくやる仕草は、つまりは、登るときの動きなのだ。今さら気づくのもなんだが、一度登るのを見てからはすんなりと分かった。

どうやって壁に取り付いて、どういう手順で登っていくのか、そのときの手の動きをシミュレートしている。今も寝転がって岩を見上げて、登ることを考えている。

岩月さんは地学部にいながら、クライミングのことを考えていたのは間違いない。おれにしてみると胸に痛みを感じざるをえなかった。

それにしても、なぜ？　と思う。

岩月さんは「登らない」と言っていた。でも、さっきの登り方を見ていると、かなり本格的なアスリートのように感じられた。まわりで見ていた人たちの反応からも、「ただの素人ではない」ことは明らかだった。

かなりもやもやしてしまったが、岩月さんが着ているTシャツの裾がはだけて、へその上までお腹が見えた瞬間、すべての思考がぶっ飛んだ。いや、新たな方向のもやもやが急浮上する。

その色白できめ細かな肌のお腹は、腹筋がバキバキに割れていた！　とてつもなくなめらかで力強く、美しかった。おれは単純に見とれ、鼻血が出るんじゃないだろうかってくらいに顔が熱くなった。

おれは自分自身の腹に手をやって、腹筋の上に乗ったうっすらとした脂肪を確認した。おれに比べて、岩月さんのは完全にアスリートの体だ。なにかの事情で、地学部の活動に入れ込んでいるけど、やっぱり本籍はそっちなんじゃないだろうか。

岩月さんがマットからどいて、次の人が挑戦する。

これは夏凪と同じグループで、カクッとした筋肉質の長身の男性。体つきはいかついのに顔つきはぬぼーっとした童顔なので、アンバランスな印象だ。

しかし、登り方は力強く、迷いがない。でも、岩月さんが最初に苦労したところをジャンプしてクリアしようとしたところ、結局つるっと手が滑って落ちてきた。

「一つ目の核心で落ちたね。クライミングって体格が良ければいいってもんじゃないとわかるでしょ」とおじさんが教えてくれた。

その教えの通り、次から次へと挑戦する体型的には恵まれた連中が「がんば!」の声援を受けて粘ったものの、岩月さんが行ったところまでたどり着く人はいなかった。

「お、夏凪くんが行くよ。注目するといい。今の日本の若手ナンバーワンで、来年のオリンピック代表の最有力候補だからね」

「まじすか……」

おれはぐうの音も出なかった。あの爽やかでイケメンの夏凪は、そこまでのやつなのである。

実際、ほかのクライマーとは風格が違った。とんとんとつま先でジャンプをしてから岩を抱擁するようなさりげない仕草ですら、堂に入っていた。

スタートの手順のところに両手を添え、やおら登り始めた。

最初の印象は、のらりくらり、だった。それほど力が入っているわけでもなく、一手一手を繰り出して、岩月さんが柔軟性を駆使して処理した「最初の核心」も、彼の手の長さでちょうど届く岩のくぼみを使ってなんなくクリアしてしまった。

問題は第二の核心だが、ここで夏凪のスタイルが急に変わった。パワフルだ。体を大きく振って勢いをつけて次のところを取りに行く。

「ケイちゃん、がんば！」と岩月さんが声を出した。

おれは息を止めて見入った。

手がぐんと伸びて、なだらかに出っ張った部分に手のひらを張り付けるみたいに掴んだ。一瞬足が宙ぶらりんになったけれど、それもうまい場所に置いて止めた。

あとは二手だった。

足を上げて、次の場所を掴み、逆の足を持ち上げて、もう一手。最後はややオーバーハングしているため、空を掴むみたいな角度で手を差し出さなければならなかった。しっかり保持してぐいんと体を持ち上げ、岩の上に跳び乗った。

拍手が湧き起こった。

「ケイちゃん、ナイス！」

夏凪は手を振ると、最後の一手の時の動き方で空を指し示した。高いところで誇らしげに空を指差す仕草は、純粋に格好よく、眩しかった。

「この課題を登ったことがある人にだけ許される、ドヤ顔というか、ドヤポーズだね。

おまけに一撃だったから、価値が高い」と解説のおじさん。

おれはうっかり見とれていた自分に腹が立ってきた。

夏凪が傾斜のゆるい岩の横側から降りて戻ってきたところで、おれは前に進み出た。

「おれにも登らせてください」

若手ナンバーワンだろうが、オリンピック代表候補だろうが、そういうのには負けていられない。

「あ、いいよ。さっき会った地学部の人だよね？　経験者？　違うなら、すごく難しいと思うけど、難しさを体験することはできると思うよ」

夏凪が、とても爽やか、かつ、偉そうに言ったので、カチンときた。

「あ、シューズはスニーカーだね。サイズが合いそうなら誰かのを貸そうか？」

「いえ、おれにはこれがいいんで」

スニーカーで走ってきて勢いをつけて登ってやる。

さっきうとうとしていたときに見た夢のイメージだ。壁を登る人たちに対して、おれは壁を駆け上がるんだ。

マットの外から勢いをつけて、その勢いを殺さないように足をかけた。そして、ぐいと体を持ち上げた……つもりだった。

しかし、相手は「ツルスベ」のチャートである。足も手も見事に滑り、おれは岩にぶつかって目に火花が飛んだ。

どよどよと、失笑の成分が多く混ざった声が聞こえてきた。

おれは「でい！」と自分自身を鼓舞して、立ち上がった。すると「がんば！」と声がかかった。

さっきも「がんば！」の声が出ていたけれど、クライミングでは、今、登っているやつにそういうふうに声掛けするものらしい。

いつのまにか岩月さんが近くにいて、「この岩は本当に悪いよ」と言った。

「悪いもなにも、おれには他に比べるものもないし」

「おまけに、名前の割につまらない」

「え、どういうこと？」

「子どもの頃に登れなくてくやしかったルートがあるんだ。似た名前だったんだけど……こっちは難しいことは難しくても、名前ほどおもしろくない」

「へー、やっぱり登ってたんだね」

岩月さんの話し方に、ふだんは現れてこない独特な熱をはじめて感じて、おれはしげしげと見た。

「うん、あ、でも、ごめん、今はそんな話じゃない。そのスニーカーでちゃんと足がかかるところなんてないかもしれないって言おうと思ったんだ」

岩月さんは、指先を岩に寄せて、おれを見た。

「使える可能性がある場所は、三箇所くらい。それもわりと離れているから、どう使うかが問題。あと、手の方も、ぱっと摑めるところってほとんどなくて、それでも比較的持ちやすいのは、あそことあそことあそこ」

岩月さんが指差しながら解説してくれて、おれは勇気が湧いてきた。

「おーい、がんば！」と聞き知った声も聞こえてきた。

地学部の面々もいつのまにかやってきていた。奥寺さんと仁科さんが両手でメガホンをつくって「がんば！」を繰り返している。神保さんはちょっと頰を赤らめた様子で、夏凪のことを見ていた。まあ、あの登りを見たらカッコいいと思うよなと、おれは素直に認めた。

足の裏がズルむけで痛いはずの市原さんも蒼い顔をしながら見てくれている。おれは今や、自分自身だけでなく、万葉高校地学部の名誉まで背負っている気分になった。背負うものが多いほど、力を出せる。きっとそうだ。

おれは岩月さんがくれた情報と大きな勇気に、地学部の先輩たちの「がんば！」を重ね合わせて、二度目の挑戦に臨んだ。

今度は冷静に最初に足をかける場所を見定める。そして、その時、手はこのあたりを摑み、次に足はどう動かし……と最後までイメージした。そして、地学パワーを身にまとう。というのはテキトーだが、さっき知ったばかりのチャートが海でできた堆積岩だというのを思い出し、「ここは海、ここは海」と自分に言い聞かせた。浮力を得たイメージでふんわり跳んでやる！

速い助走から一歩目、かなり上のところにある出っ張りに足をかける。よし、ちゃんと力が伝わる。ふわっと浮き上がるイメージで蹴る。手で掴んだところも、滑りそうになりながらもなんとか耐えた。

二歩目も予定通りのところに足を置けた。いいぞ、まだ助走の勢いは死んでいない。ほとんどジャンプするみたいに次の手足の位置に跳び三歩目で、力を入れようとしたとたんにするっと力が抜けた。真上に跳ぶべきなのに、斜め上、岩から離れる方向に跳んでしまった。おれはまた、無様にマットに横たわることになった。

でも、今回は拍手が聞こえた。ジャンプして届いた高さだけなら、さっき岩月さんが登ったあたりまで行ったし、つまり、それって、夏凪、岩月についで三位ということだ。単純に高さだけで決めればだが。

「めちゃくちゃ」と誰かが言った。夏凪グループの人かもしれない。

「この課題じゃなくて、隣の課題の『とってもナヤンデルタール』にはみ出してたよね」

「スタート点から違うし、同じ課題ではなかったということで」

つまり、おれが自分たちよりも上に行ったのが気に食わないらしい。

「まあ、そうだけど」と明るい声を出したのは、夏凪だった。

「今のすごかったよね。ぼくらは、クライミングシューズを履いてるけど、同じことできるかな」

メンバーの一人が、おれと同じことができるか確かめた。でも、最初のところまで足が上がらなかった。

「身長もそうだけど、跳躍力があるってことだね。いや、まいったよ。きみ、名前は？　あ、ぼくは夏凪渓。花音とは子どもの頃からのクライミング仲間なんだ。今、万葉高校の三年生だよ」

「おれは、坂上瞬です。岩月さんとは、中学から一緒で、今は同じクラス、同じ部活、同じ班っす」

おれはことさらつながりを強調した。

「なるほど、ぼくが知らない花音を知っているんだろうね。きょうは、最近、登っていないはずの花音があれだけ登るのにびっくりしたけど、坂上くんにも驚かされたよ。また、機会があったら一緒に登ろう！」

明るく言った後で夏凪は、おれの耳元に口を寄せた。

「実は、頼みがある。ぼくは花音にまた競技の場に戻ってきてほしいんだ。きみも応援してくれないか」

「いや、おれは地学部で、岩月さんも地学部ですから」

おれは強く言い返した。

だから、きょうみたいなことは特別で、岩月さんは競技とやらにも戻らない。科学研究コンクールや、国際地学オリンピックだって控えているのだから。

「それは残念」と夏凪が言った。「でも、一回、遊びにきてよ。うちの学校には壁がないから、ぼくは駅の向こうのジムでいつも練習してる。さっきも言った通り、ぼくはきみにも興味があるし、苦米地先生も理解してくれると思う」

「それは遠慮しておきます」

必要以上に、日々の生活をかき乱したくない思いゆえに、自然とそういう対応になった。

ところで、苦米地先生が理解するというのはどういう意味だろう。

「うああ！」と声がした。

岩月さんがすぐ近くで、白灰色の大きな石を拾い上げて、顔を近づけていた。上の方から転がってきた石灰岩だ。

「これ、たぶんサメの歯です」

「おおっ」「ええっ」と地学部員たちが一気に距離を詰めて、岩月さんのまわりに集まった。

もちろん、おれも、である。

「気になったんですよ。この転石、なにかあるって。そうしたら、ほら！」

白灰色の表面に矢じりみたいな形がいくつか連なっているのが見えた。それらはくっきりと浮き上がって……いや、凹んでいた。これはどういうことだろう。

「印象化石です」と岩月さんが言った。

「つまり、石が割れて化石が出てきた時に、化石そのものと、それを覆っていた『型』のような部分に分かれるよね。ここでは、その『型』の方が見つかったってことだよ」

神保さんが解説してくれた。

「ということは、まわりに化石の本体が転がっているかも」と奥寺さんが気づき、おれたちはみんなで這いつくばるみたいにしてまわりを探した。

「サメ、サメ、サメ！」と仁科さんが謎のテンションを発揮し、「まったく、なんでぼくまで」と市原さんがぶーぶー言うのが対照的だったけれど、結局、みんなものすごく熱心に取り組んだ。きっと古代のサメの引力のせいだろう。そのうちに夏凪のグループやまわりのクライマーたちまで加わり、ちょっとした化石ブームが巻き起こった。しかし、三〇分くらい探してもめぼしいものはなく、結局、おれたちはその印象化石だけを持ち帰ることにした。

去り際、岩月さんが遠い石灰岩の壁面を見上げていた。

「どうしたの？　なにか見える？」

「あ、そうじゃなくて――」

岩月さんは目を伏せて言い淀んだ。

「化石の本体が見つからなくて残念だったけど、おれ、すごく感動してる。ラッキーだよ。だって、はじめての巡検で、サメの歯、見つけたんだから」

「印象化石だけどね……」

「うん、それでもすごい！」

岩月さんがまた目を遠くの岩肌に向けた。

「……あそこから、落ちてきたのかな」とおれだけに聞こえるくらいの声で言った。

おれは返事をしなかった。その目元から頰にかけてのなだらかな曲線や、なぜか祈るみたいに胸の前で絡まった両手の指を見ていたら、胸が高鳴ってしまったからだ。

第二部　スポーツクライミング（二〇一九年夏）

一

「坂上くんは、これまで運動についてどう聞いていましたか」と新しい主治医の小籔先生が聞く。

小籔先生はこの春からおれの担当になったばかりの若い医師で、おれはまだ少し緊張する。以前の里見先生は、父親と祖父の中間くらいの年齢の柔和な人物だったが、この四月に別の病院に院長として転出してしまった。それで、後任に若くてちょっとピリッとした雰囲気の小籔先生がついてくれたという流れだ。

「体育で運動するのは構わないけれど、部活で選手を目指すような強い運動は避けるように言われてきました。当時、野球部だったんですけど、やめることになって……」

「運動をやめてから、どうですか？　急に環境が変わって、大変だったんじゃないですか」

「最初は落ち込みましたけど、まあなんとか。運動部の連中を見てると、今もうらやましいですけど」

「なるほど。今度あらためて保護者の方も一緒にお話しした方がいいかもしれません」

小籔先生はパソコンに入力しながら、そんなことをさりげなく言った。

「ええ、なんかおかしなところがありましたか」とおれはドキドキしながら聞き返した。

「数値自体は相変わらずで、血尿は潜血のみ、尿蛋白も低い値に抑えられているので、このままいけばいいですね。ただ強い運動をするとどうかというのは、また別の問題なんですよ。最近、いろいろ考え方も変わってきているので、これを機に、治療と生活の指針を考えなおした方がいいかもしれません。急ぎませんから、ご両親のどちらかがご都合のいい時に予約を入れてください」

中学二年生以来、おれは定期的に小児専門病院の腎臓内科を受診している。四月の学校健診で腎臓の問題が発覚し、以来、ずっとお世話になっている。

受付におもちゃや絵本がたくさん置いてあるような病院におれみたいな身体の大きな高校生が通うのはかなり気恥ずかしい。しかし、健康のためなのだから、そこは割り切るしかない。三ヶ月に一度、採尿と採血をして、結果を聞くサイクルをもう二年も繰り返してきた。それが、今回、久々に保護者を呼べと言われて、おれはかなり戸惑った。

「わかりました。親に聞いてみます」と言って病院を出てから、体が震えているのに気づいた。

この前、親と一緒に来たのは、ことが発覚して検査入院までした中二の時だ。その時、おれはそれまでの生活を根本的に変えざるをえなくなった。

「今のところ日常生活には差し支えありませんが、一生付き合っていくことになります。

現時点で、気をつけることは血圧くらいとはいえ、激しい運動は控える方が無難です」と前任の里見先生は説明した。

診断と治療、尿蛋白から見える進行度の話などを教えてもらい、当面は血圧を下げる薬を飲みつつ様子を見ていくことになった。それだけで抑えられない場合には、免疫抑制薬やステロイドなどを使った治療に進むこともある。さらに、それでも腎機能が維持できないときには、透析治療を受けたり、親から腎移植を受けたりするオプションもあると聞いた。もちろんそこまで行かずに治療が奏功するのが一番いいシナリオだが、いずれにしてもこれまで通りの生活ではいられない。

いきなりそんな告知を受けて、おれは泣きそうになった。いや、実際、一人きりのときには泣いた。

というのも、当時の里見先生から示された「気をつけた生活」というのが、おれにとっては受け入れがたいものだったからだ。

「日常的な運動は問題ありません。でも、マラソンや競泳など長時間の運動や、選手を目指してがんばる部活動などはやめておいた方がいいでしょうね」

最初、何を言われているのかわからなかった。

当時のおれにとって、野球は生活のすべてとは言わないものの、八割方をしめていた。自分で言うのもなんだが、野球部ではいずれ中心選手になると期待されていた。俊足の大型外野手で、いざとなれば内野も守れた。打順は一番だが、体格からいって将来クリーンアップを打つつもりでがんばれと監督には言われていた。

自分で感じる限り、体はすこぶる元気だし、悪化するといずれは透析やら腎移植やらと言われても、実感がなかった。これだけ元気なのに、どこが病気なのだろう、と。

結局、おれがこの件を受け入れることができるまで二ヶ月くらいはかかった。野球部をやめる際、マネジャーとして所属し続けてはどうかと監督に勧められたが、活躍するチームメイトを近くで見ているのはつらいだろうと思って辞退した。

以来、おれは「帰宅部」になって、読書を趣味にした。最初にハマったのは、主人公が異世界に転生してチート能力を発揮するタイプのラノベで、おかげでおれはすっかり中二病に罹患した。主人公が同じ時間を繰り返すループものも、ジャンルとしてかなり好きだった。

おもしろいもので、何ヶ月か過ぎるとおれの中の運動部員としての自覚は剝がれ落ちた。日々の細々とした諸注意を、身に染み付いた行動のレベルに織り込むのにも慣れた。例えば、肉や魚、つまりタンパク質を食べすぎない。塩分もとりすぎない。バナナはカリウムが多く含まれているので要注意とネットには書いてあるが、おれの現状では気にするほどではない。体育の授業は、エネルギーを発散できる格好の機会だが、やりすぎてはならない。などなど。

板についてきたと思っていたのに、やはり高校に入ってから少し意識がゆるんでいただろうか。体力テストの件は、ちょっと反省すべき例外だ。奥御子巡検も体力をかなり使ったたし、その結果、少し症状が進んでしまったらどうしよう、という気持ちはどこかにあった。

そんな折、新しい主治医が、生活指導について新たな方針を考えようと切り出したのは、つまり、今度こそもっと本格的な運動制限が出るのかもしれなかった。

体育すら出席できないとなると、おれのあり余るエネルギーをどうやって発散させればいいのか。いろいろ考えてもんもんとしていた昼休み、二年生の仁科さんがわざわざクラスにやってきて、岩月さんとおれを廊下に呼び出した。

「急なんだけど、きょうの放課後、時間がある人は、この前、奥御子で会った夏凪さんたちの練習を見学しに行こう。詩暢とジンボが引率してくれるよ。あたしは先約があって、すっごく残念だけど」

仁科さんは、自分が行けないということを心底、悔しそうな顔をして強調しつつ、スマホの画面をおれたちの方に見せた。夏凪とのやり取りで、きょう見学に行くことに決まったいきさつが追えた。夏凪は近々海外の大会に出かけてしまうため、急に話が進んだようだ。

「てか、仁科さん、あの時、連絡先を聞いたんすか」とおれはまず聞いた。

「いや、詩暢がシャイだから、わたしも一緒に聞いてグループ作って……」というふうな経緯だそうだ。

なお、詩暢というのは、奥寺さんのファーストネームだ。ちなみに、仁科さんは円果、神保さんは一希（かずき）、市原さんは遥輝（はるき）である。

「わたしは、きょう県博に行くので参加できません」と岩月さんがすぐ反応した。

「じゃあ、おれも……」と同調しようとしたら、最後まで言う前に、仁科さんが割り込んだ。

「坂上は行くの。夏凪さんは、そもそも論として、坂上と話したいんじゃん。そこにあたしたちが、一緒に見学させてもらうという体だから」

「なんすか、それ」

　仁科さんがスマホを操作して、やりとりの最初の方を見せてくれた。たしかに、「坂上くんと話がしたいので――」と始まっていた。

　そして、仁科さんは耳元に口を寄せた。

「それと、あたし、ぶっちゃけ、詩暢が心配なんで、ちゃんと様子を見ておいて。まあ、ジンボが行くのもそのせいなんだけどね」

「よくわかんないっすけど、無理やりっすよね」と言いながら、おれは、まだ医師から本格的な運動制限を言い渡されていない今なら、そこでめいっぱい体を動かしても許されるんじゃないかとふと思った。

　風が強い。

　海が近いせいで、潮の気配を感じる。

ちょっと前を行く奥寺さんは、髪を乱されて何度も頭を押さえていた。さらに前には神保さんがいて、毅然とした足取りで進んでいる。

いきなり大きな声で呼びかけられた。

「やあ、地学部！　待っていたよ」

雑居ビルがある交差点の手前で、かの夏凪渓が無邪気に笑いながら手を振っていた。

おれはその笑顔を睨みつけたが、夏凪の方は意に介さずというふうに、さらにおれに向けてふんわりと笑いかけた。思わずこっちも表情をゆるめざるをえないほどの邪気のない笑顔だった。思い切り力んで空振りしてしまったおれは、人間としてのスケールの違いをこの時点でもかすかに認めざるをえなかった。

夏凪渓。万葉高校三年生。中学生時代から世界レベルのクライミング選手として活動する。ワールドユースでの優勝後、フル代表の大会でも入賞の常連となり、今、日本で最も期待を集める競技クライマーだと言われている。その世界では超有名人らしいが、学校では存在感が薄い。部活動に所属していないことと、海外遠征が多いこと、登校している日でも放課後はすぐに学外の練習場へ行ってしまうことから、校内での人間関係が深まらない悩みがあるとか。

以上は、おれがネットで見つけたいくつかのインタビュー記事から得た知識だ。万葉高校にはクライミング部も山岳部もないから、当然、生徒が使えるクライミングウォールもなく、入学当時、学内にある急な斜面を使って基礎練習をしていたなどという苦労話も書いてあった。その斜面には一時「夏凪ウォール」という名前までついたそうだが、駅前にジムができてからは使わなくなったという。

まあ、そんなこんなで、高校三年生ながら世界で活動する世代最強のクライマーが夏凪渓だ。そして、そんな男が、今のところまったくの素人であるおれを名指しして、練習の見学に来ないかと誘ってきた。かなり意味不明の出来事だが、おれは自分の中にあるいくつかの引っ掛かりと、仁科さんから言われた頼まれごとの件もあって、来ることになったわけである。

「お久しぶりです、夏凪先輩！　わたし、同中です。中学生の時からファンでした！」

奥寺さんが声を弾ませて言った。そして、自分の声の勢いが急に恥ずかしくなったみたいにうっすら頬を染めた。夏凪が慣れた様子で「ありがとう」と言って握手すると、奥寺さんは耳たぶまで真っ赤になった。

仁科さんが、奥寺さんのことを「心配」と言った理由を、おれはこの時点で理解した。奥寺さんは目にハートが入っているんじゃないだろうかってくらい恋する乙女状態になっていて、一方で、神保さんが夏凪を見る目は、もう今にも殴りかかりかねないほど熱く燃えたぎっていた。

おれも、奥御子の河原で夏凪と相対した時、同じような目をしていたかもしれない。おれにとって、この男は、岩月さんのことをおれよりも前から知っていて、親しげに語りかけるけしからんやつだ。その時のことを思い出して、おれも強く睨みつけた。

夏凪はまったくそんなことを意に介さずに、穏やかな挨拶を交わすと、おれたちを角を曲がった向こうへと導いた。巨大なプレハブみたいな建物が向かい側に現れた。

「クライミングジム・ヨセミテ」だ。県内のクライミング選手が集う練習の中心地で、県の強化指定選手がここで登っていると聞いた。きょうは、正式な練習日ではなくて、選手たちの自主練だから、夏凪はおれたちを見学に誘ったということらしい。

「まず、入り口から左側のエリアにあるのが、ボルダー壁で、これは命綱をつけずに登るやつだよ。奥御子でぼくたちが登った岩を、室内で再現したと思っていい。壁にくっつけてあるいろんな形の出っ張りは、ホールドといってプラスチックでできている。ボルダー壁は高くても四メートルくらいまでで、ロープを使わないから、初心者でもすぐに登りやすいのがポイントだね。今、ちょうど、県強化指定の中学生のグループが練習している」

夏凪が指差した先では、明らかに体つきが幼い子たちが何人か壁に取り付いていた。元気いっぱいの小柄な男子選手が、落ちても落ちても何度も壁に跳び付いていくのが印象的だった。それを見る限り、四メートルという高さは結構怖い。下の分厚いマットがなければ確実に怪我（けが）をするし、マットがあっても落ち方がまずいとやはり怪我をしそうだ。

「そうなんだよ。ボルダーだから安全というのは間違いで、なめていると怪我をする。おーい、ユースＡ！　登るときは集中！　遊びとは切り替えよう！」

夏凪が手でメガホンをつくって、中学生たちに呼びかけた。効果てきめんで、中学生たちの動きが変わった。なかなか統制がとれた集団だ。

いやそんなことより、なぜ夏凪はおれが安全について気にしたことがわかったのだろう。またにっこり笑いかけてくるわけだが、こいつはテレパシーでも使えるのではないかと不気味になった。

夏凪は体の向きを変えて、入り口の右側にある高い壁を指し示した。

「こっちが、いわゆるリードクライミング用の壁。ロープを使って登るやつで、たぶん、普通、クライミングっていうとこのイメージが強いんじゃないかな。ハーネスをして、ロープをつけて、そのロープのもう片端を誰か別の人に持ってもらってビレイ、安全確保してもらう。今、ユースA、高校一、二年くらいの選手たちが登っているのが見えるでしょう。コンビを組んでお互いにビレイするのが基本なんだよ。クライマーは互いに、命を預け合っているんだ」

最後の「命を預け合っている」の部分で、夏凪はまたおれを見てふんわり笑った。いや、おれだけではなく、地学部の三人全員をちょっとずつ見て、笑いかけた。

いい笑顔だと、おれは認めざるをえなかった。包容力があって、笑いかけられた側をほわーんとした気分にさせる。

おれは夏凪からの視線を切って、リードクライミング用の壁に注目した。奥御子でも見た肩幅の広いカクっとした体つきの選手が、ロープをつけて登り始めていた。ひょいひょいと手を伸ばして、みるみる高度を上げていく。おれには難易度はわからないが、淀みないことは間違いなかった。

安全確保のための手順があることで、ボルダーとは動き方が違ってくる。登るルートの途中には何箇所もカラビナがぶら下がっていて、クライマーはその高さまで達すると、そこにカチッとロープを通して留める。「クリップする」というそうだ。つまり登りながら、自分の到達高度に合わせて、落ちた時の備えになる支点を作る。そして、ロープの端を持っているビレイヤーは、登る様子を見ながらロープの長さを調整し、落ちた時にすぐにロープが張るくらいに保っていた。

結局、おれたちはカクっとした選手が一番上に行くまで、じっと見つめてしまった。

「張ってください！」とその選手が言い、「張りました」とビレイヤーが応えた。

「あ、アリョーシャ、トップロープにしておいて！」と夏凪が大きな声で言った。

「はい、わかりました！　じゃあ、ゆっくり下ろしてください！」

アリョーシャと呼ばれた選手が、了解とばかりに手を上げた。

ビレイヤーは言われた通りに、ゆっくりとロープを繰り出した。アリョーシャは少しずつ降りながら、一番上のクリップはそのままに、他のクリップを次々と外していった。

「トップロープというのは、最初から一番上にロープを通しておく登り方なんだ。いちいち一つ一つクリップしていかなくて済むから、初心者の練習にはそうすることが多い。あとで中学生たちが練習に使うから、残しておいてもらった」

なるほど、とおれたちはうんうんうなずいた。

「最後に——」と夏凪が言った。

「最近、作ってもらえたばかりなんだけど、スピードクライミング用の壁もある。これは、その名の通り、クライミング界のスプリント競技だよ。一番上まで一五メートルあって、それをヨーイドンで登って一番だった人が勝ちだ。このジムではその高さは取れないので、前半、後半に分けて設置している。不完全だけど、これはこれで役に立つ。前後半を分けて練習したい時があるからね」

スピードクライミングは、日本ではマイナーな競技だったけれど、オリンピックに採用されたことから、これからは無視できなくなったと夏凪は説明した。今のところ苦手にしている選手が多いものの、五輪ではスピード、ボルダー、リードの三種目総合で金メダルが争われる。

「実は、ぼくも得意じゃなくてね。だって、決まりきった壁を最速で登るなんて味気なくない？　ボルダーもリードも体と技術を使ってパズルを解くような部分があって、そこにボルダーならパワーの要素、リードには持久力の要素が絡んでくる。それが醍醐味（だいごみ）なんだけど、スピードは垂直壁のスプリントだから、まったく別競技だ。まあ、見ている分には楽しいってことは認めるけどね」

そんなふうに壁の説明を終えると、夏凪はまたおれのことを見てふんわり笑いかけてきた。おれはほんわりした気分になるのを警戒しつつ、声を出した。

「それで、結局、なんなんすか。おれに見学に来るようにって言われたと聞いてます」

我ながら食ってかかるような、敵意丸出しの言い方だった。

「まあ、そこは、『興味あったら』と言っておいたはずなんだけどな。そしたら、あの女子、仁科さんが、地学部はフィールドワークが多くて体力勝負のときもあるから、体作りの活動として参考にしたいって言っていたけど」

話をする途中から夏凪さんは顔の向きを変えて、奥寺さんと神保さんを見た。

「そういうことですよね」とうなずきかけると、奥寺さんが「はい、そうです」と答えた。

「じゃあ、はたしてクライミングが体力作りに使えるか、きょうは体験していってください。アリョーシャ！　万葉高校の地学部のお二人にボルダー壁の体験をしてもらって。中学生たちもリード練習の前に、ちょっと手本を見せてあげて」

「はい、了解です。お二人はこちらへ」

アリョーシャは、名前から連想する通り西洋の国にルーツがあるらしい。がっしりした体格に似つかわしくない童顔が印象的だ。おれはアリョーシャが岩月さんの次に「空を摑むつもりかい」を登ってつるっと落ちたり、その後でおれの登り方に文句をつけて、ちょっと不満そうな顔をしていたのをはっきり思い出した。

その彼が奥寺さんと神保さんをボルダー壁の方へ導いた。そして、夏凪は、おれの方に一歩、近づいた。

「ぼくたちは別のところで話そう。多少、こみいった内容なんだ。よかったよ、こんなに早く機会が作れて。ぼくは来週から海外だから、ここを逃したら、一ヶ月以上、先になってしまったかもしれないからね」

「いったい、なんなんすか」と言いつつ、おれは夏凪の後に従った。

後頭部に視線を感じて振り向くと、アリョーシャがやはり不服そうな顔でこっちを見ていた。夏凪がおれのことを買いかぶっているのが気に食わないらしい。夏凪のことを崇拝していると見た。

「うん、ここでいい」と夏凪が腰を下ろしたのは、少し離れたところにあるソファのコーナーだった。奥寺さんたちがいるボルダー壁から一番遠い。つまり、人払いする必要がある話ってことだろうか。

ちょっと距離を取ったところに座ると、夏凪は土下座を思わせるような角度で、頭を下げた。

「やめてください。なんで、おれなんかに、頭下げるんすか」

「だって、坂上くんは、キーパーソンだから」

「意味、わからないっすよ」

「うーん、端的に言うと、坂上くんは、花音に惹かれているだろ」

言われたことの意味が頭の中に入ってくるまで何秒かかかったと思う。そして理解した瞬間、顔がかーっと熱くなった。

「いや、いいんだよ。でもね、花音に魅了されているのは、坂上くんだけじゃないんだ。彼女は特別な子だ。それは認めてくれる？」

おれは反射的にうんうんとうなずいていた。

「花音は、淡々としているように見えて、持って生まれた熱量が大きい。だからいつだってまわりの人たちを温めてきた。ぱっと見は地味かもしれないけど、花音は行動で示す。わかるよね。坂上くんも中学生の頃から長いこと花音を見てきて、気づいたわけでしょう。ならば、仲間なんだよ。ぼくたちは、花音が輝くのをもっと見たい。その思いさえ共有してもらえればいいんだ」

おれは無言で夏凪から少し視線をそらした。

中学時代の岩月さんを、おれはほとんど知らない。せっかく一年生のクラスは一緒だったのに地味な女子だと思っていた。今だって、おれには「花音」と気安く呼べるだけの近しい関係すらないのだから、その点では、夏凪がひたすらうらやましい。おれもそうなりたい。

「そういう意味では仲間かもしれないっすけど、おれは岩月さんがクライミングをまたしたいのかどうか確信ないですよ。本人がやりたくないなら、まわりが勧めるのって、おかしいでしょう」

奥御子ではじめて会ったとき、夏凪はおれに「花音にまた競技の場に戻ってきてほしい」と言った。そのために協力しろと。そのことを言われているのだとしたら、やっぱり本人の意思を尊重しなければならない。そこがまず一番大事だろう。

「きっと見たいと思って、準備してきたんだ」

夏凪が話題を変えて、持ち歩いているバッグの中をごそごそと探った。中からタブレット端末が出てきた。

「中学生の時の花音の登り。世界中の同世代のクライマーが、花音に注目した大会の決勝だよ。見る？」

「見ます」とおれは居住まいを正した。

経緯がどうであれ、見ないという選択肢はなかった。

小柄な女子の選手が、壁を登る。

まわりからは「がんば！」「ゴー！　カモーン！」「アレ！　アレ！」といった様々な言語での声援が飛ぶ。

屋外に作られたクライミング壁だ。人工の壁の向こう側には、巨大な山があって、風光明媚（ふうこうめいび）な山岳地帯に設けられた会場だとわかる。

女子選手はなめらかな動きでさりげなく高度を上げていく。世界大会の決勝なので相当な難易度のはずなのだが、難しいルートだと思わせない。

おれが想起したのは、ミズスマシ、だ。

壁面は水面で、その上を、スーッと進む。

「重力の法則がわからなくなるよね」と夏凪が言った。「ひょっとしたら花音のまわりだけ重力がねじ曲がって、壁が地面なんじゃないかと思えてくる」

さっきからそうだが、おれが考えていることを読まれてしまう。夏凪テレパシーと呼んでやろう。迷惑千万な異能だ。

「花音の登りを見た人はみんな似た感想を持つんだ。ぼくはそれを花音エンパシーと呼んでいる。見るものの共感(エンパシー)を呼び起こす力があるからね」

もういい加減にしろと言いたくなったが、おれはなんとか口をつぐんだ。岩月さんのことを知っている歴史の長さも、深さも、今はかなわない。ここはぐっとこらえて、傾聴すべきだ。

おれは画面をひたすら見つめ、耳を澄ました。

「──あんな小さなホールド、指先でピンチしてるんだけど、そんなに力が入るはずがないと思うでしょう。実際にあまり力は使っていない」

「──花音は足の載せ方がうまい。柔軟なだけじゃなくて、足のどこで体を支えたらいいのか、ミリ単位でわかっているかんじだ」

「──ほら、今の！　壁に相対したところから、ダイアゴナルな、つまり対角線の動きにつなげる足さばき。フットホールドをミリ単位で最適に使えているから、手の使い方の自由度が広がる」

「――最後の四分の一は壁が被ってくる。ここでも花音は足を切らずに重力を反転させたみたいだろ。でも、ここ。どうしても足を切って手だけになる瞬間がある」

手前に傾いた壁で足を壁から放して片手だけでぶら下がる体勢になり、それまでの物理法則歪曲モードから、素直に重力に従うモードへと移る。つまり、すごくダイナミックになる。もう片方の手で新しいホールドを摑み、そこから懸垂するみたいに上半身を壁に引き寄せつつ、新しいフットホールドに足を引っ掛けた。

鬼が出た。岩月さんの背中に、これまで見えなかった小さな鬼の模様が見えた。

「――デーモン・オン・ザ・バック、背中の小さな悪魔。花音はムキムキな方ではないけど、軽くて必要十分な筋肉がついていて、いざとなれば短い時間だけど高出力を出せる。こうやって足を切るような場面では、背中の筋肉が盛り上がって小さな悪魔みたいに見えるよね。今、核心を越えた。後は慎重に、なめらかに、最後のホールドを取りにいく」

おれはこの時点で、正直、いっぱいいっぱいな気分だった。

岩月さんがクライミングをするところなんて、奥御子で一度見たきりだ。その時もおれは魅了されたわけだが、このビデオはその比ではなかった。もしも、肉眼で、リアルタイムで見ていたら、どれほどのことを感じられただろうか。

核心、つまり、このルートの中で一番難しいところをクリアした岩月さんは、また重力を捻じ曲げたモードに戻り、ミズスマシのように壁面を滑った。

そして、最後のホールドを片手で摑み、最後のカラビナにロープをクリップした。

完登だ。歓声。完全制覇。そんな言葉が聞こえてきた。

でも、まだ終わったような気がしなかった。

最後のクリップを完了した岩月さんは、そこで満足するのではなく、ホールドを両手で持ち直し、足を組み替えて、子猫が体を丸めるみたいな姿勢をとった。

「花音は足をうまく使って手を自由にすると言ったよね。ぼくは、花音の手は別のことのためにあると感じるんだ。例えば——」

おれは自然と声を出していた。

夏凪がおれと似たことを感じるのにはもう慣れた。

「——空を摑むため」

おれと夏凪の声が重なった。

岩月さんは子猫の姿勢からジャンプして、空に見えない何かがあるかのように手で摑もうとした。

おれの目には、透明なホールドを本当に摑んだかのように見えた。

当たり前だがそれは錯覚で、岩月さんは今度こそ重力に従って落ちてきた。ロープがぐんと張り、するすると降下してくる間も、岩月さんは手を差し伸べて、空にかざしていた。おれが高校の入学式以降、何度も見たシーンと同じだった。

おれはじーんと熱くなったあとで、心底、複雑な気分になった。

その原因の一つは、おれが同じ中学にいながら、岩月さんの活躍を知らなかったことだ。これはひどい話だ。もしも知っていたら、おれはきっともっと早く気になり始めていただろう。

もう一つは、岩月さんが今もクライミングへの情熱を失っていないことをおれは知っているからだ。奥御子では最初、クライミングはしないと言っていたのに、後で夏凪と会うと、待機時間だったとはいえ熱中して登っていた。そもそも、空に手をかざす仕草を、岩月さんは今じゃ日常のものにしている。

「やっぱり、坂上くん、いや、もう瞬と呼ばせてもらうけど、瞬はわかっているよね。花音は特別だって。クライミングの世界でも、同世代にとってはものすごい刺激だった。どうやったら花音みたいになれるだろうとか、どうやったら勝てるだろうかとか、みんなが考えていたと思う。でも、花音は、中二の大会を最後に、クライミング界からは姿を消してしまった。ぼくは、いまだに花音はどうしたのかっていろんな人から聞かれるんだよ」

あまりにスケールが大きな話で、おれは頭がくらくらした。一つわかったのは、おれが岩月さんに魅了されたのは変な話なのではなく、みんなそうだったということだ。

「それで、瞬はどう思う？」と夏凪が聞いた。

「花音って、もうクライミングに興味ないのかな。いつか帰ってくるだろうと期待している人は多いし、ぼくもその一人だ。花音が別に打ち込むものを見つけたのなら、邪魔をしたくないと思うけど、実際はどうなんだろう」

「岩月さんが今別のことに熱中しているのは事実っすよ。きょうだって、こっちは完全スルーで、県博の研究員に会いに行ってます。あのとき見つけた化石がおもしろいものらしくて」

「だよね。どこにいても花音は熱中する。そして、まわりまで熱してしまう」

夏凪はとても切なげだった。まだ高校生のくせに、じいさんが昔を懐かしむみたいなモードだ。

「念のために聞いておきますけど、岩月さんって、なんでクライミングをやめちゃったんですか」

夏凪は首をかしげた。

「それが、さっぱりわからない。瞬が聞いてくれたら、わかるかもしれないね。まあ昔から、クライミングをしていても、足元に転がっている石ころを見つけてはじーっと見つめてる子だったのは間違いないよ。だから地学部に入ったのも納得なんだけどね」

「どっちにしても、首根っこを引っ張ってきて、さあ登れってわけにはいかないですからね」

「そんなことは誰も望んでいないよ。でも、この前、一緒に登ったら、なんていうか、いろいろ事情はあるんだろうけど、花音がクライミングを嫌いになったわけじゃないことは分かったし」

「岩月さんが今がんばっているのは地学部の活動です。おれだって、岩月さんに火をつけられましたからね。おれたちは今や、地球や宇宙の謎を解く、地学戦士です。科学研究コンクールに出たり、地学オリンピックにも出たりするんです」

「まあ、無理にとは言わない」

夏凪はポケットから、長方形の紙を取り出した。何かのチケットだった。

「これ、来月、ぼくたちが出るコンペ、つまり大会なんだけど、近くでやるから、花音を誘って来ない？　花音が選手としてではなくても来てくれたら、喜ぶやつ多いと思う」

「いいんすか」とおれは受け取った。

岩月さんと行くとなると、それって完全にデートじゃないか！　そういう部分で胸が高鳴った。

「それでね、もう一つ、話すことがある。瞬、きみのことだ」

いきなり夏凪の声色が変わった。別に厳しいというわけではないのだが、真面目な口調だ。

「おれのこと、すか？」

「そう。瞬って、スポーツをやっていたよね。なにか思うところはあるんだろうけど、今、やめているならもったいないよ。つまり、ぼくたちとクライミングをやらないか？　ここで一緒に練習すれば、すぐにコンペに出るレベルになれるよ」

「いやいや、買いかぶりっす。おれは運動だめなんで」

「それはおかしい。この前、奥御子で登った時の跳躍とボディバランス。あれを見せられたら、絶対に別の競技の経験者だと思うよ。例えば、ハードルとか走り高跳びとか、脚力と技術が両方必要なやつ。きみには強いクライマーになる素質がある。ぼくは瞬と登りたいとあのとき思ったんだ」

「いやいや、そんなんじゃないっすよ」

夏凪に認められることは、こそばゆいくらいに心地よい。一緒に登りたいなどと言われたら、まんざらでもない気分になる。この感覚は警戒すべきだ。だいたい、相手は、世代最強とか言われて、世界を転戦するオリンピック代表候補じゃないか。平熱で生きなければならないおれが触ると火傷（やけど）をする世界だ。

「残念だな。半年がんばれば、ある面ではぼくなんかよりも強くなるのに」

「もう、それくらいにしといてくださいよ。おれだっていろいろあるんです」

夏凪はまだ何かを言いたげに口を開いたが、ちょうどボルダー壁のあたりから歓声が聞こえて、会話が途切れた。

神保さんが壁に取り付いていて、みんなが「がんば！」と声を出している。

壁に取り付けられた大きな亀の甲羅みたいな出っ張りを抱きしめるようにしてなんとかぶら下がっているけれど、足の置き所が難しいらしく今にも落ちそうだ。

「がんば！」と奥寺さんの声がして、神保さんは実際にがんばった。

なんとか見つけた小さなフットホールドをつま先で踏んで、一つ上のホールドに手を伸ばし……そこで落ちた。

「ナイストライ！」「さっきよりよかった！」と声がかかる。

結局、中学生たちも含めて強化選手たち全員が地学部の二人の体験クライミングに付き合っているようだ。

ちょうど今、神保さんが落ちたところを、小柄で身軽そうな男子が挑戦して、亀の甲羅をすんなりとクリアした。鮮やかな身のこなしだった。

「坂上くん！」と奥寺さんが手を振っていた。頬が紅潮しており表情も華やいでいた。

「そっち終わったら、来なよ。クライミング、楽しいよ」

「まだ、話が続いてて……」とおれは大きな声で返した。

「いや、そろそろ合流しようか」と夏凪が言った。

「きょうはここまで。またチャンスがあったら話そう。せっかくだから、一緒に登ろうよ。実は、みんな、瞬の登りを見たがっている」

「そんなことを言っても、おれ、素人っすよ」

「その素人が、『空を摑むつもりかい』の岩を駆け上がってしまうんだから、大した素人だよ。アリョーシャなんてひどく悔しがっていた」

まいったなあ、とおれは頭をかいた。

この手の期待は、おれには荷が重いだけだ。それなのに、やっぱり、どこかでうれしく感じている。どうせそのうち、お遊びでも思いっきりスポーツを楽しむことができなくなるかもしれない。そう考えると、きょうは気合入れてもいいかなあと思った。

おれはボルダー壁の方へ向かう夏凪の後を歩き始めた。

二

おれはマットに横たわってジムの天井を見上げつつ、胸を激しく上下させている。腕がぱんぱんに張って、手がぷるぷる震えていた。夏凪に褒められていい気になり、ボルダリングを体験することにしたのが一時間前だ。そして、おれは張り切りすぎた。

なんだこれは。クライミングって、ものすごいなと思う。

翼も外部の動力もなく、筋肉が出す力を手足に伝えることだけで上へ上へと登る。ひたすら力強く、同時に繊細で奥深い。

きょうはじめてまともに壁と向き合ったおれは、その奥深い世界の入り口で、これまで知らなかった体の動かし方や筋肉の使い方を堪能(たんのう)した。つまり、へとへとになった。

おれが夏凪とボルダーのエリアに戻った時、まず最初にアリョーシャ、みんなが呼んでいる名としてはアリョくんが、こんなふうに説明してくれた。

「じゃあ、入門編で、八級の課題から行ってみましょうか。ピンクのテープが貼ってあるところを手足自由で登ってください。そして、最後に緑のホールドを取れば完登です」

「課題って、いうんだ」とおれは思わず聞いた。

なにか学校の勉強みたいだったからだ。

「英語では、プローブレム。問題とか、課題とか、ですね。体を使って、その問題を解くわけです。八級は初心者用なので物足りないと思いますが、ウォーミングアップのつもりでどうぞ」

アリョくんが、すごくわかりやすい説明をしてくれた。奥寺さんも神保さんもうなずいていたから、きっとさっき同じ説明を受けたのだろう。

おれはあらためて壁を見た。

形や大きさも違う色とりどりのホールドが取り付けられており、それぞれのホールドには、またも様々な色のテープが貼り付けられている。そのテープが課題の「指示」にあたるものだ。多くの課題では、スタートの状態の手はこのホールド、足はこのホールド、というふうに細かく決まっている。一方、おれが登るように言われた八級の課題は、ピンク色のテープを貼ってあるホールドならどれでも使っていい「手足自由」の課題だ。

つまりそれだけ制限が少なく、簡単だということだ。

ホールドの表面は、カチッ、ザラッ、としており、奥御子の露頭の指先が痛い石灰岩とも、河川敷のすべすべしたチャートとも違った。

手触りを確かめつつひょいひょいと登って、一番上のホールドを取ったら、拍手が湧き起こった。

入門編だと言われていたけど、それでもうれしいものだ。

体をねじって、床の分厚いマットの上に飛び降りるとき、四メートルの高さから見下す屋内の景色がまったく違っていた。ほんの少し高いだけで、こんなに違うものかと驚いた。

その後、おれは言われるままに次々と課題をクリアして、やがてクリアできない「壁」にあたった。

ボルダー壁にくっつけられたホールドのなかに、ひときわ存在感がある大きなものがあって、それらは、「ボテ」とか「ボリューム」とか呼ばれていた。

「ハリボテのボテって意味ですね。ボリュームはまさに大きな体積があるものという意味です」

アリョくんが教えてくれた。

そのボリュームは、ボルダー壁ではとても便利に使われている。様々な形のものがあって、四角や三角のものなどが基本形で、三日月形とか、ドーナッツ形とか、バリエーションが多彩だ。そして、ボリュームの上に小さなホールドをつけて、さらに変化をつけることもできる。

おれが苦労したのは、ボリュームからボリュームへと跳ぶ動きだ。半月形の黄色いものから、ゴツゴツとした雰囲気の茶色いものへと、かなりの距離を跳ばなければならない課題だった。そんな忍者みたいなことが急にできるはずがない。ちなみにさっき神保さんが張り付いていた亀の甲羅みたいなものも、別のタイプのボリュームだった。

何度か失敗して、もう腕がぷるぷると震えて、これ以上動けない！　と思った頃、ずっと無言で見ていた夏凪が、助言をくれた。

「踏み切る前の予備動作を工夫しよう。足を左右組み替えてから体をねじって、右足で跳ぶみたいなイメージかな」

頭の中ではその動きがイメージできなかったのだが、足を組み替えたらたしかに力が入りやすくなった。体をねじっていいかんじに勢いがついたところで右足で跳ぶ。

自分でもびっくりするくらい体が高く舞い上がった。目標のボリュームはもう目の前だ。思ったよりもずっと近くて、膝をぶつけそうになった。なんとか激突は回避して、ゴツゴツの岩を抱き込むみたいにしがみついた。よし、止まった！

どよめきが起きた。

どんなもんだい！　とおれは得意になる。核心は越えたのだから、完登を目指して次の一手を繰り出す。

結構、持ちやすそうな形のホールドだ。

よし取った！　と思った瞬間、「あれ？」とおれは声をあげた。

簡単に見えたホールドが取れなかった。

急に握力がなくなったかんじで、つまり、おれは落ちた。

まずは分厚いマットに足をつき、二歩、三歩と後ろ向きによろめいて、背中から倒れ込んだ。背の高さほどもないところからだったとはいえ、結構、衝撃があった。

「今のうちに言っておくけど――」と夏凪が助言を続けた。

「完登した時や、落ちそうだとわかっているときはともかく、今みたいに落ちないと思っていた時が危ない。屋内のジムなら広い範囲にクッションがあるけど、これが岩場だとマットの範囲もそれほど広くできないから、怪我につながりやすいんだ」

「あ、そうすね」と言いながらも、今、目一杯筋肉を使ったことを、おれは心底喜んでいた。

ぷるぷる震える手を握ろうにも、指が曲がらない。なんだこれ。おれはこれまでに「膝が笑う」経験ならしたことがあったけれど、「指が笑う」みたいな状態ははじめてだった。

曲がらない指を目の前にかざして、ボルダリング壁を透かして見た。

おれが苦労したジャンプを、さっそく中学生たちが確かめている。

「わ、遠い。届かない!」「二級課題? そこまでじゃないにしても、どう考えても五級じゃないよ」とか口々に言っている。

ちなみに、五級というのは中級の入り口くらいだそうだ。そして二級というのは上級の域だという。

中学生たちはその課題で次々に落ちた。みんな上級者だろうに、全般的に体が小さいので、跳ぶ距離が長いほど不利になる。でも、最後の一人がすばらしい動きを見せた。

大きく体を振ってから跳躍に移る流れが淀みなく、壁に沿って滑るみたいに目標に取り付いた。そして、ぴたっと吸盤でも持っているかのように止まってみせた。

そこから先は三手で完登だ。ぴょんと弾むように飛び降りて、まわりの選手たちと拳でグータッチをしてまわった。

一連の動きを見ていて、連想したのは、サル、だ。これは褒め言葉と思ってもらっていい。すごく強いか、これから強くなる選手だろう。

おれが上半身を起こしてその動きを見ていたら、目が合った。サルと目が合うと攻撃されるというが、そいつもおれに突進してきた。グータッチを仕草で要求してきたので、拳を握ると思い切りゴツンとやられた。

前腕がじんじんして、おれは「あ、うっ」と声をあげた。すると、そいつはうれしそうにぴょんぴょん跳ねながら仲間たちの方へと去っていった。やはり、サル、だった。

その喜び方が眩しくて、おれは目を細めた。

「渓くんもアリョくんも買いかぶりすぎだよ。やっぱり素人だし」とそいつが仲間たちに向かってしゃがれた声で言った。

おれはカチンときて背中を睨みつけたが、ぴょんぴょん跳ねるばかりで視線に気づきもしない。

ちょうど、奥寺さん、神保さんと話していた夏凪がこっちを向いた。

「地学部の二年生たちはもう満足ということだし、きょうの体験はここまでかな」

「いや、もうちょっと、やらせてもらっていいですか」

おれは立ち上がりながら言った。

今度は夏凪が目を細め、にこりと笑顔を浮かべた。

「もちろん。もう少し、簡単なやつにする？」

「いや、もう一度、同じのやります」

サルみたいな中学生が完登するのを見て、おれだって最後まで行けるんじゃないかと思った。さっきは握力がなくなって落ちたが、今なら少し力が戻っている。

おれは、ささっと手順を追って、前回登れたところまで復帰すると、そこから力まずに手を伸ばした。

あっさりと成功した。

ぴょんと飛び降りて、夏凪を見た。

「意外に簡単っすね。もっと骨のあるやつを登りたいですね」

「すごいね！　びっくりした。ちゃんと完登したのもそうなんだけど、一度成功したところをすんなりとムーブを再現してなめらかに登ったよね。ものすごく、トレースする能力があるんじゃないかな。そうだ、アリョーシャ！」

夏凪は、アリョくんを呼んだ。

「アリョが手本を見せて、それを瞬が参考にしながらトライする、というのをやってみようか。中学生たちも、練習のために参加しよう！」

にわかにピリッとした雰囲気が出来上がる。夏凪の場の設定が絶妙だった。おれも中学生たちも互いに負けられないような気分にさせられた。

「アリョーシャと瞬は体格が似てるし、瞬は参考にしやすい。逆に中学生にはハンデなんだ」とだけ、夏凪が耳元で言った。

実際にアリョくんは、小柄な選手には難しそうな、大きな動きを必要とする課題を選んだ。おれは、アリョくんという手本をまず目に焼き付けてから、トレースした。意外に行けるものだ。

一方で、中学生たちは苦戦した。ただ一人、あのサルみたいな子だけが、くらいついてきた。結局、おれとそいつの一騎打ちみたいな雰囲気になったので、アリョくんは二人にちょうどよさそうだという課題を設定した。すごく単純なやつで、三手目に大ジャンプをして、両手でトップのホールドを取る。ただそれだけだ。一つ一つのホールドがものすごく離れていて、バランスを取りながら渡り、最後につなげなければならない。登るというよりも、バランスを取りながら壁を走るみたいな課題だった。

これはアリョくんの手本なしに、完全に実力勝負、ということにした。

「でいっ」とおれが跳ぼうとすると、その前にするりと足が滑って落ちた。

サル中学生が、ぷっと吹き出すみたいに笑って、フットホールドにきちんと乗ってみせた。そして、大きく体を振ってジャンプ。しかし、全然届かない。きーっと悔しがる。

おれもいったん見せてもらえば、コツが分かる。足を丁寧に置いてなんとか安定できた。そして、ジャンプしたら、目標のホールドを摑めた。ただし、足を置く予定のボリュームがつるつるでまた滑ってしまった。

きーっとなったあいつが、もっと大きく体を振ってジャンプすると、ちゃんと次のホールドに届いた。おまけに、着地も決めた！　今度はおれがきーっとなる番だが、あいつはその次の大きなジャンプで取るトップにはとうてい届かなかった。

まあ、そんなかんじで、二人ともそこから先には進めずに、引き分けとなった。

そこで、アリョくんが、「正解例」を見せてくれた。右足を振り子みたいに大きく振って勢いをつけて、ぐいんと右手を伸ばして遠くのホールドを取る動きで、すんなりと届いた。

「アリョーシャのサイファーは一流だからね」と夏凪が拍手しながら言った。

サイファーというのは、片足を大きく振った勢いで手を伸ばし、遠くのホールドを取る技だそうだ。おれはそのダイナミックな動きを目に焼き付けた。結局、勝負はうやむやになってしまったが、まあ、仕方ない。こっちは素人だし、そもそもちょっと限界まで体を使ってみたかっただけなのだから。

帰る前にアイシングをしていけと夏凪に言われ、氷水を入れた大きなバケツに両腕を突っ込んだ。

思ったよりもダメージが大きく、肘から先の感覚がほとんどなかった。リュックを持ち上げたら、背負う前に落としてしまったほどだ。夏凪に笑われながらも、肩にかけてもらった。腹が立ったが仕方ない。

それでも久々に体を使ったことで、えもいわれぬ充実感があった。やっぱり、運動はいい。でも、いずれこういうこともできなくなるかもしれない。それを考えると、心の中にどんよりと雲がかかった。

「楽しかった！」と待っていてくれた奥寺さんが紅潮した表情のままで言い、「うん、そうだね！」と神保さんもうなずいた。

「そうすっね、楽しかったっす」とおれも相槌を打った。嘘ではなかった。

おれたちは学校に戻らず、駅で別れた。

奥寺さんだけが別方向で、おれと神保さんは二駅だけ一緒だった。

神保さんは電車の手すりを摑んだところまったく力が入らずにへなへなとなってしまった。さいわい座席とドアの間の三角地帯に入ることができたので、そこに体を預けて立った。おれは、網棚の支柱に腕をからみつけるようにして体を支えた。

「で、大丈夫だったんすか」とおれは一応聞いた。

そもそも、神保さんは、夏凪に対して目がハートになってしまう奥寺さんのことが心配でついて来たはずだ。でも、今はちょっと違った雰囲気になっている。

「なんかさ、体を使うのって悪くないね。うん、悪くない。それに、みんなちゃんとした人たちだった。特に、夏凪さんはすばらしいリーダーだ。応援したくなったよ」

神保さんまで、夏凪に籠絡されたようだった。

おれにしても、世界を転戦する活動のスケール感には圧倒されっぱなしだし、それなのにまったく偉そうにしない夏凪のキャラには敬意を抱かざるをえない。岩月さんが慕うのは、単純に幼馴染だからというだけではなく、ああいうところも含めてなのだろう。

「ほんと、ちゃんとしてますよね」

「ぼくたちもちゃんとしなきゃって思わされたよ。同じ高校生なんだからね。地学部だってもっとやらなきゃならないことがある」

「それってなんっすか。おれには、みなさんちゃんとしているように見えますけど」

「一人一人好き勝手なことをやるだけならいいんだけど、チームとして考えるとやっぱり課題があると思うんだ。気象班も、天文班も、少しずつ別の問題を抱えているって思うんだよね。坂上くんにどんなふうに見えるのか、そのうちに教えてほしいな」

「え、おれにはわからないっす」

どういうふうにちゃんとすればいいのだろうという以前に、どこがちゃんとしていないのかわからないからなんとも言えない。

おれ自身のことならはっきりわかる。おれは体を動かしたかっただけの高校一年生で、夏凪がいる世界は雲の上みたいだ。ちゃんとしようにもまだ土台がない。そこを考えなきゃ土俵にも立てないってことだ。

その点、しっかり地学部の実績があって、恋敵と思われる夏凪のことまできちんと評価する神保さんは、やっぱりすごい。ちゃんとしている。おれにはそう思える。

「それでね、クライミングって、結局、地学だよね」

　おれが心の中で尊敬の念を深めた矢先、神保さんがいきなり言い出した。

「なんっすか？　クライミングが地学？」

「そう、地学。ほら、アウトドアでは石灰岩とかチャートを登っているわけでしょう。あれは何億年も前の地層や岩石だよね。じゃあ、クライミングジムのホールドは何でできているかわかる？」

「プラスチック、ですよね」

「そう、プラスチックって、原油から作られるでしょう。それって、つまり、やっぱり何億年も前のプランクトンや海藻が海底に積もって、分解して、重縮合したり、還元されたり、環化付加反応したりしてケロジェンって堆積有機物になって、最後は地熱で分解されてできるものだから。地球科学の範囲内でできたものなんだよ。だからジムの壁を登るのも地学だよ」

「いや、たしかに、そう言われると、地学っすね」

　おれは思わず笑ってしまった。バカにしたとかいうわけじゃなくて、むしろ逆だった。神保さんが、初のスポーツクライミング体験で腕をぷるぷるさせながらも、そんなふうに捉えて興奮しているのが、ものすごく健全なことに思えたのだ。

「はい、そうっすね。クライミングもものすごく地学です」とおれはすぐにもっと確信を持って繰り返した。

そして、これがおれにとっても、新しい土台なんだろうと思った。たぶん神保さんなら、野球もサッカーも陸上も、みんな地学だと言うだろう。そして、地学部のみんなもうんうんとうなずくだろう。地学部はそういうところだ。

もっと強い運動制限を受けることになっても、ここにいれば、おれはきっとアスリートでいられる。「地と知のアスリート」というだけでなく、野球やサッカーや陸上やクライミングまで全部含めて地学だ。本当におれは、選択を間違っていなかったと、腕の痺(しび)れを噛み締めながら思った。

夏凪を敵視すべきではないこともきょうよくわかった。岩月さんを理解したいなら、夏凪の存在も一緒に受け入れなければならない。だから、おれもまず夏凪に対してちゃんとした態度を取らなければならない。

神保さんと別れて電車を降りて、改札を出る直前、見知った顔とすれ違った。

「あ、仁科さん、どうしたんすか」とおれは声をかけた。

ちょっとふわっとしたかわいい系の私服で、軽く化粧をして華やいだ雰囲気だった。ふだんの気っぷがいい仁科さんの印象とは違ったけれど、それはそれで似合っていた。

「じゃあね」と別の方向に手を振った後で、仁科さんはおれの方を見た。

「きょう、先約って言ったでしょう。今の彼氏だよ。デートというか、お茶する約束だったんだ」

「なるほど、そうなんすか」

ここはターミナル駅だから、気の利いた喫茶店くらいならいくらだってある。でも少しびっくりしたのは、彼氏さんの後ろ姿から察するにたぶん高校生ではないということだ。制服でもなく、スーツでもないので、大学生か自由業の社会人か、というところだろうか。

「クライミング、どうだった？」と仁科さんは笑顔で聞いた。

「楽しかったっす。仁科さんが心配していたことは……どうだったかご自分で聞いてみてください。とにかくその場では健全に、みんな筋肉痛になりました」

「なら、よし！」と仁科さんは、姉御風に大声で笑った。

そうするとかわいい系の服装と少しミスマッチで、おれが知っている仁科さんの印象の方が強くなった。

あれやこれやとたくさんのことが起きた一日を終え、おれはその夜、眠る前に、夏凪からもらった連絡先にお礼のメッセージを送った。この日のうちに間髪をいれずに伝えるのが「ちゃんとしている」ことだと思ったからだ。考えてみれば、おれがこのことを伝えるのは、ごくごく親しい友人や、中二の時の野球部のキャプテンを除けば、はじめてのことだった。

〈評価してもらって、正直うれしかったです。でも、おれ、運動管理がこれから厳しくなるかもしれなくて、あんなふうに思い切り体を動かせるのもきょうが最後かもしれな

いんです。だから、ちょっと気合が入りすぎて……〉

おれはかなり素直に書いた。夏凪が決して笑ったり、過剰に憐(あわ)れんだりしないことは、もう確信していた。そして、最後には、岩月さんがなぜクライミングをやめたのか、機会を見つけて聞いてみるとも付け加えた。

書き終えた後も、腕の筋肉は痺れにも似た熱を持ったままだった。こういうふうに体に宿る熱を、もうずっとこれから先は感じられないのだと思うと、それはやっぱり切ないものがあって、おれはベッドに突っ伏した。さすがに泣いたりはしなかった。おれはその点については、中学二年生から時間をかけて、心の整理を済ませてきたからだ。

平熱で生きる、平熱で生きる。腕に感じる熱は何日かたてば消えてなくなる。もっと地学部に慣れて、熱中すれば、その時には「地と知のアスリート」として別の意味で熱い魂を燃やすことだってできるはずだ。その時には、もう平熱なんて言わなくて済むはずだから、今はあくまで平熱だ、とおれは心に念じた。

三

岩月さんとじっくり話す機会は、意外にもすぐにやってきた。

神保さんがリーダーになって研究している「微隕石」のチームに、岩月さんとおれが入り、一緒に行動することが増えたからだ。

ちなみに、微隕石というのは、その名の通り一ミリ以下の小さな隕石で、地表にドカンとあたってクレーターを作るわけじゃなく、地面に降り積もっている。そんなものをどこで見つけるかというと、校内なら、第一候補が屋上だ。校庭では、地球由来の土埃にまぎれて探すのが難しいのは直観的に分かってもらえるだろう。しかし、屋上に積もったチリの中なら、比較的、見つけやすくなる。それでも肉眼で見つけるのは無理で、吹きさらしの屋上に四つん這いになりつつ、ラップで覆ったネオジム磁石でとんとん表面を叩き、くっついたものを後で顕微鏡で見て識別することになる。隕石は鉄を豊富に含んでいるものが多いので、この採集方法が使える。

「隕石って、太陽系が始まった頃から、ぼくたちに送られた手紙なんだよ」と神保さんは詩的なことを言った。地学部の変な先輩方の中でも、神保さんはなにかスイッチが入るとたんに詩人になる傾向にあるとおれは理解していた。

実際の微隕石というのは、神保さんがこれまでに見つけたコレクションを顕微鏡で見せてもらったところ、ものすごく美しかった。黒っぽい球体の表面には、まるで彫刻家が彫ったみたいに細かな模様がついて、一箇所、球体の中にさらに小さな色付きのガラス玉が埋め込まれているようになっていた。それは、まるで指輪のようだった。

「うわー」「すごい！」と岩月さんもおれも素直に感動した。

もっとも、岩月さんは、「この緑の結晶ってかんらん石ですよね。宇宙にもやっぱり普通にあるんですね。あと、棒状かんらん石とかはっきり見えますね。すごいなあ」とものすごくマニアックなところに目をつけていたわけだが。

ちなみに、かんらん石とは地球全体の岩石の八割方を占めるかんらん岩の主成分で、つまり、地球そのものみたいな石ころだ。そのわりにふだん目にすることがないのは、地球の奥深く、つまりマントルが主な居場所だからだという。そして、そんなものが微隕石にも含まれるのは、それらが太陽系にありふれたものだということを意味する。

おれは知らない言葉が出てくると、すぐにウェブ百科事典を引いて調べる癖がついた。最低限のことを理解すると、岩月さんや先輩たちが何に心を動かしているのか分かる。この場合、小さな小さな埃粒でしかない微隕石が、顕微鏡で見ると美しいだけでなく、背後に太陽系レベルの巨大な物語を秘めているということに、心底、驚かされた。すっかり魅せられたおれは、屋上での微隕石探しに精を出すようになった。

根を詰めて作業していると、部活の終了時間のリミットである夕方六時が近づいていて、研究チームの三人は一緒に帰ることになる。

学校から鉄道駅、そして二駅向こうのターミナル駅までは神保さんが一緒だ。でも、そこから先の路線バスは、岩月さんと完全に二人きりになる。つり革につかまって、短くても二〇分、渋滞していると三〇分くらい至近距離で肩を並べる。

道路工事と交通事故のせいで、ものすごく渋滞したある日、微隕石研究にまつわることは話し終わり、同中のことや、クラスのことまで話題がおよんだ後、おれは、今ならいろいろ聞けるんじゃないかと思い当たった。

おれは深呼吸をしてからこんなふうに切り出した。

「そうそう、夏凪さんたちの練習を見に行った時に、いろいろ聞いたよ」

「それなら、あの後、わたしも渓ちゃんと話して聞いたよ。坂上くんのことスカウトしたんでしょう。いきなり四級とか三級を登ったってびっくりしてた。それ、相当すごいことだよ」

いやあ、それほどでも、と一瞬、本気で謙遜しそうになってから、おれは踏みとどまった。

「岩月さんって、中二までクライミングやっていたんだってね。すごい大会で優勝したりしたって。おれ、中二のとき、学校に行かない時期もあって、全然知らなかった」

「ああ、そのことか」と岩月さんは、さらりと言った。

「知らなくても不思議じゃないよ。学校ではほとんど言わなかったし、海外遠征も夏休みとか長期の休みの時だけにしてたし。先生も知らなかったんじゃないかな」

「ええっ、そうだったんだ」

「学校は学校だし、クライミングはクライミングだし。あの頃、わたしは学校の部活動はやってなくて、学校が終わったらすぐにジムに通ってたから、学校内での人間関係は薄かったよ。今、一気に取り戻しているかんじ」

「そうなんだ。でも——」

おれは言い淀んだ。

急に道路の渋滞が終わって、バスがスピードを上げた。

なんとなく流れてしまいそうな会話だったが、岩月さんの方がつないだ。

「自分がやりたいことに向けて、何が必要なのか分かってきたから、今はすごく楽しいんだよね」

「そうなのか、うん、よかったね」

「岩月さんは、なにがきっかけで岩石に興味を持ったの？　なかなか珍しい趣味だよね」

おれは、そのあたりのことがクライミングをやめた理由につながっているのではないかと感じている。夏凪と約束した手前、いや、おれ自身が知りたいから、尋ねた。

「うーん、クライミングを始めたのもね、石が光ってたからなんだよ」

「え？」

岩月さんが、あっ、というふうに口を丸めた。それから、口元を緩め、穏やかな雰囲気でおれを見た。

「うっかり言っちゃった。変だと思われるかもしれないけど……」

おれは、ごくりとつばを飲み込んだ。

「これはって思うような石に出会うと、そのまわりの空気に色がついて見えるんだよ。例えばかんらん石は緑だけど、石灰岩は赤っぽいとか。化石が入っていそうなやつは特に光が強かったり」

「え、まじ？」

「引いた？　でもね、本当のこと。クライミング始めた時に、上の方に光っているところがあって、そこまで行ってみたかったというのがきっかけだったんだよ。ほら、わたし、奥御子で石灰岩の壁のことを、ザラッ、ギザッって言ったでしょ。あれ、坂上くんの聞き間違えで、ザラッ、キラッ、って言ったんだ」

「ザラッ、キラッか……いやいや、びっくりしたけど、おもしろい。そういうのってあるんだ。てか、岩月さんっていろいろ不思議なところがあるから、そういうのもアリかって思った」

「共感覚っていうんだって。文字や音に色がついて見える人とか結構いるみたいだよ。わたしはなぜか石ころに見えるんだ。それって、きっと大事なものだからだと信じてて、やっぱり、わたし、地質のことを勉強すべきなんじゃないかとずっと思ってたんだよ。今は、それができていいなって」

「じゃあさ、この前、奥御子でサメの歯を見つけた時は？」

「うん、赤っぽく、朱色っぽく、光ってた。それで気づいたんだ。何か特別な石灰岩かもしれないって」

「おう、そういうのってあるんだね。もともと石ころが好きでクライミングしていたというのはよくわかった。今は本来の落ち着きのいい場所にいるかんじなんだね」

昔の方が輝いていたとか、もっといい表情をしていたとか、言いたいやつは言えばいい。でも本人が、今がベストだと言うなら、それでいいのだ。深追いする話じゃない。

悪いけど、夏凪の期待には沿えないってことだ。

おれはちょっとほっとして肩の力が抜けた。おれにしてみれば、岩月さんと同じ部活で、同じ班で、同じ部室で活動できる方がずっと良かった。かくなる上は、おれも、鉱物とか、岩石とかに詳しくなって、これからの活動に貢献するのだ。色つきの光、オーラみたいなものが見える域には達せないだろうが、もっと目を鍛えることはできる。

そこで、岩月さんがあらたまった声を出した。空気が変わった。

「坂上くんはどうなの？　渓ちゃんが褒めてたよね。センスがあるって。わたしは、どんな人がうまくなるとか、考えたこともないからわからないけど、あの課題を足だけで半分登っちゃうのって冗談かと思った。坂上くん、足も速いし、ベースになる身体能力がすごいんだろうね。もう野球やらないなら、登ってみればいいのに」

うーっと心の中でうなる。ぐうの音も出ない。

岩月さんはおれが中一の頃、野球に熱中していたのを知っているわけだし、高校生になっても足だけは速いのも見られてしまった。

「でも、おれ、運動、だめなんだよ」

「そんなことないよ。陸上部より足が速くて、バランス感覚も、コーディネーションもいいのに。体力テストで負けた誉田くんが、ずるいとかブツブツ言ってたよ」

「あはは、まあ、あいつは、きっと油断してたんだよね」

「どうかな。本気で悔しがってたけど。でも、坂上くんが、別に運動部に未練がないならいいんだよ。本当に、人それぞれだものね。クラスの自己紹介のときにも、淡々と平熱で、とか言ってたよね」

当たり前だがしっかりと聞かれていて、覚えられている。おれとしては顔が赤くなりそうだった。クラスでまずそんなふうに宣言したおれは、平熱であろうとすることに、気合を入れすぎていた。

「そういえば、渓ちゃんが言ってた。もしも坂上くんが聞いてほしそうなことがあったら、聞いてあげてって。わたし鈍いから、そういうのに気づかないんだけど、もしよかったらいつでも言ってね」

「あ、うん。わかった」

おれは喉が詰まったみたいになって、そこまでしか言えなかった。まったく、夏凪ときたら、用意周到というか、先回りしがちというか、おれにカミングアウトしやすい状況を作ってくれているのだ。

「じゃあ、わたしはここで」

岩月さんが軽く手を振って、バスの前方出口へと向かった。順調に走ったバスはもうおれたちの中学校の学区だった。

「じゃあ、また、明日！」とおれも小さく手を振り返した。

また、明日、と言えるこの距離をすごくうれしく感じた。

でも、だめだ。

今のままなら、おれはずっと小さな嘘をつき続けることになる。この先、いろんなことを一緒にやっていくはずの岩月さんにはいつか言わなきゃならないことだ。

おれは、後を追ってバスを降りた。

おれが呼び止めると、岩月さんはびっくりしたみたいに口を丸くして振り向いた。

「どうしたの？　まだ先だよね？」

「うん、二つ先。でも、ちょっと話しておきたいことがあって。このままだと、嘘をついているみたいになって気持ち悪い。家に着くまでの間、ちょっとだけ聞いて」

岩月さんはびっくりしたみたいに目をぱちくりさせた。

まずい、引かれてしまった。当然だ、いきなりすぎる。

でも、岩月さんは、にっこり笑った。そして、一歩、こっちに踏み出すと、おれの手首を取った。

おれの心臓はばくんばくんと高鳴った。

「うん、聞くよ。ただ、家まで一分だから、遠回りするよ」

岩月さんに手をひかれるままに歩き始め、おれはあわてて隣に並んだ。

「あの、手なんだけど……」

おれが言うと、岩月さんは「あ」と小さく言ってから、また笑い、手首を放した。本当に無邪気な笑顔で、たぶん、小学生の頃と感覚が変わっていないんだと思う。

おれとしては、もったいない気もしたが、そのままじゃ心臓が飛び跳ねすぎて話せないことも分かっていた。

もうとっくに日が暮れた住宅街で、街灯の下を肩を並べて歩く。なんとか気持ちをクールダウンして、おれはてらっとした灯り（あか）を受けた岩月さんのなめらかな横顔に向かって話しかけた。

「おれ、運動がだめだっていうのは、運動が嫌いとか苦手って意味じゃないんだ」

「知ってるよ。坂上くん、楽しそうに体を動かすもん。それに苦手なはずないもん」

「うん、暑苦しくスポーツしてきたし、続けるつもりだった。でも、中二の時に、尿検査で引っかかった。再検査だって言われて、それでも数値が変で、専門医に行くように言われた。結局、腎臓に疾患があることがわかって、このまま激しい運動をしていると重症になると言われた」

岩月さんは立ち止まった。そしておれのことを大きな目で見た。

「体育とかはいいんだ。でも、マラソンとか長い時間、運動し続ける競技や、選手を目指してがんばるような運動部の練習はだめだって。それで、野球部、やめたんだ。マネジャーで残れって言ってもらえたけど、おれ、大人じゃないというか、そこまでうまく気持ちを切り替えられなくて」

「そりゃ、そうだよ！　わたしたち、まだ大人じゃないもん！」

いきなり岩月さんが強い声で言って、おれは思わず一歩後ずさった。怒らせてしまったのではないかと思ったくらいだ。

でも、そうではないらしい。大きな目が少し潤んでいるように見えたけれど、少なくとも怒っているふうではなかった。

「もっと、遠回りするね。話、聞かせて」

おれは、促されるままに、中二からの出来事を話し始めた。検尿から始まるちょっと恥ずかしい話でもあるし、重たい話になりかねないものでもある。岩月さんが、こんなに関心を持ってくれるなんて考えてもみなかった。

おれたちは、岩月さんの家を中心に、住宅街の数ブロック分をぐるぐる回りながら話し続けた。

「これ、野球部の顧問と、当時のキャプテンくらいしか知らない話。もちろん、やめるときには体の調子が悪いとか言ったけど、詳しくは伝えなかったし。それで、おれ、二年生の時に、いきなりキャラ変更しているわけ」

「たしかに、高校で会ったら印象が違ったものね。前よりものを考えている人に見えた」

「あはは、考えざるをえないことがたくさんあったから。あと、暇にあかせて、ラノベとかたくさん読んで中二病になった」

「きっと悪いことばかりじゃなかったはずだけど、それでもつらすぎる！　坂上くんが運動している時の様子、好きだったから胸が痛いよ。でも坂上くんは、乗り越えたんだね」

岩月さんが立ち止まって、その場でおれを見上げた。もしも、こういう状況でなかったら、心底うれしかったはずだ。

「乗り越えたのかどうかは分からないけど、偶然でも、地学部に入れてよかった。今、おれも地質とか宇宙とか気象とか、どんどん興味が出てきたところだし」

「うん、一緒にがんばろう。きっと楽しい三年間になるよ」

「絶対にそうなると思う！」

ものすごくうまく「告白」できたのに、おれは胸がずきんと痛んだ。

なぜだろう。自分で理由を探ろうと考えてみたら、いきなり岩月さんが空に手を差し伸べたときのことが思い浮かんだ。華奢な指先で、力強く遠くのなにかを摑もうとするあの姿だ。

「でも、岩月さん、やっぱりクライミングも好きだよね。だって、奥御子で夏凪さんたちと登っていた時、すごく楽しそうだった」

夏凪と一緒に見たビデオでも、なにか侵しがたい輝きを感じてならなかった。おれは今、ちゃんとする決意をしたばかりなので、その点についても話しておくべきだと思った。

「もちろん、わたしはクライミングが好きだよ。これからも、チャンスがあったらボルダーくらいは登るよ。でも競技としてできるだけの時間は使えないかなって思ってる。だって、それよりも、やりたいこと、やらなきゃいけないことがあるから」

「なるほどね。でも、直接のきっかけって何かあったの？　夏凪さんも、なぜ、岩月さんがクライミングをやめたのか謎だって言っていた。きょう話を聞いて、もともとクライミングより地質に興味があったことはよく分かったけど」

「うーん」と岩月さんが突然、下を向いた。

「クライミングもものすごく好きだったよ。きっかけが地質だったというだけで。クライミングでできた友だちはみんな大事だし……」

岩月さんの表情が明らかに曇った。そして、黙ってしまった。

おれは、沈黙に耐えられずに、ちょっとだけ話題をずらした。

「そうだ、岩月さん、入学式の後、校舎裏の急斜面を下り降りて帰ったよね。急に消えてびっくりして、気がついたら下の道を走ってた。あれって、今にして思えば、クライミングの逆だったんじゃない？」

「うん、クライムダウンした。あそこは、渓ちゃんが一年生の時、ボルダーに見立てて練習に使っていたんだよ。あの日は急いでいて、一本でも早い電車に乗りたかったから、つい。実は先生にばれて後で叱られたよ」

「やっと、謎が解けた。夏凪ウォールって、あそこのことだったんだ」

おれは朗らかに笑った。いろんな謎がある中で、すごく些細なものではあるけれど、はっきり分かってすっきりした。他の大きな謎は、本人が話したくなければ、深く追及してはいけない。おれは、本能的にそう思っていた。

同じ街路をぐるぐると何周かして、ふと気づくとバスを降りて三〇分くらい過ぎていた。さすがにまずいと思い、「じゃあ、おれ、そろそろ帰るね」と言った。

岩月さんを家の前まで送っていって、手を振った。

「あ、そうだ！」とおれは一つ思い出して言った。

「夏凪さんが、今度の大会を見に来てほしいって言ってた。よかったら一緒に行かない？」

岩月さんは少し考えて、こっちを見た。そして、なにか自分に言い聞かせるみたいにうなずいた。

「うん、行く。行こう。そうしよう」

岩月さんがちょっと決断をしたような雰囲気だったことが気になったけれど、それよりも、おれは体がかちんこちんになった。

だって、やっぱりこれはデートに違いないからだ。

最後の最後、岩月さんが自宅の玄関のドアを開けて中に入るのを見届けた。

中からは、「おねえ、遅かったね！」と声が聞こえてきた。

変声期特有のしゃがれた声で、岩月さんの弟なのだとわかった。ぴょんぴょんと跳ねて岩月さんに絡もうとしてるシルエットを微笑ましく思いつつ、おれはバス停に向かった。

そして、そのままバス停を通り越して、一五分ほど歩いて帰ることにした。家にたどり着くまでには、過熱した頭と体を平熱に戻してやる必要があると思ったのだ。

クライミングジム・ヨセミテで登った時の腕の痺れは、もうとれていた。今こうやって岩月さんと一緒に歩む地学部員としての未来をきちんと平熱で受け止めることができれば、おれはちゃんとやっていける。そんなふうに、信じることがやっとできた。

四

「渓ちゃんが強いのはボルダーなんだけど、きょうはリードの大会だから心配。それでも渓ちゃんが勝つと思うけど」

岩月さんはそう言う。

天山(てんざん)スポーツセンターは、県内で大きなクライミング大会がある時に使われる施設で、クライミングワールドカップの一戦も開かれたことがあるそうだ。今回は、ユースのリード大会だ。開場前の体育館の前には、かなりの人混みができており、結構な人気スポーツなんだと実感した。おれたちが到着したのは、ちょうど午前の予定が終わり、壁のホールドのセッティング変更のために、会場がいったん閉じられている時間帯だった。つまり、ランチタイムでもあり、会場の周囲の芝生の上には、弁当を食べる人たちの姿があちこちにあった。

入り口のところでなにはともあれプログラムをもらい、おれは中をざっと確認した。応援するためには、競技の成り立ちを知るのがものすごく重要だ。おれはまずはカテゴリーを確認した。男女別の他に年齢ごとに四つに分けられており、ユースA、B、C、そしてジュニア、と呼ばれていた。それぞれ、年齢を二年ずつで切っていて、ユースCが一二歳と一三歳、ユースBが一四歳と一五歳、ユースAが一六歳と一七歳、そして、ジュニアは一八歳と一九歳だ。

「なんで、ジュニアが一番上なの？　サッカーなんかじゃ、ジュニアって小学生で、ユースってその上だよね」

「わたし、クライミングのことしか知らなかったから、不思議に思ったことなかったけど……」

いろいろと競技ごとに文化があるということだろう。とにかく、クライミングの育成世代ではジュニアが一番上で、その下がユースだ。

「渓ちゃんは、先週誕生日だったから、きょうはジュニアだよ。ユース大会の中では、一番強い人が揃うけど、大丈夫。渓ちゃんは成人の大会でも優勝するくらいだから、ここで負けるはずがない」

夏凪は年齢制限のない大会を主戦場にしているけれど、今回は日程の谷間で、調整のためにこの大会に出ているという。

大会は三日連続で行われ、きょうは三日目の決勝の日だ。なにしろ、四カテゴリーあって、それぞれ男女別に三〇～四〇人くらいエントリーしているものだから、トータルでは三〇〇人くらいが登る。一日目と二日目が予選で、各人が二ルート登った総合得点から決勝進出者が決まる。

「掛け算、なんだよ」と岩月さんが言った。

「予選のルート一とルート二の順位を掛けて平方根を取って、その数字が少ない方から順に一〇人までが決勝進出なんだよね」

「なんで、そんなに面倒くさいことするんだろう。単純に足して二で割って平均を取るんじゃだめなのかな」

「うーん、二ルートとも無難に途中まで登る人よりも、片方だけでもトップまで登り切る人の方が優遇されているってこと、かな」

と岩月さんが首をひねった。

と同時に、「わっ」と声を出した。

「なにすんの、風雅(ふうが)！」

岩月さんに小柄な男の子が飛びついて、「おねえ、来てくれたんだね！」と声を弾ませた。

その動きは、まるで……サル。

「弟です」と岩月さんが、なぜかぺこりと頭を下げた。

「ああっ、あの時の！」おれは声を上げた。

クライミングジム・ヨセミテを訪ねた時、おれとボルダー壁で勝負したサル中学生だ。

「あ、あんた、この前、来てた人だ！」とさっそくぴょんぴょん飛び跳ねた。

「なに言ってるの、失礼でしょう。ちゃんと挨拶しなさい」と岩月さんがそいつの後頭部をはたいた。

「いてっ、おねえ」と言ってから、そいつはぱっと表情を切り替えておれに向かって笑った。

「ぼく、岩月風雅です！　はじめてのユースBで決勝に残りました！　きょうは表彰台を目指します！」

言葉だけは丁寧になったものの、おれのことを睨みつけるのは変わらない。なんだ、こいつ。

「本当に風雅は、お姉さんのことが好きすぎるよね。瞬に絡むのはそれくらいにしておきなさい。一方的に決めつけて敵視するものじゃないよ」

別の声が聞こえて振り向くと、バックパックを背負った夏凪渓が立っていた。

「やあ、おはよう」

「うっす、おはようございます」

おれは自動的に体育会モードになって頭を下げた。

「さっきの会話、聞こえてたんだけど、クライミングの予選順位を掛け算で決めるってのは、たぶん、独特のカルチャーだよね」

夏凪はおれの考えを読んだみたいに言った。

「やっぱ、そういうもんっすかね」

「ぼくも、他では聞いたことがない。これって、花音が言う通り、予選の二本を無難にまとめた人よりも、一本だけでも一位や二位を取った人の方を評価するってことだと思ってる」

おれは頭の中で計算しようとしたが、こんがらがってしまい、よく分からなかった。

「そして、その恩恵を受けて、決勝に残ったのが……」

夏凪が、岩月さんにくっついていた風雅の頭を摑んでこっちを向かせた。

「一本目のルートで、四手目のホールドで手を滑らせてフォール。四五人中の四〇位で予選通過はとうてい無理かと思われつつ、二本目で完登してタイム差で二位。なんとか累計で一〇位以内に入って決勝進出したけど、このルールじゃなかったら、風雅はきょうは観客席だったよね」

すると風雅が、順位表が出ているウェブサイトをスマホの画面で見せてくれた。

「ほら、ぼく、ここね」と岩月さんに向かってうれしそうに言う。

予選総合順位一〇位。本当にぎりぎりだ。ポイントの計算としては、四〇位と二位を掛けて八〇、さらに平方根を取って八・九四。一方、総合順位一一位の選手は、二つのルートの順位が両方とも九位で、掛け合わせると八一、ポイントは九だ。わずか〇・〇六ポイントの差で、風雅の決勝進出が決まったのだった。

「このルールだと、一位や二位を取っておく意味がとても大きいんだよ。でも、決勝は、一発勝負で、結局、一番、高く速く登ったやつが勝ちだけどね」

夏凪の解説に、なるほどとおれはうなずいた。たしかに、平均的な記録を出す選手よりも、一つでもトップになる選手の方が魅力的だと、おれも思う。

「うちの強化指定選手で、決勝に残ったのは、ジュニアで渓くんと、ユースAでアリョくんと、ユースBでぼくの三人だよ。みんなで優勝しちゃおう！　おねえが見てくれてるから、ぼく、勝てる気がする！」

そんな調子のいいことを言いながら風雅は夏凪に引っ張られるようにして去っていった。

去り際にちょっとジャンプして、おれの耳元で言った。

「言っとくけど、おねえは、あんたには釣り合わないよ。だって、渓くんだっているんだし、ぼくが認めないし」

やっぱりこいつ、毒舌というか、おれに対して敵意をむき出しにしている。おれは、丸腰で受けるかたちになって、思わずうっとなってしまった。

「いや、なんていうか、弟さん、お姉さんのことが好きでたまらないんだね」

去っていくその背中を見ながら、岩月さんにぼそっと感想をもらすのがやっとだった。

競技場に入り、たくさん並んでいるパイプ椅子のなるべく前の方の席を選んだ。

高さ十数メートルの壁が二枚並んでおり、上半分は手前側に向かって大きく傾いていた。つまり、ルートの後半はオーバーハングしたところを登っていくことになる。見ているこっち側にせり出しているので、すごい迫力だ。

きょうここでおれは、夏凪渓の応援をするわけだが、実はそれを通じて、岩月さんのことをもっと知ることができるんじゃないかと期待している。岩月さんを理解したければ、クライミングのことを知らなきゃだめだ。岩月さんちは、父上も、弟も含めて、クライマー家族のようだし、きょうはこの競技とカルチャーをよく知るための日だ。

着席してしばらくすると、ビートの強い音楽が鳴り始めた。そして、DJみたいな解説者が、「それでは、今から選手たちによるオブザベーションを開始します！」と宣言した。

オブザベーション？　おれにはわからない言葉だが、きょうはすばらしい専属解説者が隣にいる。

「ほら、みんな出てきたでしょう。同じ条件で同じ時間をかけて壁を観察して、あとはみんなアイソレーションといって、外と連絡が取れない部屋で待機するんだよ。自分の番が来て呼ばれたら出ていって、他の人の登り方を参考にしないで、自分の判断だけで登るんだよ。そういうのをオンサイト方式っていうよ」

岩月さんの言葉を聞きつつ、おれはわらわらと出てきた選手たちの動きに目を奪われた。

四カテゴリーの男女だから、合計八〇人の選手がみんな壁の前に集まり、自分が登るルートを観察している。高さは十数メートルあるので、双眼鏡を使っている選手もいる。

どうやら左側の壁が女子で、右側が男子らしい。

「渓ちゃんと背の高い選手が話し合ってるでしょう。ああいうふうに選手同士で話し合うのはオーケイ」

「へえ、これから競う相手同士でもいいの？」

「もちろん。意見交換しても、どのみちみんなクライミングのスタイルも、身長も手足の長さも違うんだから、同じにはできないし」

「でも、ライバルだよ」

「うーん、クライミングではそういうことになってるから……」

要するにもこれも夏凪が言う、カルチャーってやつなのだろう。

それにしても、このオブザベーションというのが圧巻だった。

みんな壁の前に立って上を見上げ、自分なりの動き（ムーブ）を頭の中に思い描きつつ、両手を宙空に差し伸べ、動かしている。

入学式の日、岩月さんと再会してから何度も見てきた、あの動きだ。カルチャーか、とおれは口の中でその言葉を転がしてみた。

「きっと、クライマーは互いに命を預け合うくらい信頼し合うわけだから、こういう時に話し合うのはむしろ当たり前なのかもね」

先日のクライミングジムで夏凪が言ったことを思い出して、おれは仮説を立てた。命を預け合うほどの信頼感と一体感が前提だというなら、そういうカルチャーになるかな、と。


　しかし、岩月さんからはなんの反応もない。

　おれが横を向くと、岩月さんはスマホの画面に視線を落としていた。

「岩月さん、どうかしたの？」

「ちょうど、県立博物館の高鍋先生から連絡があって、すぐに返事を書かないといけなくて……」

　そう言うと熱心に入力し始めた。

　高鍋先生は、県立博物館の研究員で、岩月さんがサメの印象化石を預けている人だ。万葉高校地学部の同窓生だということもあって相談がしやすく、岩月さんは時々、県博まで行って、話を聞いている。

　集中するとまわりが目に入らなくなる岩月さんは、この時も、会場にいるのに心はここにあらず、という状態になってしまった。

　そんな中、競技が始まった。

　まずは男女のユースBの選手たちが、左右の壁を同時進行で登っていく。

　会場アナウンスが、選手の名前を読み上げた。

「最初に登るのは、岩月風雅選手です。昨年のユースC優勝者ですが、ユースBに上がっての最初の年、かろうじて決勝にコマを進めました。決勝は予選の順位の逆順で登っていきます」

「ねえ、岩月さん、弟さんだよ」と知らせたら、岩月さんはとっくに気づいていたみたいで、目を伏せたまま両手をぎゅっと握っていた。

「坂上くん、わたし、弟が登るのを見てられないんだ。代わりに見ててくれないかな」

ええっ、どうして？　とは聞けなかった。岩月さんがこれまでになく切実な顔をしていたからだ。

素で考えれば、この反応は理解に苦しむ。なぜ見ていられないのか。かりに見たくないのだとしても、弟がこの大会に出ていることは分かっているのだから、じゃあ、なぜ今ここにいるのか、という問題もある。

それでも、「見ててくれないかな」と頼まれたのだから、おれは集中して見た。

クライミングの観戦は初心者であるおれは、はっきり言ってあまり多くのことはわからない。ましてや風雅は最初の選手だから、さっきの選手と比べてどう、という比較もできない。

登り始めた風雅について、おれがまず思ったのは、「リズムが良い」だ。

どれほどの難易度なのかわからないが、日本全国の猛者が集う大会の決勝なのだから、相当難しいのだろう。しかし、難しさをまったく感じさせない。ぴょんぴょんと跳ねるみたいなリズムですするすると高度を稼いでいく。

何に似ているかというと、やっぱり、サル、だ。

おれ自身、クライミングジム・ヨセミテで、命綱なしのいわゆるボルダー壁しか体験したことがないが、その限られた経験でもよく分かるのは、ちょっとでも無理すると、手の握力、保持力といったものが、ごっそり削がれていくってことだ。リズムが良いというのは、これだけ長い距離を登るリードクライミングでは、すごく大事なことだろうと想像した。

風雅は前半の垂直壁の部分をなんなくクリアして、後半のオーバーハングしたルートに入ったあたりで一瞬淀んだ。

ボリュームがいくつか続いているところがあって、そこで苦労している。たぶん一番難しいところ、いわゆる「核心」なんだと思う。正解のムーブが分からないみたいで、ボリュームとボリュームの隙間に足を突っ込んだり、遠いホールドに手を伸ばしては引っ込めたりしつつ時間ばかりが過ぎた。

どう立て直すかと思っていたら、ジャンプして遠いホールドを片手で取って、大きく体がぶれながらも、足をきちんと別のボリュームの側面に置いて静止した。これで切り抜けたみたいだ。息を整えるように、左右の手を交互に下げて、腰のバッグから滑り止めのチョークを指先につける動作の中で振る。そうすると、張った手が少しだけ回復するのを、おれもすでに知っている。

「ガンバ!」「ガンバ!」の声が周囲から響き、風雅はふたたび登り始めた。またリズムが戻ってきて、あと何手かでトップが狙えるところまでやってきた。

そこで、観衆がどよめいた。

おれは何が起きたか分からず、目をしばたたいた。

とにかく終了らしい。風雅はロープにぶら下がりながらするすると降りてきた。

理由は……おれの前に座っているカップルが小声で会話しているので分かった。

「クリップするのを一つ忘れて、次のクリップをかけてしまったから、その時点で競技終了」と詳しいらしい男性が言っていた。

風雅は、地上に降りてくると、きょろきょろとあたりを見渡した。おれと目が合って、その後でがっかりしたみたいに唇を突き出すのが見えた。

「今、聞こえたけど、やっぱりミスしたんだよね？」と岩月さん。

「うん、なんかトップ狙えそうだったのに、最後から一つ前のクリップをし忘れたって」

おれが言うと、岩月さんは隣の席で、さらにぎゅっと小さくなってしまった。

「……メッセージの返信を書くね」とスマホをまたのぞき込む。

その後、九人の選手が順々に登ったわけだけれど、その都度、おれは驚かされた。

というのも、風雅がリズムよくクリアした前半部分にも別の核心があって、みんなそこで落ちたり、なんとかクリアしても体力を消耗し、オーバーハング部分にある次の核心の手前で落ちたからだ。後の方になればなるほど強い選手のはずだが、風雅の到達点には誰も達しなかった。最後の選手、つまり予選一位の選手は、風雅の記録の一つ手前で落ちた。

風雅の優勝だった。

表彰は各カテゴリーすべてを終えたずっと後の時間帯なので、会場はいったん休憩時間に入った。その間、大会スタッフが、選手たちが手につけていたチョークで逆に滑りやすくなってしまった壁をブラッシングしてきれいにする作業に入った。

「ちょっと電話しなきゃ」と岩月さんが立ち上がった。

会場の外に歩いていくのをおれはあわてて追いかけた。

本当に、いったいどうしてしまったんだろう。結局、ユースBの選手のことを一人も見なかった。

ロビーで岩月さんは、たしかに誰かに電話をした。やたらきちんとした丁寧語を使っていたから、すごく目上の尊敬する人なのだろう。でも、どことなく物憂げで、いつもの輝きがなかった。

「ねえ、どうしちゃったの？　さっき、風雅くんはこっちを見て、岩月さんのことを探してたよ」

電話を終えた後におれが話しかけても、まっすぐこっちを見てくれない。

「やっぱりおかしい。顔色、悪いよ。風通しのいいところに行こう」

おれは岩月さんと一緒にいったん外に出て、芝生の脇にあるベンチまで移動した。結構暑いことに気づき、自動販売機で冷たい緑茶を買って、岩月さんに手渡してから、隣に座った。

「ねえ、本当にどうしちゃったの」

おれはあらためて聞いた。

「あのね、さっきの高鍋先生からの連絡、何の歯か分かったって。ヘリコプリオンという古代のサメの仲間で、これはものすごい珍しいものだよ。歯の印象化石だけじゃなくて、本体も他の部分も奥御子の石灰岩の崖のどこかにあるのかもね。だとしたら、すごいことだよ」

「あのさ、岩月さん。今は、そっちじゃないよね」

ちょっと間が空いた。

「ごめん。わたし、弟が登っているところ、見ていられないんだ。もう大丈夫だと思ったんだけど、やっぱりだめだった。悪いとは思ってるんだけど」

「もし、よければなんだけど、話してくれないかな。力になれるとは思わないけど、聞くことはできるし」

岩月さんがすーっと立ち上がって歩き始めた。

おれもあわてて後を追った。

「そうだよね。坂上くんだって、自分の弱いところを見せてくれたものね」

そう言いながら歩く岩月さんはすごく早足だ。

「もうちょっとゆっくり歩かない？」

「あ、わたし、余裕がなくなると、歩くのが速くなる」

少しスピードが落ちた。

するると、体育館をぐるりと取り巻いている遊歩道の緑が目に入ってくるようになった。天山スポーツセンターは、その地名の通り高台にあって、体育館のほかに陸上競技場もある総合スポーツ施設だ。敷地はだだっ広く、いったん体育館から離れて緑が濃い方向へと足を進めた。

「先に報告するよ。弟くんの登りは、素人のおれが言うのもなんだけどすばらしかった。なんていうのかな。リズムがよくて、木の上に住んでる動物みたいっていうか……」

「サル、みたい？」

「あはは、そう」

「よく言われるよ。風雅はサルだって」

「それから楽しそうだった。ウキキってかんじで」

「うん、それもよく言われてたなあ。わたしたちきょうだいは、すごく楽しそうに、自然に登るって」

ああ、なんか核心に近づいているかもしれない、とおれは直感した。

岩月さんにとってすごく大事なことが、そのあたりにあるはずだ。

「もう、楽しくなくなってしまった？」

「ううん」と岩月さんは首を振った。

「きっと、楽しい。この前のボルダーも楽しかった。でも、リードはちょっと怖くて」

「ああ、たしかに怖いよね。きょうはじめて競技場を見て、びっくりした。あんなに高いところに登るんだからね。十何メートルって、ビル四階分くらいは軽くいかない？」

「高さっていうよりもね、登り始めの方が怖いんだよ。落ちた時にロープが伸びる分だけでもグラウンドフォールしちゃうことがあるから」

「そういうものなんだ」

おれは、はっとした。岩月さんは、ひょっとするとリードクライミングをしている途中にフォール、つまり落ちてしまって、それで競技が怖くなってしまったんじゃないだろうか。野球でもデッドボールをきっかけに打てなくなる打者はいる。いわゆる、イップスとかいうやつだ。

「落ちた、経験がある……ってこと？」

「だから、今も、風雅が登るのを見られないんだよ」

「そっか、怖いよね」

「うん、怖い。ちゃんとしたビレイヤーがやってくれているのは分かっているのに、風雅が落ちたら、落とされたら、どうしようって」

おれは岩月さんをまじまじと見た。

岩月さんは落ちるのが怖いんじゃなくて……。

「わたしが落としちゃったんだよ。ちょっとした不注意で、グラウンドフォール。風雅は腰の骨を折って入院して、ものすごく痛くて、退院してもしばらくコルセットを外せなかったんだよ」

「そっか、それで、責任を感じて……でも弟くんは、全然怖がってないよね。気にしすぎなんじゃ……」

「風雅がそうでも、自分のことは許せない。それに、わたし、それがきっかけで気づいたことがあって……」

岩月さんは言葉をためてから続けた。

「わたし、競技をしていた頃から違和感があって。登るのは楽しいけど、誰かと競うことに意味があるんだろうかって、ふとそう思うことがあったんだ。競技でがんばっている人には失礼だからなかなか言えないんだけど、坂上くんになら言ってもいいかなって」

おれはどう反応していいのか分からず、その場に立ち止まった。

野球ならば、勝ち負けがつくことが前提で競い合うからこそ楽しい。でも、クライミングの場合は、クライマー同士で競わなくても、登る時点で大きな挑戦だ。目の前に壁があり、がんばって登って、それをやりきった時の爽快感、というのはおれも少しだけ知っている。

岩月さんも立ち止まってこっちを見ていた。なんていうかものすごく思慮深い目をしている。

「でも、最近、かなり頭の中が整理できてきたと思う。わたし、きょうは怖くて風雅を応援できなかったけど、ちゃんと応援できるようになりたい。これからは、登るのは趣味で、競技は渓ちゃんや風雅を応援する方にまわる。わたし自身には、今は別の目標があるから」

「今の目標って、どんなこと？」

「もちろん、地学部。おもしろい先輩たちと一緒にもっと地学を極めたい。この前から坂上くんと一緒に神保さんの研究を手伝ってるでしょ？　微隕石のやつ。あれは天文と地質がつながってすごく楽しい。わたしも、来年、自分の研究テーマを持ったら、宇宙と地質がつながるテーマにしたいな」

岩月さんの目が、きょう一番、強く輝いていた。岩月さんの地学愛は本物で、おれはまったくそこのところは疑っていない。来年の岩月さんの研究には、おれも一枚嚙みたいものだと願うばかりだ。

でも、なんだろう、もう少しだけ聞いておくべきことがある気がする。

「きょう分かったけど、岩月さんって、いつも、なにかの時に無意識にオブザベーションしてるよね」

岩月さんは、意味がわからない、というふうに首をかしげた。

「すぐに空を見て、手順を確認するみたいに、両手を動かしているよ。まるで空を摑むみたいに」

「へえ、そうかなあ。わたし、そんなこと、してる？」

「してるよ」

自覚していないのが意外だった。あれだけ頻繁にやっているというのに。

ちょっとその点をつっこもうかと思ったら、おれたちは遊歩道を一周して体育館の近くまで戻っていた。

「ああ、よかった。坂上くんにこの前聞かれて、話さなきゃと思ってたことをちゃんと話せた。きょうは風雅には悪かったけど、渓ちゃんの決勝は応援しなきゃね」

そんなふうに岩月さんが言って、いったん話は終わった。岩月さんに笑顔が戻ってきて、それはなによりもうれしいことだった。

会場に戻って夏凪の登場を待ち、おれはクライミングの観戦を堪能した。

最初、岩月さんは「渓ちゃんはリードが苦手だから」と気にしていたけれど、実際に彼が登り始めると、まったくの杞憂（きゆう）だとわかった。夏凪の実力は図抜けていた。ほかの選手がどんどん途中で落ちていった難関を、こともなげに淀むことなく突破していった。

「なんで、こんなに迷いがないんだろう。初見なのにもう何年も登りこんだおなじみのルートみたいだよね。オブザベーションの力がすごいのかな」

「たしかにオブザベが一流なのは間違いないけど、渓ちゃんの場合、壁を読むだけじゃなくて、人の心を読む力があるんだと思う」

「人の心を読む？　テレパシーみたいに？」

「ルートを設定するセッターさんというのがいるんだよ。渓ちゃんは壁を見ると、どんな意図でこういうふうにホールドを配置したのか、想定した最善手はなにかとか、すぐにセッターの意図を考えるんだって。だから、競技の後で、セッターさんと『答え合わせ』とかよくやってる。セッターさんが想像しなかった攻略をされて悔しがるとか、よくあるよ」

夏凪が心を読むというのは、おれにしてみると納得できる話だった。

そうこうするうちに、夏凪が最後のホールドを取った。そして、きっちりクリップをした。

完登。

まるで空気が爆発したみたいな拍手と歓声が湧き上がった。片手の拳を突き上げる夏凪の力強い動作を、おれは知らぬ間に真似して、一緒に拳を握っていた。

「すごかった。感動した！」

おれは立ち上がって、岩月さんとハイタッチをしながら言った。本当に偽らざる心からの感想だった。

「でしょ、渓ちゃんは、すごいんだよ！」と岩月さんも単純にうれしそうで、おれはそのことに嫉妬する以前の段階で圧倒されてしまっていた。

あんなふうに登れたら、どんな景色が見えるんだろう……。

おれははじめてボルダリングを経験した時の、腕のしびれを思い出した。パンパンに張って、握力がなくなるほどの猛烈な負荷がかかった。でも、快感だった。

結局、完登は一人だけ。優勝・夏凪渓、ということで大会は終わった。

ちょっとした快挙も起きた。男子は、ユースBの優勝が岩月風雅、ユースAが浅野アレクセイ明人、つまりアリョくん、ジュニアが夏凪渓、とみんな地元の選手が並んだことだ。女子の方は岩手、東京、福岡と、日本各地から優勝者が出たのに、男子は偏っていた。

「今、市内の男子は、渓ちゃんを中心にすごくいい雰囲気ができてるって風雅が言ってた。やっぱり渓ちゃんがレベルを上げているし、自主練もモチベーションが高いんだろうなあ」

岩月さんの言葉におれはうなずくのみだ。実際、夏凪にはカリスマ性があって、人がついていくのをおれはもう知っていた。

表彰式が終わった後、おれと岩月さんはしばらくその場に残った。夏凪がわざわざやってきて、関係者に挨拶をしていってほしいと言ったからだ。大会の運営側はみんな岩月さんの知り合いなんじゃないだろうかってくらい、顔見知りが多かった。

いろんな人と言葉を交すうちに壁の近くまで来たので、下の方だけちょっと触らせてもらった。みんなとても簡単そうに登ったものだから、スタートのあたりは簡単なのだと思っていた。でも実際に触ってみるとすごく難しい。最初の足は、極薄のホールドで、しっかり踏めるものではなかった。

「岩月さん、これって、どう乗るの？」とおれは聞いてみた。

「うーん、どうかな」と岩月さんは、おれの代わりに壁の前に立って、まずは右手で小さなホールドを取り、右足を薄いホールドに置いた。ビシッと姿勢が決まり、左手で次のホールドを取ると、するすると高度を上げた。
二、三手、登ってから岩月さんはすぐに飛び降りて、おれを見た。
「最初の足は、ちょっと怖いね。重心をあらかじめ向こう側に送っておかないと、次の動きに入る前に滑りそう」

「へぇ、やっぱり、岩月さん、うまいなあ」と感心しながら、やっぱり、すごく楽しそうに壁に触るよなあと思った。競うことじゃなくて、登ること自体が好き、という印象だった。

おれがそんなことを口に出そうとすると、岩月さんの体がいきなりぶれた。

サルみたいな風雅が、ぶつかるみたいに抱きついたのだ。

「おねえ、ちゃんと見てた？　ぼく、がんばったよ！」

「おめでとう！　優勝、すごいね！」と岩月さんが祝福し、そこから先は姉弟（きょうだい）の会話になった。

それ自体微笑ましいことだったので、おれは放置して、あたりを見渡した。

撤収作業を始めているスタッフたちの中で、見知った顔を見つけた。

なんと、地学部の奥寺さんと神保さんだった。

二人が夏凪と話し込んでいる。

そうか、あの二人も、観戦に誘われたのかもしれない。事前に聞いていなかったけれど、言わなかったのはおれたちも同じだ。

おれは、会話が途切れたところで挨拶しようと一歩前に踏み出した。

でも、そこで止まってしまった。というのも、もっとびっくりするような人が現れたからだ。

苫米地先生だった。

なんでこんなところにいるんだろう。ものすごく謎だ。首からネームプレートをぶら下げていて、スタッフっぽい。これはどういうことなんだろう。

おまけに、先生は夏凪、奥寺、神保の会話の中に加わって、ますます熱心に何かを議論し始めた。ちょっと近寄りがたい雰囲気になってしまった。

ちょうど、「会場がまもなく閉まります」というアナウンスがあり、おれと岩月さんは素直に従った。少しロビーで待ってみようかと思ったけれど、岩月さんが「お腹が空いた！　駅前でマックか、どこか行こう！」というものだから、おれは当然そっちを選んだのだった。たぶん岩月さんは、奥寺さん、神保さん、苫米地先生がここにいたのに気づいてなかったと思う。

マックには風雅もついてきたものだからものすごく騒がしい時間になった。やがて風雅が疲れきってうとうとし始めた後も、「古代サメの仲間ヘリコプリオン」について岩月さんが興奮して語ったため、先生たちのことを岩月さんに話すチャンスがなかった。

五

ヘリコプリオンは、ラテン語で「螺旋（らせん）のノコギリ」を意味する異形の古代のサメの仲間だ。ウェブ百科事典によれば、正確にはいわゆるサメよりも、ギンザメに近いことが最近わかったという。でも、おれにしてみれば、両方とも軟骨魚類で近い仲間ということくらいしか理解できていない。古生代の石炭紀後期（三億五八〇〇万年ほど前）に出現し、古生代最後の時代であるペルム紀前期（二億八〇〇〇万年ほど前）に栄えたとされる。この時代にいた多くの生き物の種類が、ペルム紀末のP－T境界で姿を消したというのは高校地学の教科書にも書いてある。フズリナや三葉虫のような無脊椎動物では九割、サメを含む脊椎動物では八割の科がこの時にいなくなったのだそうだ。ただし、ヘリコプリオンは、その前に力尽きて姿を消したとされている。

奥御子の石灰岩の転石から見つかった歯が、世にも奇妙な巨大な古代のサメの仲間のものだと分かったのは、県立博物館の高鍋先生がいろいろ調べてくれたおかげだ。夏凪を応援するために天山スポーツセンターに行った日、岩月さんがその鑑定結果を受け取り、実は静かに大興奮していた。風雅のクライミングを怖くて見られなかったというのは、そのまま事実なのだが、と同時に、超弩級（ちょうどきゅう）のビッグニュースにそわそわしていたのも間違いない。そして、おれはそのことを聞いた時点では、真価をまったく理解できなかった。

ことの大きさをおれがやっと悟ったのは、翌日、地学実験室で岩月さんが二年生たちに「ヘリコプリオンでした」と伝えた時だ。仁科さんと市原さんが同時に「えーっ」と声を上げ、神保さんと奥寺さんはフリーズした。そして、おれは、その反応の大きさに驚いた。

標本は預けたままだったので、写真をあらためて見ると、ヘリコプリオンの歯は、おれの目にはなんの変哲もないものだった。歯の化石というよりも中世の古戦場から発見された矢じりと言われた方が納得がいく形だった。その矢じりが三つほど横に連なっているのはたしかに「歯」に近い印象だったものの、しかし、その三つの並び方がゆるやかに弧を描いているようでもあって、動物の歯だと考えるのは不自然だった。

しかし、ヘリコプリオンの想像復元図を見たら、おれは自分の想像力のなさを認めざるをえなかった。歯列は円弧ではなく、螺旋を描いていた。一番外側の歯列から二番目、三番目、そして、あと半周くらいの周回があって、ぐるぐる巻きになっている。研究者たちは、そんな異形の歯列が、ちょっと短めな下顎の先端にあったと想定していた。

なんじゃこれは！　ということで、おれの中二病的な部分に火がついた。

「なんですか。こんなのありえないですよ！」とおれは思わず先輩たちに詰め寄ってしまった。

だって考えてもみてほしい。最大直径三〇～四〇センチで三重半くらいの螺旋を描く歯の連なりが、口の中にあるなんてどう考えてもおかしい。地球上の生物とは思えない。

サメが大好きな仁科さんがいきなり口を開け、両頬に手を当ててふがふが言いながら、「こんなふうだよ」と教えてくれた。

「わたしたちの歯って、左右対称になっているでしょ。それが、左右が寄っていって真ん中で融合したと考えればよいかも。サメの仲間だから生涯何度も歯は生えかわるんだけど、新しい歯が出てきても古い歯を捨てずに螺旋状につなげていっているわけ。長い目でみると、口の中で回転してるってことになるかもね」

つまり、この螺旋の歯列は、口の中にあって、食べ物を嚙み砕くのに使われていたのだという。

まいった、とおれは思った。口の中にゆっくりと回転する電動丸ノコを持ったサメってなんだ。強烈なキャラだ。

おれは妄想する。異世界に転生した主人公が、かつて自分がいた世界の古生物を召喚する能力〈系統樹の棘（とげ）〉を使って戦闘中にヘリコプリオンを大暴れさせるとか、自分が属する生命系統の中で生まれた遺伝資産を武器として使える能力〈曽祖父の火薬箱〉から螺旋歯を取り出してチャクラムみたいにぐるぐる回して投げるとか。

このような妄想が、我が地学部では好意を持って受け入れられる。おれがポロッと発言すると、諸先輩方は大いに支持してくれた。

そこで、おれは秋の文化祭「秋桜祭」で、文芸サークルとコラボして配布する冊子の中で、ヘリコプリオン特集の中の一部を任されたのだった。古生物学的にしっかりした部分は岩月さんが担当し、おれは柔らかめのおふざけ部分を担当する。

さっそく勉強を始めたわけだが、地学の中でもこの古生物にかかわる部分は本当に中二どころか幼少の心を刺激してやまない。こんなにぐるぐるに巻いた歯列を持った生き物がいて、何千万年もの間、繁栄したというのは、地球生命の歴史の中の驚異だ。そのうちのある一頭の歯が、奥御子の石灰岩層のもとになった堆積の上に落ち、その後二億五〇〇〇万年以上もたった後で、おれたちに見つけられたのだから、それはもう地学的な奇跡だった。それどころか、おれは宇宙的奇跡だとすら思う。

折しも、じめじめして気分が上向かない梅雨時だ。おまけにおれには心配事があって、ふとした瞬間にネガティヴ方面に引き込まれそうになる。そんな中で、このような生物について調べては、考え、手を動かし、また調べて考える、というルーティンがあるのは良いことだった。おれはどんどんのめり込み、おふざけとはいえ文芸サークルの冊子の中に、この奇天烈動物を登場させる準備を楽しんだ。

梅雨前線が本州を東西に横切ってぴくりとも動かなくなった頃、おれは学校を昼休みまでで早退し、病院に向かった。

思い切り分厚く暗い雲は、もう本当にうんざりするほど陰鬱だったが、その時も、頭の中にはヘリコプリオンがいて、新たな中二病的な技を繰り出していた。気象班員で将来は予報士の資格も取るつもりの奥寺さんによれば、梅雨の間このあたりでは、南からの湿った暖かい空気が北からの乾いた冷たい空気の上に乗り上げて、高度三キロメートルくらいのところまで湿った空気が満ちる「湿舌（しつぜつ）」という領域を形作っている。これは東西何百キロメートルにもおよぶ壮大な「舌」だ。それでは、我がヘリコプリオンをその湿舌の中に解き放ち、気象を統べる竜となそう。水蒸気の海を古代生物が泳ぐ、異世界異次元海洋ロマンみたいなものを考え、妙に楽しくなった。

本当にものは考えようで、どんな状況も考え方を変えればとたんに違ったふうに見えてきて、楽しくなる。一ヶ月ぶりに病院を訪ね、この日は母も同席して、今後のことを相談する手はずだった。もう心の準備はできていたとはいえやはり緊張気味のおれは、朝から異次元方面と古生物方面に心を飛ばして、衝撃を和らげようとしていたのだと思う。

それでも、その時はやってきた。

細長い診察室の中で、パソコンのモニタを脇に従える形で座った小籔先生と、おれ、母の三人はヘリコプリオンの歯みたいな三角形の頂点の位置に座った。

小籔先生は、最初からひたすらにこやかだった。おれたちを緊張させない配慮が心にしみた。

「本日は、お母さんも来てくださって、ありがとうございました」と先生はなぜかお礼を言った。

「この前も言いましたが、最近、考え方が変わってきたんですよ。それを織り込んで今後のことを考えていきましょう」

「はい、覚悟はできてます」とおれは深呼吸して応えた。

「坂上くんの場合、腎臓疾患の進行リスクがあるので、治療の一環として、選手を目指すような激しい運動を避けるように指導されていたわけです」

「はい、それは納得してます」おれはうなずいた。

「それが、医学の進展といいますか、検討が進みまして、これまでのままでいいのかという疑問が出てきました。ここ数年のことです」

おれは膝の上でぎゅっと拳を握った。唇も嚙んでいたかもしれない。

ずっと恐れてきたことが、今、本当に言葉になろうとしている。でも、大丈夫だ、十分に心の準備はしてきた。頭の中で石灰岩の地層に埋もれたまま二億五〇〇〇万年以上の時間を耐えたヘリコプリオンを泳がせ、はるか宇宙を旅して校舎の屋上に降り積もった微隕石を星々のように輝かせる。それができるようになったおれは、今、何を言われようと動じない。

「腎機能が悪化するリスクがあるのは変わりないのです」小籔先生は続けた。

「だから、気をつけていかなければならないのは間違いありません。でも、かといって、激しい運動をしないように制限しても、将来、腎機能の悪化を防げるかというと考えられていたほどの効果はなく、逆に激しい運動をしたからといって思われていたほどひどくなることもないと、最近、分かってきました。だから、治療しながら活躍するアスリートも増えてきました」

おれは少し混乱して目をぱちくりさせた。

先生が言うことの意味が頭の表面で滑ってしまい、理解できないかんじだった。

「激しい運動の制限はしなくていい、というか、意味がなかった、ということですか」

とおれは声を絞り出した。

「いや、そうではありません。でも、運動にも確実にいい面があるわけです。特に、坂上くんのようにアスリートレベルの活動をしたいのに諦めていた人にとっては、腎機能が悪化しないか注意を払いながら思う存分運動してもらうことも考えてよい、というのが最近の理解になってきています」

これが中学二年生の時なら、おれはその場で狂喜乱舞していたことだろう。

でも、なんといえばいいのか、この時おれはぎゅっと握った拳をさらに強く握り、もっと強く唇を噛んだ。

母が隣でそわそわして、おれと先生の顔を交互に見るのが分かった。

おれはしばらく頭が真っ白になってしまって、そこからまともに話が聞けなくなった。

母がいろいろ先生とやりとりをしてくれたのだが、それも隣の部屋から聞こえてくるみたいに遠かった。とにかく、運動制限がきつくなるのではなく逆のことを言われているのだとは分かっていたけれど、そう納得するには、少し時間が必要だった。

「いきなりだったから、びっくりしたかもしれないけど、ちょっと考えてもらったら、疑問も出てくると思うので、次の受診の時に教えてください」と先生は言って、おれと母は診察室を退出した。

母は、病院から出て駅前まで戻ったところで、どこか喫茶店に入って甘いものでも食べるかと聞いてきた。息子が突如置かれたこのなんともいえない状況について、それなりに気を使ってくれているらしい。

「いや、もう一回、学校に行ってくる」とおれは言った。

ちょうど授業は終わって、地学実験室に集まる時間だ。今から行けば、きょう行われるはずの運営会議に出られるかもしれない。なによりも、おれの頭の中には、岩月さんの顔が貼り付いて剝がれ落ちなかった。

「そうね、それがいいかもね」と母はうなずいた。

母はおれが最近、地学部の活動にかなり熱心に取り組んでいることに気づいている。こういう時には仲間のところに、というのを素直に分かってくれてありがたい。おれとしても、今やおれの居場所は中二の時の野球部ではなくて、岩月さんや愉快な先輩方がいる地学部だった。

おれは母と別れ、また電車に乗って、地学実験室を目指した。

運営会議がまだ始まったばかりというところで、なんとか滑り込むことができた。ちょうど岩月さんが、報告をしているところだった。

「高鍋先生から連絡があって、奥御子で見つけたヘリコプリオンの標本を国立科学博物館の魚類化石の専門家にも見てもらえたそうです。ヘリコプリオン類で確定だというだけではなくて、奥御子でこれが見つかったのは科学的にも価値が高くて、すごく驚かれたそうです。そこで、わたしたちは夏合宿を奥御子にして、もっと探してみるべきじゃないでしょうか」

岩月さんは力強くそう言って、おれもその隣の席に座りながらうなずいた。戻ってきたかいがあったと思った。おれは、こういう時に隣にいて、うなずく人でありたい。

岩月さんの提案に対して、一つだけ異論が出た。

「あんなに歩くのは嫌だな。また足の裏の皮が剝がれちゃうよ」と市原さん。

「キャンプ場を拠点にすれば、歩くのは一五分くらいですみます」と岩月さん。

「市原、いつもわがまますぎ。去年の夏合宿だって、天体望遠鏡を置く場所が離れているからって嫌がったよね。それ、自分だけのことじゃん」と仁科さんが少し強めに言った。

「だって、ぼくのことだから、ぼくが言わないと誰も考えてくれないし」

市原さんは口を尖（とが）らせた。

「まあまあ、どのみち、夜の天体観測はみんな分担して機材を運ぶわけだし」と神保さん。

「そもそもぼくは自分の観測をしたいのであって、みんなのためにガイドする星空ナビゲーターってわけじゃないからね」

市原さんはぷいとそっぽを向き、「だったら、みんな自分の望遠鏡を持ってくればいいんだ」とかぶつぶつ言っていた。でも、それ以上反対はしなかった。

天体観測の機材の話以外では、地質班としてはまさに県内でも代表的なロケーションだし、気象班は「地形と気象の関係がおもしろい！」と奥寺さんも仁科さんも乗り気だ。昼間、地質調査と雲観測をしつつ、夜は天体観測するという、いつ眠る時間があるのかわからない計画が出来上がった。

そして、いくつかの雑事を話し合った後で、奥寺さんが突然、部長然として居住まいを正した。

「きょうは一つ、大きな提案があります」

「夏合宿以上に大きな提案？」と市原さんがちょっと不機嫌そうに聞いた。

「うん、実はね、地学部に新しい班を作れないかと思っているんだよ」

神保さんがとても真面目な顔をしてそう答えた。

「ええ、なに？　詩暢も水くさいなあ。あたし、聞いてないじゃん。気象班の他に海洋班を作るとか？　ひょっとして、海のオトコみたいな新入部員が来るとか？」

仁科さんがはしゃいだ。

「いえ、そうじゃなくて。これは苫米地先生の考えでもあって……」

みんなの顔にハテナマークが貼り付いたみたいに見えた。一瞬、奥寺さんがおれと岩月さんを見て、反応を確かめようとした。でも、おれたちもわけが分からないままだ。

「ああ、来たみたい。直接、話してもらった方が早いかな。夏凪さん、どうぞ！」

神保さんが言うと、扉が開いて、引き締まった体つきの上級生がこちらに進んできた。

夏凪渓は、いつもの穏やかな笑顔を浮かべ、おれたちを一人一人見た。

「三年A組の夏凪渓です。苫米地先生の勧めもあって、卒業までの間、地学部に籍を置かせていただきたいと思っています。よろしくお願いします」

夏凪はぺこりと頭を下げた。

「いろいろ訳があって、夏凪さんが所属する部活動が必要なんです。うちの学校にはクライミング部も登山部もないから、一番、近いのは地学部だろうということになりました」と奥寺さん。

「つまり、地学部クライミング班を作るんだ。夏凪さんは、その上でクライミング高校選手権を目指す。ぼくたちは、いつもの通り、自分たちの活動をする。それだけなんだよ。夏凪さん、補足してもらえますか？」と神保さん。

夏凪はあらためて頭を下げた。

「ぼくはずっと部活動ではなく、個人としてクライミングをしてきました。ただ、高校時代に一つだけやり残したことがあります。それは、高校選手権です。これればかりは部活動に属していないと参加できないので、苫米地先生に相談しました。すると、先日、天山スポーツセンターで出たユース大会に、先生はスタッフとして手伝いに来てくれたんですよ。あれは高校選手権の代表選考も兼ねていたので。いきなりの話でみんなびっくりしていると思いますが、籍だけ置かせてください」

夏凪の口調は爽やかかつ丁寧で、非の打ちどころがなかった。

「もちろん、ダメなはずないよ！」と仁科さんが半分立ち上がって言った。

「ね、市原もオーケイだよね。最近、悩んでたじゃない。体力をつけたいって」と興奮している。

なぜか市原さんが顔を赤らめ、体をもじもじさせた。さっきの不平不満分子の様子とは明らかに違う。

「うん……ぼく、体力づくりのために、クライミング教えてもらおうかな。奥御子のボルダーで見た時も、ぼく、ちょっと関心があったんだ。まあ、あの時は、足の裏がズルむけで、それどころじゃなかったんだけど、奥寺と神保が体験してきた時にはうらやましかった……」

「体力づくりでもなんでも、せっかくクライミング班ができるんだから、やってみたい人は、ぼくが教えるよ」

夏凪が力強く請け合った。そして、なぜかおれの方を見て、うなずいた。

おれは思わず立ち上がった。

みんながびっくりしてこっちを見た。

たぶん、顔面蒼白（そうはく）、というかんじだったのではないかと思う。おれはにわかに喉元にせり上がってくるものを感じて、地学実験室を飛び出した。

「坂上くん！」と岩月さんの声がしたけれど、おれは反応することもできなかった。

なんとかトイレに駆け込んだ。個室に入り、洋式便器の前に膝をついた。そして、小便ではなく、胃の中のものをぶちまけた。吐き気が波のようにやってきて、最後は胃液だけを絞り出すみたいに吐いた。

なんで、こんなことが起きるんだろう。

ずっと運動を禁止されて、平熱で生きることを自分自身に課してきた。

でも、時々、熱があふれてくるのは仕方なくて、高校に入って岩月さんが気になったら、もう平熱でなんていられなくなった。それでも、いろんなことを納得して、自分の身の置きどころを決めたはずだった。

なのに、これだ。

運動を再開してもいいかもしれないと言われ、そこに夏凪がやってきた。同じ部の中でクライミングを極めるという。

あまりに事態が動きすぎて、おれの心も体もついていけない。

みんなに会って落ち着くつもりだったのに、さらに心乱された。

やがて、吐くものがなくなって、胃液すら出てこなくなった。

おれは個室を出て、まずは深呼吸した。そして、胃酸臭い口を水道の水ですすいだ。

廊下に出ると、岩月さんがそこで待っていた。

「大丈夫？　本当に顔が蒼かったよ」

「うん、たぶん、大丈夫。それよりも、詳しいことは後で話すから――」

おれはまだ胃酸臭い唾を飲み込んだ。そして、トントントンと軽くジャンプして、岩月さんを見た。

「ね、岩月さん、あくまでロープを使わないで気軽にできるボルダリングなんだけど、一緒にやらない？　クライミング班ができるんだし、ボルダリングならどうかな。おれだってクライミングを少しやってみたいし、草大会みたいなのには出てみたいんだ」

「いいよ」岩月さんはあっさり言った。

「きょうの午後は病院に行っていたんだよね。そこで何があったのか知らないけど……」

岩月さんがおれの手首を引っ張った。

「さあ、行こう！　みんな心配してる。いきなりああいう話になって、無神経だったかもしれないって渓ちゃんも真っ青になっていた。わたしだって聞いてなかったから、ものすごく驚いたし、坂上くんにしたら、もっとだよね。ただ、みんながあんなに乗り気になるなんて思っていなかったって。だから、坂上くんが、どんなふうに受け止めたのかみんなの前で話して」

地学実験室に戻って、みんなの顔を見て、おれは悟った。

腫れ物に触るというのではないけれど、どうやらおれは本当にめちゃくちゃ心配されているらしい。みんな、おれが病気持ちで、激しい運動を禁じられていたことを、この短い時間のうちに夏凪から聞いて知ったのだろう。いずれ言おうと思っていたことだから、それはいい。でも、みんなを心配させるのは本意ではない。

「もう、大丈夫です」とおれは静かに言った。

実際に、おれの中に残っていたわずかな吐き気がすーっと引いていった。

おれは、中学二年生のときに野球部をやめた経緯からまず簡単に話して、きょうの病院での話まで続けて一気に伝えた。岩月さんと夏凪が途中から目を大きく見開いたのがわかった。

「おれも、正直、きょういきなり言われて混乱してしまって、それでみんなに会いたくてここに来たら、またびっくりさせられることがあって、心配させてしまってすみませんでした。それで、今、言えるのは、おれも、クライミング班に参加して体を動かしたいってことです」

この時点で、岩月さんがうんうんとうなずいてくれた。おれと一緒に、岩月さんがボルダリングに復帰すれば、夏凪もうれしいかもしれないが、それはまた別のことだ。

「でも、それと同時に、地質班のこともすごく大事なんです」とおれは続けた。

「一学期のここまでの間で、相当、夢中になってきました。先輩方は、入部のときのチラシに書いてましたよね。地学部は、知の十種競技で総合格闘技で、知のアスリートだって。それって、つまり、文武両道というか、頭も体も使うアスリートってことだとしたら、今、夏凪さんが来た地学部は、まさにそれじゃないっすか。おれ、それってすごくいいと思います」

パチパチと手を叩く音がした。

神保さんが最初で、すぐに奥寺さん、仁科さん、市原さんが続いた。夏凪が立ち上がって、その拍手に加わった。

この年のメンバーでの万葉高校地学部のコンセプトが、びしっと決まった瞬間だった。つまり、みんなでやる、全部やる、ということだ。それとともに、中二の時におれの中でいったん止まってしまった大切な部分が、息を吹き返して動き出すのを感じる。

「じゃあ、さっそく競技会（コンペ）に出てみる？　来週、草コンペだけどボルダリングの大会があるよ」と夏凪が言った。

「えーっ」とみんな言って、さすがにもう少し準備しようということになった。

ならば、夏休みの初め頃、合宿前の日程の大会を夏凪が見繕ってくるということになって、みんなモチベーションが高まった。

その日の帰り道は、家が近い仁科さんを除く全員が駅まで一緒に歩き、電車の中では、神保さんと岩月さんと一緒に、バスの中では岩月さんと二人きりになって、ずっとこれからの活動のことを話し続けた。夏休みのボルダリング大会と合宿、九月以降の科学研究コンクール、夏凪のクライミング高校選手権とオリンピックに向けての代表権獲得競争、そして、地学オリンピックの予選……めちゃくちゃ忙しく、心身ともにハードで、充実した高校生活が見えた。

つまり——

「平熱で走り切るのは無理！」

二つ前のバス停で、岩月さんと一緒に降りたおれは、そんなふうに言い合って笑った。しばらく岩月さんの家のまわりを歩きながら話し続け、最後は家の前で、「じゃあ、岩月さん、また明日ね」と言って、手を振って別れた。

その背中と、華奢なようで実はメリハリのある肩のラインを見ながら、おれは、今さらながら満たされない欲望が腹の奥底からせり上がってくるのを感じた。

〈じゃあ、花音、また明日ね〉

大それたことは言わないけれど、夏凪のように、岩月さんのことをファーストネームで呼べたら、と。

認めたくないけれど、おれは、夏凪が岩月さんのことを呼ぶたびに軽く嫉妬している。

今や夏凪が地学部に入ってきたのだから、これからは、もっとそういう機会が増えるだろう。

そういうのって、あまりハッピーじゃない。

特に意識することなく、岩月さんのことを花音って呼べたらいいのに、と思う。

ためしに、おれは、岩月さんがドアの向こうに消える間際に、「花音、また明日」と小さな声で呼んでみた。

かーっと体が燃えるみたいに熱くなった。

その後は、心も体も熱いままで、全身から汗を吹き出しながら、家まで走って帰った。

六

「ガンバ！　市原！」と大きな声が聞こえてくる。これは神保さんの声。

「ガンバ！」と女性の声も飛び、こちらはたぶん仁科さんだ。

クライミングジム・ヨセミテで開催されたボルダリングカップ万葉において、ビギナーの部決勝に勝ち残ったのは、なんと市原さんと奥寺さんだった。神保さんと仁科さんは予選でふるわず敗退となり、今は観客席から応援している。

この結果には、みんなが沸いた。もちろん、敗退した二人は悔しがっていたけれど、いつも練習では半泣きになりながらもくらいついてきた市原さんが、ふんばりを見せて残ったのは純粋に祝福すべきことだった。決勝進出者の中では最下位だったものの、それでも、二〇人くらいいたビギナークラスから六人だけの決勝に進んだのだから。

「遥輝、ぼくはきみができるやつだと分かっていたよ」と褒めたのは、今回の大会には地学部クライミング班リーダーとして出席している夏凪だった。夏凪はすべての部員をファーストネームで呼ぶという習慣を頑として曲げないようで、神保さんのことは一希、奥寺さんは詩暢、仁科さんは円果と呼び習わしている。おれにはそのさりげなさがうらやましくも、妬ましい。

夏凪はその対人距離の近さだけでなく、人を見る目も抜群のように思えた。地学部の初心者クライマーの適性というか、褒めるべきところを見つけ出して、やる気を引き出すのがうまかった。

市原さんには、こんなふうに言った。

「遥輝の特徴は粘りだよ。最初から危なっかしいのに、腕をぷるぷるさせて『もうだめだ』って言いながらも粘るよね。誰も気づいていないかもしれないけど、『だめだ！』って言ってから長いんだ。それってなかなかできることじゃないよ」

これは本当に盲点だった。市原さんは誰よりも早く音を上げるし、すぐに不平不満を口にするけれど、そこから粘る。それを指摘された市原さんは、前よりも粘るようになったし、粘れば粘るほど筋力も上がっていくから音を上げるまでの時間も長くなった。

そして、みるみる上達したのだった。

おれたちは、市原さんのがんばりをアイソレーションルームで聞いた。

決勝は、他の人の登りを参考にせず初見で登るルールなので、決勝進出の選手たちはみんな会場の区切られた一角に隔離され、自分たちが今から登るボルダー壁を見られないようになっている。そのための場所がアイソレーションルームだ。

壁は見えずとも、歓声だけは聞こえてくる。決勝戦の競技順は、ビギナー男子、ビギナー女子、ミドル男子、ミドル女子、マスター男子、マスター女子なので、一番最初に出ていった市原さんのがんばりを、おれたちは声援を通じて知るところとなった。

「ねえ、岩月さんどうしよう。わたし、震えが止まらない」

ビギナー女子の部になれば、すぐ順番が回ってくる奥寺さんが言った。

「わたし、運動はまったくだめで、運動会や体育祭以外で何かのスポーツの大会に出たことないんだよ。なのに決勝なんて無理だよ。親にも期待されてなかったし、自分にも期待してないし、しょせん墓守娘だし……」

いつも落ち着いていて大人の女性を感じさせる奥寺さんが、おれが知る限り、はじめてパニックになっていた。

「そもそも、奥寺さん、ハカモリムスメってなんすか？」とおれは突っ込んだ。

そんなもの、聞いたことがないし、不穏な響きがある。

「うちって、結構古い家でめんどくさいの。奥寺詩暢って、名前に寺が二つも入っててしんき臭いでしょ。それは、結婚しないか、ムコをもらうかして家に留（とど）まって、一生、地元の寺の一族の墓を守りなさいって意味なんだよ。大学進学だっていい顔されないんだから」

「まじすか。そんなの、アリなんすか」

このあたりは首都圏の一部で、東京に通勤する人も多いいわゆる「郊外」だが、新興住宅地を少し外れると、かなりディープな田舎だという話は聞いたことがあった。

「でも、それとこれとは別じゃないすかね。だって、クライミングは親がどうこうじゃなくて、自分で登るもんですから」とおれは続けて言った。

「そうだね。そう思いたいんだけど、わたしは自信がないことにだけ自信がある人なんだよ」

そこまで言われると、どうしようもない。おれは自然と岩月さんの方を見た。

岩月さんは、少し別の方向に視線を泳がせてから、奥寺さんの肩に手を置いた。

「大丈夫ですよ、先輩はすごく練習していたじゃないですか」

「わたし、本当にセンスないからがんばるしかなかったんだよ」

「渓ちゃんも言ってましたよね。先輩の持ち味はオブザベーション力です。壁を観察して、どんなふうに登るか頭の中でシミュレーションするのがうまいです。きょうの目標は自分のベストを尽くすことですから、先輩は落ち着いて壁を見るんです。そうしたら、ベストを尽くせます。坂上くんも言った通り、クライミングでは、登るのは自分です」

岩月さんは、奥寺さんの手をぎゅっと握りながら言った。

励まし方が堂に入っていた。岩月さんはクライミング班のサブリーダーだけど、夏凪が不在がちなせいで、実質的にはリーダーなのだ。

「わたしたちのきょうの目標は相手に勝つことじゃなくて、きのうの自分に勝つことですから！　それがやがて地学の力になる時が来るんですよ」

そう言って、岩月さんは奥寺さんの背中を軽く押すように送り出した。

奥寺さんが最初の課題に挑むのは、アナウンスと歓声ですぐに分かった。

「ゼッケン7番、万葉高校地学部、奥寺詩暢選手の登場です。奥寺選手は、この春にクライミングを始めたばかりです。きっかけは『いつか、雲に登りたいから』。壮大な夢を語ります。初コンペで決勝進出、さあ、どんな登りを見せてくれるでしょうか！」

その後、しばらくしーんと会場は静まりかえる。ボルダーの決勝は、持ち時間の四分の間に何度でもトライしていいルールだ。しかし、落ちるたびに体力を削がれていくし、完登でも試み（アテンプト）の回数が少ないほど高い成績になる。だから、よく観察して必要なムーブを整理してから登るのが奥寺さんのスタイルだ。

やがて、「ガンバ！」という声援が飛び始めた。

そして、それほど時間もたたず、「おーっ」と歓声が上がった。続いて拍手。

これは、奥寺さんが課題を一撃で登ったということに違いない。奥寺さんは本当に冷静な目を持っている。

そして、それに続いてがんばるのは、おれ、である。ビギナー女子の決勝進出者六人がすべて出ていくと、次はミドルの男子の番だ。

「岩月さん、おれ、やっぱ、緊張してきた！」

おれは、さっきの奥寺さんみたいに言ってみた。

前夜、緊張してほとんど眠れず、体調は最悪だ。今、眠たくないのは、緊張が続いているからだろうし、そもそも、このアイソレーションという仕組みが独特でさらに緊張を強いられる。決勝に出る選手が全員、隔離されて、自分の出番までひたすら待つことになるのだから。

時間の使い方は、さすがに国際大会まで経験している岩月さんはもうバッチリのはずで、おれはその様子を横目で見ながら、自分の方も心と身体の準備をしようとしていた。

返事がないのでよくよく見たら、岩月さんは隔離エリアの中にある壁を使って体を動かしていた。

「あれ、岩月さん、まだアップするのは早すぎるんじゃ……」

「わたし、落ち着かなくて。コンペ出るの二年ぶりだし」

「ええっ、岩月さんでも、緊張するの！」

「するよ！」

岩月さんが、壁からぴょんと飛び降りておれを見た。

「本当、坂上くんも、渓ちゃんが言っていた通りだよね。はじめてのコンペなのにびびってない」

「いや、そうでもなくて、おれ、緊張してるけど……」

「そうは見えないよ。わたしなんて、指が震えちゃって」

岩月さんが差し出した指は、本当に小刻みに震えていた。

あれだけ大きな舞台に立ったことがある人なのに、こんなに緊張するのか！

「岩月さんは、大丈夫だよ」とおれは請け合った。

「だって、クライミング班ができてから楽しく登ってきたじゃない。学校の夏凪ウォールでも、岩月さんはおれたちに登る楽しさを教えてくれたよ」

「だといいけど……」

「だからさ、岩月さんも楽しんでおいで。岩月さんにはそうする権利がある」

「そうかな……」

あくまで弱気なので、おれはがしっと岩月さんの手首を摑んだ。意識することなくまず体が動いてしまった。これまでにも岩月さんの方からおれの手首を取ってくれることがあったから、自然とそうしてしまったのだと思う。

「あ、ごめん」とあわてて放したけど、岩月さんは別に気にしているふうでもなかった。そのまま手を触れたままにしておくべきだったかと、おれはドキドキしながらも後悔した。

「とにかく！　おれが証明してくるから。岩月さんが教えてくれたおかげで、クライミングの喜びに目覚めつつあるってこと。見てて！　ってのは無理だけど、聞いてて！」

そんなタンカを切って、おれはいよいよ自分自身の決勝に挑んだ。夏凪みたいに巧みな言葉で励ませないのだから、おれはおれのやり方を貫くまでだ。


決勝の課題は四つだ。

それぞれを持ち時間の四分以内で登る。

おれは予選四位だったので登場は三番目。つまり、すでに前の二人が、次々とベルトコンベアに載せられたように次の課題へと進んだ後だ。アイソレーション中に聞いた歓声から、どの程度、前の選手たちが登ったのかくらいは想像がつく。

とりあえず一課題目は、おれの前の選手は完登したと思う。その選手の名前と一緒に大きな拍手が聞こえてきたからだ。

誘導係に連れられて、第一課題の前に出た時、おれはすーはーっとまずは深呼吸した。

とうとうここに戻ってきた、と思う。

スポーツの真剣勝負の場！　おれが心底望みながら、諦めざるをえなかったものだ。一時はそんな情熱があることすら覆い隠して、平熱で生きようとしていた。

でも、今はもう違う。おれは、熱くなっていい。

野球みたいなチームスポーツではないけれど、クライミングだってチームの部分があるということをおれは知っている。おれの登りは、岩月さんへのメッセージになり、力となる。そう一方的に信じて、もっと熱くなってやる。

おれはもう一回、深呼吸した。

体は熱く、でも、頭はいつもクールに。それがおれの課題だ。

おれは、ボルダーエリアの一番端っこにある第一課題を見上げた。

ミドル男子は黄色のテープの指示に従って登る。

半月型のボリュームを二つつないだ先に「ＺＯＮＥ（ゾーン）」というシールが貼ってあって、そこまで到達すると中間点がもらえる。さらに先、かなり離れたところに「ＴＯＰ（トップ）」と書かれたホールドがあり、そこを両手で保持できれば、完登だ。

ゾーンまでは繊細なバランス感覚が、そこから先はアクロバティックな跳躍が必要になる。これって、つまり、おれにとってそんなに苦手じゃない課題だ。

夏凪の言葉を思い出す。

「瞬は、体格に恵まれているし、脚力もあるけど、上半身の筋力があるわけではないから、コーディネーション、バランス感覚的な部分が持ち味だよね。だから、今のところは花音のスタイルが参考になると思うよ。花音の足の使い方を見て。ミリ単位といわずとも、どこを踏めばいいのか意識的になること」

すごく技術的に大切なことなので、おれは岩月さんが登るたびにその様子を凝視した。別にそういう理由がなくても見続けたはずだが、理由があるのだからさらに熱心に見た。結果、何かが身についたのかどうかは、おれには分からない。もう一つ、夏凪が言った別のことの方が今は大事かもしれないと思った。

「瞬って、誰かのために戦う意識があるととたんに強くなる方でしょう。チームスポーツの野球をやっていたせいかな。仲間との絆(きずな)はプレイの質を上げる。だから、自分のためじゃなくて、例えば花音のために気合を入れてみたらいいんじゃない?」

本当に嫌なやつだ。おれのことを見透かしている。体を動かしたくてうずうずしてきたわけだが、ただ無闇やたらと動ければいいってもんではない。ルールがある中で、自分も相手も生きるように動きたい。おれの中にはそんな渇望がある。陸上でも、個人で走る徒競走よりも、リレーの方が力が出るというのが、おれの変なところだ。

というわけで、おれは自分自身のためでありつつも、岩月さんのために登る。おれのがんばりが岩月さんにも歓声で分かるように派手に登ってやる。

そう思い定めると、すべての雑念が消えた。

おれがするべきことは、今、目の前にある壁を楽しみ、課題を解くこと。

自分自身の身体と頭を使って、重力に逆らうパズルを解決すること。

それだけだ。

まずはオブザベーション。とはいえ、おれの眼力は、奥寺さんほど研ぎ澄まされていない。だから、むしろ壁と対話しながら、この出題の真意を問うていく方針だ。

ざっくりとムーブを考えたら、まずは三日月形のボリュームの上に足を載せる。きっちりと足が決まるわけではなくて、斜面で不安定なまま留まらなければならない。右腕と左腕を別々のボリュームにつっぱらなければならず、体格がむしろ不利になって窮屈だ。脚力も削がれる。

そこからの一手目として、手を伸ばして上のボリュームの縁にある出っ張りを取りたいのだが、ジャンプしてみたら指先をかすっただけで落ちた。

うん、これでは無理だ。別の解決方法が必要だ。

今度は、体を半身にして、膝を少し落としてみる。ドロップニーというやつだ。腕をつっぱるのがさらにつらくなるが、ここからうまく踏み込めば、ジャンプの距離を稼げるんじゃないか。

まず右足を蹴り、直後に左足を踏み込むイメージで跳んだ。いい感じに、右手で上のボリュームの縁をキャッチできた。でも、左手を添えられず、落ちた。

三度目の挑戦。今度は踏み込む時に、跳ぶ方向を微修正。右手でホールドをキャッチしてから振れた勢いのまま左手を伸ばし、少し離れた小さいホールドを保持できた。

なんとかゾーン確保だ。

本当に、おれはオブザベーション力がない。こんなふうに壁と対話しながら、一手一手、先に進むしかない。その分、体力は削がれていくが、さいわいおれは回復が早いらしく、この程度ではまだ手の感覚は生きている。

次の一手は、いきなりトップのホールドまで跳ぶ。

でいっ、と力を込めても、右足がうまく踏めなかった。勢いが死んでとうてい届かない。

もう一度壁の下に立って、よく見る。なるほど、最後の跳躍は、踏みにくい右足をどういうふうに処理するかという問題に集約できそうだ。

たぶん、ミリ単位とはいわずとも一センチ単位の位置調整と、あとはコーディネーションだ。あの体勢から可能な限り、足の力を上に跳ぶ方向に伝えてやらなければならない。

さて、ここまできて、おれは観客席の方を向いた。

時計の表示は三分三〇秒。残りはあと三〇秒だ。

おれにもっとパワーをくれと仕草で示すと、拍手が沸き起こった。

残されたアテンプトは、時間的にあと一回だけだろう。

観客には注目してもらい、より大きな歓声がほしい。地学部のみんなとも目が合って、先に登った市原さん、奥寺さんも、予選敗退の仁科さん、神保さんと一緒にいるのが分かった。

「ガンバ！」「ガンバ！」という声を体に浴びながら、おれはもう一度壁に向き合った。

さあ、ここから先はスピード勝負。

まず、すでに解いたゾーンまでは五秒で到達。

そこから、ボリュームに置いた右足の位置を微調整。真上への力を伝達しやすいところはどこだと探って、さっきよりやや上に足を決めた。

まずは左足を軽く蹴って勢いをつけてから、右足の力を爆発させる。

右手がホールドに届き、体が振り子のように振られた。戻ってきた時に、左手も添えた。

両手で保持！

完登！

これまでで最高の歓声が湧き起こる。

くるっと振り向きながら、飛び降りたら、その途中で、観客席の一番後ろから腕を組んで見ている夏凪と目が合った。そしておれに向かって、サムアップした。

夏凪はおれの意図をちゃんと分かっている。おれが観客を煽（あお）ったのは、アイソレーシヨンルームにいる岩月さんに伝えるためだ。持ち時間をたっぷり使って、パズルを楽しみながら解いたことを岩月さんに伝えたい。

第一課題を終えたおれは、第二課題のエリアに行く直前のところに置かれた椅子に座り、観客の方を向きながら、つまり、前の選手が登るのを見ないで、持ち時間を終えるのを待つ。とはいえ、どの程度、登れたのかは雰囲気でわかる。

前の選手は、たぶん二番目の課題をゾーンまで取って、トップには行けなかった。

さあ、おれの番。

今回は、アイソレーションルームから遠くなってしまったため、動きも伝えにくくなるだろう。そう思ったら、「瞬、がんば！」と夏凪が声をかけてくれた。すると、地学部の仲間たちも、応援におれの名前をつけるようになった。みんな、分かっている。そうやって岩月さんに動きを伝えることで、おれの闘争心も刺激してくれているんだ。

第二課題は、四メートルの高さのトップまで、わずか六個のホールド、それもすべてボリュームというまばらな構成で、またも脚力が問われる。おれにとってはよい課題のはずだ。

しかし、例によって足を載せるところが不安定で、ちゃんと立つことだけでも苦労する。バランス感覚、続くムーブ、手で保持した後でどうやって体の振れを止めるか、足を置く場所は次の動きにつながるものか。跳躍に力を込められる形に持ち込めたら、次のボリュームまで跳び移り……何度も落ちながら、ぎりぎり最後までたどり着いた。

三番目の課題は、一転して、細かくつないでいくタイプだった。おまけに最後の二手は、足を切った状態で、上半身のみの力でねじ伏せなければならない。ゾーンは取ったものの、そこから先、おれの上半身はまだまだひ弱で力が足りなかった。あえなく撃沈。

四番目の課題は、もともとオーバーハングしている壁を、足をうまくホールドに引っ掛けて、ほとんど横に倒れつつも、手足を何度も組み替えて、ああだこうだしながら、なんとか体を引き上げるやつだ。またも細々とした手順が必要で、おまけに窮屈で、おれが苦手としているパターンである。最後の最後は、脚力が必要な部分があるが、そこまでたどり着けるかが問題だった。

アイソレーションルームから一番遠く、岩月さんはさすがにおれの登りを察知することはできないだろう。おれはそのことを一瞬心細く感じた。それでも、「がんば、坂上くん！」「がんば坂ちゃん！」と、奥寺さんと仁科さんが近くに移動してきて応援してくれる。さらに、「坂上、ゴーゴー！」「地学部、ふぁいおー！」と神保さんと市原さんが柄にもなく熱く言うものだから、おれの方も胸の奥から熱いものが吹き出した。

おれは心に決めている。草大会とはいえ、最善を尽くす。

この最後の課題は、おれを試しに来ている。逆に言えば、おれをひときわ強く輝かせるために準備されたのだと思うことにする。

おれは壁をぎゅうっと睨むと、前に出た。

最初のホールドは低い位置にあり、スタートの時点では座ったような形になる。両手はアンダー気味に持ち、足を手よりも上のホールドに引っ掛けて安定させてから、なんとか片手で、足よりも上のホールドを取り、今度は足を下ろして、最初手で持っていたホールドに乗る……というふうに細かいところで手足の入れ替えがあって、おれはそのあたり不器用だ。何度も途中で落ちた。

もう一度最初からやり直し！　何度でもやり直し！

時間は刻々と過ぎ、かなり追い込まれてしまった。

最後のアテンプト。最初のホールドを摑んだら、「ガンバ、瞬！」と神保さんの声が聞こえた。

おれはその瞬間、なにか体がふっと軽くなった気がして驚き、いったん手を放した。

なんだ、これは。

この感覚をおれはなんとなく知っている。はじめて奥御子で、チャートのボルダーを駆け上がろうとした時、体が軽く浮き上がるような感覚になったのと似ている。

〈ジムの壁を登るのも地学だよ〉

今度は頭の中で声が響いた。はじめてジムで登った日に神保さんが言ったことだ。ただしか、プラスチックを作る原油のもとは何億年も前に海底に沈んだプランクトンや海藻だという話だった。

ということは、今、おれは、かつての海底にいて、ふわふわ浮かんでいるのだとイメージできた。海にいるのだと思うと力が抜ける。

すると心に余裕ができて、複雑な手順にも対応できた！

ここを越えれば、またジャンプ勝負に持ち込める。たぶん本当はもっと細かい手順で抜ける前提で作られている壁だが、おれはきっと跳べるんじゃないだろうかと最初から思っていた。

左足は足場が悪くてほとんどあてにならないから、推進力は右足。これを爆発させて、壁に沿って跳ぶ。

燃料ならすぐここにある。海底に沈んだプランクトンや海藻からできたのが化石燃料であって、それを頭の中で爆発的に燃やしてやる。ロケットエンジンに点火するイメージで、おれはジャンプした。

ぐいんと跳んで、かなり離れたゾーンのホールドを両手で掴んだ。

おーっ、ダブルダイノ！　と誰かが興奮して叫んだ。

そうか、そういう技かい。でも、関係ない。とにかく跳躍が決まってキモチイイ。ここでゾーンを獲得！

でも、まだ止まらない。

ゾーンから、トップは一手だ。

ならば、跳びついたこの勢いを活かすべきだ。

体が振れたのをそのまま利用する。

右足を載せるフットホールドは、最初から見つけてある。そこにぴたっと足を置いて、左足を振り子のようにして半円を描く。

もう一度、右足のロケットエンジンに点火して踏み切ると、今度は左手だけを大きく伸ばして、トップのホールドを取りに行く。いつだったかアリョくんがデモで見せてくれた、「サイファー」の動きだ。

跳んでいる最中、水中を思わせる中性浮力をおれは感じた。

あるいは、船外活動中の宇宙飛行士。

よし、掴んだ！

その瞬間、ずっしりと重力が戻ってきた。左手を中心に体がぐわんと左側に振れ、戻ってきたときに、右手も添えた。

完登！

おれは右腕を突き上げてから、飛び降りた。

残り時間一秒のところで、時計が止まっていた。

突き上げた右腕の先をふと見上げた。

ちょうど天窓があるところで、午後の日差しがきらきら輝いていた。海の底から見る水面みたいだと思い、急にめまいを感じた。

おれは壁の前の分厚いマットの上に膝をついた。次の選手がすぐに使うのだから退去しなければならないのだが、思うにまかせない。

ぐいっと引き寄せられて、体重を預けた。夏凪だった。

「瞬、きみはよくやった。ぼくは感動したよ。ダブルダイノからサイファーへの連続技って、このレベルのコンペで見るのははじめてだ。おまけにこの課題では、ぼくも瞬みたいな登り方はできない。つくづく、きみってやつは……」

「拍手や歓声はどうでした。おれ、正直、頭がぼーっとして」

「大丈夫、みんな熱狂していたし、花音にも聞こえたはずだよ。きっと誇らしかっただろう」

「なら、いいっす」

「だいたいだよ、クライミングに出会って三ヶ月で、ミドルクラスとはいえ三完登できるやつなんてそうそういないし。課題を作ったセッターだって、あんな登られ方をしたら、やられた！　ってかんじだよね。一番苦労しただろう、細々したところ、全部すっ飛ばすんだから。どうしたら、あんな発想になるんだい」

「おれ、地学部っすからね」

「たしかにね。瞬を見ていると、身体も脳の一部で、脳も身体の一部だと感じさせられるよ。なんていうか、身体全体で考えて、身体全体でパズルを解いてるよね。ぼくも刺激を受けた」

「地球生命ってのは、身体全体で進化の道筋を試行錯誤してきたんっすよ。神保さんとか市原さんが言うには、かつて生きていたすべての生き物と、地球環境のすべてを使った演算結果が今の地球と生命です。だから、おれたちも、古代のヘリコプリオンも

「……」

おれがやや朦朧（もうろう）として、中二心を発露し始めたところで夏凪は苦笑した。そして、おれの背中を押した。

「じゃ、あとは地学部みんなと観戦するといい。ぼくはマスタークラスの決勝のネット解説を頼まれているんだ」

少し先には地学部のみんながまとまって座っていた。おれがよろよろと近づいていくと、もみくちゃにするくらい荒っぽく出迎えてくれた。

「すごいよね！」（仁科）「がんばった！」（奥寺）「ぼくは涙が止まらない」（神保）「ぼくよりも粘り強かった！」（市原）というように。神保さんと市原さんが両側から抱きついてきたのがたまらなく意外だった。二人とも意外に感激屋さんなのである。特に神保さんは、本当に泣いて、顔をくしゃくしゃにしていた。

「ありがとう、ぼくは予選敗退でふがいなかったんだ。坂上くんががんばってくれたああ」

「いやいや、何言ってんすか、先輩だって、午前中がんばったじゃないっすか。それに、おれ、四つ目の課題の途中で、神保先輩の声を聞いてヒントを掴みましたよ。クライミングは地学だってやつ。あれを思い出したら力が湧いてきて、体が軽くなったんです。地学戦士の自覚ってやつっすかね」

「きみはすごいやつだあ！　泣けてくる！　ぼくはダメだよ。腕がぷるぷるしてもうホールドを掴めなくなって……」

「そういうもんです。おれも今、握力ないです。おまけに、ちょっと限界を超えてがんばりすぎて。最後は何億年も前に海底に沈んだプランクトンや海藻のパワーで跳びましたから……ああ、眠いです」

やっと、緊張がとけた。襲ってきた睡魔のせいで、おれは頭をがくんと下げた。

「坂ちゃんも、完全に地学部に染まったよね」と仁科さんの声が聞こえた。

「いや、独自に発展してるんじゃない？」と奥寺さん。

「ぼくほどじゃないけどね」と市原さん。

「とにかく、しばらく眠ってて。女子決勝が始まったら、起こすからね」

神保さんの言葉が終わる頃には、おれはもううつらうつらしていた。

「ねぇ、起きろって、おねえが出てくる。ほんと、なんで寝てるの？」

おれが目を覚ましたのは、変声期途中のかすれた声のせいだ。

「お、なんで。なんで、風雅がいるの？」とおれは寝ぼけた声を出した。

岩月さんの弟の風雅がおれの隣に座っていた。

「いたら悪い？　おねえの応援なんだし、別にミドルの決勝だって見たくて見たわけじゃないし」

「おれが登るのも見ててくれたんだ。どうだった？」

「まだまだ、だね」と言って、風雅はぷいっとそっぽを向いた。

「そりゃあ、そうだろう。おれ、初心者だしな」

こうやって近くで見ると、横顔のかんじなど、岩月さんとよく似てる。いかん、ちょっとドキドキしてしまった。

「とにかく、おねえの応援するんだから！」

ほんと、おまえ、お姉さんのこと好きなんだなと言いかけつつ、まあ、おれもだ、と思った。こうやってクライミングの競技で熱くなって、そっちが満たされたら、残っているのは岩月さんへの熱い気持ちなんだから。

マスタークラス女子の決勝は、本日の最終プログラムだ。クライミングの大会では男子の方が後になることが多いそうだが、きょうに限っては女子を最後にもってきた。おれが目を覚ました時には、決勝進出者がもう登り始めていた。

この時間帯になると人混みがぐっと密になり、「岩月選手が——」「世界ユースで優勝——」みたいな話があちこちから聞こえてきた。夏凪のネット中継は、マスタークラスの男女決勝だけだそうだが、風雅が嫌そうにしながらも貸してくれた片方のイヤホンでは、実況担当者が「夏凪さん、いよいよ、岩月花音選手の復帰戦、決勝での姿が見られますね」と期待を煽っていた。

しかし、岩月さんが出てくるのは決勝では最後の六人目だから、当分先だ。おれはイヤホンをしながら、時々、眠たくなった。夏凪の解説の声は柔らかくて実に心地がよくて、そのせいもあると思う。

「おい、本当におねえが出るぞ」と風雅が言った。

「お、待ってました」とおれはぱちっと目を開けた。

しかし、自分がまだ夢の中にいるんじゃないかと思わされるような光景が、目の前で繰り広げられた。

岩月さんは、やはり天使の翼を持っていた。

同じセッターが、ボリュームやホールドを共有しながら課題を作っているので、第一から第四まで、おれが登ったミドル男子の壁とそれぞれのコンセプトが似ている。ただし、ずっと難しい。第一課題は、大きなボリュームからボリュームへと跳び移る体操選手の動きのような始まりで、ゾーンから先は大胆なムーブでトップを狙う、パワーとコーディネーションが試される系統だ。前の選手が何度も落ちた導入部の悪いフットホールドをなんなく踏んで、ボリュームの斜面でもぴたっと足を決め、距離があるホールドも最短距離ですーっと取る。

そのふわりとした動きに、おれは翼を見てしまう。

〈夏凪さん、岩月選手は本当にさりげなくやっているように見えますが、これは相当難易度が高いわけですよね〉

〈ゾーンまで一度も落ちず行けた選手がこれまでいなかったわけですから、推して知るべしですね。これ、ぼくでも、かなり苦労しそうな課題です。特に前半は足が大きくて

体重もある男子選手だと逆に立てないんじゃないかな。すごく悪いですよ〉

そう、夏凪が言う通りだ。岩月さんは本当になんてことがないようにゾーンを取り、おれがさっきやったみたいな派手な予備動作もなく、すっと足を振って、手を伸ばしてトップまで行ってしまった。

第二課題は、まばらなボリュームがいくつかあるだけで、おれは同タイプのものをジャンプ力でねじ伏せた。しかし、マスター女子決勝は、それでは済まない構成のようだ。

〈これもセッターが工夫してますね。パワーだけではどうにもならない。でも、岩月選手はこういうのをやらせると真価を発揮します。もともとパワーの選手ではないので、技術を求められる分には問題ないですね〉

技術とはなんだろう。この課題の場合は、跳ぶ角度や力具合、ホールドを保持した後の体の振れにどう対応するか、止めるために持たなければならない小さなホールドをピンポイントで摑んで、指先でピンチできるか。細々としたことがいろいろある。岩月さんのまわりだけは、重力がねじ曲がっているのじゃないかという錯覚をおれはここで抱いた。いつぞやビデオで見たあのかんじは、リアルではさらに際立った。

第三課題は、細々とつないで登っていくタイプ。頭よりも上に足が来たり、そこから、細かく手順を追って、体を入れ替え、左右に大きく動きつつ、少しずつ高度を稼いでいく。手順が複雑で、ますますパズル要素が強い。おれならこんがらがってしまうところだが、岩月さんはするりと抜けた。

〈四メートルの高さのボルダーですが、これは、結果的に倍の高さまで登ったくらいの消耗があると思います。岩月選手にとっては面目躍如です。ほら、今、デッドポイントといって、ジャンプした後で一瞬、重力加速度と相殺してふわっと無重力になる瞬間に、手を入れ替えました。これ、ただふわっと浮いたように見えました。彼女、無重力ガー（アグラビティ）ルと呼ばれていたこと、ありますからね〉

夏凪が興奮しているのはよくわかる。おれも当然興奮していた。

第四課題は、オーバーハングしたダイナミックな壁面だ。足を切って腕だけになる瞬間も多く、技術以前にパワーが大事な課題でもある。おれが競った男子ミドルの第四課題は、前半テクニカルな部分が多かったが、ここではその部分が全部パワーを要するものに置き換わっていた。最後には、やはり跳ばなければならない部分があり、男子選手ならともかく、女子でも小柄な部類の岩月さんは、ここをどうクリアするのかおれはちょっと不安に感じた。

案の定、ここまで一撃で完登してきた岩月さんが、はじめて落ちた。

ゾーンを取ってトップを狙う、最後の大跳躍の部分だ。

普通に跳んだだけでは指先がかするくらいで、とても上のホールドに届きそうになかった。

二度目のトライでは、体をねじって、片手だけを伸ばした。指先を引っ掛けたが、掴みきれずに落ちた。

岩月さんはきょうはじめて長考モードに入った。

〈岩月選手もやはりブランクが長く、まだ勘が戻っていないということでしょうか〉と実況者。

〈いや、ここは普通に難しいですよ。誰もきょう成功してませんよね。これ、ワールドユースの決勝の課題でも驚きません。でも、花音はここからが強い〉

夏凪がいつのまにか岩月さんのことを「花音」と呼んでいた。本当にそのさりげなさには腹が立つ。それでも、ここからが強いという評は、素直に信じて、おれは「がんばれ！」と念じ続けた。

岩月さんは、残り時間が三〇秒くらいのところで振り向いて時間を確かめた。その時、目が合った……ような気がした。会場を滑っていく視線がほんの一瞬、おれのところで止まった、と。本当に一瞬のことだ。

おれは、アイソレーションルームでの岩月さんのことを思い出した。

岩月さんは経験豊富でこんなにすごいのに、あの時は震えていた。

なぜ震えていたのだろう、とおれは今にして思う。

緊張する。びびる。いろんな表現があるけれど、おれがあの時感じたのは、なにか怖がっている、ということだった。

ほんと、岩月さんのあの小さな体には、おれが想像もできないようなすごい圧力がかかっているに違いない。そう考えたら、岩月さんの華奢な体がさらに頼りなく見えてきた。

　岩月さんは、最後のアテンプトを開始した。

　ゾーンまではすぐに抜けて、トップへと跳躍する体勢に入る。

　両手でホールドを摑み、足を踏ん張って、体を上下に揺らして、勢いをつけて跳ぶわけだが、これまでの二度の挑戦ではまったく届かなかった。だから、みんながかたずを飲んで見守っている。

「がんば」「がんばー」とじれたみたいな声援が飛んだ。

　おれもぎゅっと手に汗握った。

　岩月さんが、ここにきて迷っている。おれにはそれが分かった。肩の筋肉が緊張して、こわばっているのも見て取れる。ふだんの練習の時には、もっと柔らかく、なめらかな印象があるのに、まったく違う質感だ。

　ああ、そうか。がんばる、じゃだめなんだ。岩月さんのクライミングに必要なのは、むしろ逆のことだ。

　おれは息を吸い込んだ。そして、深く考えたわけではなく、ただ、勢いにまかせて、声を出した。

「花音、楽しめ！　その壁だって地学だ！」

　我ながらすごい大声だったんじゃないかと思う。

　一瞬、まわりの声援がやんだほどだ。

と同時に、おれの口が塞がれた。風雅だった。

「おまえ、おねえを失格させる気かよ。余計なこと言うと、技術的なアドバイスだと思われるからな」

そうだった。状況を伝えたり、技術的な助言を受けたら失格なのだ。おれが言ったことはそうではないけれど、意味不明であることは間違いなく、とすれば何かの合図だと思われても仕方ない。

「それに、おねえを、気安く呼ぶな！」

そう言われて、おれははじめて自分が岩月さんのことを名前で呼んだことに気づいた。顔がかーっと熱くなったが、それどころではなかった。

壁に張り付いている岩月さんの様子が変わった。

さっきまでは今にも跳ぼうと体を揺らしていたのに、ふっと力を抜いてだらんとしている。肩の力が抜けて、一見、戦意を喪失したみたいにも見えた。

翼を折られて墜落して、海に落ちたかのような……。

いや、違う。おれには分かった。

岩月さんは、いったん力を抜いたところから組み立てなおそうとしている。浮遊感は、そこから感じさせられるものだ。

じゃあ、岩月さんはどんなムーブを選ぼうとしているのか。

岩月さんが、次に動いた瞬間、「ええっ」とか「おおっ」とかどよめきが起きた。

いきなり足を切って、両手だけでぶら下がる状態になった。

だらーんとして、そのまま揺れている。それこそ海底の海藻みたいに。浮遊感が増す。自然に足の揺れが収まりかけたところで、勢いをつけて懸垂。ノースリーブの背にぐいんと筋肉が浮き出た。

デーモン・オン・ザ・バック。岩月さんの背中にいる小鬼が顔を出す。

まるで体操の段違い平行棒みたいなイメージで勢いよく体を持ち上げると、流れの中でさりげなくフットホールドに足を置いた。

なんという精度。

その勢いを活かして深く体を沈めてから、すーっと飛び出した。

流れるような飛翔！

壁に沿って滑空して、両手で摑んだ。

うわーっと歓声。拍手。

〈岩月選手、ダブルダイノで取った！〉と実況が大声を上げる。

興奮の坩堝（るつぼ）になった会場で、おれだけは見逃さなかった。

岩月さんは落ちてくる直前、やっぱり、トップのホールドよりもさらに先へと手を差し伸べた。そして、指先を掻くようにして、さらなる高みを摑もうとした。

地上に降りてから、やっと控えめにガッツポーズをしたかと思うと、こっちを見てにこりと笑った。

おれはかーっと顔がほてった。

やっぱり、おれを見てくれたんだ！

しかし、そう思ったのは、おれだけじゃなかった。

「おねえ、すごかった！」と隣の風雅がぴょんぴょん跳ねて、その弾みでおれの顎を肘で打った。

むぎゃっとなったところを見た岩月さんは、びっくりして口を押さえながらも、やはり笑った。

その笑顔がおれに向けられたことで、おれは痛くても満足だった。

「それでは、表彰式を行います」とアナウンスがあり、おれも名前を呼ばれた。

そうだった、おれもきょうは競技者だったのだ。

おれが前に出ていくと、岩月さんがぴょんと跳ねるみたいにおれに近づいてきて、両手でおれの手首をぎゅっと摑んだ。

「瞬、優勝、おめでとう！　それから、ありがとう！」

「えーっ、おれ、優勝？」

「なに、知らなかったの？　呆れた！」

「いや、おれ、疲れててさっきまで眠ってた……」

自分が四つの課題を終えた時には、とうてい優勝できるなんて思っていなかった。四つのうち一つはゾーンまでしか行けなかったわけだし、他の完登もアテンプト数が多すぎた。そして、おれの後にはもっと力のあるクライマーが完登を連発するはずだった。

「風雅、隣にいたのに瞬に教えなかったの？」と岩月さんが怖い目で弟がいる方向を見ていた。

その瞬間、おれは気づいてしまった。

岩月さんは、さっきから「瞬」とおれのことを呼んでいる。

じわーっと体が熱くなって、顔がたぶん真っ赤になったと思う。

「瞬、ありがとう。楽しめって言われたら、力が出た。そうだよね、楽しまないと。わたし、たぶん吹っ切れた。これからもよろしくね！」

考えてみれば、岩月さんはまだおれの手首を握ったままで、それに気づくと、はっとして離し、ちょっと照れたみたいに笑った。

「うん、よかった。岩月さんが、楽しそうに登ってて」

「花音でいいよ」

「え？」

「花音って呼んで。そっちの方がいい。さっきそう呼んでくれて、その方が力が出た。これからは、みんなにもそう呼んでもらうから」

おれが反応する暇もなく、岩月さんはもう一度、おれの手首を取った。そして、地学部のみんなの方を向いて、高く持ち上げた。おれはもうふわふわ体が浮き上がりそうな気分だった。

「でも、さっきのなに？　この壁も地学だって」

あはは、とおれは笑った。そうか、岩月さんは、いや、花音は知らなかったんだ。

「それはね、神保さんが言い出したことで、か、花音も知っていると思うけど、原油ってもともと——」

おれはぎこちなく説明を始め、花音が破顔し、一緒にトロフィーを受け、宙にかざし、地学部の先輩方にもみくちゃにされた。

そうやって、はじめてのクライミング競技会は終わった。

第三部　地と知と宇宙（二〇一九年秋冬）

一

「太陽系で一番、高い山ってどこにあるか知ってる？」と花音が聞く。

「うーんと、一番、大きな惑星だから、木星？　いや、木星はガス惑星だから……地球なんじゃないか。岩石型では最大だし」とおれが答える。

花音は、分かっていないないというふうに首を小さく振る。

「残念、実は火星だよ。地球よりも侵食を受けにくかったから、古代の山塊がそのまま残っているんだって。オリンポス山は、火星の標高基準面から二万五〇〇〇メートルもあるんだよ。エベレストの三倍だよ」

「そこに登りたい？　重力は地球の三分の一でも、高さが三倍あったら、結局、差し引きゼロで、同じくらい大変なんじゃない？」

「全部、自分の足でなんて思わない。火星に人類が移住した時には、いろんな道具を使えるはず。わたしたちのクライミング技術は、その中の一つだと思う。でも、最初に自分の足で頂きに立つのは、わたしだから」

こういった中二病的な風味あふれる会話を、おれは花音と交わしている。

ちょっとばかり非日常的なかんじはするものの、この時点では地学部っぽい範囲内の会話だ。

しかし、ここは地学実験室でも準備室でもない。

地学部にとっては、最新の巡検(フィールドワーク)の場である、クライミング競技の会場だ。

試合前のルーチンのようにおれたちは地学部的な会話を交わし、自分たちのモチベーションを確認し合う。

「はいはい、じゃあ、おれは、二番目ということで。オリンポス山の人類初登頂というのは悪くないしね」

おれがそう続けたところで、花音が目を見開いた。

「本気？　瞬も火星に一緒に来てくれるの？」

「もちろん、おれはそのつもりだ」

おれと花音はじっと見つめ合う。

「うれしい！」

「当たり前じゃないか、花音。おれは、いつだって——」

おでこがくっつくくらいの距離に顔を近づけ、ほとんど愛の告白をしそうになった直前で、いきなり後ろからぐいっと荒っぽく肩を抱かれた。

にこやかな声が耳元で聞こえてくる。

「さあ、そんなSFラブコメみたいな話はそこまで。ぼくたちは、地球上でこの競技に集中する。地学部クライミング班（チーム・ジオロジー）にとって、最高の一日にしよう」

おれたちにとって二歳年長の先輩であり、スポーツクライミング界においては、日本の希望とも言われる夏凪渓だ。

　オリンピックの選考会を兼ねた、複合（コンバインド）ジャパンカップで、いよいよ競技が始まる直前、おれたち三人はチームミーティングとして、一箇所に集まっていた。もちろん、クライミングは個人競技だが、仲間との絆がパフォーマンスを上げることは間違いない。ましてや、おれたちは高校地学部クライマーとして、ひときわ「チーム」の意識が強い。夏凪が言葉を発したせいで、さっきの花音と二人きりの「わたしたち、もう付き合っちゃいます」みたいなモードから、すっーと場面転換し、周囲の景色がよく見えるようになった。

　オープンスペースだから、周囲にはライバル選手たちがいて、ざわざわしている。

　おれも最近読むようになったクライミング雑誌に頻繁に登場するトップクライマーたち。福岡の鷹（たか）・神山徹（かみやまとおる）、北海道の闘将・篠宮庵主（しのみやあんじゅ）、名古屋の鯱（オルカ）・ビッグウェイブ剣持司（けんもちつかさ）、究極インフルエンサー・絹川悠（きぬかわゆう）、サイレントマジョリティ・愛刀誠（あいとうまこと）など、やや恥ずかしい気がしなくもない二つ名を持ったやつらだが、実力は超弩級である。特におれにとっては名古屋のオルカ氏が、得意種目がかぶる相手だった。

　一方で花音にとっては、女子スポーツクライミングを牽引（けんいん）するクイーン・野々宮萌（ののみやもえ）、アメリカ在住でユース・ジュニア時代から北米トップを走り続けるダンシングスワン・

白鳥杏、同世代で進境著しい秋田の星・山田穂希などが、有力ライバルだ。

クライミングのカルチャーとしては、競技会の前の時間、クライマーはみんな仲がよく、和やかなのが常だが、今回ばかりは違った。それぞれのキャリアを賭けて挑む大会だから、どうしてもピリピリした雰囲気になる。中にはおれたちの会話に聞き耳を立てる者もいた。

「あいつら、なめてんの?」「なぜ山岳部じゃなく地学部?」「とっとと火星に行ってほしいんだけど」などなど。おれたちは、かなり辛辣な評価を受けている。

しかし、勝つのはこっちだ、とおれは確信している。

男子で優勝に一番近いと言われる夏凪と、女子の優勝候補を脅かすダークホース扱いの花音は、ともにオリンピック代表に近いところにいる。一方で、おれは……せいぜい当て馬だ。しかし、当て馬には当て馬の役割がある。

「瞬」と花音がまた声をかけてきた。

「おう」

「わたし、不安だよ」とおれの手首を摑む。

おれは花音の華奢なくせに力強い指先を見てから、歯を見せて笑う。

「大丈夫、花音は自分らしくやればいい。だって、花音にとって、クライミングは、純粋に楽しいことだろう。今はそれだけが大事なことだ」

「うん、そうだね。わたしは、地学部のみんなと登ったことで、また、ここまで来られたんだ。失うものなんてない」

「瞬」と夏凪が逆サイドからおれの耳元に口を寄せた。

「ぼくは正直、きみがうらやましい。ぼくの優勝を脅かすくらいの活躍をしてくれないと、気持ちが収まらないよ」

「二位以下を蹴散らせってことですか？　それより、一緒に火星に行きます？」

「だから、なんで火星なわけ」

「渓くんが来られなかった夏合宿のテーマだったんすよ。市原さんが最近火星観測に夢中で、仁科さんが大学生の彼氏と別れたそうで、『次はもっと火星の砂嵐みたいな恋がしたい』とか言い出して、花音に至っては火星の地質を調べて古生物を探したいと言い出すものだから、結局、合宿中、火星ネタまみれだったんです」

「ほんと、きみたちってわけわかんないよ！」

夏凪が朗らかに笑う。

おれも、花音も一緒に笑って、おれたちは三人で同時に、足を踏み出す。

すっと場面が変わる。

「ガンバ！」「ガンバ！」とクライミング特有の応援の声がかかる。

仲間たちが遠くから手を振ってくれている。

向かう先には、とりあえず、地球上の人工壁が待っており、さらにその先には、火星のオリンポス山がそそり立っているのがおれの目には見える。オブザベーションしなければならないのに、おれが見据えているのは地学だ。

さあ、やるぞ、と胸を張ったら、なぜか風雅が隣にいて、おれの右耳を引っ張った。

「あのさ、今回、ドーピング・チェックが厳しいらしいよ。競技の後の尿検査は覚悟しておいた方がいいからね。おねえも前にやられたんだ」

おれは思わず苦笑する。

「小便の検査くらいならおれは慣れてる。検査官の前でいくらでも小便小僧になって、堂々と検体を提供してやるよ」

と言いながら、女子選手の尿検査にまつわる話を思い浮かべて、なんだかドキドキしつつ、どこかおかしいなと思う。

「おい、風雅、なんでおまえがここにいるんだよ。おまえまだ、フル代表の年齢じゃないだろ」

「じゃ、なんであんたがいるんだよ。あんただって、ユースだし、実績ないよね。それに、おねえと付き合うなんて、無理無理無理。釣り合わないって」

「てめぇっ」

声を荒らげた瞬間に、風雅が孫悟空(そんごくう)風サルになって、ウキッと言いながら逃げた。

「待て、えい、召喚！〈系統樹の棘〉へリコプリオン！　螺旋の歯で切り刻め！」

自分で能力名を口にした瞬間に、かろうじてあった現実感がパチンと弾けた。

ああ、やっぱりそういうことか。

微妙に辻褄が合わないし、なにかがおかしいと薄々思ってはいた。夏凪がオリンピックを本気で目指しており、有力候補だということは事実だけれど、クライミングを始めたばかりのおれが一緒に代表選考大会に出るなんて、どう考えてもありえない。ましてや花音と「付き合おうか」みたいな雰囲気になるなんて都合がよすぎる。

つまり、甘酸っぱい願望の塊みたいな夢だった。

おれは、目を開けると、上半身を起こし、カーテンを開いた。

まだ低い日差しが、現実ってやつと一緒に目の奥にじんわり染み込んできた。

なぜこんな夢を見たのか、「種」になることには思い当たるふしがある。

ついきのうの夕方、おれは夏凪から「一緒にオリンピックを目指さないか」と誘われたのである。今は夏凪の大会スケジュールの谷間なので、ジムで二人きりで話す機会があり、そこであらたまって言われた。

「だって、来年の話っすよ。無理に決まってるじゃないすか」とおれは即座に答えた。

「それでも、瞬には可能性がある。来年のオリンピックには出られなかったとしても、次やその次につながると思うんだ」

そんなふうに夏凪は爽やかに言った。

おれは、ぷるぷると首を振って、逃げるみたいに帰ってきたわけだが、それでも、今や運動を解禁された自分としては、もうこれ以上ないようなニンジンを目の前にぶら下げられたような気分にもなって、一瞬、舞い上がったのも事実だ。夢にまで出てきたのはそのインパクトの大きさゆえだ。

胸の底に甘いような、かすかに苦いような残滓を残したまま、おれはベッドから飛び出した。


朝食をガッツリとったあとで、おれはいつもよりも一五分早く家を出た。

実は昨晩のうちに花音に連絡して「ちょっと相談したいことがあるから、朝、バス停の前で待ってる」と伝えてある。当然、きのうの夏凪からの誘いについて、話してみるつもりだった。

おれの最寄りのバス停からは二つ先なので、バスには乗らずに走っていくことにした。運動制限を気にすることがなくなって、本当にありがたい。

夏休みが明けたばかりの九月だが、早朝の空気は少しひんやりしており、走るのは気持ちいい。ものすごく高いところに出ているつぶつぶの雲は、巻積雲というのだったか。秋空によく出るもので、もこもこの一つ一つに空気の対流が起きていると気象班の仁科さんから教えてもらった。地学、つまり地球科学の知識を持てば、走りながら見上げる空にも趣が加わるというものだ。

バス停にはもう、花音が来て待っていた。

「本当に走ってきたんだ」と驚きながらも吹き出した。

「体動かすの、楽しいんで」とおれは息を整えながら笑い、「実は、渓くんと話したことがあって、それについて相談したいんだよ」と続けた。

「じゃあ、とりあえず駅までは先に出ちゃおう」

「うん、それがいい」

　ということになって、おれたちは次に来たバスに飛び乗った。おれたちにとって、朝、学校へ行く時の最大の障害は、バス路線で駅前の渋滞にかかる時間が読めないことだ。そこさえ抜ければ、鉄道は時間厳守だし、降車駅から先の歩きの時間も決まっている。だから、とにかくバスの区間は先にクリアしておく。

　まず、バスの中でどんなことを話したかというと——

「渓ちゃんが、瞬のことをものすごく気にかけていたけど、話ってきっとそのことだよね」

「うん、きのう花音が県博に行っている間に、ヨセミテに行ってきた。そこで、なんて言われたと思う？」

「競技をやろうって、でしょ」

　しなやかな指でつり革をしっかり摑んだまま、花音は体を半分おれの方に向けていたずらっぽく笑った。

「それどころか……オリンピックを目指そうって言われたんだ」

「へえっ、そこまで！　きっと、渓ちゃんには感じるものがあったんだね」

「でも、おれ、初心者だよ。例えば、サッカーや野球で、高校から始めた人がプロになったり、オリンピックに出たりしないよね」

「それはそうなんだけど、クライミングは新しい種目だし、競技人口少ないし、それにオリンピックでは、ほとんど日本で普及していなかった要素も入ってくるし」

「うーん、たしかにそんなふうに言われたんだけど……確信持てないよね」

「じゃあ、放課後、部活の後にヨセミテに行ってみようか」

「花音も来てくれるの？　今、神保さんから頼まれてるポスターの図表とか作るので大変なんじゃ？」

「学校の夏凪ウォールで基礎練習するのって地味すぎるし、一時間くらい本格的な壁を軽く触って帰るのも悪くないかなって。それを言うなら、瞬だって、文化祭の文芸サークルコラボ、進んでる？　みんな期待しているんだよ」

「あはは、つい考えすぎて、夢の中にヘリコプリオンが出てくるよ」

そんなふうに話し続け、駅に着いたあたりではもう、一〇月の秋桜祭の話題に変わっていた。結局、駅前のベンチで、それについて話し込んでしまい、授業開始ぎりぎりに教室に飛び込むことになったのだった。

二学期が始まって、クラスは安定している。一学期のふわふわした微熱は消えて、それぞれの日常が固まってきた。

クラスでおれが仲良くしているのは、相変わらず誉田と香取だ。入学直後の交友関係は、後になって組み替わりがちだが、今回は二人との関係がそのまま続いている。たぶん、おれが半分だけアスリートに復帰したことも関係あるだろう。

「おーっ、坂上ぃ、いい体してるねー」

陸上部の誉田は、毎朝のようにおれの体に触ってくる。

「入学当時に比べて、格段に引き締まった。地学部って、どんだけハードなわけ。これって完全にスプリンター系だよなあ」

「そりゃあ、地学部は、地球と宇宙をつなぐ知のアスリートだからな」とおれは大げさに言ってみる。

「でも、冗談じゃなく、本当に基礎練してるでしょ」と卓球部の香取。

「おれたちが外周をランニングしてたら、正門下の坂道の壁に張り付いてた」

「あれは、夏凪ウォールっていうんだよ。ほら、三年の夏凪先輩が昔よく使っていたそうで。地学部にはクライミング班ができたからね」

誉田も香取も、一年生ながらそれぞれの部で頭角を現しているらしい。誉田は、夏休み中に開かれた記録会で一年男子の市内上位に食い込んだそうだし、香取は新人交流戦で活躍して準優勝した。結局、このあたりは、おれと体育会的な感覚が合う連中なのである。

一方で、花音は特定のグループを作らないふわっとした女子たちの一人で、強いていえば、金髪で目立つ大網さんと、眼鏡が似合う白里さんと一緒にいることが多かった。いわゆる個性派みたいな位置づけで、ほうっておくとクラスで浮いてしまうような子たちが、ゆるやかに連帯しているみたいなイメージだ。たぶん、花音本人はそんなことつゆほども考えていないことは請け合ってもいいが。

「おい、坂上ぃ、見すぎだって」と脇腹をツンツンするのは、またも誉田だった。

「おまえら、きょうも朝一緒に来たし、部活でも一緒なんだし、下の名前で呼んでるし、ほとんど付き合ってない？」と香取。

「そんなこと、ねぇって」と言いながら、おれは例によって顔が熱くなる。

ほんと、そうならよいと思うのだが、花音は基本、ファーストネームで呼び合うクライミング文化の中で育っているので、そんなに特別なことではないのだ。

それに……おれは、準備できてないよなあとも思う。

かりに、「付き合ってください」と言って、「はい、そうしましょう」と言われたら、めちゃくちゃうれしいが、その後どうすればいいのかも分からない。そういうモヤモヤがあるから、おれはいつ告白するとか、今のところ考えられずにいる。とはいっても、思いが募っていることも間違いない。

一学期のクライミング大会以降、おれたちは夏凪の指導のもとでクライミングの基礎練習を続けながら、二学期に向けての研究活動も本格化させた。夏合宿の奥御子では、奥寺さんと仁科さんの気象研究と、市原さんの天体観測のアシスタントとして一緒に動くだけでなく、今年後半以降、本格的に調査を始めたい化石発掘のポイントを探した。

こういったすべての活動で、おれは花音と一緒だった。クライミングの基礎練習で一緒に汗を流し、一緒に歩いてあちこちの石灰岩をハンマーで叩き、一緒のバスで帰った。

二学期が始まると、教室まで一緒だった。

時間的なことだけを考えたら、間違いなく一番長い時間を過ごしていたし、おれにとってそのことはものすごくうれしいことだった。でも、それと「付き合う」というのはまったく違うと思うのだ。無理にそっちに持っていくのは、違和感があるというか、怖いというか、そういう感覚におれはとらわれていた。

「いいねぇ、相思相愛、両思い、うらやましいぜ！」と香取に言われ、「てめえだけ充実しすぎで許せねー」と誉田にヘッドロックをかけられても、「ギヴ、ギヴ、そういうんじゃないから！」としか言えなかった。

放課後、地学部では各先輩たちが、一〇月の科学研究コンクールに向けて、「論文書き」に忙しく、おれたちはデータ整理や図表の作成などのヘルプをする立場なので、新たな発注を受けてその場でいくつかの作業をしてから、早めに上がることにした。

そして、クライミングジム・ヨセミテへ。

七月のボルダリング大会では、優勝者に豪華賞品として年間パスポートを発行してくれた。だからおれも花音も、来年の七月までの間、繁忙期を除いて自由に壁を使わせてもらえる。

トレーニングウェアに身を包み壁の前に立つと、アスリートとしての自分が顔を出す。

力が漲ってくる。

と同時に、タンクトップを着た花音のうなじから背中のあたりを見てはドキドキしてしまった。オブザベを始めて手を伸ばした姿勢は、肩から指先までのラインが常にしなやかで一瞬たりとも目が離せない。近くで鑑賞できるのは至福だ。きょうは夏凪はオフらしく姿が見えなかったから、おれはこの状況にうっとりと浸ることができた。

「スピードクライミングって、わたしもやったことがないんだよ」と花音が言った。

「なるほど、だから今、オブザベしているんだね」

「うん、それほど難しいようには見えない。ルートで言えば、グレードは10dとか11aとかかな」

「それくらいだって渓くんも言ってたよ。登ること自体はクライマーなら簡単だけど、これを六秒とかで駆け上がるのは異次元だって」

「日本ではあまり得意な選手がいないよね。わたしがワールドユースで知り合った中では、インドネシアとかウクライナの子が当時から熱心にやっていたよ。国をあげての強化の仕組みがあるんだって」

花音はそう言いながら前に出て、壁に取り付けてあるホールドの一部に指先でちょんと触れた。

「なんか、それって、恐竜みたいでしょ。そこが頭」とおれ。

「ああ、そうかも！　かわいい」と花音はその部分をさらにちょんちょんとやってから、全体の形を手のひらでなぞった。

スピードクライミング用のホールドは、世界中どこに行ってもＩＦＳＣ（国際スポーツクライミング連盟）認定マークがついた同じものが使われ、それを同じレイアウトで取り付けてある。その形が恐竜みたいなのである。

「おれはそう思うんだけど、前に渓くんに言ったら、『そうかなあ』と言われたんだけどね」

「いや、これ恐竜だよね。子どもが描いたみたいなやつ。スポーツクライミングの壁も地学だから恐竜の化石があっても不思議じゃない、って神保さんだったら言いそう」

「たしかに！」

おれたちは鉄板の地学部ネタで笑い合った。

その恐竜ホールドは、クライミング競技用としてなかなかよくできている。取付角度を変えると難易度が変わる。例えば、恐竜の頭側はガバッと楽に持てるいわゆる「ガバ」だが、背や腹側は薄くて持ちにくいなど。それらが全部で二二個、様々な角度で取り付けられ、それらとは別に足で踏む用にいくつか小さなフットホールドが補助的に散りばめられている、というのがレイアウトだ。

「ちょっと、触ってくる」と花音が言った。

はじめての壁の感触を確かめるためにとりあえず登ってみる、という意味だ。

「いいの？　ボルダーじゃないよ」

「大丈夫、オートビレイだし」

スピードクライミングは、リードクライミングのように誰かにビレイを任すのではなく、機械でビレイする。ロープにはトップに設置されている巻取りドラムから常に上に引っ張る力がかかっており、途中で落ちてもその力でゆっくり降りてくることになる。

花音は昔、弟の風雅を落としてしまってからビレイが怖い。でも、それも主に自分がビレイするのが怖いということで、たぶんビレイされるのは大丈夫だ。ましてや、オートビレイなら、誰かと「ビレイする・される」という関係ではなくなる。

花音はするするとなめらかに登っていく。背中の小鬼が浮き彫りになるような負荷はかかっていない。透明な天使の翼が静かに羽ばたくのみだ。確かめるような慎重な手付きだが、それでも淀むところがまったくない。

トップまで行って、降りてきた。体重が軽い花音はゆっくりめだ。

ヨセミテのスピードクライミング壁は高さが足りないために、半分ずつ隣り合わせになっている。花音は床に足をつくと、今度はすぐ隣にある「上半分」に取り付いた。

今度は、さっきよりも大胆に、大きなムーブでひょいひょいと登っていった。なんなく上まで行ってするすると降りてきた。

「やっぱり、グレードでいうと、10dくらいかな。これ、女子はどれくらいで登るの?」

「渓くんが言うには、日本国内で競うには男子は六秒台、女子は八秒台だって。世界だと男子は五秒台、女子は七秒台の選手がごろごろいるらしい」

「うわーっ、それって、想像できないよね。今、わたし、たぶん前半後半合わせて一分以上かけたよね」

「まあ、そもそも、時間は気にしてなかったでしょ。ここじゃ、いったん上がって、降りてくる時間もあるし」

「じゃあ、瞬がやってみて。渓ちゃんが見込んだところを見たいな」

というわけで、おれの番だ。花音の望みとあらば、おれは燃える。

「タイム、測るよ」

「わかった。お願い」

花音がスマホのストップウォッチ機能を呼び出して、「よーい、ドン！」と言うのに合わせておれはスタートを切った。

最初は、二つ並んでいる逆さの恐竜ホールドの「首の下」あたりを使い、体をぐいっと引き上げ、左斜め上にある恐竜ホールドへとつなげる。さらに左上、右上、右上とつなぎ、このあたりはかなりホールドの間が詰まっているので、手足を着実に動かして高度を稼ぐ。

なんかひょこひょこして、風雅のサルみたいな登り方だなと我ながら思う。

いったん上まで行って、オートビレイで下降。

サルじゃだめだ、と頭の中で思っている。この登り方は無駄な動きが多くて〇・〇一秒を削る世界では最適ではない。花音にいいところを見せようとしたものの、速さのかけらもなかったことが悔やまれる。

じゃあ、どうすりゃいい？　おれは頭の中で思いをめぐらせた。

迷いながら着地して、足裏がついた瞬間に、

「瞬、ガンバ！」と声が飛んできた。

おれの中で何かが切り替わった。

そうだ、おれは花音に見守られている。つまり、地学部クライミング班としてここにいる。

おれのクライマーとしての出自は地学のはずだ。なら、もっと地学的な登り方というのがあるんじゃないか。

つまり、宇宙ロケット！

おれの今のところのセールスポイントは、脚力である。足の筋肉に火を入れて、上に進む推進力に変える。それも、ひょこひょこ断続的な推進ではなく、もっと継続的に力強く、まっすぐに上に向かうイメージだ。ここには、化石燃料を使ったホールドだってあるんだから、頭の中で燃やしてしまえ。

ボム！

燃焼が始まった。ロケットスタート！

足に宿った熱を逃さない。推進力は上へ上へ。ひょこひょこせずに、継続的に。

すごくいいかんじにつながっていく。自分が地球から飛び出して、宇宙に飛んでいく

イメージがしっかりできる。

今、おれはアスリートだ。

この先に、光が見える。輝かしいものが、目指す先にあるかもしれない。

おれは瞬間的にそんなことを考えて、体に力が漲るのを感じた。

かなり左に張り出した恐竜ホールドを摑んだ瞬間、体が横に流れた。せっかくの感覚が四散した。

ミスった！　と後悔する。

それでも、なんとかトップまでたどり着き、最後はゴールのプレートをぱんと叩いた。本当の大会では、ここに触れた瞬間にストップウォッチが止まり、電光掲示板にタイムが表示される。

でも、ヨセミテにはそんな仕掛けはないので、するすると降りてから、花音が測定してくれたタイムを見た。

「一八秒だね。前半と後半が分かれているから五秒くらいはロスしているとすると、一三秒ってとこかな」

はあっ、おれはため息をついた。ちょっといいかんじな瞬間もあったが、まだまだだ。

「六秒で登り切るなんて、想像もつかないよ」

「そうかな？　後半、登り方を変えたでしょ」

「まあ、そうだけど、最後まで続かなかった」

「あれは、ルートでも、ボルダーでもない、完全に別の登り方だよね。手順のパズルを解くんじゃなくて、知っている道を最速目指して走るスプリンターだった」

花音の見立てはすごく正しいと思った。おれのイメージをきちんと分かってくれているんだ、と。

「ロケットをイメージしたんだ」

「それだよ、それ！　ロケットになったつもりで駆け上がればいいんだ」

「でも、最後のところで軸がぶれた。無理があるんだよね」

「うーん、そうかなあ」

花音はいったん視線を宙に送った。

そして、何秒かあとに、またおれのことを見た。それも、にっこり笑顔で、ちょっと企(たくら)んでいるふうでもある。

「わたし付き合ってもいいよ」

「ふ、へ？」

おれはおそろしく間抜けな返答をせざるをえなかった。しかし、それ以上、続けられず、ただ心臓がバクバクした。

だって、付き合っても、いい、ですか……？

「渓ちゃんがなぜ誘ったかわかる。だって、一回登る間に切り替えて、ぐっとよくなったよね。瞬が基礎をちゃんと身につけて練習すれば、タイムを半分にできるんじゃない？　わたしも、瞬とならまたクライミングをしたいと思えてきた！　練習に付き合うよ！」

「あ、そうか。そうだよね」

おれはどこか残念なような、ほっとするような気持ちで応えた。

まあ、そういうものだ。ここはがっかりするところではない。

「じゃあ、さっそくなんだけど、わたしが見たかんじでは、瞬がロケットになるには、少し思い切ったムーブを試すべきだと思う。体が横に流れて勢いを殺してしまったホールドは、思い切って飛ばす。まず登り始めのところにもそういうのがあって……ちょっとわたしが触ってみるから見てて」

花音はふたたびオートビレイのクリップを装着して、壁に取り付いた。

最初の恐竜ホールドに手をかけてスタートし、二つ先のホールドを飛ばして、さらに上のホールドに跳びついた。そして、するすると降りてくる。

「最初のはここ。左のホールドを取りにいくと体が流れるから、まっすぐ上まで跳んでそのままの勢いで登る。わたしには、ちょっと距離がありすぎて、ホールドを取ったところで止まるけど、瞬ならそのまま行けるはず」

「なるほど！」

「さっそく練習！」

おれは、花音が言った通りのムーブで、大きくジャンプする。たしかに、届く。でも、勢いを殺さずに上に向かうには、やはりタイミングが大事だ。だから、何度でもやる。ちゃんと次の足に力を込められる範囲で！

「あ、ちょっとずれてる！　跳びすぎも良くないみたい。続けていこう！」「うん、今のはよかった！　続けていこう！」

花音が楽しそうに、おれにアドバイスする。それだけでおれも楽しくなって、さらにロケットに点火する。この時間がずっと続けばいいと願いつつ、もっと速く時間が流れろとも思う。おれはもっと上達した自分を見たいのだから。

花音に背中を押されて、競技へと足を一歩踏み出した瞬間だった。

二

二学期は、文化の秋の四ヶ月であって、地学部をはじめ、万葉高校の文化部が躍動する。そのハイライトは、間違いなく一〇月の秋桜祭だ。桜の名所で知られる高校だが、季節は秋なので「秋の桜」としたそうだ。

ちなみに「あきざくら」と読む。しかし、たいていの人は「コスモス」だと思っている。実際に、花壇にコスモスが咲き乱れる中で行われるわけだから、その誤解が払拭される見込みはない。去年はとうとう校長先生まで、スピーチで間違えた……。嘆かわしい。

もっとも、地学部員はこの間違いをむしろ喜んでいる。コスモスといえば、宇宙のことでもあり、宇宙は地学部のテーマだからだ。地学部の同窓会の名前は「秋桜会（コスモス）」だ。

というようなことを、おれは地学部のミーティングで知った。

九月に入って間もない頃、全員が揃った最初の日に、慌ただしい二学期の予定を確認することになった。「全員」というのは、唯一の三年生でクライミング班の夏凪も含んだ本当の意味でのフルメンバーだ。夏凪は、形式的な入部とはいえ、他の部員もクライミングの練習をするようになっていたので、こういうミーティングに出てくるのも自然だった。

「最初に、えっと、けい……渓くんの二学期のスケジュールを教えてください」部長の奥寺さんが言った。

夏凪は、みんなをファーストネーム呼びしてくる気さくなやつで、自分のこともそのように呼んでほしいと明言していた。それに応じて呼び方を変えようとしている奥寺さんは、まだちょっとギクシャクして、その都度、顔を赤らめている。

「ぼくは、二学期はかなり慌ただしい。八月にあった世界選手権では、日本人選手の中では二位だったんだ。一位はオリンピック代表になるのが確定なんだけど、二位以下は、来年五月の国内での複合大会までもつれ込む。明日から海外遠征で、その後も国内を行ったり来たり。だから、地学部の方は、あまり活発な活動はできないと思う。秋桜祭の当日もいないけど、設営とかは一緒にできるよ。あと、一二月の高校選手権は、なんとか出るよ。今年は地元開催だし、そのために地学部に入れてもらったわけだしね」

五輪を狙うトップクライマーだけあって、学外の予定が山積みだ。

「渓くんは、受験はどうするんですか。競技があって大変なんじゃないですか」と聞いたのは仁科さんだった。こちらは、奥寺さんとは対照的な迷いのないチャキチャキした口調だ。

「ああ、心配してくれてありがとう。推薦で行けるところに行こうかと考えているけど、まだ決断していないんだ。志望は法学部なんだけど、とにかく競技に集中したいからね」

夏凪が考えているのは、いわゆるスポーツ推薦ってやつなんだろうなとおれは思った。高校入試でもそういう枠があって、昔の野球部の仲間がそれで強豪校に行ったりした。まあ、おれにしてみれば、雲の上の話だ。

「じゃあ、二学期の予定だけど、こんなかんじだね――」

しばらく会話から外れていた神保さんが、月ごとの活動を箇条書きにしたホワイトボードを転がしてきて、おれたちから見えるところで止めた。

それによると――

九月、論文の仕上げ、ポスターの準備、とあった。

「科学研究コンクールの県大会の締め切りが九月末なので、今月はそれに集中します。ぼくと岩月、坂上で『微隕石の分布と頻度の研究』、奥寺、仁科で、『奥御子ジェーン、積乱雲の成長について』の研究、そして、市原は、去年の『小惑星のライトカーブ観測』に続いて『系外惑星のトランジット観測』、これは市原が一人でやりきるということでがんばっているもの。なお、一年生の岩月、坂上は、名目上、ぼくの研究に入っているけど、それだけではなく他の研究もサポートしてあげて。特に、市原は、去年、ぎりぎりになっても図表がまとまらなくて、去年の三年生たちに助けてもらったんだよ」

「うるさいなー。今年はそんなことはないから」と市原さん。

「でも、危ないと思ったら、早めにぎゃーっと叫んだ方がいいよ」と神保さん。

「遥輝は、がんばる子だからな。うん、なるほど、だからあのクライミングスタイルか」と夏凪がぼそっと言って、みんなが笑いに包まれた。

　夏凪は別にでしゃばるわけではないけれど、そこにいるだけで場がリラックスする。その背景には、ものすごく人物理解が適切で、肯定的だということがあると思う。夏凪が市原さんについて話した瞬間、おれの頭の中では、ボルダリングで無理めの課題に取り付いてぎゃーっと叫びながらもそこから粘る市原さんの勇姿が鮮やかに思い浮かんだ。

「それで、一〇月について、だけど」と市原さんが咳払い（せきばら）しながら、話を引き継いだ。

「地学部にとって一〇月は天王山。科学研究コンクールの県大会と、秋桜祭が重なるし、神保は文芸サークル、奥寺は軽音、仁科はスウィーツ研究会の幹部でもあるから、兼部していないぼくが文化祭はリーダー。一年生の二人はよろしく！」

「はい！」「うっす」と花音とおれは元気よく答えた。

「そして、一一月と一二月は——」と奥寺さんが立ち上がって言った。

「燃え尽きている余裕もなくて、まず、科学研究コンクールの全国大会に残ることができれば、一一月にはそっちに出ることになります。去年の三年生も一組が進出しました。今年は、京都なので、もしも行けたら、名所まわりも忙しそうです。そして、一二月、地学オリンピックの予選があります。それから、クライミング班は、高校選手権です」

奥寺さんは、ホワイトボードに、きゅっきゅっと日付を書き加えた。

「あぁっ」と口々に声が漏れた。

「日程が重なっているんだ」とおれ。

「そう。だから残念ながら、わたしたちは、渓くんの応援には行けないんです」

「もちろん、それで問題ないよ。ただ、苫米地先生には、顧問として来てもらわなきゃならないんだけど」と夏凪。

「わたしたちの方は先生が来ても何もできないから、それは大丈夫です」と奥寺さん。

これで、怒濤の二学期のスケジュールの全貌が明らかになった。

おれは、頭の中でイメージしてみて、つい、くらくらとなってしまった。

「なんか、すごいっすよね。実は運動部よりもハードかも」

「まあ、睡眠時間とかは削られるね。目もしぱしぱするし、肩こりもひどい。メンタルも追い詰められる」と市原さん。

「だから、今年は一学期から運動を取り入れたわけじゃない。ここ一番の体力もきっと大丈夫」

仁科さんが市原さんの背中をぱーんと叩き、さらに続けた。

「でも、こんなだから、二学期は、クライミング班のトレーニングはちょっと控えめになるだろうね。地学部の本来のことをやらなきゃならないから」

仁科さんの目は夏凪を見ていた。

「ぼくも大会続きで、あまりトレーニングにも付き合えないしね。でも、一つ言えるのは、お互いに刺激になるといいなってことだよ。少なくとも、ぼくはものすごくモチベーションが上がる。部の連絡は全部見てるけど、やっぱり、自分が属するチームがあるというのはいいことだなあって。高校選手権も、みんなの地学オリンピックのことを考えながら登るよ」

夏凪の言葉に、おれは強く感じるものがあり、立ち上がった。

「そうっすよね。おれたち、チームだから。地学部の別チームが、別々の場所で、地のアスリートの戦いをしているみたいで、胸アツです！　渓くんもオリンピックを目指しているけど、地学部のみんなも国内を勝ち上がって、国際地学オリンピックを目指しているわけですからね」

うんうんと、隣で強くうなずいたのは花音だ。ミーティングの間、ずっと静かだったが、おれの発言に強く反応した。

「あたしたちの目標も、地学オリンピックだし。一緒にオリンピックに行こう！」

仁科さんが言うと、花音ははっとしたみたいに目を見開いた。なぜかな、と思ったけれど、すぐに夏凪が立ち上がって、みんながそっちに視線を集中させた。

「そうだね。ぼくたちの目標は一緒だ」

「オリンピックへ！」とみんなが口々に言い、おれは体に震えを感じた。

「ちょっと待った！」と言ったのは市原さんだった。

「ぼくは、まだ地学オリンピックの予選に出るか決めていない。だって、ぼくは天文にしか関心がないし、他の事やってる暇なんてないと思うんだ」

「え、そうなんすか！」とおれは驚いて聞き返した。

「だって、みなさん、幅広くいろいろ知っていてすごいじゃないですか」

「そうかな。ぼくは幅広いのがいいとは思わないんだ。自分の関心を深めていったら、そのまわりのことも自然と深まるから、それで幅広くなっていけばいいんだ」

「そうなのか。遥輝もいろいろ考えてるんだね」と夏凪。

「でもね、遥輝が思うよりもずっと世界は広い。〝宇宙のことを知りたいなら、地球のことから〟ってことわざにも言うだろう」

夏凪が言うと、本当にそういうことわざがあるように思えてきた。

「だから、遥輝は自分のオリンピックを目指せばいいんだよ。それが、地学オリンピックでなくてもいいんだ」

「まあ、そういうことなら……」と市原さんはうなずき、みんなも微笑みを交わしあった。

ものすごく大きな目標に立ち向かう現場に、おれは立ち会っている。おれ自身は、そのどちらにも参加できていないわけだが、来年は少しそこに近づきたい！

　さあ、やるぞとジュースで乾杯し、仁科家から差し入れられた和菓子を頬張りながら、おれたちはここから始まる怒濤の日々を駆け抜ける思いを新たにしたのだった。

　この日の帰りのバスの中で、花音はおれにちょっとだけ昔の話をした。夏凪のことだった。

「渓ちゃんは本当にオリンピック代表を目指してるんだなって、しみじみしちゃったよ」と花音が言い、おれは、ごく普通に、「子どもの頃から目指してきたんだろうしね」と返した。

　すると、花音が小首をかしげた。

「そうだったかな」

「え、ちがうの？」

「わたしは小学生の頃から知ってるけど、その頃って、渓ちゃんは、別にオリンピックを目指すとかそういう話はしてなかったんだよ。少なくとも、最初に言い出したのは渓ちゃんではなかったよ。そもそも、オリンピック種目じゃなかったし」

　その後、花音は少し視線を泳がせた。

　すぐに話題は神保さんが取り組んでいる微隕石のことになったのだが、おれはなんとなくこのやりとりが気になって、心の隅に留めることになった。

「科学研究の論文は、大まかな構成が決まっている」

神保さんがノートパソコンの画面を見ながら話す。おれと花音は両側からそれをのぞき込んでいる。

怒濤の二学期は、まずは論文書きから始まっており、花音とおれはサポート要員なので、各チームの御用伺いをすることになった。

「まず、最初にアブストラクトといって、概要を書く。なんのために、なにを、どういう方法で研究して、どんな成果が出たか、というのを簡潔に、一段落だけでまとめる。これによって、何の論文なのかわかるようにするんだ。そして、論文の本体は、まずイントロダクション、はじめにで、研究の背景を語り、マテリアルとメソッドで研究の対象と方法を語り、リザルトで結果を報告する。そして、ディスカッション、考察があって、コンクルージョン、結論に至る、と。その後に、アクノリッジメント、謝辞は忘れずに。さらに、引用文献もリストにするのだけれど、その形式は細かく決まっているので、守らないと不機嫌になる人がいる。例えば、苫米地先生とか」

花音とおれは、おーっ、というふうに聞いた。

研究論文というのは、感想文とは違うのだ、とはじめて実感した瞬間だ。

おれは小学生の昔から、感想文が大の苦手である。読んだ本をネタにして自分の考えたことを書けというのだが、その割には、本の紹介が長いとダメと言われる。感想というからには、本のこともある程度、書かなければ通じないはずなのに、最初の一段落で済ませろと言われても途方に暮れる。しかし、研究論文は、最初から最後まで、その研究内容を伝えることに集中していいわけだ。

「ぼくは、研究論文というのが、ものすごく形式的に整っていることが好きなんだ。ここでは真面目にやることが美徳だ。ほら、クラスなんかだと、真面目すぎて浮くことってあるじゃない。でも、研究の世界では、そんなことを言う人はいないから、ぼくにとって地学部は最高の場だ。刺激的で、地道な積み重ねができて……ああ、ちょっと残念なのは、市原は今年は全然違うテーマに変えちゃったことかな。せっかくいい刺激を与え合えると思ったのに」

少し謎めいたことを言った後で、しみじみした雰囲気でおれたちを見る。

「きみたちも、来年、ヘリコプリオンの論文を書きたいわけでしょう。だとしたら、今からこの形式に慣れた方がいいよ。イントロダクションを書いてみない？　そうすると、微隕石研究がどういうものかというのも勉強することになるし、書き方も見えてくるからね」

というわけで、おれたちは、さっそく論文の一部を書くという仕事を承った。もともとおれたちは神保さんの微隕石チームの一員だし、放課後に校舎の上で微隕石探しをしてきた関係上、ある意味、当然のことだとも言えた。

「あと、坂上は、文芸サークルとのコラボよろしくね。結構、みんな期待している」

神保さんは文芸サークルの副代表でもあって、おれがライトノベルにはまっていたことを知ると、「元祖中二病小説」である『キャッチャー・イン・ザ・ライ』について、「主人公のホールデンがなぜ妹に会いたかったと思う？」とか、微隕石探しをしながら聞いてくる人だ。おれが推薦したラノベもいくつか読んでくれて、異世界転生ものや時間ループものにも一定の理解を示してくれている。

「うっす、がんばります！　いいものにするんで、楽しみにしててください」とおれは請け合った。ここでおれの中二魂を爆発させていいのなら、望むところである。

「うーん、難しい！　三角関数の嵐！　観測データを地図に落とし込むのがこんなにしんどいとは思わなかった！　きみたち、三角関数なんて役に立たないとか思っているんじゃない？　でも、実際には、世界は三角関数だらけだよ！」

ぶつくさ言いながら、頭を抱えているのは仁科さんだ。その隣で、奥寺さんは、黙々と画面に向き合い、入力作業をしている。

気象班の二人のテーマは、「奥御子ジェーン」だという。

なんだそれはと多くの人が思うだろうし、検索しても何も出てこない。もしも出てきたら、この二人がSNSかなにかで書いたものがたまたま引っかかってきた場合だ。

奥御子ジェーンとは、夏の奥御子にできる積乱雲を二人が勝手にそう名付けたものだ。合宿中、二人は毎日、午後、見晴らしのいい二箇所の定点から、積乱雲が発達するのを観測した。スマホのカメラでタイムラプス撮影して、奥御子の渓谷が外に向かって開くあたりで次々と積乱雲ができては崩れていくのを三日分記録した。その後、夏休み中に、二人で日帰りで観測しに行ったこともあったらしい。

二箇所で観測しているので、そのときに積乱雲が見えた方向を地図の上で重ね合わせれば、それがどこだったのかはっきりと分かる。それを手作業ではなく、パソコンで行うプログラムを書くのは、サイン、コサイン、タンジェントの世界だったという話だ。

「この研究は、今年だけでは完結しないので、来年に向けた予備調査のつもり」と涼やかに言ったのは奥寺さんだ。

「今年は、目視だけで、どんなふうに積乱雲が育っていくか見てレーダーアメダスのデータと突き合わせてるけど、来年はここに水蒸気ライダーとかを持ち込んで、もっと詳しく見たいんだよね」

「水蒸気ライダー？　それって、なんすか、仮面ライダーみたいなもんですか？」

「仮面ライダーはRider だけど、水蒸気ライダーはLiDAR。大気中の水蒸気にレーザー光線を当てて、水蒸気の分布を見るもの。もっと普通のモノを見るLiDAR だったら、スマホにだってついてるよ」

奥寺さんの解説は、淡々と淀みなく、知識の少ない者を、バカにしたようなところがまったくない。こういう謙虚さ、夏凪が絶対王者の風格を漂わせつつ、同時に爽やかで分け隔てないのとは、また別の意味ですごいところだ。

「ところで、なんで奥御子ジェーンなんすか」とおれは気軽に聞いた。

「そりゃ、決まってるでしょう。うちの父がサーファーだからだよ。海風がだーっとやってきて、山に当たって、対流の起爆、雲ができて、成層圏まで駆け上がる。それって、ビッグウェイブだから！」と仁科さんが割って入った。

正直、よくわからないが、これまた、地学部の素敵なところである。仁科さんがだーっと感覚的なことを言って、それを静かに聞いている奥寺さんというのは、よく見る構図で微笑ましい。

おれは隣の花音を見た。笑いをこらえながらも、たぶんこれはおれと同じで奥御子ジェーンの由来が結局分からなかったと見た。

「ところで、奥寺さんの研究はなんですか」と花音が聞いた。

ものすごく無邪気な聞き方だが、奥寺さんがはっとして目を上げた。

おれはびっくりして、奥寺さんと花音を交互に見た。質問の意図が分からない。二人で一つの研究をしているのだとおれは思っていた。

「奥御子ジェーンっておもしろいけど、奥寺さんの関心じゃないように思えて……」

花音は首をかしげている。ものすごく天然かつ、ピンポイントで何かを突いた質問だった。奥寺さんが答えづらそうにしているのを見て、おれは理解した。

「今年は、予備調査だから、連名の研究にするんだよ。だから、詩暢とあたしの研究なんだよ」

仁科さんが話をまとめてくれたので、花音はそれ以上は突っ込まなかった。ただ、おれとしては、いろいろ考えるところがあった。

来年は、たぶん、おれと花音で、ヘリコプリオンの論文を書くことになる。その場合、おれ自身のテーマというのは何になるんだろう、ということだ。

「というわけで、後でイラストが必要になった時、ちょっと相談させて。ポスター発表で使うのは、雲を擬人化した雰囲気のイラストにしたくて、岩月ちゃん、そういうの得意でしょ」

仁科さんは要件を口に出し、岩月さんは「はい、わかりました」とうなずいた。

気象班の「奥御子ジェーン」におれたちがかかわるのは、少し後になりそうだ。

「ぼくは一人でやりきるのがテーマだから、助けはいらない」と市原さんは言い切った。

市原さんのテーマは「系外惑星のトランジット観測」だ。

今年の二年生の中でも、一番、マニア度が高いテーマに取り組んでいるとみんなが思っている。おまけに、とにかく自分で観測して、自分で論文にするこだわりがあるので、基本的にヘルプはいらない、という。地学実験室ではものすごい集中力でパソコン画面を見つめている。

でも、こちらから話しかけると、意外にフレンドリーだ。

「トランジット観測って、太陽系の外の星のまわりをまわっている惑星を探すんですよね。ものすごく大きな望遠鏡が必要じゃないんですか」

花音がそう聞くと、市原さんは、一心不乱の相から、一気にぱっと顔を輝かせてこっちを見た。

「そう思うでしょう！　でも、これはぼくが持っている普通の一〇センチ、F7・7の屈折望遠鏡でできる観測だよ。たしかに集光能力に劣るんだけど、あえてピントをずらして、ちょっとボケたかんじにすることで、たくさんのセンサーで光を拾えるので、観測できるんだよね」

ほとんどツバを飛ばさんばかりの勢いで、市原さんは語った。それを花音がうんうんうなずきながら聞くものだから、どんどん興が乗っていった。

トランジット観測というのは、遠くの恒星が惑星を持っていたとして、恒星の前を惑星が横切る時にわずかに暗くなる様子を捉えることで、惑星があるということと、その周期や質量などを推定するものだそうだ。市原さんがとったのは、アマチュアがよく使う「ピンぼけトランジット」で、わざとピンぼけにすることで撮像素子を有効に使う。

ちなみに、観測対象は、系外惑星の登録をしている団体のデータベースから、比較的短い時間で複数回の観測ができるホットジュピター、つまり、太陽系の木星のような巨大な惑星が、その恒星の近くを回っていることが知られているものを選んだ。系外惑星には地球と同じように液体の水が存在できるハビタブルゾーンの岩石惑星もあるが、そっちの観測は難しく……うんぬんかんぬん。最後は、太陽系では、やっぱり火星が生命の星として有力だよねと、別の話題になった。

その間、市原さんが見せた表情は、えもいわれぬ幸せそうなものだった。花音が質問を重ねるたびにその度合が増した。

局面が変わったのは、花音がこんな質問をした時だ。

「去年の小惑星の研究を続けていれば、神保さんの微隕石の研究と裏表みたいになってましたよね。だって地球に降ってくる微隕石って、小惑星のかけらですよね」

花音は、神保さんが言っていたことをしっかり理解して、ここで話題にした。おれにしてみると、なるほどそういう意味だったのかと分かった瞬間だった。

そして、おれは直感した。この件は、ずっと前に、神保さんが言っていた地学部の「問題を抱えている」部分に関係しているかもしれない。

「ああ、そのこと？」市原さんは面倒くさそうに言った。

「たしかに、去年のぼくのテーマと合わせるとおもしろかったかもね。ほら、天体観測と、地上での採集、観察をすれば両面から調べられるでしょ。それはいい考えなんだけど、ぼくは今は技術を磨いていく時だと思っていて、観測技術を一つ一つ自分のものにしていきたいんだよ。そして、将来はプロの観測者になる」

おおっ、とおれは思った。

神保さんは不満かもしれないけれど、市原さんの強い信念を曲げることはできないだろう。だから、花音も深追いはしなかった。

市原さんは、ゴールデンウィークの巡検では足の裏の皮をずるりと剝がしてしまい情けない顔を見せたことが第一印象だった。でも、後で考えてみれば、あの状態でも極端に遅れることなく、キャンプ場まで歩き抜いたのはすごいことだ。夏凪が見抜いたように「弱音を吐いてからも、しっかり粘る」人だった。地学部で一番、不平不満を口にするけれど、それはつまり自分がやりたいことが定まっているということでもある。

「というわけで、ぼくは一人でやるんだ。だから、きみたちは秋桜祭のことを考えてくれないかな。科学技術コンクールでのポスター発表はここでまず公開するのでメインのコンテンツはあるんだけど、もう少し柔らかめのコンテンツがほしいよね。それを一年生が考えてくれたら、ぼくはとても助かるよ」

そう言って、市原さんはまたも自分の「ピンぼけトランジット」の世界に戻っていった。

そんなこんなで、九月のあいだの地学部一年生、つまり花音とおれは、二年生たちが論文書きに集中するのを助けつつ、秋桜祭の準備を先行して整えておく、というのが目標になった。

さらに、おれたち二人が来年、論文にするはずのヘリコプリオンについて、今年の秋桜祭でも展示を作ろうということになって、おれはこの知的探求の豊かさにのめり込んでいくことになる。

三

花音が「また登ろうかな」と言い出したのは、一つはおれのスピードクライミングへの挑戦がきっかけだ。ただ、それだけでなく、別の要素も絡んでいる。

それがはっきり現れたのは、地学準備室で秋桜祭の準備のため標本を探していた時のことだ。

地学準備室というのは、おれたちが根城にしている地学実験室から廊下を隔てたところにある小部屋だ。授業にも使う地学実験室に比べるとずっと小さいが、そこにたった一人の担当教員である苫米地先生がいる。

ドアを開けると、標本や機材を収めるラックの森がまず目に入る。ラックの大部分には岩や化石標本、巡検に使うハンマーやクリノメーターなどが雑然と置かれている。これらは地質班的なアイテムだが、天文班も負けていない。天体望遠鏡、赤道儀、経緯台、アイピース各種、双眼鏡、星座早見盤といった天体観測グッズが一角にまとめられており存在感が強い。さらに気象班の区画には、何代か前の先輩が作ったらしい観測用バルーンやモデルロケット、怪しげな地磁気測定装置（とラベルが貼ってある）や、用途不明の電子部品の塊などがあって、混沌としていた。

まさに、地学ダンジョンである。苫米地先生の席は、がっしりしたスチールラック群の向こう側に置いてあり、外から入った者はダンジョンのクエストをクリアしないと先生に会えないという仕組みになっていた。ここでどれだけの勇者が力尽きたか想像もつかないくらいだ。

ただ、この時のおれたちは、ダンジョン最奥部の苫米地ドラゴンに会う必要があったわけではなく、ラックに収められた標本の方が目当てだった。秋桜祭での展示で使える標本があるか確認したかっただけである。

「フズリナ、フズリナ」と四月にはまだ魔法の呪文と変わらなかった言葉を唱え、採集地が「奥御子」となっているカゴの中から、表面に紡錘(ぼうすい)形の小さな化石が浮き出ているものを探した。

「ここにあるよ」とおれが見つけると、

「それはたぶん違う。母岩の粒子がもっと細かくてさらっとしたやつを見つけたいんだ」と花音は言って、脇に取り置いた。

おれたちが探しているのは、地学部の歴代の先輩方がおりに触れて奥御子で採集してきた化石だ。奥御子の場合、ペルム紀の地層が中心で、ほんの少しその後の三畳紀の地層も混ざっている。ヘリコプリオンがいたのはペルム紀のはずで、それならまだフズリナが絶滅しておらず示準化石として使える。ところが、ヘリコプリオンが出た母岩にはフズリナが見当たらなかったので、花音はとりあえず母岩の岩相が似ているものでフズリナが入っているものを探しているのだった。

花音の目は特別だ。見た目が近い母岩を見つけると、ぎゅーっと凝視して、ぱあっと顔が輝く。その様子は隣で見ていて、自分まで楽しくなるものだ。

「なんか最近、時代ごとに色が違うように見えてきたんだよね。それで、ペルム紀の石灰岩はだいたい赤系だけど、ヘリコプリオンの母岩はちょっと違うのが気になってて。

赤というよりも少し黄が入って、朱に近いというか」

花音の共感覚が、無駄にものすごいと思う瞬間だ。無意識に察知した特徴に応じて色分けされているのかもしれない。

結局、この日、先輩が残した標本の中から、めぼしいフズリナ化石をだいたい見つけ出すことができた。ペルム紀の前期から後期に至るまで、かなりのコレクションになった。

それをテーブルの上に並べて観察し、夏合宿の時に撮影した壁面の写真と、落ちてきたところが分かっている標本を突き合わせた。さらに『奥御子の岩場』というタイトルのトポ（クライミングのガイドブック）とも照合した。

しばらく、写真と標本、そしてトポを見比べた後で、花音はふいに宙を見た。視線の先にはさっきおれがさがした棚があった。花音はそこからひとつ化石が入った母岩を取り出した。

「あ、それ、ウミユリしか入っていない三畳紀の石灰岩だよ。その時代にはもうヘリコプリオンはいないよね」

「でも、色が……朱……」

花音はその標本を窓の方に向けてかざした。

もう片方の手では、空を摑むかのような、例のポーズを取った。

地学部の標本を手にして、壁を登る仕草。花音は、今、何を見ているのだろう……。

地学とクライミング。標本が持つ輝きを見つつ壁を登るような……おれには見えないものをはっきりと目の中に宿しているのではないだろうか、と。

息をするのもはばかられるような魔法の瞬間は、花音がふっと息を吐き出した時に流れ去った。両腕をおろして手の中の標本をテーブルの上に置く動きを、おれは目で追った。

母岩の表面には、フズリナではなくウミユリの茎が浮き出ている。その隣に、奥御子の地質図や柱状図。おれたちが夏合宿で撮ってきた写真とスケッチ。さらにその隣には同じ地域の露頭の掲載されたクライミング用のトポ。

花音はトポを手元に引き寄せて、いくつかあるルート名のうちひとつにマーカーで色をつけた。

〈空よりも遠く、のびやかに〉

と読めた。

トクン、と心臓が小さく跳ねた。

「これって……」とおれは口に出した。

花音が小さい頃、クライミングにはまるきっかけになったルートは、空がどうした、みたいな名前がついていたと聞いた。その時、上の方に光る部分が見えたというやつだ。

「そうだよ！　わたしたちなら、できるんだ」

花音は、突然、思いついたみたいに言った。

「え、なに？」

「わたしたち、今なら登れるよね。どっちかがビレイすれば、化石があるはずのところまで登れるよね」

「いや、おれ、まだビレイとかあまりしたことないし。だってボルダーとスピードばかりやってて、リードもビレイされるばかりだったし」

「でも、できるよ。瞬の方が重いんだから、問題ない。わたしがビレイする時も、ちゃんとわたしがセルフビレイを取るか、それ用のデバイスだってあるし」

花音はうなずくと、スチールラックのダンジョンの奥へと足を進めた。

花音の頭の中で、何かが強くスパークして、おれはそれについていくばかりだ。

「苦米地先生」と呼びかける。

「あ、どうした？　なんか見つかったか」

苦米地先生は、この日もいつものように血色が悪い眠たげな顔でぼそっと喋った。

「先生、ヘリコプリオンの印象化石の本体の方ですけど、わたしはまだ落ちてこずに壁に残ってると思うんです。だから、それをわたしが登って探してみようと思います。坂上くんにビレイしてもらえれば、ちょっと上まで見てこられるので。本当に化石が出そうなら、発掘の許可とか取れますよね」

「おいおい、それは、無茶ってもんだぞ」と苦米地先生はあわてた口調で言った。

眠たげな表情が吹き飛んでいた。

「わたし、前から気になっているところがあるんです。秋桜祭に展示するものに確証がほしいので、確かめるしかないと思います」

「というか、きみたちが、その研究を発表するのは来年じゃないのか」

「いえ、今年は、予備調査ということで、ポスター発表だけはやろうと思ってます。観測はできるときにしないと、いざやろうと思ったときに積乱雲はないって仁科さんも言ってました」

「それは気象班のことだろう」

「天文班も地質班も、それは一緒です」

花音が食い下がった。こんな花音ははじめて見た。

「たしかに、それはそうだがなあ、部活動のモットーは安全第一だしなあ……」

苫米地先生は、顎に手を当てて、言葉に詰まったまま、しばらく「うーん」と繰り返した。

そして、パンと両手を打った。

「そうだ、まずは、県博の高鍋先生のところに行ってきなさい。そもそも、予備調査を行う価値があるかすらわからないだろう。そこでしっかり助言をもらって、現実的な方向を見つけないと。わたしは、地質も古生物も専門じゃないから、なんとも言えないし。うんそれがいい。高鍋先生に聞きなさい」

「わかりました、聞いてきます！」

花音は嬉々として返事をして、「じゃあ、できるだけ早く行こう！」とおれに向かって言った。

「わかった！」と、おれはついていくのみである。

結局、おれたちが県博を訪ねたのは、その三日後だ。

県立博物館、通称県博は、おれも小学生の時の遠足で行ったことがある。しかし、ナウマンゾウの化石や、クジラの骨格標本があったのを覚えているくらいで、ほかの記憶は特にない。今では、その展示の背後に、研究者たちがいることを知っている。高鍋先生は、県博で「脊椎動物化石担当の専門家」だと花音は教えてくれた。

「脊椎動物って、恐竜も哺乳類も魚類も全部入ってて、ものすごく大雑把だけどね。県博には、他にも無脊椎動物化石の研究者と、植物化石の研究者がいるよ」

とのことなのだが、おれにとっては、その意味も価値もよくわからない世界である。なにか失礼があってはいけないと思い、訪ねた時にはカチンコチンになって緊張した。

入り口のホールの受付で名前を告げると、奥からややふっくらとした眼鏡姿の男の人が出てきた。県博のロゴが入ったTシャツを着て、首からＩＤカードを下げている。今、お風呂から出てきたみたいなツヤツヤした張りのある顔で、何かに似ていると連想したけれど、すぐには思いつかなかった。

「高鍋先生、こんにちは！」と花音がうれしそうに声を上げた。

「やあ、よく来たね。きみがその……」

「そうです。坂上瞬くんです」

「はじめまして、坂上です。お世話になっています。岩月さんと一緒に地学部地質班をやっています。地学に興味を持ったのは今年からなので、なんにも知らないんですが、よろしくお願いします」

「いやいや、誰でも、最初は何も知らないんだよ。ぼくだって、知らないことだらけで困ることが多い。だいたい、脊椎動物化石全部なんて見られるはずないよね。専門は古い哺乳類なんだけど、きみたちが持ち込んだのはサメの仲間の歯だし、にわかに勉強しなきゃならなくって……、まあ楽しいね。うん、楽しいよ。奥御子は県が誇る化石産地だけど、そこからヘリコプリオンが出るなんて思わなかった」

　高鍋先生は、おれが想像していた「博士」「研究者」といったイメージとは違って、近所の子ども好きのおっちゃん、みたいなかんじだった。

「苫米地先生から聞いていたんだよ。今年の万葉高校地学部は一味違うって。とてもおもしろい子が揃ってて、おまけに最近、オリンピック候補のクライマーが入ったんだって。地学部クライミング班ってすごいよね」

「高鍋先生って、なんかものすごく詳しいっすね。うちの地学部をよくご存知で」

「そりゃあ、ぼくは万葉高校地学部ＯＢだし、苫米地先生は大学でも先輩だったし」

「えーっ、まじすか！」

「でも、しばらく地学部には地質班がいなかったでしょう。まあ、地味だからね。でも、今年、希望者が出たって言うじゃない。そして、ゴールデンウィークにはさっそくものすごい発見を持ってきてくれてぼくはハッピーなんですよ」

ものすごく高いテンションで高鍋先生はおれたちを導いた。その背中を追いながら、おれは花音の耳元に口を寄せた。

「高鍋先生って、苦米地先生と対照的というか、コンビ的というか――」

ここまで言うと、花音は大きく顔を崩して笑いそうになるのを腹を折って噛み殺した。

言わんとしたことは、きちんと伝わったらしい。

苦米地先生と高鍋先生を並べたら、きっと漫才でいえばボケとツッコミ、『西遊記』で言えば沙悟浄と猪八戒、名探偵でいえばホームズとワトソン（どっちがホームズかは別として）といったふうに、ピタッとハマる。いつも低血圧低血糖の苦米地先生と、ハイテンションで肌もつやつやの高鍋先生は、おれの頭の中で裏表みたいに感じられた。高鍋先生に会った瞬間に感じたのはまさにこのことだった。ましてや、大学の先輩後輩だなんて……。

「さあ、まず、これを見てよ。岩月さんには以前見せたことがあるけど、坂上くんは？」

高鍋先生が指差しているのは、地質についての展示で、県南の山がちなエリアの地形模型を地層や岩石ごとに塗り分けたものだった。

「奥御子エリアはこのあたりで、奥御子帯と呼ばれる特徴的な地層なんだ。きみたちがヘリコプリオンを見つけた石灰岩の地層の中には、ペルム紀や三畳紀といった古生代から中生代はじめのものがあって、日本ではそれなりに古い地層の一つだね。昔からよく調査されてきた場所だけど、まさかこんな立派なヘリコプリオンが出てくるなんて誰も想像もしていなかっただろうね」

高鍋先生が指差しているのは、川が刻む渓谷の中腹だった。その下の川に近いあたりには、おれがはじめて夏凪と会ったキャンプ場がある。地層の色分けでも、そこは石灰岩ではなくチャートだとちゃんと示されていた。

「このあたりの地層がおもしろいのは、かなりぐちゃぐちゃだってことなんだよね。ほら、こっちの模型で表してるんだけど、海洋プレートが日本列島の下に潜り込んでいく時に、その上の堆積物が剝ぎ取られる形で陸側に付加されたのが付加体だよ。押し付けられて、剝ぎ取られてくっついた地層だから、ぐちゃぐちゃになっていて研究者泣かせで知られる。それにしても……」

ここで高鍋先生が大げさな身振りで腕を組んだ。

「ヘリコプリオンだものなあ……複雑な由来がある古生代の化石をきみたちが巡検に行って見つけるって、ものすごいロマンだろ！　古生物学は、地学は、地球史の一期一会なんだよ！」

高鍋先生の口調が熱を持ち、最後に少し声が裏返った。ますます、低体温の苫米地先生と好対照だ。

「はい、すごいっす。感激しました！」

おれも素直にうなずいた。

地学部に入部してそろそろ半年近くになろうとしており、おれにも地学的ロマンってやつが少しわかりかけている。

「で、きょうは、どんな用件？　折り入って相談がってことで、ぼくは午後の退屈な会議をキャンセルするくらいの勢いでお待ちしておりました」

「はい、それは、実を言うと……」花音が切り出した。

「文化祭で、ヘリコプリオンの展示を作りたいんです。それで高鍋先生に監修を――」

「いいね」と言い終わる前に返事が来た。

「秋桜祭か。懐かしいなあ。今でも、アキザクラじゃなくて、コスモスって呼ばれてる？　花壇にコスモスを植えてるんだからみんなそう思うよね。ぼくの頃とは校舎は変わったけど、最上階の離れ小島なのは一緒でしょ。思い切り、マニアックなことができるよね！」

高鍋先生は、すでに一人で盛り上がっていた。

「先生、それだけじゃなくて」とおれは畳みかけるように続けた。

「今年の展示には、その次の年の研究計画を発表する意味合いもあってですね――」

「ああ、科学研究コンクールにヘリコプリオンの研究論文を出したいんだよね。それは岩月さんからも聞いてるよ」

「はい、でも、それだけじゃなくて、新たな発掘ができないかと思ってるんです。河原まで落ちてきた転石じゃなくて、ちゃんと露頭を探し当てて、そこをしっかり見たいんです。印象化石の本体の側が残っているかもしれないし、もしかして全身が出たらどうします？」

「わはは、おもしろいこと言うね。サメの仲間って、軟骨魚類だから歯以外は化石として残りにくいんだよ。ぼくのイメージでは、低酸素・無酸素状態の海底に堆積した黒っぽい頁岩(けつがん)とか泥岩なら可能性があるかな。でも、奥御子層の石灰岩の堆積環境はまったく違うはずだよ。だから、そんなのが出たら、もうみんなびっくりだし、一流の学術誌に掲載できるレベルだとはいえるよ」

「もちろん、願望で言ってますけどね」とおれは笑った。

「どのみち、目指すべき露頭が見つかっても、高いところにあったら発掘どころか観察すら難しい。こういう場合、ぼくたちは自然が崖を削り、時に崖を崩して、落ちてきたものの中から運命の出会いを待つしかない立場なんだ。崖にうまく足場を組んで発掘できることもあるけど、それはかなりラッキーな例だよ」

「そこがポイントなんです」とおれは言った。

そして、花音が続けた。

「あそこは公有地で、発掘をする許可も高校生にはどうしようもないから、もしも本気でやりたいなら、最低でも県博の高鍋先生をその気にさせないと無理だと苫米地先生に言われました」

「おいおい、どういうこと？　苫米地先生がそこまで言うって」

「そうです。苫米地先生が、かなりおもしろがってくださっているんです」

ここでおれは笑いを噛み殺さざるをえなかった。本当のことを言えば、苫米地先生は高鍋先生に判断を押し付けたのだが、言い方はいろいろ、である。

「これ、見てもらえますか」

花音がバッグの中から手のひらサイズの石を取り出し、高鍋先生に手渡した。

「地学準備室にあったものです。ヘリコプリオンの母岩と似ているんです。ウミユリの茎の化石が入っています」

「え、なにを言ってるの？　この標本、ぼくにも見覚えあるよ。ぼくの何代か前の先輩が見つけてきたもので、三畳紀のものだってラベルになかった？　ヘリコプリオンはもう絶滅しているよね」

花音は高鍋先生の言葉を無視して続けた。

「夏合宿では、まずヘリコプリオンを見つけた河原で他の石灰岩を探しました。でも、フズリナが入っているのは明らかに違う岩相のものばかりでした。ヘリコプリオンの母岩に近いのはこれです」

花音はまたバッグから石を取り出して、高鍋先生に手渡した。

「その後で、それが落ちてきた可能性がある露頭を見て回りました。ただ岩相が似ているだけなら何箇所かあるんですけど、フズリナが見当たらないんです。そのうちの一箇所の写真がこれです。高さは一〇メートルくらいのところですが、最近、落石したところがあったみたいで、ちょっとえぐれてるんですよね。このあたりの石灰岩にはフズリナは無くて、ウミユリが相当入っているんです」

「うーん」と高鍋先生はうなり、両手に持った石灰岩の塊をしげしげと見比べた。

「たしかに似た顔つきの石灰岩だと思うよ。ただね、もしもペルム紀後期だとしても結構な発見なのに、それよりさらに新しい年代と言うには、これだけの証拠じゃなあ……」

「でも、やっぱり、その可能性はあるんじゃないかと思うっす。岩月さんが言うように三畳紀の地層だったとすると、P－T境界の史上最大の絶滅イベントを生き延びたってことっすよね。それってめちゃくちゃすごくないっすか」

おれがその意味することを実感できたのは、花音からたっぷり解説してもらったからだ。これまで古生代のペルム紀前半で命運が尽きたとされてきた異形のヘリコプリオンが、その後何千万年も生き延びて、さらに中生代の三畳紀にまで持ちこたえたことが分かれば、世界中の古生物ファンがびっくりするような大発見だという。

「うー、いやあ、それは夢があるけど……やっぱりそんな高いところの作業なんて無理だよ」

「いえ、そこは問題じゃないっす」

おれが言うと、高鍋先生が、ぽかんと口を半開きのままこっちを見た。

「だって、おれたち、クライマーですから」「わたしたち、クライマーですから」

花音とおれの言葉がダブった。

高鍋先生は何秒か黙ったあとで、ふっと息をついた。眼鏡を直す仕草をしてから、口を開いた。

「そうは言ってもなあ、高所作業だし……まいったなあ、本気かよ。あ、ちょっと奥の会議室、空いてるかな。じっくり話を聞こう。たしかに、三畳紀まで残っていたとなると、一度化石記録が見られなくなってからまた見つかるラザロ分類群ってやつで、実に夢がある。しかも史上最大の大量絶滅と呼ばれるP-T境界を跨いでだ。わずかな可能性でも一応、確認しておくべきか……」

にこやかな表情が消えて、獲物を狩る肉食恐竜みたいな鋭い視線になった高鍋先生の好物が「夢」なのだとおれは気がついた。

「いやあ、びっくりした、実にびっくりした」と苫米地先生が額の汗を腕で拭いながら言う。

「岩月さんって、意外と爆弾娘なんだなあ。本当に予備調査をするはめになるなんて思いもしなかった」

「花音は、やる時にはやる人ですからね」とおれは分かったような返事をしながら笑った。

花音とおれ、苫米地先生と高鍋先生の四人で、奥御子の散策路を歩いている。地学準備室のダンジョンで苫米地先生に直談判してから一〇日もたたず、こんなことが実現してしまった。

森の中の小川を何度か渡ったところで露頭が見えてきた。白灰色の壁がほとんど垂直に立ち上がっているのは、何度見ても圧巻だ。おれは、これまでにゴールデンウィークの巡検、夏合宿と二回、ここを訪れているので、春、夏、そして今回、秋の入り口の様子を見たことになる。まだ紅葉には程遠く、夏の続きのような季節ではあったけれど。

「ここで一回見えます。あのあたり、ですね」と花音が指差した。

夏休みの合宿の時に、花音とおれが見つけた露頭だ。

ヘリコプリオンの歯が入っていたのは川沿いの転石だったので、それがもともとどのあたりから落ちてきたものなのかを調べるのが、夏合宿での地質班のサブクエストだった。それで、おれたちは、川沿いにある奥御子ボルダーのエリアと、この石灰岩の崖との位置関係を確認しつつ、「だいたいこのあたりかなあ」と目星をつけた。

「見えますか。壁に崩落したあとがあって、あそこが一つの有力候補なんです。河原まで転げ落ちるとしたら、かなり大きな岩として落ちて、斜面を割れながら転がって行ったのではないかと思うので」

「なるほどね。たしかにかなり大きな崩落があったみたいだね」

　高鍋先生が双眼鏡を目に当てて言った。

「あのあたりは、クライマーが多いので、聞いてみたら、詳しいことがわかりました。去年、突然崩れて、いくつかのルートがなくなったそうです。中級者向けのよいルートだったそうで、ものすごく残念がってました」

　そこからさらに一〇分ほど歩き、おれたちはその崩落跡の直下の道に出た。

　花音とおれは、まずは腰を折って、地面に転がっている転石をハンマーで叩いた。おれが割ったものの断面は、粒子の細かいさらっとした滑らかなものだった。

「この細かい感じって、この前、高鍋先生にお渡しした石灰岩や、ヘリコプリオンの母岩のかんじに近いと思うんです」とおれは差し出した。

「たしかに顔つきが似てるし、気になるね。あそこの崩落部分はどうなっているか見てみたいよね」

「そうです。まさにそれですよね」

　おれはそう言って、ちょっと離れたところに立っている花音の方を見た。

　すでに花音はモードが切り替わっていた。

　両手を宙に差し伸べて、オブザベーションに入っている。

　崩落部分の右側には少々難易度が高いルートが設定してあって、ボルトもきちんと打ってある。そのあたりは無傷だから、かなり近いところまで行けるはずだ。

「じゃ、瞬、準備してくれる？」

「おう、わかった」

おれたちは阿吽（あうん）の呼吸で意思疎通し、それぞれの準備を始めた。

花音はバックパックからハーネスを取り出した。

おれは、ロープの束と、カラビナを二つスリングでつないだクイックドロー（クライミング用の安全器具。その形状からヌンチャクとも呼ばれる）の束を引っ張り出した。それと、最近、調達した新品のハーネスもだ。このハーネスを通して、おれは花音の体重を支えることになる。

おれたちが粛々と準備をしていると、苫米地先生が「おいおい」と声を上げた。

「ちょっと待った。岩月、坂上、本気で登る気か。きょうはそういうのはなしだと言っただろう」

「いえ、これは、発掘の予備調査じゃなくて、普通のクライミングです。わたしと坂上くんが、学校とは関係なく、クライミングの技術を磨くために週末に奥御子で登った、ということでいいはずです」

「ここ、クライミングのガイドブック、いわゆるトポに出ている有名なルートで、『空よりも遠く、のびやかに』って名前がついているやつです。岩月さんは、子どもの頃からこのルートを制覇するのが夢で、きょうまた挑戦します」

そこに大きな崩落があり、岩質も近い。だから、最有力候補だとおれたちは考えている。ましてや、ここは幼い花音が登りたいと願った場所だと最近、花音が父上に昔のことを聞き出して確認した。子どもの頃、上のほうがきらきら光っていて、登りたいと思ったのはまさにこのあたりだと。

「おまえらなあ、それはなしだぞ。わたしと一緒である以上、教員側の監督下ってことになるし、地学部にはクライミング班があるんだから、この組み合わせで来ていたら、誰が見てもクライミング班の活動じゃないか。おまけに、ここは崩落があった隣だろ。安全性が確認できていない。一応、わたしは、顧問なんだから……やっぱり責任問題が……」

苫米地先生は、やや目尻を下げて情けない表情になっていた。高校教員の大変な立場というのを、おれたちは明らかに無視しようとしているわけで、申し訳ないと思わないでもない。

「でも、準備しちゃいました」と花音が言った。

「ということなんで。安全面は最大限の配慮をしてます。岩月さんはトップクライマーだし、おれも、このところビレイの練習をものすごくしました」

「おいおい、それなあ……」

苫米地先生が絶句したところで、くくくと押し殺した笑い声が響いた。

声の主は、高鍋先生だった。それがすぐに爆笑の水準になって、しまいには地面を踏み鳴らすくらいの全身表現になった。

おれは、あっけにとられたし、花音も動きを止めたくらいだ。

「いやいや、苫米地先輩は、やっぱり生徒や後輩とのめぐり合わせが、悪いですよね」

苫米地先生が、嫌そうに視線を外した。

「高鍋に言われたくないな。わたしが高校三年生の時の夏合宿で事故を起こして、廃部の危機に追い込んだのは高鍋だからね」と不機嫌に言う。

「えーっ」と花音とおれは詰め寄った。

「それって……どういうことっすか」

知らなかったことがいくつか同時に押し寄せて混乱する。

「うん、苫米地先輩も、万葉高校地学部だよ」と高鍋先生が楽しげに言った。

「なぜかあまり言いたくないらしくて、ぼくも調子を合わせてきたけど、そろそろいいんじゃないですかね。だって、そこを説明しないと、この若者たちの危険な行動を止められないいんじゃないですか」

高鍋先生は、途中から苫米地先生の方を向いた。

「まじすか」とおれは言い、花音は目をぱちくりさせた。

「でも、今、大事なのはそこじゃない」と高鍋先生は続ける。

「ぼくが一年生で、苫米地先輩が三年生の時のことだよ。たまたま天文班がいない年で、海洋班と地質班がメインだったんで、県南の臨海試験場の施設で夏合宿をしたんだよね。

地質班は海岸に出ている三畳紀・ジュラ紀の地質とそこから出る化石を見て、近くのジュラ紀の地層の砂岩泥岩互層では生痕化石を探したりしていたんだけど、そんな中でぼくが事故った。海の側から崖を見たくてちょっと危険なところまで行ってしまって、波にさらわれた。おりからの離岸流で沖まで流されて、漁船に助けられたんだよ。あれは生きた心地がしなかった」

「そんなことがあったんすか……」

「ぼくが言いたいことはだね、もしもここで不用意な事故があると、地学部の活動停止、悪くすると廃部だってありえるってことだよ。教師としては、生徒の安全を確保する責任があるし、苫米地先輩も事なかれ主義でそういうことを言っているわけじゃないんだよ。そういうことですよね」

高鍋先生が苫米地先生を見ると、苫米地先生は片手で頭を押さえたままこっちを見た。

「まあ、高鍋も偉いことを言うようになったものだが、おおむね、わたしが言いたいのはそういうことだ」

「というわけで、ぼくたちもちゃんと準備がある。二人とも、道具をしまって。こっちに注目！」

高鍋先生が言うと、苫米地先生が自分のリュックからごそごそと大きなケースを取り出した。

「なんすか、それ」

おれは花音と一緒におそるおそるのぞき込んだ。

中から出てきたのは、プラモデル、みたいなものだった。

「同窓生から借りてきたドローンだ。小型軽量で航空法の規制外ながら、バッチリ写真が撮れる。きょうみたいな穏やかな日なら屋外でも流されずに撮影できるだろう」

「でも、先生——」

花音が一歩踏み出した。

「岩月が、ものすごい情熱を持っていることは分かった。ただ、ここで危険を冒したら、その先がなくなるぞ」

「危険じゃありません。だってわたしたち」

ああっ、とおれは思った。なにか相反する思いが同時に立ち上がってきた。

一つは、花音がおれを信頼してくれてうれしいということだ。このところビレイの練習をしてきたとはいえ、おれに命を預けると言ってくれている。

もう一つは、花音がものすごく思い込みが強くて、これと決めたらやりきろうとしすぎだってことだ。花音は、果敢で、恐れを知らず、目標に突き進んでいく。それが危なっかしいこともある。風雅をフォールさせた時、花音はそのことに自分で気づいて、リミッターをかけたのだとおれは思っている。でも、今はそれを忘れているみたいだ。

危なっかしい……。

おれははじめてそんなふうに感じた。

苫米地先生がなぜかおれにうなずきかけてから、花音を見た。

「きょう、岩月は登らない。その代わりにドローンで写真を撮って、分かる範囲で調べる。落ちている石も持ち帰る。そして、この件は、高鍋先生にしばらく預ける。すべてはそこからだ。ここでの発掘ができるとしても、私たちだけではどうにもならないんだから、そこは大人に預けてくれ」

花音は、不服そうに唇を噛んだ。

おれが知らない新しい表情だった。

はかなさに似たニュアンスに胸を締め付けられながら、おれも一緒に唇を噛んだ。

そして、ゆっくりと花音にうなずきかけた。

一五分後、微風の奥御子渓谷で、白灰色の壁面と空の濃い青の間を滑るように、小さなドローンが舞った。

トイドローンという小型機のカテゴリーで、鳥でもない、昆虫でもない、人によって作り出された新たな生き物のように飛ぶ。白い壁面と青空の隙間に、風に抗（あらが）いながら留まり続けて、壁面の写真を撮る仕事を忠実にこなし続ける様子は、それはそれで目に染みるものだった。

「あー、微妙！」と帰りのバスの中、花音が言った。

「でも、一歩前進なのは間違いないよ。ドローンで観察できたんだしね」

「だから、その一歩前進が微妙。なんかはぐらかされた気がする。結局、あのドローンカメラの解像度じゃ、なにかありそうだけどよくわからない、くらいの絵しか撮れなかったし」

「かりに花音が登って写真を撮っても、ボルトが打ってあるところ以外には行けなかったんだから、そこは同じだと思うよ。なにより安全にできたわけだし、ドローンの方がよかった面もある」

本当にこの手の話題では、やたら花音はこだわりが強くなる。口を尖らせた様子はかわいらしいので、おれは嫌いではない。しかし、本人が不満でフラストレーションを感じているのはどうにかした方がいい。

「そりゃ、そうだけど……わたしは登りたかった！」花音はさらに口を尖らせた。

この前までクライミングを避け続けてきた花音が素直に「登りたかった」と言っている。夏凪や風雅に教えてやったら、ものすごく喜ぶだろう。

スマホが振動して、おれはプッシュ通知が送られてきたのを知った。花音も同様だったみたいで、おれたちは同時にそれぞれのスマホの画面をのぞき込んだ。

夏凪からのメッセージだった。おれと、花音に同報したようだ。例によって、夏凪は時々、テレパシーが通じているのかというタイミングで声をかけてくる。

〈……というわけなんだけど、ぜひ瞬に参加してほしい。それが何を意味するのか花音

が解説してあげて〉

　末尾にそんなふうに書かれているのが、まずは目に入った。

　参加しろって……最初から読むと、近日開催の記録会に参加しろという話だった。

「うん、一歩前進だよ」と花音はすぐさま解説してくれた。

「瞬が、トップアスリートになるための道が見えてきたかも。だから、ものすごく急だけど、この話は絶対受けた方がいいよ」

　花音の口調は熱っぽく、「一歩前進」という言葉をことさら強調した。

　その熱を受け取って、おれ自身も熱っぽくなる。

　奥御子でドローンを飛ばしたことだってそうだ。

　おれたちは後退していない。

　おれたちが地学部であちこちに張っている前線（フロントライン）は、じわりじわりと前に進んでいる。

　花音もおれも背中に強い力を感じていて、前へ前へと進む季節の中にいるんだと思う。

　奥御子の石灰岩の壁を前に「登りたい！」と花音が願うエネルギーは、その場では成就しなくても消えてしまうわけではなく、前線の別の部分を進める力になる。きっとそういうことだ。

「わかった。おれ、渓くんの誘いに乗ってみるよ」とおれは請け合った。

四

「やあ、瞬、来てくれてよかったよ。来週、秋桜祭だというのに悪いね。でも、たぶんみんなが刺激を受ける」

夏凪はおれと右手で握手したかと思うと、左腕を大きく開いてハグした。一連の仕草がまるで自然に感じられるのが夏凪のすごいところで、おれはなすすべもなく体を抱かれつつ、「いや、どうも。呼んでもらえて光栄っす」と返した。

ここは東京都である。しかし、周囲にはおれが想像していたのとはまったく違う風景が広がっていた。

最寄りの万葉駅から快速電車に乗って東京駅に出るまでにせいぜい五〇分。そこからさらにそれよりも長い時間、電車に乗ってたどり着いたのは、東京都内とは思えない空が広い町だった。

駅前にあるショッピングモールを抜けると、巨大なアウトドアの人工壁が見えてくる。夏凪たちがこの数日、泊まり込みで強化合宿を行っているスポーツ複合施設だった。おれが呼び出されたのは直前のことで、そのメッセージは花音と一緒にいたバスの中で受けた。

〈あさって、スピードクライミングの記録会があって、参加人数に若干の余裕がある。ぼくとしては瞬を推薦したいんだけど、来ないか?〉

それを見て、おれは判断に苦しんだ。なにしろ秋桜祭の直前だ。やるべきことはたくさんある。でも、花音は「絶対行くべき」と言い切った。

「オリンピック代表を決める複合大会に出るようなトップ選手が来るんだよ。瞬は刺激を受けるよ。今はスピードクライミングの正式な大会はほとんどないんだし、記録会はチャンスだよ。絶対行くべき」と。

というわけで、朝早く起きて、自宅を出てからかれこれ三時間近くかけて、やっと夏凪の顔を見るところまでやってきたわけだった。

スピードクライミングはオリンピックに採用されたことから、今、日本でも普及が図られている。独立した競技というわけではなく、「スポーツクライミング」という競技名で、リード、ボルダー、スピードの三種目の総合点で争う、という形だ。だから、これまでスピードクライミングをしたことがなかった選手たちも、みんなやらざるをえなくなって、この一、二年の間に普及してきたところだという。

「みんな、紹介します！　うちの高校の後輩で、スピードクライミングのスペシャリスト、坂上瞬です。この春から登り始めたばかりなんですが、ぼくはかなりおもしろい選手だと思っていて、呼びました。よろしくお願いします」

そういう外向きの紹介をしてもらい、おれも「よろしくお願いいたします！」と頭を下げた。

「じゃあ、アリョーシャは、みんなに詳しく紹介しておいてくれる？　ぼくはコーチと話すことがあるんで」

夏凪が行ってしまうと、アリョくんが進み出た。

「瞬くん、ほんとに来ちゃったんだ」とおれにどことなく憐れむような目を向けた。身の程知らずって言いたいのだろう。

「呼ばれたら、来るよ。めったにある機会じゃないしね。おれは機会に飢えている」

「来なきゃよかった、なんてことにならなきゃいいけどね」

アリョくんは、ちょっと肩をすくめてみせた。

浅野アレクセイ明人とは、ゴールデンウィークの奥御子巡検の時に会って以来、時々、顔を合わせている。高校二年生で、ヨセミテでも何度か一緒に登るうちに、アリョくん、瞬くんと呼び合うようになった。仲がよいというより、そういうコミュニティだからだ。

アリョくんは、装甲のような分厚い筋肉とぬぼーっとした顔つきが特徴で、ゆったりとした動きをする。県の強化選手として、風雅たち中学生と一緒に活動していることが多いが、その中で見ると、一段も二段も熟成し、落ち着いた「大人のクライマー」のようにおれは感じていた。

でも、ここでは違った。もう少し印象が「薄い」。それはたぶん姿勢も関係していて、少し肩を丸めているものだから、せっかくの筋肉も萎縮して見えた。ユースの大会では優勝する実力者のアリョくんも、ここではまだ存在感を発揮できていないみたいだ。

「ひょっとして、アリョくん、元気ない?」とおれは聞いた。

「ちょっとね、自信喪失中。やっぱ、トップはすごい。ぼくははじめてこの強化合宿に呼んでもらったんだけど、頂点がはるか遠くだと分かったよ」

「それが分かるってことは、来た価値があったんじゃない」

「そうも言えるけど、愕然（がくぜん）としてるよ。きみ、つくづくポジティヴだよね」

といったようなことを話しつつ、壁の下で選手たちが集まっているところに連れて行ってもらった。ちょうど休憩時間中で、みんな談笑したり、ぼーっとしたり、という雰囲気だった。

強化合宿参加者のみなさんに紹介してもらったところ、「おおーっ」というような反応を受けた。なにかあることないこと伝わっている雰囲気だ。

「渓のところの秘蔵っ子だね。お手柔らかに」（おれは秘蔵っ子だったのか……）

「陸上のスプリンターだったんだって。スピードを楽しみにしてるよ」（なんか情報が誤って伝わっている。おれは陸上部にいたことはない）

「ねえねえ、あの岩月花音のカレシだってほんと？」（だといいが、残念ながら、そのような発展は今のところない）

最後の質問で、花音がこの世界ではやはり有名人なのだということを確認し、顔を真っ赤にして、その誤情報を流したと思われるアリョくんの方を見た。

すると、アリョくんの向こう側からなにか鋭いものがびしっと投げかけられた気がして、おれははっと立ち尽くした。

「あ、司さん、紹介します。同じジムで練習している坂上瞬くんです」とアリョくんが紹介してくれたのだが、うん、というふうに一回うなずいただけで、歩き去ってしまった。細身でものすごく引き絞られた筋肉をまとい、頭のてっぺんが尖った髪型の選手だった。

「うーん、どうしちゃったかな」とアリョくんが首をかしげながら、おれを見た。

「剣持司さんといって、今、名古屋の大学生だったかな。去年あたりから、複合競技では国内のトップレベルの常連になっていて、スピードクライミングがとにかく速い。国内で六秒台をコンスタントに出せる数少ない一人だよ」

そこまで言って、アリョくんははっとしたように、口を半開きにした。

「そっか、瞬くんは、ライバルだと思われてるんだよ。うん、きっとそうだ、司さんは、大会でも競技前には無口で無愛想になる方だし、ライバル心も隠さないし」

「有名な選手だよね。名古屋の、なんだっけ、シャチホコ……」

「ちがうちがう、名古屋の鯱（オルカ）・ビッグウェイブ剣持司。クライミング雑誌がつけた二つ名だよ。ヨセミテにも置いてあるから、見たことない？」

「うん、クライミング界のスピードスター、とか言われる人だ！」

おれは最近クライミング雑誌をよく読んでいるので、名前は覚えていた。そういえば、さっき紹介してもらった中にも、福岡の鷹・神山徹、究極インフルエンサー・絹川悠、サイレントマジョリティ・愛刀誠といった、雑誌の常連たちがいて、おれは緊張するばかりだった。さらに、先週、開かれた国際ユース大会からそのまま残っている海外の招待選手までいたから、この記録会は、日本のトップレベルというだけでなく国際レベルですらあった。

夏凪やアリョくんは、同じ場所での強化合宿の最終日にこの記録会に参加する形を取っており、合宿外からも参加を認められた選手の一人が、おれだった。ただ何も実績がないのに、いきなり呼ばれたため、悪目立ちしているというのが現状のようだ。

記録会に先立って、練習の時間があった。それぞれのルーティンのウォーミングアップで体を動かした後で、壁を順番に使って本番の前に何度か登らせてもらえる。

おれは素早く膝までの短パンとTシャツに着替えて、スピード壁の前に立った。

高い、というのが最初の感想だ。

ヨセミテの簡易壁は、建物の高さの関係で、てっぺんの一五メートルまでを再現できず、八メートル＋七メートルくらいの二つのパートに分けて、隣に並べている。おれにしてみれば八メートルでも十分にはるかな道のりなのだが、こうやって真下から一五メートルの高みを見上げると、もうレベルが違った。走り高跳びと棒高跳びの違いくらい、というのが体感だ。

それでも、スタートは例の二連逆さ恐竜ホールドだし、その後のホールドの配置も、すべて見知ったものだ。いつもの姿勢で恐竜を摑み、ぐいっと体を引き上げてスタート。

足のロケットに点火してフルパワーを出すのは記録会まで取っておくとして、まずは手触り足触りを確認するようにゆっくり登った。はじめてつなげて登る一五メートルの「距離」を体感したくもあった。

規格が統一された同じホールドなんだから、手触りも同じだろうと思うのだが、必ずしもそうではない。室内と屋外、湿度とか気温とかで、大いに変わりうる。カラッとした秋の気候の屋外だと、湿りすぎず乾きすぎず、また適温で、とても持ちやすいと分かった。

調子よく登っていたのだが、半分を少し過ぎたあたりで、動きが淀んだ。ものすごく違和感があって、つながりが悪いと自覚した。

ヨセミテの壁の前半後半の切り替えの部分だ。普段、おれはここでいったん地上に降りて、そこからまた登り直すような練習しかしていない。だから、混乱して、いったん手足の動きが止まった。

すーっと風が吹き上げ、おれの体を舐めた。

おっ、と思って横を見たら、おれよりも遅く登り始めた選手が、スムーズにおれを追い越していった。急に吹いてきた風が壁を舐めるように駆け上がった印象だ。さらに、遠くから雷鳴が聞こえてきそうな勢いがあった。

対流の起爆。

気象班の仁科さんや奥寺さんだったら、そう言うだろうな、と思った。

山肌に海からの風が当たって上昇気流が起き、そして、どこかで水蒸気が凝結して雲ができる。そうすると、潜熱が放出されるから、上昇気流はさらに勢いづき、雲がどんどん発達して雲の王、積乱雲になっていく。上昇気流が起きて最初の雲ができるあたりが、対流の起爆に相当する。雷鳴の効果音は、おれの脳内再生である。

おれはその選手が、オートビレイのロープに体重を預け、するすると降りてくるのとすれ違った。

小さくガッツポーズをしており、おまけにこっちを強い目で見ていた。

ビッグウェイブ剣持司選手だった。

おれは、うっ、と思いながら、残りの数メートルを登り切り、終点のプレートを叩いた。

二〇秒という表示。のんびり確かめるように登り、途中では一度止まった。ここはタイムは気にしていない。

そして、隣の電光掲示板を見ると……。

六・九秒？

なんだこれは！　おれの心臓はいきなりバクバクし始めた。

隣を駆け上がった風は、日本トップクラスのスピードクライマーの、ほぼ本気のトライアルによるものだったってことだ。おれはのんびり頭の中に積乱雲を浮かべていたわけだが、隣を登っていたのは、掛け値なしの「ビッグウェイブ」だったのである。

わかっていれば、横からじっくり眺めるか、ちょっと時間をずらして、下から見せてもらうかしたのに。

　地上に降りたところ、剣持氏が、腕を組んでこっちを見ていた。頭のとんがりから電撃がほとばしりそうなピリピリした印象だ。

　うっかり目が合ったので、おれは話しかけた。

「うっす、すごい登りっすね。おれ、風圧感じました」

　少し間があってから、剣持氏は口を開いた。

「あんなものか」

「は、いや、でも、さっきのはウォーミングアップなので」

「あれじゃ、体も温まらないだろう。あの延長に、きみの登りがあるなら、がっかりだ」

　そう言い捨てると剣持氏は、歩み去った。

「ほら、怖いっしょ」と背後からアリョくんが話しかけた。

「みんな来年のオリンピックがかかってるからね。もう雰囲気が違う人が何人もいるよ。ぼくは、さっき北海道の篠宮さんに睨まれた。怖い怖い」

　肩をすくめて萎縮しているアリョくんだった。

　でも、まあ、競技でライバルに対して熱くなるのは悪いことじゃない。ただ、キャリアの浅いおれはまだ自分のライバル心をむき出しにできる水準ではない。諸先輩の登りを見て、盗めるところをどんどん盗め、というのが夏凪からの呼び出しの意図だろう。

おれは自分の番ではない時にも壁の近くに張り付いて、ずっと登りを見ていた。アリヨくんはおれと体格が近いので参考になるかと思いきや、ぴょこぴょこ跳ねるみたいな登りかたで、タイムのロスが大きかった。これがリード競技なら、風雅が得意のリズミカルな登りに近くてよいのかもしれないが、スピードにはつながらない。

夏凪の登り方もじっくり見せてもらった。

力強く、上へ、上へ、というかんじ。ジャンプして上のホールドを取ってから、その次へつなげるムーブがさすがによく考えられていてぶれがない。タイムは八秒を切った。力を抜いた練習であれだけいくなら、本番はすごいんだろうなと想像できた。とにかく一手一手、すべてを計算づくで。ムーブは決まっているんだから、ミリ単位で同じ動きをぶれなく。そういう登りだった。

長い手足をうまく使ってヤモリのように登るのは、招待選手のマリオス・デュカキス（ギリシア）で、目を奪われたけど真似できそうになかった。同じく招待選手のジャスティン・フリードマン（カナダ）は、一手一手の距離がものすごくて、パワフルに直線的に登っていく。こっちはおれが目指すものと近かった。

実は二人ともものすごくフレンドリーだ。おれに話しかけてきてくれて、言葉が通じにくいなりにコミュニケーションがとれた。もじゃもじゃ天然パーマのマリオスは、「日本の女子選手とゴーコンしたい」とおれに迫り、前の週に都内のイベントで露出の多いコスプレをした女性と一緒に撮った写真を見せて「コスプレ、サイコウ！」と語った。

金髪碧眼のジャスティンは「茶道や華道などの日本文化が好きで、京都に住みたい」と勉強中の日本語で将来の希望を教えてくれた。そして、それぞれ、自分たちの連絡用のアドレスなどをおれに押し付けた。

そんなこんなで、頭の中のメモ帳がいっぱいになるくらいの情報をインプットしたところで、午前の部は終わりとなった。

昼休みはスマホで通話する必要があったので、少し離れた芝生の上に腰を下ろした。学校に出て秋桜祭の準備をしている花音や諸先輩たちから、打ち合わせしたいとメッセージが入っていた。

「ねえ、瞬、展示に使うフズリナ化石だけど、地学準備室にあったやつも含めて五種類全部出した方がいいかな？　たくさん出して時代の移り変わりが分かるのはいいけど、少ない方がポイントが絞れる気がするんだけど」

スマホでビデオモードにしつつ、遠くにあっても花音と会話できるというのはいいものだ。花音は、カメラの向きを変えて、すでに出来上がりつつある展示の一部の様子を見せてくれた。

「別に混乱するほどたくさん標本があるわけでもないし、展示の趣旨を考えたら全部見せるべきだと思うよ。だって、もともと多様性と時代変遷がテーマなわけだし。それに、校舎の一番奥の展示を見に来るのはどのみちマニアだよ」

た。

「わかった！」とカメラが切り替わったと思ったら、花音ではなく神保さんが顔を出し

「お、瞬だね。ぼくの方の研究なんだけど、今からポスター原稿のファイルを送ってお

くよ。帰り道でいいから目を通して。レイアウトが改善できないか意見がほしいんだ」

「うっす、わかりました！」

「うぎゃー、だめだー、時間が足りないー。でも、がんばるー！」

遠くで叫んでいるのは市原さんで、あの言い方はたぶん順調に進んでいる証拠だ。う

ぎゃーっと叫んでから粘るのが真骨頂なのである。

「ああ、岩月ちゃん、イラスト発注したい。お願い！」と仁科さんの声がして、「あー、

そうだ」と画面に顔を出したのは奥寺さんだった。

「秋桜祭の初日なんだけど、うちのバンドのボーカルの子が出られないことになって、

岩月さんを借りていいかな」

「えっ、花音が歌を歌うんすか。いいすね！」

「ダメダメ、それはダメ！」と花音が隣で徹底拒否するのを、「そこをなんとか。ねえ、

坂上くんからも説得して」と奥寺さんが言う。

「なら、まずは奥寺さんが身をもって示したら説得力が増しますよ。最初の曲は自分で

歌うとか」

「わわ、それは、だめだよ。わたし、歌は人前で披露できるレベルじゃない！」

そんなこんなで、ものすごく賑やかな打ち合わせとなった。

結局、役に立てたのかわからないまま切ることになったけれど、おれは胸がほっこりした。

「部活っていいよね」と突然、言われた。

夏凪が隣に座っていた。

「学校って、ぼくは落ち着かないんだけど、部活に行けば、同じ関心を持っている仲間がわいわいがやがやしているわけでしょう。ぼくももう少し早く地学部に入っていればよかったかもね。最近じゃ、部のSNSの話題にも、瞬が教えてくれた通りにウェブ百科事典を引きながらなんとかついて行ってるけど、本当に地学って壮大だってびっくりしてるよ」

「でも、渓くん、石ころ見て、ぱあっとなるとか、天気図を読むのが好きとか、天体観測には目がないって人じゃないでしょう」

「まあそうだ。きょうここに集まっているのは、ぼくが中高とあちこちの大会に出るたびに一緒になって競ってきた人たちなんだ。だから、ぼくにとってはこっちが部活みたいなもんだったのかもね」

「きっとそうなんでしょうね。ライバルもみんな仲間。クライミングのカルチャーはそうなんだって聞きましたよ。おれははじめて見せてもらった大会で、みんなが相談しながらオブザベーションしているのを見て、ちょっと感動しましたから」

「瞬は、時々、はっとするようなことを言うよね」

「まあ、こうは見えても、おれ、中二中三とずっと小説ばっかり読んでましたからね。ラノベの主人公って、最初はたいてい傍観者なのに、巻き込まれていくタイプが多いんですよ。おれも最初は、遠巻きに観察していたってだけの話です。でも、巻き込まれるよりも前に飛び込んだ方が勝ちですね。地学部もクライミングもそうだと思います」

「あはは、それがおもしろいところだ。ぼくは瞬のそういうところがとても好きだよ」

「そりゃあ、あざっす。だから、おれ、渓くんにお礼言わなきゃならないことばっかりっす。本格的にスピードクライミングをやってみないかと誘ってくれたのは渓くんだし、きょうの記録会も、本当に来てよかったです。勉強になります」

「うん、どんどんいろんなことを吸収するといいよ。でもね、ぼくが瞬を呼んだのは、それだけじゃないから」

「え、どういうことっすか」

「なんていうのかな、ぼくは、さっき部活のようなものだって言ったでしょ。でも、それじゃいけないんだよね」

「どういうことっすか？」

「自国開催のオリンピックで、はじめて取り入れられた競技。それがクライミングなんだ。ここは、全力で取りに行く」

「それって、渓くんが金メダルを取るってことすか？」

「もちろん、目指している。でも、ここにいる誰もがその可能性がある。なのにそれに気づいていないやつが多すぎる」

「そうなんすか。みんなトップ選手で、自信があって、ギラギラしてますよ」

「そうかな。考えてみて」

おれを見る夏凪の顔が、いつものにこやかなものではなく、目の中に鋭利なナイフを思わせる冷たい輝きをしのばせていた。

「今、瞬は金メダルと言ったけど、それをここにいる誰かが取るにしても、それは一人だけなんだよ」

おれは、はっと息を呑んだ。

「そりゃ……そうですよね」

「瞬が言う、ライバルもみんな仲間という部分、そのままでいいのかと思っている。午後の記録会、瞬が亀裂を入れる」

「え、どういうことすか」

「みんなをよく見て、自分の強いところを確認し、全力を尽くしてほしい。それだけでいいんだ」

「はい、もちろんそうします」

「じゃ、そろそろ戻ろうか。午後は本気で行こう」

おれは夏凪と一緒に、みんながいる壁の前のスペースへと向かった。

考えてみたら、地学部クライミング班が、つれだって競技に向かうというのは、これがはじめてのことだった。

次々と登っていく選手たちを見ていると、おれは三種類くらいの登り方があるんじゃないかと思った。

一つは、アリョくんがやっているような、一手一手を大事にしつつ、リズムよく登っていく方法。ひょこひょこというふうなリズムで、これだとスピードには限界がありそうだ。

もう一つは、一連のムーブを流れで捉えて、スムーズにつなげていくもの。実力のある選手たちはみんなこの方法を取り入れている気がした。

そして、最後の一つは——

直線的に登る、だ。

名古屋の鯱・ビッグウェイブ剣持司選手やカナダのジャスティンがそのカテゴリーで、特に剣持選手の登り方には目を奪われた。というのも、パワーでねじ伏せている感のあるジャスティンと違って、剣持選手は力んでいる様子もない自然体で登り切る。

風のイメージだ。海から吹いてきた風が、山脈に当たって上昇気流になるように壁面に沿って駆け上がる。パワー勝負では後半やガス欠気味になるはずが、むしろ加速する。それこそ「対流の起爆」で新たな上昇力を得たみたいに。

「ねえ、アリョくん、あれはなにが違うんだろう」とおれは参加者の中で比較的新参者という意味で「仲間」のアリョくんに聞いた。

「もう全部、違うよ。完成したムーブに加えて、反復練習で一切の無駄を削ぎ落としている印象だよね。一筆書きみたいに上に向かう流れが美しいよね」

「途中、手順を飛ばすところがあるよね」

「ああ、オルカ・スキップって、あれは剣持さんの持ち技だね。ぼくも試したけど、難しい。ジャンプして一つ飛ばしをするのは男子選手ならたいがいできるけど、問題はその後だよ。単に飛ばしただけだと、次の手順につながらなくて、勢いが死んでしまう。剣持さんは、足の置き方がぴたっと決まっていて、すぐに上へ行く力になっていたでしょう。さっきまで左手で持っていたところを左足で踏むんだけど、股関節を柔らかく使っているからさり気なく見える」

アリョくんは、自分の手足を動かして、最後は左足を大きく蹴り上げるみたいな動作をしながら教えてくれた。

「なるほど。足の置き場ね。たしかに、あそこをスキップしたら、次に足をどうするのかで変わってくるよね」

おれが花音に指摘されて練習していたのは、まさに「オルカ・スキップ」と同じところだった。ただ、おれは、手順を飛ばすためにまずどこを摑むかということに意識が集中しすぎていたかもしれない。剣持選手の淀みない動きは、手足をトータルに考えて次につながるムーブを選択しているからこそだと、今にしてよく分かる。

剣持選手とジャスティンが左右の壁で勝負する局面があって、それにはみんなが注目した。剛のジャスティンが壁を揺らさんばかりのパワフル＆スピーディな登りを披露する隣で、柔の剣持選手はふわっと軽快に駆け上がった。いや、イメージとしては、ざっぱーんと波が来て、その勢いで吹き上がった。タイムも剣持選手が上だったので、周囲は盛り上がった。

地上に降りた後、剣持選手は握手を求めているジャスティンの方を見もせずに退いた。徹頭徹尾、闘争モードを崩さない。

「剣持さんって、いつもあんなにピリピリしてるの？」

「たぶんきょうは特別だね。スピードに特化した選手だからさ、気負いがあるんだと思う。ボルダーやリードの時はもっと穏やかだよ。でも、スピードになるともう誰にも負けない、天上天下唯我独尊的なオーラを出しまくるんだよね」

「そうなんだ。クライミングって、フレンドリーな人が多いのに、珍しいよね」

「今回はオリンピックも近くて、だんだん剣持さんみたいな雰囲気になっている人がいるよ。怖いよ」

アリョくんがブルブルと体を震わせる動作をした。

「でも、アリョくんは、もっと闘争心を持ってやった方がいいんじゃない？　だって、さっきも手足が縮こまってたよ。もっと体を大きく使えば、今すぐにでもタイムは伸びるのに」

アリョくんは、一瞬、ぽかんと口を開いたまま、視線を泳がせた。

あれっ、とおれは思った。

なんか悪いことを言っただろうか。ちょうどアリョくんが登る順番がやってきて、おれはその背中を見送った。どうやら記録会は、ランクの高い選手を優先していて、アリョくんはかなり後ろの方で、おれはさらに後ろだ。

それで、はっとした。

アリョくんは、自分よりも明らかに格下のおれに技術上の助言を受けるなんて考えてもいなかったのかもしれない。

アリョくんの登りは、さっきとはかなり違っていた。「オルカ・スキップ」をやって滑りそうになって、そこから猛然と登った。タイムは九秒台。前半でスキップを失敗したのが響いた。

でも、周囲が、おっ、とびっくりしたような表情になった。というのも、後半の登りはがむしゃらで動きが雑だったけれど、それでも、見た目にもスピード感にあふれるものだったからだ。

そこから、数人の選手を挟んで、おれの番になった。

なぜか視線が集中してくるのをおれは意識した。周囲のざわめきも大きくなり、「対決」がどうしたというふうな声が聞こえてきたので、おれは隣のコールゾーンを見た。

うっと後ずさりした。

予定の選手が怪我かなにかで棄権したようで、急な欠員を埋めるのに志願したのは……剣持司選手だった。

おれの横に立つとものすごい圧で、こっちを睨みつけてくる。

いったん後ずさったおれだが、足を前に戻してぐいと胸を張った。

こういう視線に合うと、おれはどっちかというと闘志に火がつく方だ。

クライミング界のスピードスターとまで言われる選手と、まだまともな大会にも出たことがないおれが隣同士で登るなんて機会はめったにあるもんじゃない。

ここは、オルカ氏の技を盗み、さらに上を目指してやる！　そう思い定めて睨み返した。

「アット・ユア・マークス（At your marks）」の声で、足をスタートパッドに置く。陸上のスターティングブロックと一緒で、フライングすると警告が出るセンサーが内蔵されているやつだ。

両手を逆さ恐竜にかけて、やや腰を沈め、上を向く。

「レディ（Ready）」とアナウンスが入り、ブッ、ブッ、ブーの最後の長い音でスタート。

駆け上がりは互角。

最初にスキップするのは、左に張り出した恐竜ホールドで、えいやっと真上に跳びつく。

うまく足を踏めて、ここも互角。

そこからは勢いを殺さなかった方が勝ち。

剣持選手がスムーズに駆け上がる様は、打ち寄せる巨大な波の勢いそのものだ。何度も想起したそのイメージを自分なりに咀嚼（そしゃく）しようとする。

おれは、風だ。海から吹き込み、山肌にあたって急上昇する風だ。

そして、対流の起爆！

体にこもった潜熱を吐き出して、上へ上へと推進力に変える。

後半に来て、まだ隣の剣持選手の姿を半身以内に捉えている。

よし、もう一つ大きなスキップを成功させてやる！

そう力んだ瞬間、足がぐらっとした。

足の置きどころの精度が悪い。勢いが死んで、大々的にタイムをロスした。

もう剣持選手についていくのは不可能だ。

今回の記録は諦めて、二本目に期待するしかない……。

いや、違うだろ！　とおれは瞬時に思った。

おれはイメージを間違えていた。おれは、ビッグウェイブでも、風でもない。

対流の起爆なんて成層圏までで終わる大気現象じゃないか。でも、おれは宇宙まで飛び出すロケットだ。

足に熱が宿り、力が漲る。
ロケット噴射のイメージで、再度、おれは加速する。
そして、パンとゴールの計時パッドを叩いた。
どよめきが起きた。
まず、先に隣の剣持選手のものが目に入った。
六・七三秒！
日本でのトップクラスのタイムだ。
そして、おれは――
八・八九秒！
生まれてはじめての八秒台が来た！
これなら、今の日本ではぎりぎり競技レベルだから、ほっとする。
それでも、この二秒の差はなんだ。
オートビレイですると降りていきながら、おれは自分の非力を実感した。
ビレイロープのクリップを外し、待機ゾーンに戻ると、夏凪が待っていた。
「まだまだ頂点は遠いっすね」
「そうかもしれないけど、自分が成し遂げたことを誇っていいと思うよ」
「いやいや、そんな」
「四ヶ月前にはじめてホールドに触れた選手がこのタイムを出したのは衝撃だ。おまけに途中まではあの司についていったんだからね」

「でも、真似しようとしたらずっこけましたからね。格好悪いです」

「おや、瞬は、格好悪いのは別に気にならない方だろう。見ている側からすると、あのタイムロスがなければどうなっただろうかというのと、足を滑らせた後のリカバリーのものすごさだよ。足から火が吹き出たみたいに見えた」

「いやあ、リカバリーを褒められても……二本目は最初から燃えていきます」

「それでいい。真似をしても仕方ない。瞬にはここにいる誰も持っていないハイスペックな脚力があるんだ。燃やせ。そして、ぼくらも燃える」

夏凪がまわりを見渡すような仕草をすると、とたんに視線が突き刺さった。

さっきまでの和やかな雰囲気はどこに行ってしまったのやら。

最初から鋭い目つきの剣持選手はともかく、さっきまで談笑ムードだった選手たちが今は黙り込み、何人かははっきりと敵対的な目つきでおれと夏凪を見ていた。アリョくんが、ちょっと離れたところでうつむいてブツブツ言いながら集中しているのも目に入ってきた。

「今は、ぼくが特別指導をして、いきなり競技レベルになったチートな選手だと思われている。でも、すぐにそうじゃないと分かる。なぜなら、この記録会で、瞬はここにいる全員の上に立つほどのポテンシャルを見せつけるからだ」

「まさか……」

「とにかく、瞬は自分の長所に集中すること。みんなを驚かせてくれ。だから、ぼくたちは今から記録会が終わるまで、地学部クライミング班のチームメイトではなく、ライバルだ。ぼくも本気でいく。よろしく」

夏凪の目が、昼休みに見た時のように冷たく光った。

おれは、ぞくっと身震いした。その瞬間、腹の底に熱いものがこみ上げた。

直後、必ずしもスピードクライミングが得意ではない夏凪が七秒台前半のタイムを出すのを確認してから、おれは情報を遮断した。

おれの登りは、どんなものだ。

夏凪が認めてくれたのは、脚力だ。タンパク質制限もあるから決してマッチョではない。でも、この足には高出力を出してくれる筋肉がついているはずだ。軽くて高出力というのはクライミングではものすごく重要なポイントで、その一番身近な実例が、花音の「デーモン・オン・ザ・バック」だと最近気づいた。

おれには、体重あたりの出力、つまり「比推力」が優秀な足がある。それは、パワーと持続力を両立するものでもある。ならば、おれが目指すべきは、ジャスティンのパワーと剣持選手の一筆書きのようななめらかさを兼ね備えたクライミングだ。

さっき形作った風のイメージをおれのイメージで上書きしてやる！

つまり――

スタート・パッドは宇宙ロケットの発射台（ローンチ・パッド）で、壁は宇宙へ送り出してくれるアンビリカルタワーだ。アンビリカルタワーってのは、へその緒の塔って意味だったか。燃料なんかをタンクに注入するための管を支える塔のことを言う。

クライミングの世界では、ビレイのロープがまさにアンビリカルケーブルみたいなものだと、ハーネスにロープをつなぎながら気づいた。おれの登攀イメージは、このケーブルを引きちぎって空高く飛び、大気圏をぶち抜く、ってことだ。

オーケイ、やってやる。

「坂上瞬」と名前が呼ばれ、おれはコールゾーンへと足を進めた。

五

「わははは」とみんなが腹を抱えて笑う。

「なんかさ、坂上ロケットが点火したはいいものの——」と神保さん。

「坂ちゃん、勢いあまりすぎ——」と仁科さん。

「それでも、その勢いは否定しがたい！」と市原さん。

「すごいよ。坂上くんはすごい！」と奥寺さん。

みなさん、ポジティヴな受け止めをしてくれているのだが、やはり笑いをこらえきれない。

そして誰よりも、言葉が出ないほどに笑い続けたのは、他ならぬ花音だった。

東京都内で行われたスピードクライミングの記録会において、おれは二本目のトライで周囲の度肝を抜くパフォーマンスを見せた。

一緒に登った選手は社会人の中堅選手で、七秒台のベストタイムを持っていた。おれはその選手をぶっちぎる勢いでロケット加速し、計時パッドのところまで登り詰めた。ただ、最後のフットホールドを強烈に踏み込んだため、計時パッドのはるか上を叩いてしまったのだった。

結果、記録はなし。

隣の選手は八・三一秒だったので、きちんとタッチさえしていれば、初の七秒台が出ていただろう。

その後、急に雨が降ってきたせいで、三回目はなかった。

おれは、その日、八・八九秒という、素人にしては立派と言っていい公式タイムと、みんなの度肝を抜いたかもしれない七秒台のタイムをうっかりミスで逸して帰ることになった。

帰りの電車で一緒になった夏凪が「上出来だった」と褒めてくれたのは、素直にうれしかった。夏凪自身も七秒台前半のタイムを出し、自己ベスト更新となったそうだ。

というわけで、おれが初参加したトップレベルの記録会は、少し心残りがありつつも、充実したものとなった。

翌日からは、秋桜祭の追い込みにかかったので、おれのにわかアスリート生活は、そこでいったん途切れた。

いよいよ秋桜祭の前日の夕方になって、夏凪が「ぼくもクライミング班の展示をさせてほしい」とやってきた。

地学部にはクライミング班があることを広報し、活動報告ができればいいとのことで、「クライミング班活動中」というバナーを作り、その下で動画を繰り返し流すことになった。その中身が、先日のスピードクライミング記録会だった。登場するのは当然、夏凪とおれだ。みんないい気なもので、おれが二度目のアテンプトで失敗するのを見て爆笑した。

とにかくこれで地学部の展示に趣向の違う一コーナーが増えて、なかなか味わい深いものになったことは間違いない。おれの勇姿が、もっぱら笑いを取るものであってもよしとする。

秋桜祭の当日、早朝から最後の準備をし、最初のお客さんを待つ間、おれはやっと地学実験室に展開された展示の数々を通しで見ることができた。

導入部は、地学部の一番地学部らしい部分がドンと押し出してある。

つまり、天文班と気象班の研究をポスター発表するパートだ。

天文班からは、まず市原さんの系外惑星のトランジット観測。アマチュア用の一〇センチ屈折望遠鏡でどんなふうに観測したかという方法の部分をしっかりと記述し、実際に太陽系からはるか離れた恒星の前を惑星が通った瞬間を捉えたことをグラフを使って説明していた。市原さんはすべてを自分だけでこなしたことを誇りにしていた。

神保さんの「微隕石の頻度分布と総量推定」は、花音とおれも参加した共同研究。学校の屋上から始まって、校庭、校内の舗装された通路などでひたすら微隕石を探した。結果、屋上、それも排水溝まわりがベストの採集ポイントであることが分かっただけでなく、日本全国で毎年三トン、世界では五〇〇〇トンの微隕石が降り積もっていると試算した。そして、世界中の何箇所かで、それらを定期的に採取し、タイプの頻度を比較することで、太陽系のはじまりの謎を解き明かす一つの鍵となるかもしれないと示唆した。おれはひたすら微隕石を探す係に徹したわけだが、それがこんなに立派な研究になって感無量だった。

そして、奥寺さん仁科さんの積乱雲研究は、あくまで予備調査だと強調していた。奥御子エリアで夏にできる積乱雲のメカニズムを探るというもので、今年の研究は、奥御子のある部分で、山にぶつかった海風が上昇気流に転じた結果、対流の起爆が起きるというメカニズムが働いていることを示唆する結果を得た。そうやってできる積乱雲を「奥御子ジェーン」と名付け、来夏以降、水蒸気 LiDAR などを使って研究したい、と語っていた。擬人化した雲のイラストは、花音によるものだった。

そして、最後に、地質班、つまり花音とおれによる報告。「奥御子帯の石灰岩から見つかったヘリコプリオンの歯の印象化石について」というもので、ゴールデンウィークの巡検で見つけた標本の紹介だ。もっとも、本物は今、博物館に保管してもらっているから、展示できたのはシリコンで型を取った石膏模型だった。花音が県博に行って作ってきた。

ドローンを飛ばして壁面を調査する動画も繰り返し再生し、ちょっと格好いい雰囲気になったと思う。動画の最後で、なにか周囲と違う色になっている壁面が確認されるものの、形まではよく分からず、「いずれ、この壁の調査をしたい！」「ヘリコプリオンの螺旋の歯の全体、いや、顎、いやいや、全身が見つかるかもしれません！」と願望込みのテロップを出しておいた。

そして、最後のコーナーでは、クライミング班の活動が動画で紹介される。

繰り返されるのは、おれがズッコケるシーンで、立ち止まって見た人はそこで頰を緩ませる計算だった。なお、ヨセミテでのコンペで全員が出場した時の動画を紹介するのは却下された。そちらを使えば、限界を超えてもぷるぷるしながら壁にしがみつく市原さんの勇姿なども流せたのに、おれとしては若干フェアではないと感じている……。

とにかく以上のような構成で、秋桜祭の展示が整った。

後は、お客さんを待つのみ！

という状況で、おれは午前中の担当として、市原さん、仁科さんと一緒に張り付いたのだが、最初に出た言葉は、

「暇！」

「誰も来ない」

「日付、間違えてませんか？」

というふうに、三者三様に、同じ意味のことだった。

地学部の拠点は、最上階である四階の一番端っこなので、ここまで人が来るのはかなりはっきりとした誘導が必要だ。

だから、二階の音楽室で開催される軽音サークルのコンサート、三階の空き教室で行われている文芸サークルの展示でも、地学部の展示を告知して来てもらおうという算段だが、軽音は奥寺さんのバンドが演奏する時しかアナウンスできないし、文芸サークルはそもそもそっちも地味であまり人が来ないという問題点があった。

「プラカード持って、校内を練り歩きましょうか」とおれは提案し、地学準備室にあるものでささっとプラカードを作った。そして、一〇年以上前の先輩たちが使ったと思われるガンダムの被り物をかぶって階下へと向かった。

恥ずかしげもなく「地学部は四階でーす」とやるわけだが、いきなり関心を持ってもらうのは難しい。おれは上背があるので、ガンダム頭でまずぎょっとされて、プラカードを見てもらえても「なんだそれ？」くらいの反応しか引き出せなかった。

一階から三階まで練り歩いてから四階に戻ると、展示場の地学実験室から声が聞こえてきた。

「これ、ヘリコプリオンって、すごいですよね。系統樹の棘で召喚して、曽祖父の火薬箱でチャクラム化すると戦闘能力のバフにもなるんですよ」

なにか騒々しい声は、変声期特有のしゃがれたものだ。

「おーっ、よく知ってるね。うちの部員が気合を入れて作った設定だよね。文芸サークルで配っている冊子を読んだんだよね？　さっそくそこまで読み込んですごいね」

仁科さんが相手をしている声も聞こえてきた。

「予習してきたんです。おねえが刷り上がった冊子を見せてくれたんで。きのう読んで夢中になりました。それで、著者の平中長年（ひらなかながとし）先生に会いたくて、まずはここに来たんです。ぼく、まだ中二ですけど、受験は万葉高校を受けて地学部に入りたいです！」

「それはうれしい！　大歓迎だよ！」

おれがガンダムヘッドをかぶったまま見ていると、対応中の仁科さんの隣にいた市原さんがおれを見つけ、「あ、戻ってきた」と手招いた。

「あ、ファンが来てるよ。ほら、岩月ちゃんのとこの」と仁科さんはこっちを見て言い、おれを指差したかと思うと、風雅に視線を戻した。

「ヘリコプリオンの話を書いたのは、こっちのガンダム頭だよ。よかったね、ちょうどタイミングよく帰ってきた」

「やあ、風雅、どう、うちの展示」

おれは被り物を取りながら聞いた。

風雅はぎょっとしたように後ずさってから、ぷいと横を向いた。

「なんだよ、平中長年って、あんたなのかよ」

「うん、おれのペンネーム。坂じゃなくて平、上じゃなくて中くらい、みたいな意味。楽しんでくれたみたいで、うれしいよ。この二年くらいラノベばっかり読んできたかいがある。あれが好きってことは、つまり風雅も、結構、読むんだろ。例えばどんなやつ？」

おれがガンダム頭を机の上に置きながら聞くと、風雅は唇を突き出した。

「楽しんでないし。系統樹の棘とかも、曽祖父の火薬箱も、別に普通の設定だし。ヘリコプリオンがすごいだけだよね」

「そうだな。ヘリコプリオンがすごいんだ。こういうのをいきなり見つけるんだから、おれたち引きが強いよな。風雅が入学する時にはおれたちは三年生だから、その時はよろしくな」

「あ、そうだ、おねえがバンドでコーラスやるんだ」と風雅はぴょんと飛び跳ね、ウキッと声が出そうな走りで去っていった。

「風雅くんってホントかわいいよね。姉さんが好きでたまらないんだね。だから、坂ちゃんのことが煙たいんだろうね」と仁科さんが茶化したけれど、なにはともあれ、おれが書いたヘリコプリオン小説を楽しんでくれたというのは、ものすごくうれしいことだった。ほかにもこんなふうに関心を持って訪ねてくれる人がいるといいのだが、よくよく考えてみればそんなに地味なことに反応する人がたくさんいるとも思えず、風雅は貴重な存在だと思った方がよさそうだ。

一方で、軽音サークルからの誘導はもう少し見込みがあるかもしれない。

奥寺さんはバンドのベーシストで、当初、花音をボーカルに据えようとした。でも、花音が猛烈に嫌がったため、結局、コーラスで妥協した。おれとしては、花音のステージを見たいのだが、地学部の当番があるから場を空けるわけにもいかず、ホゾを嚙むしかない。

そうこうするうちに、クラスで出している甘味処の企画でメイド姿になった誉田と香取が、執事姿の大網さん、白里さんと一緒に来てくれて、おれのずっこけクライミングのビデオで爆笑し、どうやらこのコーナーは身内受けが過ぎることが判明した。

さらに、軽音サークルの演奏が終わる頃になると、がやがやと廊下がうるさくなり、「おでましだよ」「いよいよだね」と市原さん、仁科さんが口々に言った。

もっとも、このとき入ってきたのは、想定していたのとは違う一群だった。総勢一〇人くらいで、男女半々。年齢は三十代から四十代くらいに見えた。高校生の保護者としてはやや若めの印象だ。その中に、おれはつやつやした顔つきの男性を見つけた。

「あ、高鍋先生、来てくださったんすか。ありがとうございます！」とおれが礼をすると、隣で、市原さんも仁科さんも一緒に頭を下げた。

「秋桜会のみなさん、お世話になっています！」と二人の声が珍しく揃った。

「あ、みなさん、出身者の方々なんすね。はじめまして、おれ、一年生っす」とおれは少し遅れてもう一度おじぎをした。

地学部はマイナーな部で人数も少ない。その分、結束も固く、同窓生のつながりも強いのだそうだ。出身者が、現役の部員の支援をしてくれることも多く、高鍋先生がヘリコプリオン化石について相談にのってくれているのが良い例だ。

高鍋先生と一緒にやってきた同窓生のみなさんは、それぞれ自分の関心があるポスターを熱心に読み始めた。市原さんはやたらマニアックな言葉遣いで話す女性の質問にたじたじになりながら説明し、一方、仁科さんは、気象関連のセンサーを作っている会社に勤めているという男性の先輩に自分たちの研究をアピールしていた。

そして、おれは立場上、高鍋先生にプレゼンをすることになった。それも先生一人だけではなく、五、六人の人たちが高鍋先生につれられてやってきた。

「紹介します。坂上くんは一年生なんだけど、地質班でクライマー。はじめての巡検で、ヘリコプリオンと巡り合った強運の持ち主です。そして、坂上くん、こちらはぼくの代に近い、地質班の同窓生たち。伝統的に地質班の人数が一番多かったのに、ここのところゼロの年もあると聞いて残念がっていたんだけど、今年は復活したというのでみんな様子を見に来た、というところだよ」

「お世話になっています。地質班、クライミング班の坂上っす」

おれはかなり体育会ノリで挨拶をした。

すると、「いやあ、久々の大型新人だね」「地学オリンピックも出るんだって？」「いや、クライミング高校選手権のはず」などなど、微妙な誤解がまぶされた反応が返ってきた。

「まあ、詳しいことはともかく、坂上くんに、奥御子での発見のことを聞こうよ。クライミングしてまでどこから出たのか確かめようとしていたので、ぼくと苫米地先輩が付き添ってドローンを飛ばしたんだ。あ、ドローンは、柏木(かしわぎ)が貸してくれたやつね」

「ああ、お世話になりました！」とその柏木さんという方におれは腰を折った。

そんなこんなで様々な背景を知りつつ、おれは、発見のいきさつやこの前のドローンでの観察について説明した。

「重機は、ここには入らないでしょ。崖を崩して法面(のりめん)を作る方法は使えなさそうだね」

「上から化石が散らばっている想定範囲だけを取り除くかね。途方もない作業だけど」

「そもそも、ここは誰が持ってる土地なの？　県？　国？　発掘許可はどこに申請？」

「クライマーの聖地なんでしょう？　なら、そっちの愛好家とも調整が必要では？」

「いやいや、そもそも論として、軟骨魚類の全身が残ってる可能性なんてあるの？」

さかんな議論が交わされるのをおれはまさに目を白黒させながら聞いていた。

「いざとなれば、同窓生(アラムナイ)を頼れ」とおれの近くで言ったのは高鍋先生だ。

「それが地学部の伝統だ。ぼくの時の顧問だった瀬川先生は、家が寺院で、そこを継ぐ勉強のために忙しかったから、その代わりに秋桜会にはずいぶんお世話になったんだよね」

「……てか、みなさん、仲いいというか、楽しそうですね」

「うん、後輩たちの青春に乗っかって、自分たちも楽しんでしまえというのが、この人たちのノリだから。ほら、宇宙班も気象班も──」

高鍋先生が視線を向けた先で、市原さんも、仁科さんも、さっきよりもぐっと人数が増えた同窓生たちの前で説明に追われていた。

やがて、廊下の方からもがやがやと声が聞こえてきて、どうやらやっと四階奥の秘境にも、人の波が押し寄せてきたようだ。

「ただいま！　かなりお客さんが来ます！」と花音の声がした。

花音たちが引き連れてきたのは、軽音サークルのコンサートで興味を持ったお客さんたちだ。後で聞いたところ、軽音サークルでも、奇妙な古代サメの仲間の化石を見つけた話はウケがよかったそうだ。「あの日の空とヘリコプリオン」という自作曲では、ベーシストだった奥寺さんがギターを担当してノリノリのソロを弾きまくった。その弾け具合がものすごくて、花音によれば、「なら、地学部まで行って展示を見よう」って人が増えたらしい。演奏の背景にヘリコプリオンの復元図や発掘予備調査のドローン動画などを使ったのも効果的だったとか。

それ以降、地学部の展示は、常にお客さんがいて、時には解説に忙殺される状況が続いた。おれは、時々、文芸サークルに顔を出し、また、クラスでやっているメイド喫茶にメイド役で参加しつつ（花音は執事役で参加しつつ）、基本的には地学実験室にいた。仁科さんの元彼が現れて一触即発になった瞬間があったものの、概して和やかで活気に満ちた雰囲気で展示を終えることができた。後夜祭であと一人のところで花音とオクラホマミキサーを踊れなかったのは残念無念だが、総じてものすごく充実した二日間だった。

さすがに疲れ果てて帰宅すると、おれはどこの遠征先にいるのか今一つわからない夏凪に対して、秋桜祭の間に撮った写真を見繕って送った。クライミング班の展示が盛況だったこと（おれのずっこけクライミングが受けたこと）だけでなく、時間をなんとか捻出して見た花音の軽音サークルでの歌唱や、おれの『系統樹の棘　ヘリコプリオン』の意外な反響、そして、同窓生たちが夏凪の入部を歓迎し、地学部の裾野が広がったことを心底喜んでいたことなども報告した。

特に、同窓生たちがクライミング班を受け入れてくれたことは、しっかり伝えるべきだと思った。班長である夏凪がオリンピック代表候補で高校選手権にも出るつもりであることはもちろん、「そもそもクライミングは地学に近いスポーツで、地学性の塊である」というふうな説明をみんな喜んで聞いてくれた。これによって、クライミング班は、万葉高校地学部の長い伝統の中の一部になったようにおれには思えた。

先日の記録会で夏凪が言った「部活っていいよね」という言葉を頭の中でリフレインさせつつ、おれは、既読のマークがつくのを確認する前に眠ってしまった。

六

秋桜祭の後、怒濤の二学期は加速する。

一〇月末、つまり、秋桜祭の二週間後には、科学研究コンクールの県大会が、万葉駅近くの市民ホールで開催された。そして、万葉高校地学部が応募した三研究は、すべて入賞した。

神保・岩月・坂上組の「微隕石の頻度分布と総量推定」は金賞をもらい、全国大会に行くことになった。おれは入部してすぐにものすごい研究に参加させてもらっていたのだと今さら知った。

市原さんの「系外惑星のトランジット観測」と、奥寺・仁科組の「奥御子エリアで夏季に成長する、自己増殖型積乱雲〝奥御子ジェーン〟の観察」は、ともに審査員特別賞をもらった。「トランジット観測」の方は、すでに似た研究を他の高校生も行っているという意味で、研究の新規性は認められないものの、最小限のアマチュア用機器で、観測からデータ解析まで一人で行ったことが評価され、「奥御子ジェーン」は本格的な研究に至る前の予備的なものという位置づけで来年に期待、という選評だった。

ちなみに、花音とおれの「奥御子帯の石灰岩から見つかったヘリコプリオンの歯の印象化石について」は、来年を期して今年はエントリーしていないので評価はない。

一一月には、すぐに全国大会があり、これは神保さんと引率の苫米地先生が二人だけで、京都まで行ってきた。入選一等という結果は、何代か前の先輩が文部科学大臣賞を取った成果には劣るものの、ものすごく立派なものだった。おれも誇らしかった。

そして、一二月には「地のアスリート」の祭典、地学オリンピックの地方予選がある。

三月の日本大会、さらに夏の国際大会へとつながる一大イベントだ。すでに日本大会への進出経験がある、奥寺、神保、岩月の三人を擁し、今年は、他のメンバーも意欲が高い。

「ぼくも参加する」と市原さんが言い出した時には、みんなが驚いた。

市原さんは、地学オリンピックのことを「知識ばかりを重視する」「受験みたいなテストだ」と最初は嫌っていたのだ。

「地学オリンピックは、受験でも資格検定でもないんだよ」と神保さんは繰り返し言っていたのだけれど、市原さんには響かなかった。

それが変わり始めたのは、科学研究コンクールの課題をまとめていた頃だ。

「神保の研究について岩月さんと話してたら、なんか自分が知らないことが多くて恥ずかしくなって……宇宙の謎に挑む地学戦士にはありとあらゆる知識が必要なんだと実感した。つまり、知らないと、問いすら立てられなくなるんだ」

市原さんは、頭をぼりぼりかきながら、心変わりを説明した。花音と何を話したかというと、ひとことで言うと「かんらん岩」だそうだ。内容はかなり専門的で、おれは後に知ることになる。

とにかく、去年は参加しなかった仁科、市原も意欲を持って取り組んでおり、そこにまるっきり地学知識ゼロから始めたおれも加わる。ちなみに、参加費が無料というのがすごい。

実のところ、最初、おれは、はたして自分が参加すべきものか悩んだ。万葉高校では地学の授業は二年生からだし、つまり、おれの地学の基礎知識は中学理科のレベルなのである。地動説は知っていても、プルームテクトニクスは知らない。

そのようなことをみんなの前で言ったところ、くすくす笑われた。

「知ってるじゃない。なにそのマニアックなワード」と仁科さん。

「素の会話でプルームテクトニクスって言葉が出てくるのは、立派な地学部員だよ」と神保さん。

花音と奥寺さんと市原さんは腹を押さえて苦しそうな笑い声を出した。

プルームテクトニクスというのは、その前の週、花音が帰りのバスの中で熱心に説明してくれた言葉なので覚えていた。しかし、それをきっかけに言葉を知り、いわば「知らないことを知っている」域に達したことは喜ばしいかもしれない。というわけで、おれも申し込むことになった。

まずは過去問を解いてみたのだが、これが難しい！　一回分で、五〇ページくらいあって、それが「一教科」分のテストなのだから、ものすごくマニアックだ。これをたった二時間で解く。

ある年の過去問では、「地質調査を行ったところ、石灰岩層と砂岩層、泥岩層の三つの地層が重なることが確認された。石灰岩層からフズリナ（有孔虫）が発見され……」といったふうに、いきなりおれたちが春からやってきたようなことが出てきた。これは楽勝！　と思ったら、すぐに知らないことが続出する。地震波の伝わり方と地球の内部構造の問題では、物理か！　と思うような数式が連なっていたり、宇宙の問題では、宇宙の始まりに放たれた宇宙背景マイクロ波観測のデータ処理と解釈についてのものだったり、おれの目にはめちゃくちゃ高度に見えた。

「まず、坂上くんにはこれだね」と神保さんが渡してくれたのは、二年生で学ぶ地学基礎の参考書だった。

「坂上くんは、地質班で化石の発掘をしているところなんだから、まず第二部の『移り変わる地球』の『地球史の読み方』『地球と生命の進化』から始めて、第一部の『固体地球とその変動』に戻るといい。そして、余力があったら、第四部の『宇宙の構成』の中でも、宇宙における生命の発生条件、宇宙生物学的な部分を押さえておくといいよ。系外惑星で液体の水があるハビタブルゾーンの話とか、頻出だから」

これだけ熱心に勉強したのは受験の時以来だと言える。

昼休みにまで貸してもらった地学知識の本を読んでノートを取っていたし、家に帰ってからは二時間きっかり時間を測って、過去問に挑戦したりした。

短期間の勉強でも、とにかく予選を突破して花音と一緒に全国へ！

そんな目標を掲げてみたものの、正直、この時点のおれでは一割の得点がやっとで、短期間に日本大会行きに必要な七割だとか八割だとかの得点までいくのは無理だと思われた。

ここは現実的な目標設定が必要だ。だから、おれは神保さんが言う通り、地質班で化石の発掘をするために必要な知識を集中して学び、そこから少しだけ宇宙についても越境するくらいに留めることにした。これは花音の得意分野でもあるので、この時期にも欠かさないヨセミテでのトレーニング中に知識を強化できるメリットもあった。

ボルダーの練習中にも、花音はこんな知識をぶっこんでくる。

「奥御子っていうと石灰岩ばかり有名だけど、もうちょっと源流にさかのぼっていくと、河床にヒスイの露頭が出ているところがあるんだよ。ものすごくきれいだよ。ヒスイを含む岩石といえば？」

「えっと、ヘビ、ヘビ……蛇紋岩（じゃもんがん）！」

「正解！　そして、蛇紋岩は超塩基性のかんらん岩が水と反応してできるから、昔の火山活動や変成作用がそこに出ていると言えて、わたしの目には光り輝いて見えるよ」

花音は岩石についてハートにするような勢いで語るのだが、おれは壁に張り付いているので「なるほど」「すごいね」とか返すのがやっとだ。地質班で地層を見るというのは、どんな時代にどんな古生物がいたのかという知識につながるだけでなく、同時に、その地層がどんな変成を地中で受けたか、地球表層のプレートの動きや地球内部のプルームテクトニクスを垣間見ることにも通じる。それを、化石燃料由来の樹脂でできた壁にくっつきながら実感するというのは、ある意味、特殊な体験だ。

「リソスフェアとアセノスフェアとは？」と花音はさらに聞いてくる。

正解するまで次のムーブを繰り出せないルールなので、おれは必死に答える。

「えーっと、リソスフェアは、固体地球圏、つまり岩石圏の最上部で、地殻とマントル最上部の硬い部分のこと。これがいわゆるプレートテクトニクスで動くプレートの本体。海洋と大陸では厚さが違って、ええっと、一〇〇キロ？　二〇〇キロ？」

じれたおれがムーブを繰り出して次のホールドに移ると、「ストップ」と言われた。

「まだ、最後まで答えていない。アセノスフェアの方は？」

一手先に進んだがゆえにかえって体勢が苦しくなり、墓穴を掘ったおれはぷるぷるしながら続ける。

「アセノスフェアは、リソスフェアの下にあって、物質が部分溶融し、流動性を持っているところ。リソスフェアは固体だけど、アセノスフェアはものすごくゆっくりと流動する流体として捉えられる」

「まあ、合格。じゃあ、マントル上部を形作る岩石は？」

「かんらん岩」

「合格。さあ、トップを狙ってよし！」

というふうに許可が出て、やっとトップを取って、マットの上に飛び降りる。

なかば遊びみたいなものだが、花音はひたすらマニアックで、自分が関心があることしか聞いてこない。しかし、おれとしては花音の質問は、すべてしっかり受け止めて、その後で復習すべき珠玉のものだった。実際、過去問を解いてみると頻出テーマであることが多かった。

　さらに、もっと深いところに話題はつながっている。かんらん岩や蛇紋岩の話題は、市原さんが地学オリンピックに出るきっかけにもなったものだと知った。

「かんらん岩は固体地球のすごく大事な構成要素だけど、宇宙にもたくさんあるんだよ。微隕石でも棒状かんらん石が入っているのを見たでしょう。それに、最近、市原さんと話してて気づいたんだけど、かんらん岩って、宇宙生物学なんだよ。地球の環境から生命が発生するには、かんらん岩が必要だったというのと、それが小惑星由来のものもあるってことを考え合わせると、宇宙で生命が生まれるときには、かんらん岩が大活躍しているとわかるんだ」

　おれは吹き出しそうになった。花音は最初の印象の物静かな部分が払拭され、今ではもう、諸先輩方に感化された饒舌（じょうぜつ）な女性だ。その変化がとてつもなく愛（いと）しくて、おれも一緒に染まりかけている現実をうれしく感じてやまない。

　そして、こういったことを指摘された瞬間に、市原さんは豆鉄砲を食らったハトみたいになったと花音から聞いて、おれたちは笑った。市原さんにしても、自分が一年生の時の小惑星観察と、二年生の時の系外惑星観察と、地質班ネタである「かんらん岩」が、生命の発生というテーマの中でつながっているなんて思ってもいなかったのだろう。そして、一人きりで望遠鏡をのぞくだけではわからないこともあると気づいたのだろう。

　なお、なぜかんらん岩という地球の岩石の八割を占める超メジャーなものが、生命の発生と関係するかということについては、花音が帰りのバスの中で説明してくれた。

「かんらん岩は、地球のような岩石型の惑星をつくる一番メジャーな岩石だし、海ができると水中に金属元素を送り出すんだよ。生命が使う様々な酵素のタンパク質は、その構造の中に金属を抱え込んでいるものが多いんだけど、起源はかんらん岩だろうってことになってるよ。それから、初期の生命が利用したエネルギー源として有力視されているのは海中の水素イオンだけど、それって、海底の熱水噴出孔でかんらん岩と水が反応して蛇紋岩ができる時に放出したものなんだよ……」

「まじ、かよ。それ、ものすごいな。おれたちとしては、サンキュー、かんらん岩ってかんじ？」

たかが、石ころに大げさな、と思うだろうか。

半年前のおれなら、そう思ったに違いない。

でも、今やおれは、こういったことに激しく反応する地学部員である。本当に人は変わるものだ。

「一緒に変わっていくって、うれしいよな」とおれはぼそっと口に出した。

「そうなんだよ！　一緒に変わっていくんだよ」と花音が大きく反応し、おれの胸がドクンと高鳴った。おれの想いが通じた、と。

もっとも、この時の花音が言ったのは、固体地球のその上の生命が一緒に進化して変わっていく、ということだった。それはそれで、おれもつくづくすごいと感じることではある。

　そして、今のおれはさらに壮大な景色だって、花音と共有できる。

　例えば――

「ということは、火星とかにも、かんらん岩があって、初期の火星の海に金属イオンやエネルギー源を供給していたってこと？」

　とおれは聞くことができる。

　笑うな。おれは、本気でそれが知りたいと思っているのだから。

「そうかもしれないね。いつか、行きたいな」と花音は言う。

「そうだね。おれも行きたい」

「本気？」

「もちろん。火星に行こう！」

「夏合宿のときに、神保さんが言ってたよね。アメリカの有名なお金持ちがロケット会社を持ってて、火星に移民ロケットを一〇年以内に飛ばす計画だって。だから、おれたちが生きている間に火星に行って地質調査をする可能性だってあるよね」

「うん、きっとあるよ！　地質調査だけじゃなくて、火星の生命の化石の調査もしたい！」

　花音は走るバスの中で軽く飛び跳ねた。

「火星のヘリコプリオンを探す！　太陽系版の拡張・系統樹の棘で、全太陽系生命の召喚魔法を完成させ、宇宙の上位存在の喉元に迫る！」

そんなふうに盛り上がり、おれたちは花音の最寄りのバス停で降り、さらに話し続けた。

なんだろう。この高揚は。

二人ともすぐに別れがたく、家から二ブロック離れたあたりをぐるぐると回遊し、はては、公園のタコ形オブジェのような滑り台の上で、宵の夜空を見上げた。そして、火星の地質調査に赴く未来について本気で語り合った。

おれは、この瞬間が永遠に続けばいいと願った。もちろん、そんなことはありえないし、おれは花音と一緒にいる未来を見たい。だから、ここで止まったら困る。でも、心に留めておくスナップショットとして、しっかり焼き付けておきたい。

今、告ったら、どうだろう。

頭の中に、突如として熱い思いがこみ上げてきた。

両手を差し出して、頭をうつむき加減に、よくリアリティ番組でやっているみたいに「付き合ってください」と言ったら……花音は、両手を取ってうなずいてくれるだろうか。そして、おれが肩に手をかけたら体を寄せてくれるだろうか……。

いかん、妄想が過ぎた。

それでも、それが単に妄想じゃないと信じられるほど、花音とおれの距離は、物理的にも心理的にも近いと信じられた。

じゃあ、なぜ言わないのか。

それは単純に、言う必要があるのだろうか、という素朴な疑問が頭の中に浮かんだからだ。

今、こんなに充実しているのに、付き合ってるとか付き合っていないとか、そういう話に落とし込んでいいのだろうか。

そりゃあ、おれだって、花音の華奢でしなやかなくせに強靭でもあるその体をぎゅっと抱きしめたり、なめらかな頰に指先で触れたり、唇を寄せたり……想像するだけでも、体の芯が熱くなり火が吹き出しそうなことをしてみたい。でも、それって、おれの欲望であって、花音はそこまで望んでいるだろうか。

少し考えたら頭がぼーっとなってしまい、今ここでそんなことを考えて焼き切れてしまうくらいなら、このまま未来を話し続けた方がずっとハッピーに違いないと思った。

さすがにそろそろ帰らないとまずいという時間になり、おれたちはタコの滑り台から駆け下りて、「じゃあね」と軽く手を振った。

と同時に、二人のスマホがほとんど同時に、メッセージの着信音を立てた。

おれたちは顔を見合わせた。

というのも、これは前にもあったパターンだからだ。

夏凪からの同時のメッセージ。

〈苫米地先生から連絡が行くと思うけど、前向きに考えて〉とおれに、

〈今回も花音は瞬の決断を助けてあげて〉と花音に、

それぞれ、別のことが書いてあった。

おれがメールアプリを確認すると、苫米地先生からの転送メールが届いていた。オリジナルの送信元は県の山岳連盟だった。

「クライミング高校選手権におけるエキシビジョン競技として、スピードクライミングを取り入れることになったため、各県からのエントリー選手を募っている。地元開催なので県内からは複数人のエントリーが可能。坂上選手も候補に上がっており、意思確認をしたい……」とおれはかいつまんで読み上げた。

「これって、すごいよ、瞬」と花音が言った。

「渓ちゃんと一緒に大会に出られるんだよ！　エキシビジョンって、つまり模擬競技みたいなものだよね。公式の記録にはならないけど、実質的に高校選手権スピード競技の第一回チャンピオンを狙えるかも！」

「でも、日程が――」とおれが言うと、花音ははっというふうに顔を上げた。

「そうか、地学オリンピックと同じ日だ」

「時間帯は？　地学オリンピックは万葉工科大学で午後一番だから、午前中とか夕方ならぎりぎり間に合うかも」

「無理っぽい。時間帯も同じだって。だから、選べっていうんだね。渓くんも苫米地先生も、どっちを選んでも決断を支持するって。渓くんは、花音と相談しろって言ってる。

もちろん二年生たちにも」

「どっちにする？」と花音が首をかしげた。

「うーん、どっちだろう。おれは、すっかり地学オリンピックに出るつもりになっていたし……」

「そうだよね。そのためにがんばってきたんだものね」

花音のスマホがまた鳴って、今度は音声通話の着信だった。

「うん、もうバス停降りたとこ、帰るところだから心配しないで」

「お母さんとか？」おれは、通話を切った花音に聞いた。

「それが、風雅。でも、帰らなきゃ」と言って、花音は笑った。

おれたちは、今度こそ手を振って別れた。

例によって、おれは家までの一五分を走って帰った。

この日、いつもよりおれの足は速く動いた。バックパックが背中で跳ねるのも構わず、まずは体と心にこもった甘ったるいものを吹き飛ばす必要があった。

その甘ったるいものというのは、さっきまで隣にいて、その体温やかすかな匂いすら感じられた花音の身体への渇望であり、告るタイミングを逸したささやかな後悔であり、下半身から体全体に広がる焼け付くような感覚だった。

息苦しさを感じるほどにおれの身体能力のぎりぎりのところまで加速して、あとはひたすらそのスピードを維持する。そして、いつもよりも早く自宅にたどり着いた時には、なんとか吹き飛ばすべきものを吹き飛ばし、「ただいま」と大きな明るい声を出すことができた。

それでも、まだ吹き飛ばないものがあることをおれは食事をしながらも意識していたし、風呂に浸っている間も、ずっと感じ続けた。

それはなにか。

突き詰めていくと、道が二つに分かれているように思えたことだ。

片方は、このところずっと目標にしてきた地学オリンピックの予選を目指すものだ。

そして、もう片方は、きょう、ついさっき連絡があって、急に目の前にあらわれた道だ。

たっぷり茹だるほど長風呂してから部屋に戻り、おれはスマホの画面を見た。

おれが一人きりでいろいろ考えている間に、地学部のグループSNSは、おれの話題で盛り上がっていた。おれが高校選手権のスピードクライミング競技のエキシビジョンに招かれた件について、二年生たちがああだこうだと意見を述べ（おれの意見を尊重すべきだが、そもそもこのエキシビジョンがどんなものなのか、等）、今、大会に出るために国内の地方都市にいるらしい夏凪がいろいろ答えていた。

それらをざっと眺めた後で、おれはそのページを閉じ、花音へのメッセージの画面を表に出した。

文字を打ち込もうとして一瞬ためらい、おれは通話ボタンを押した。

「電話、来ると思ってた」と花音は言った。

「おれさ、やっぱり――」

「うん」

「高校選手権のエキシビジョンの話、受けようと思うんだ」

「うん、それがいいと思うよ」

花音はあっさりと言った。

「せっかく地学の勉強がおもしろくなってきたところで、そこは残念だと思うんだけど……」

「それは、わたしがしごくから大丈夫。来年は一緒に出よう」

「わかった。もちろん、ちょっと残念ではあるんだけどね。みんな同じ目標に向かっている時だったのに」

「同じ目標だよ！　だって火星に行くんでしょう！　火星にある、太陽系最高峰の山の名は？」

花音は壁でクイズを出す時の声になった。

「オリンパス、いやオリンポス山？」

「オリンポス山といえば、ギリシアの神様が住む山だよ。そして、その神様に捧げられたのがオリンピックだよ。高校選手権の向こうにはオリンピックがあって、その先に火星のオリンポス山もそびえてる。渓ちゃんはオリンピックを目指しているし、わたしたちは地学オリンピックを目指す。瞬もその中にいるんだよ」

「あはは、でも、高校選手権のエキシビジョンに出たからって、オリンピックにつながっているってわけじゃ……」

「渓ちゃんが、次は無理でもその次なら可能性があるって言ってたよね」

「それは、買いかぶりってやつで、まあ、次のは渓くんにぜひがんばってもらってだね。おれは――」

言葉が途中で止まってしまった。

おれは、何が言いたかったのか。

「瞬はアスリートなんだよ。自分の体をもっと使いたいんだよね。だから、ちゃんと使いなよ。いつかそれが地学に役立つ時が来るってわかってるんだし」

「あ、それ。今、おれが言おうと思ったこと」

「だって、一緒に練習してるんだから分かるよ。わたしもクライミングは大好きだけど、競技には戻らない。でも、瞬はまだ競技をしたことがないんだからやってみるといいよ。地質班の活動は減るかもしれないけど、それでもうまく調整して、来年は奥御子の研究で全国に行こう！」

「うん、わかった！」

おれはスマホを持ったまま大きくうなずき、しみじみと幸せを嚙み締めた。

おれのことをちゃんと分かってくれている人がいて、背中を押してくれる。こんな幸せがあるだろうか。中二で思わぬ挫折をした時には生きていても楽しいことなんてなにもないと思ったけれど、あの時のおれに伝えたい。ちょうど同じころに身近なところで大きな決断をした子がいて、やがて、おれのことを理解してくれるようになる、と。

おれはいずれオリンピックやら、オリンポス山を目指すことを頭に置いて、まずは高校選手権のスピード壁を登る！

七

アスリート活動を本格化すればするほど、身体のメンテも大事になる。というわけで、おれは以前にもまして小便小僧である。

トイレに行くたびに、自分の小便の放物線をじっと上から凝視して、目に見えるような血尿が出ていないかチェックする。もちろん、これが目に見えるようなら完全にアウトで、見えないながらどの程度、血尿や蛋白尿が出ているかは、検査してもらわないとわからない。だから、毎月、病院を訪れ、主治医の小籔先生に確認してもらっている。今のところ、毎回笑顔で「問題なし！」が続いている。

じゃあ、もともと運動制限なんて無意味だったのではないかという気分にもなるが、しかし、医療というのは慎重だ。おれの腎機能が悪化するリスクが高いのは間違いなく、もしも透析が必要な身体になったら、未来の火星行きは難しくなる。もちろん火星に病院ができるまで待てば別だが、それはすぐにではないだろう。ただ、小児発症の場合、成人する頃には、治癒していることもかなりあるそうなので、おれはそちらを期待してやまない。

というわけで年の瀬も迫ったとある午後におれは病院で小籔先生に診てもらい、その二日後には、天山スポーツセンターの体育館に選手として立っていた。きちんとメディカルチェックを受けて、思い切り暴れてこいと後押しをされた気分だった。

ここに来るのは夏凪と風雅とアリョくんが出たユース大会の時以来だが、あれから大きく変わった部分があった。つまり、スピード競技用の壁が新設されたのである。

リード競技のレイアウトを見せないために選手は最初、フロアに出るのを禁止されていた。おれはリード競技には参加しないが、舞台裏でリードの選手たちと接触するおそれがあるため、やはり問答無用で禁止が適用された。だから、おれがスピード壁を最初に見たのは、開放されているドアから、控室の外がちらりと見えた時だ。

「うぉーっ」と思わず声を出してしまった。

屋内に一五メートルの壁が左右同じレイアウトで二面そそり立っているのは、壮観だった。

この壁を実現するためにはいろいろなことをクリアしなければならなかったと夏凪から聞いていた。最大の難点は、スピード壁は本当にスピード競技限定の使い方しかできないため、設置する自治体などからしてみると「コスパ」が悪すぎることだ。リード壁なら、ふだんは一般に開放して市民クライマーに使ってもらえるが、スピード壁の方はその中でもあえてスピード競技をしたい一部のクライマーにしか意味がない。

まあ、おれはその一部のクライマーなわけで、今、ヨセミテには不完全なものしかない状況で、近い将来、ここで練習できるようになればものすごくうれしいことである。

「結果的に、瞬のために作ったようなものだよ」

控室で会った夏凪は言った。

「いやいや、そんな大それたもんじゃないっすよ」とおれは返した。

「でも、ぼくには分かる。将来、瞬はこの壁で日本記録を作る。ぼくにはその瞬間が見える」

「またまたー、そんなありえなさそうなことを言われても……」

「本当にありえないと思っている？　そのポテンシャルがあると思うよ。まあ、とにかくきょうのエキシビジョンは優勝しておいで」

「うっす。がんばります！　少なくとも自己ベストは狙ってますから」

夏凪が浮かべた笑みは、記録会の時のようにピリッとしたものを隠しているわけではなく、底知れない余裕を感じさせた。

「じゃあ、渓くんは、もちろん高校選手権、優勝ですよね！　がんばりましょう」

と言いつつ、おれは、それがなにかおかしな言明のようにも思えた。だって、目の前にいるのは世界大会で常に優勝を争うようなトップ選手であり、日本の高校世代に敵がいるはずもなかったからだ。

「それもそうなんだけど、ぼくはきょうは楽しんでくるよ。高校生らしいことをしたかった、というのが、そもそものきっかけだからね。ぼくの高校時代はクライミング一色だったから。あ、瞬が秋桜祭の時に写真を送ってくれてうれしかったよ。まがりなりにも、自分が準備したものが、秋桜祭でちゃんと人に見られているって、なんていうか新鮮だった」

「じゃあ、残念でしたね」とおれは、客席の方を見ながら言った。

本来なら、客席には万葉高校地学部のメンバーが揃って応援してくれるはずだった。でも、地学オリンピックの予選と日程が重なってしまったのだから仕方ない。

「まあ、たしかにそうなんだけどね、贅沢は言わない。ぼくらの決勝は瞬のエキシビジョンの後だから、瞬の声援は期待している」

「わかりました。おれ、一人で一〇人分くらいがんばりますよ」

「いや、そこまでがんばる必要もないかもしれないぞ」と声がした。

苫米地先生だった。先生は選手を大会に送り出す高校側の責務として、大会のスタッフとして働いている。顧問として引率する立場ではあるのだが、とうていおれたちにかまっている暇はなさそうだった。この時も、両腕に書類の束を抱いたまま、おれたちに声をかけてきた。顔色が悪いのはいつもの通りだ。

「ほら、あれ、ちょうど見えるだろ」

苫米地先生が顎でしゃくり上げた先には、控室から体育館の競技フロアが唯一見える例のドアがあった。スピード壁の隣の二階席にいつのまにか垂れ幕が下がっていた。

「Go！　夏凪渓　地学の誇り！」と読めた。

「同窓会のみなさんだよ。秋桜祭の展示で、夏凪ファンが増えたみたいだな。地学部の後輩だってことになって、応援する理由ができてうれしいんじゃないか」

そう解説すると苫米地先生は行ってしまった。

「うわあ、嘘みたいだ。やっぱり、秋桜祭にクライミング班の展示を作ってよかったな。高校時代最初で最後の晴れ舞台らしくなってきた」

「しかし、解せないっすね」とおれは顎に手をやった。

「あの動画で笑いを取って、みなさんのハートを摑んだのはおれのはずなんですけど」

「まあまあ、瞬の名前も小さく書いてあるよ」

おれは、目をしばたたいた。夏凪へのメッセージの下に、ごく小さく「坂上瞬もがんばれ！」と書き足してあった。

おれは、くっくっと笑った。

「まあ、よしとしましょう。みなさんは、渓くんのこと、秋桜祭が終わってからネットで調べたんでしょうね」

返事がなかった。

あれ、と思った。

「どうかしました？　おれ、変なこと言いましたかね」

夏凪は、はっとしてこちらを見た。

「いや、ごめん。ちょっと感慨にふけってた」

「え？　どうして？」

「ぼくがクライミングを始めた時のこと聞いたことある？　花音ならその頃を知っているけど」

「いや、ないっす」

「そうか。それはね——」

と言いかけたところで、ちょうど係の人がやってきて、リード競技に出る選手と、スピードのエキシビジョンに出る選手にそれぞれ別の場所で説明をすると誘導を始めた。だから、おれたちはそこで別れることになった。

「とにかく、ぼくはずっと学校の代表とか、そういうので戦ってみたかったんだよ。だから、きょう、瞬は、自分のことをがんばったら、あとは同窓生のみなさんと応援よろしく！」

夏凪はそんなふうにまとめて、後ろ姿で手を振った。そのままアイソレーションルームに入ることになるのだろうから、夕方の競技終了後までおれたちは会うことはない。

去っていく夏凪の肩が、なぜか儚げに見えた。

なんだこの雰囲気は。

漫画とかアニメだったら、こうやって心情を吐露したエースパイロットに、戦闘中に英雄的な死を遂げるフラグが立つようなかんじである。

もちろん、平和な日本のスポーツ大会でそんな悲劇は起こらない。しかしそれでもおれは胸がざわついた。本気で気合を入れて応援しなければならないと心に決めた。

エキシビジョンに登場するのは男女八人ずつのスピードクライマーだ。

詳しくは知らないが、直前になってこの競技のデモをすることになったため、前日泊せずに無理なく来られる都県から参加者を探したという。具体的には、首都圏と愛知、静岡、宮城といった交通の便がよい地域だ。参加者はみんな高校選手権には出場していないけれど有望なスピードクライマーだという説明を受けた。おれも、その有望な選手の枠かと思うと、自然に背筋が伸びた。

八人で行うトーナメントなので、いきなりベスト8、準々決勝から始まる。個人でいえば三回勝ち抜けば優勝ということになる。

おれの最初の相手は、愛知出身の小牧（こまき）さんという三年生だった。色白で体操選手みたいな上半身の筋肉がついた前歯の大きな上級生だった。

「うっす」と挨拶すると、その前歯をのぞかせつつ「ひっ」と後ずさりした。

「ごめん、剣持先輩から聞いてたから、もっと怖い人かと思ってた」と両手を合わせて言った。

いったい、あの名古屋の鯱・ビッグウェイブ剣持選手になにを聞いたのか知らないが、おれまであんなにギザギザしたやつだと思われたくないものだ。

小牧選手との一戦は、スタートに出遅れてひやっとしたものの、中盤で巻き返し、二回目のスキップで突き離した。タイムは、八・三三秒。記録会の時よりもかなり速くなっている。しかも、まだ余裕がある。というか、うまくロケット推進のイメージを呼び起こせなかった。

「坂上！」と野太い声が飛んできたのでおれは手を上げて応えた。

会場の片隅に、地学部同窓生がいる一角があって、手を振ってくれていた。運動会に来た保護者がレジャーシートの上で昼間から酒を飲んでいるみたいなノリだ。もちろん、体育館内での飲酒は禁止なのだが、雰囲気がまさにそれだった。

次の一戦、つまり準決勝の対戦相手は、静岡から来た沢登さんというものすごく速そうな名前の高二の選手だった。

「記録会では大活躍だったよねー。あのアウェイの雰囲気でよくがんばったよー。ぼくも参加してたけど覚えてるぅ？」と微妙に語尾を伸ばして言いながら、握手を求めてきた。残念ながらおれは覚えていなかった。

沢登さんはにこやかだが、握手の握力がものすごく強かった。

「なんで、アリヨじゃなくて、きみなの？　そりゃあ、速いかもしれないけどさー、実績からすればアリヨでしょ」

なるほど、そこか！　とおれは納得した。おれ自身、どういう理屈で、おれに決まったのかよく分かっていない。アリョくんとは、ボルダーやリード競技を含めた実績で言えば、天と地の差ほどあるけれど、スピードに関してはおれの方が速いのも事実だ。

こういうのは試合を通じて納得してもらうしかない。

おれは、心の底に沈んでいるはずのロケット推進のイメージを呼び起こし、最初からフルパワーを出せるように心身を整えた。

「アット・ユア・マーク」で、スタートパッドを踏み、両手を逆さ恐竜ホールドにかけたら、ブザーの音でロケットになる！

出だしはよかったが、中盤で失速した。足がうまくフットホールドにかからなかった。沢登さんに少し詰められて焦ったが、それでもなんとか逃げ切った。

「ちぇっ、おれもかなりタイム伸ばしたんだけどな」と沢登さんは悔しがった。

「でも、おまえも、途中で軽くずっこけて、それでも、タイムが八・〇三ってどういうことだよ。つくづく、未完の大器なんだな」

「いやいや、とんでもないです」と頭をかきながら、決勝へ。

インターバルが短く、筋肉に乳酸が少し残ったかんじがあるものの、ルールで決められている五分ぎりぎりの間隔で競技は進められた。

決勝の相手は、細マッチョで特に下半身の筋肉がしっかりした選手だった。宮城から来た白石（しらいし）選手だった。

「白石選手はこの春に陸上の短距離から転向、坂上選手も春に地学部に入部後クライミングを初めたビギナーですが、ともに短期間でメキメキと頭角を現しました。さあ新鋭対決の勝者はどちらだ！」とアナウンスが入り、おれたちは互いに顔を見合わせた。

その瞬間、スイッチが入った。

こいつはやるやつだとおれは、はっきり認識した。

理由を言葉にすることは難しい。強いていえば、目の奥に底知れない深さを感じさせる部分があって、それはおれが最初に花音に惹かれた直感にも近いものがあり、つまり、なにかピンと来るものがあったのだ。

話し合うチャンスがあれば意気投合するかもしれない。でも、今はこのエキシビジョン、最大のライバルとして立ちはだかっている。ただの立ち姿にもピシッと芯の通ったものを感じ、おれは両頬をぴしゃっと叩いた。

相手のキャリアはおれと同じ程度。

じゃあ、絶対に負けられない。

しかし、相手は中学時代も陸上競技で鍛えてきたらしい。おれは、そこで一段劣る。

本当に勝てるのか、と弱気が顔を出す。

深呼吸して、客席を見る。こんな時こそ、応援の力を借りたい。

花音も地学部の仲間たちもいない。

だから自然とおれの目は、同窓会のみなさんのところに吸い寄せられた。

そうすると、小柄で短髪だけど、花音に似ていなくもないサルがいて、ぴょんぴょん飛び跳ねていた。

「シューン、がんばれ！　っておねえが言ってる！」と大声で伝えてくれる。

風雅は秋桜祭以来、おれに対する態度が若干軟化している。きょうも、応援に来てくれたというならありがたい。それにしても、地学部の同窓生たちに交じって違和感がないのはある意味、すごい。

さて、花音が遠きにありてもこっちのことを考えてくれているのはよく分かった。勇気百倍だ。そして、風雅の後ろにいる同窓生の中に、県立博物館の高鍋先生の姿を見た時、ビビッと背中に電撃のようなものを感じた。

つまりだ、今おれが持っている強みというのは、地学の力だ。

今朝からおれは、スピードクライミングという競技に小さくまとまりすぎていた。

クライミングとは地学である、と言ったのは神保さんで、高鍋先生の顔を見たらそのことを思い出した。

数億年前の微生物などの遺物からできた恐竜ホールドに手を置き、足のロケットに点火する。体の軸がぶれないように、最短距離で駆け上がる、この感覚。中二心を刺激される。よし、〈系統樹の棘〉で化石燃料と光合成生成物・液体酸素を召喚、〈曽祖父の火薬箱〉に充填・解放（リリース）スタンバイ。

ブザーが鳴った瞬間、少し反応がよかった白石選手が先行したが、おれには負ける気がしなかった。二箇所あるスキップを余裕でこなし、相手をぶっちぎった。

ただ……やってしまった。登りに集中するあまり、計時パッドを叩き忘れた。おれの目標は宇宙なので、最後のところで高く手を差し伸べたら、競技としてのゴールが頭から飛んでしまった。落ちるさなかでかろうじて指先でパッドに触れた。

七・四八秒。

それが白石選手のタイムだった。

体半分速かったおれのタイムは？

計時されず、表示なし。

もったいないことをした。七・二秒台くらいは出たかもしれないのに！

とにかくこの勝負は、白石選手の勝ちで決まり。

悔しいが仕方ない。少なくとも自分のイメージすら超える宇宙へ突き抜けそうな登りができたことだけは本当だ。

風雅がぴょんぴょん跳ねて喜んでいる。まあ、たしかに、すぐにクリップを忘れるおまえみたいなことやっちゃったよなあ、と思う。

そして、頭を切り替えた。

荷物をまとめ長袖のトレーニングウェアを着て、おれもまた観客席の方へと向かう。

「よう、風雅、さっきはありがとな。すごくモチベ上がった」

「別に、おねえに言われただけだし。それに、渓くんを応援しに来ただけだし」

「おう、応援しようぜ！」

おれは同窓生のみなさんに挨拶をしてから、風雅の隣に立った。

八

ふかふかのソファで紅茶を飲みながら大型テレビに映る動画を見ている。

おそろしく落ち着かない。

「紅茶のおかわりをどうぞ」とティーポットを持ってきてくれたのは、夏凪の母上で、おれはその上品な動作に一瞬ぽーっとしてしまった。

夏凪渓が持っている独特の雰囲気、というかカリスマ性には、遺伝の要素があるのかもしれない。いや、これはこういう環境で育ったからか。氏か育ちか論争がおれの頭の中で吹き荒れた。

しかし、とにかくおれは今、夏凪家のリヴィングルームのソファに座っており、右隣に夏凪、左隣に花音という、ゴージャスなのかなんなのかよくわからない組み合わせで、高校選手権決勝のビデオを見ている。夏凪の母上が撮影したものだが、おれは現場ではその存在に気づかなかった。

高校選手権の決勝は、午後一時半から始まった。女子の方が先だったので、男子、それも準決勝の成績が一位で順番が最後の夏凪の登場は午後三時半を過ぎる頃になった。

おれと風雅と、地学部同窓生たちが、夏凪の登場を今か今かと待っていたところ、背後から一陣の風のように近づいてきた集団があった。

「間に合った！」と声を上げたのは花音で、「今、どんなかんじ？」とおれに聞いてきたのは奥寺さんだった。さらに、仁科さんと神保さんと市原さんもいた。地学オリンピックの一次選抜は午後一時から二時間かけて行われたので、三時過ぎには会場を出ることができ、そこから大型タクシーに割り勘で乗って駆けつけたのだという。

「うわ、よかった。間に合ったんだ。ガンバの声、よろしく！」

おれは、まずみんなにそう呼びかけた。

夏凪がこの大会に出たのは、そもそも高校生として学校を代表して、仲間に応援されながら登りたかったからだ。土壇場に来て、有力な援軍が五人、駆けつけてくれた。

「渓ちゃん、ガンバ！」

「地学部、ふぁいおーっ！」

夏凪がいよいよ出てくると、おれたちは声を出した。

夏凪は、ルーティンのストレッチをし終えると、後ろ向きのまま軽く手を上げた。きっと現役地学部員の到着に気づいていたはずだ。

そこから後、おれたちは声援を送るタイミングを見失った。

というのも、夏凪はあまりに危なげなくトップまで登り切ったからだ。ルートセッターの意図を読み切って、なおかつ想定を上回る手順で課題を解いてしまうのが夏凪の真骨頂である。

たぶん、これだけを見たら、簡単な壁だと思う人がほとんどだろう。でも、花音はすぐに見破った。

「他に登れた人っているの？　世界大会並みの難易度だよね」

「いや、いない。一番いいとこまで行った人も、トップから三手下だった」

「つまり……優勝？」と仁科さんが言い、みんなで手を取って喜び合った。なぜか真ん中で風雅がもみくちゃになった。

表彰式はエキシビジョンで準優勝だったおれも呼んでもらえたので、夏凪のうれしそうな顔を間近に見ることになった。

感極まってうっすら目に涙を浮かべ、まるでオリンピックで金メダルを取ったかのようだった。その勢いで、おれは壇上で夏凪と抱き合い、それぞれトロフィーと盾を掲げたくらいだ。

遠くでは風雅だけでなく花音もぴょんぴょん跳ねながら手を振っており、先輩たちは同窓生たちから借りた「地学の誉れ」と書かれたバナーを両側から引っ張って大きく振っていた。

閉会式後、おれたちがそちらに向かうと、花音と風雅がすっとんできて、まずは風雅がぶつかるみたいに夏凪に抱きついた。さらにその上から、花音がおれと夏凪の両方に腕を回してきた。なんだかシアワセで、かつフクザツな構図だった。

その様子をスマホで写真に撮る地学部の諸先輩や同窓生がいて、さらにその後ろでビデオカメラで撮影していたのが、夏凪の母上だった。

花音が気づき、「お久しぶりです！」と母上にも抱きつき、「本当に久しぶり、すっかり大きくなって！」みたいな話から、「じゃあ、みんなうちに来る？」と発展した末、おれたち全員が夏凪の自宅にいる、というわけなのだった。

母上が運転する八人乗りミニバンに乗せてもらい、地学部全員と風雅も含めてやってきた。ゆえにものすごく賑やかである。神保さんと市原さんは、父上の蔵書だというSFの洋書コレクションに興奮しており、仁科さんと奥寺さんは、もう暗くなりかけている庭で犬とフリスビーに打ち興じていた。風雅もそこに加わって、つくづくやつがお姉さん好きであることがよく分かった。

それにしても、夏凪家の庭の広さは印象的だった。都心から快速で五〇分かかるとはいえ、一応、通勤圏内だし、そこでフリスビーができる庭付きの家というのはなかなか見ない。キッチンからひとつながりになったリヴィングも広く、トレーニング用のボルダー壁を設置してもまだ余裕があるほどだった。

そんな中、おれは行きがかり上、左右に夏凪と花音がいるような形で、高校選手権の動画を見続けている。おれがずっこけながら、計時パッドを飛び抜けてしまったところはもう二人とも大爆笑で、おれも笑わざるをえなかった。まったく、おれは何度このネタを演じるのだろうと思うのだが、一応、その都度速くなっている証拠はあるので、若干なぐさめられる。

「大会の幹部とか日本連盟の強化担当者から、瞬のことを何度も聞かれたけど、たしかにものすごく印象的だったろうね」と夏凪が言い、「これ、リアルで見たかった。悪いけど、爆笑したと思う」と花音がどのみち爆笑しながら言った。

そして、夏凪の登りは、三人とも息を詰めて見た。

「核心はオーバーハングした後の後半だけど、前半も決して簡単じゃなかったよ」と夏凪は振り返った。

「わたしが登ってた頃との違いは、ボルダーみたいなボリュームをたくさん使ってることだよね。これはわたしには登れないなあ」

「そうでもないんじゃない？　ぼくはこういうムーブを選んだけど、花音なら、こっちにヒールフックすれば、右手で次のホールドを取れる。むしろ、ルートセッターはそっちを想定していたと思うよ」

「あ、そうか。でも、その次のムーブが難しくなりそうだよ。いや、こっちの小さいホールド使っていいんだよね。なら、そこで、抑えがきくから、なんとかなりそう」

といううふうな異次元の会話を聞きつつ、それが途切れた時に、おれはぽろっと言った。

「そういえば花音は、リード競技をちゃんと見て応援できてたよね。前はちょっとつらそうだったのに」

花音がはっとしておれを見た。

「うん、そうだね。ほんと、ちゃんと見られたね。うん、普通に見れた」

夏凪がぽかんとしてたのは、きっとこの件を知らなかったからだろう。

ちょうど、風雅が「おねえ、ちょっと来て！」と呼んだものだから、花音は行ってしまった。それで、おれが夏凪にかいつまんで事情を話すことになった。

「なるほどねぇ。花音にもいろいろあったんだなあ」と夏凪は宙を見ながら言った。

「でも、やっと競技を正視できるようになった。それが渓くんの決勝だったっていうのは、いい話じゃないですか」

「まあ、そうだけど、覚悟は決めなきゃな」

「どういうことっすか？」

「花音は競技には戻ってこない。ふんぎりがついたからリードを登るぼくを見られたのだとしたら、それってつまり、もう競技に戻らずに別の方向に自分のすべてをぶつけるって気持ちが固まっているからだよね」

「まあ……そうすかね」

「ぼくは花音と一緒にトップを目指したかったんだけどね……」

そんなふうに遠くを見る様子はやはり寂しげで、おれは言葉を発することができなかった。

「誰だって、覚悟を決めなきゃならない時はある。ぼくも、今まさにそういう時なのかもね」

夏凪がそう言ったところで、おれは高校選手権の会場での会話を思い出した。

「そういえば、クライミングを始めたきっかけって、どういうことなんですか。きょう、言いかけましたよね」

「まあ、あらかじめ言っておくと、大したことじゃないんだけどね」

「それでも、本人にとっては大事なことってありますからね」

「うん、そういう話。たしかに、ぼくもふんぎりがついたと思うし、少し話してもいいかな」

そうして夏凪は、まだ小学校の低学年だった頃について話し始めたのだった。

夏凪は、小学校に入った当時、体の弱い少年だった。

驚くべきことだが事実のようだ。紅茶のポットを差し替えにきた母上が、おれたちの話を聞いて「本当に、ちゃんと育つのだろうか、心配するくらい病弱だったんですよ。ひどい喘息（ぜんそく）だったし、アレルギーだったし、内気だったし」と言って去っていった。

「小学校一年生の夏休み頃だったと思うんだけど、奥御子に行ったんだよ。うちの父と花音の父さんが大学時代からの友だちで家族で行き来があったんだけど、その時は花音の父さんが連れて行ってくれて。知ってると思うけど、花音の父さんはクライマーで、そこではじめてボルダリングをしたんだ。ほら、ぼくたちがはじめて会った、あの一帯だよ」

おれは、あのチャートの巨岩地帯で、小一の夏凪と、保育園児の花音や風雅がちょこまかと走り回る姿を想像した。率直に言って……かわいらしかった。そして、巨岩群に子どもたちがへばりついている姿も、実に微笑ましかった。

「ぼくは喘息持ちだったし、まわりで流行(はや)るありとあらゆる感染症にかかるくらい病弱だったし、会社勤めはつらいだろうから、ちゃんとした国家資格を取ってできる仕事がいいって、法学部に行って司法試験を受けろとか、親はそんなことばっかり言っていたよ。ぼくも、テレビで見る法曹ドラマの弁護士なんかには憧れていたから、まんざらでもなかったんだけど、毎週のように岩場に行くようになって、前提が変わってきたんだよ」

夏凪が語ったことをかいつまむとこんなかんじだ。

花音も、風雅も、小さいのにすごくクライミングがうまくて、夏凪はついていくのに必死でがんばった。最初はただ、二人と一緒に遊ぶためには、ある程度登れないと楽しくないから、という動機だったが、すぐにボルダリングの「パズル」を解くのが楽しくなった。提示された課題があって、それに対して自分なりの正解を見つけられた時の喜びは大きなものがある。小さな夏凪は、まずはそこにはまったらしい。

体を動かすのが日常になると、それまで悩んでいた病気も次第におさまった。最初は心配していた母親も息子のクライミング活動に積極的になった。小学三年生の時に、母親が見つけてきたキッズ大会に出たところ優勝してしまい、そこが一つの転換点になる。その後、夏凪に誘われた花音と風雅もコンペに出始め、それぞれのカテゴリーでいきなり優勝、準優勝を遂げると、夏凪・岩月は、キッズクライミング界に突如現れた小さな新星として扱われるようになった。

　当時のクライミング雑誌を見せてもらったが、三人をフィーチャーした記事がいくつも出ていて、いずれも好意的なものだった。おれの観点からは、三人ともルックス的にかわいらしく、また、天真爛漫（てんしんらんまん）だったことが多くの成人クライマーのハートを摑んだのだと思う。特に、花音は天使だ。夏凪も、悔しいくらいに天使だ。そして風雅はサルのくせに天使だ。おれはその記事の写真をスマホで撮らせてもらった。

「あと、ぼくらが岩場出身だというのも印象がよかったみたいだよ。古くからのクライマーって、やっぱり山岳技術の一部としてクライミングをしている人が多いから、最初からジムでしか登っていない子よりも、外岩体験があって人工壁に来ている子の方がウケがよかったんだよね。雑誌の編集者だってそういう人が多いと思う。まあ、そんなかんじで、ぼくらは三人ともずっとクライミングとともにあって、小学校の高学年からは海外遠征に出るようになった。花音が中二、ぼくが高一のときのイタリアでの大会では、花音もぼくも優勝できたからメディアはすごく盛り上がった。特に花音はすごく印象的な登りで、海外でも人気が高かったよ」

　おれもビデオを見せてもらった大会のことだ。

　あの重力をねじ曲げたみたいなムーブの数々は、玄人好みするものでもあって、多くの媒体を惹きつけた。世界中の同世代を刺激し、上の世代を突き上げるような衝撃があったそうだ。

夏凪はここでふいに天井を仰ぎ、ゆっくりと確かめるように言葉を紡ぎ始めた。話が佳境に入っていると直感した。

「風雅の事故をきっかけに、花音がクライミングから離れるまで、ぼくらはずっと同じ壁の同じルートを登っていると思っていた。でも、冷静に考えれば、そんなことがあるはずがない。あれはただのきっかけだ。花音は、小さい頃からの行きがかりで登ってきたことに疑問を持って、もっと打ち込めるものを見つけた。最近まで、いつか帰ってくるんじゃないかと思っていたけど、それも期待が薄いことが分かった。じゃあ、ぼくはどうだ、というのが突きつけられた、問い、かな」

夏凪はゆっくりと言い終えて、体勢をもとに戻した。

「でも、それって悩むところなんすかね」とおれはあえて聞いた。

夏凪は、花音が立ち止まり違う道を探し始めたところから、さらに進んだ。日本のオリンピック代表候補なわけだし、別に何かを失ったわけではない。むしろ未来を嘱望される立場だ。

「正直、最近まで悩んだことなかったな」と夏凪は笑った。

「ぼくは自分がクライミングでトップを狙うだけじゃなくて、クライミングという競技が広がっていけばいいと思っている。そのためにはオリンピックで誰かが活躍することが大事で、それを自分でやろうとも思ってきた。でもね、地学部の花音を見てたら、ぼくも本当は違う道があったんじゃなかったかって思うんだよね。例えば、今も法律家になりたい将来のイメージがある。それも国際的に活躍できるように視野を広げたい。だとすると単純に大学受験すればいいだけじゃなくて、その後の留学計画だって大事になる。じゃあ、競技って回り道じゃない？」

「本気で言ってるんすか？　おれは、渓くんがそこで迷う人だとは思えませんけど」

「もちろん。スポーツクライミングはぼくの一部だし、現役を引退した後でもずっとかかわっていくと思う」

夏凪が少し言葉をためた。

「でも……端的に言うよ。ぼくががんばれたのは、特に最初の頃は花音がいたからだ。今、花音が地学部でいきいきしているのを見て、ぼくは自分がこれまで一本道すぎたと知った。回り道してない自分がそれでいいのかと思うようになった。だから、今年、来年と競技に集中する中でも、地学部に入り、高校選手権にも出ることに決めた。それで、瞬とも仲良くなり……うん、その点ではなかなか悪くない」

夏凪は笑って、なぜかおれの肩をとんとんと叩いた。

おれは、なにか夏凪に言わなければと喉のあたりまで言葉がせり上がってきた。つまり、花音もおれもいろいろ回り道していて、そのくねくねした道程の中で、競技とは違う形でもクライミングとかかわりそうな気配がしているということを伝えた方がいいのではないか、と。でも、それは化石を発掘する現場を知るためにリードで登ってみるというささやかな話と、いつか火星のオリンポス山を登ってやるという極端な願いが混ざったもので、ここで伝えるべきことなのかとも思った。

そうこうするうちに、夏凪が言葉をつないだ。

「まあ、これからオリンピックまで、ぼくは心おきなく競技に集中するよ。応援よろしく！　それから、花音のこともね。花音が誰と生涯を歩いていくのかは、まだ先の話だし、ぼくだってギヴアップしたわけじゃないから。でも、今、一番近くにいて、多くのことを一緒に経験するのは、瞬、きみだ。そこのところは任せたし、ぼくは信頼している」

え？　と思う。頭の中にあったことがすべて吹き飛んだ。

これはなにを任されて、なにを信頼されているんだ？

おれが当惑していると、がやがやと周囲の声が大きくなった。そして、夏凪はすっと立ち上がった。外はもう完全に暗くなり、庭から奥寺さん、仁科さん、花音、風雅が戻ってきたところだった。そこに神保さんと市原さんも合流し、わいわいがやがやとやっている。

急に風雅が突進してきて夏凪の腹に抱きついてきた。

「渓くん、ぼくも、万葉高校を受ける。それで地学部に入る！」

「そうか、風雅がクライミング班を継いでくれるなら心強いな」

まじか、とおれは心の中でつぶやいた。秋桜祭の時にちらっとそんなことを言っていたが、どうせそのうち気が変わるだろうと思っていた。でも、きょう奥寺さんと仁科さんに遊んでもらって、本気になったのかもしれない。

風雅が入学してくるなら、その時、花音とおれは三年生だ。相当、にぎやかで面倒くさい地学部になりそうだと、おれは今から頭を抱えた。

夏凪は風雅の体を引き離すと、あらたまったかんじで全員に話しかけた。

「みんな、きょうは本当にありがとう。無事に高校選手権を終えて、これからぼくはオリンピック代表選考に向けて調整していきます。しばらく海外遠征はなくて、ヨセミテか天山スポーツセンターでトレーニングをしていると思うので、よかったらのぞいてくださいい。でも、みんな地学オリンピックがまだまだ続くんだよね。さっき聞いたところ、一月には二次選抜があって、三月に日本大会があって、それを抜ければ八月に国際大会だよね。同じオリンピック、がんばろう！」

そしておれには、耳元でこんなふうに付け加えた。

「ぼくにとって、高校生活はここまでなんだ。みんなよりも早く、高校の世界を去って、ちょっと先に世界を見てくる。瞬たちには、背中をよろしく頼む」

朗らかな声と体から発散する陽性のオーラ。みんなを鼓舞する力だ。花音のそれとは違って、ちゃんと言葉として伝わり、心を奮い立たせる。

「うっす、渓センパイ、全力で応援してます」

おれは力強く言った。

花音が部屋の隅の方にいるのに気づいた。さっきおれたちが開いた古いクライミング雑誌を熱心に読んでいる。夏凪と一緒にインタビューを受けた時のやつだ。きっと懐かしいんだろうなあと思う。

夏凪の母上が、「ちょっと早いけど」と用意してくれたクリスマスケーキをそれぞれが頬張りつつ、おれはこの先に待っている輝かしい一年をまったく疑うこともなく、期待に胸を膨らませていた。

第四部　そして時間は動き始める（二〇二〇年冬春）

一

黄金の日々、という言葉が似つかわしいとすれば、まさにこういう時期のことだろう。

年が明けて二〇二〇年を迎えてからの地学部は、単純明快な目標に向かって推進するマシンみたいだった。すべてが嚙み合って、個々人が自分自身の目標に向かってものすごい勢いで進歩を遂げていた。

地学オリンピックで世界を目指すチームは、一月中の二次選抜を全員がクリアした。去年、苦杯をなめた仁科さんも参加しなかった市原さんも一緒に通ることができたので、結果をスマホで確認した時には、みんな飛び上がって喜んだ。奥寺さんと仁科さんは抱き合っていたし、市原さんはツバを飛ばす勢いでこう言った。

「これまで天文しか興味なかったのは損していたと分かった！　ほかの勉強もしてみたらものすごくよかったよ！　これからの天文学は、地質も気象も、全部ひっくるめて天文学なんだ！　ぼくみたいな天体観測バカでも、視野が広がった！　みんなの研究も、すごみが分かったし、マジで尊敬できた！　三年生の課題研究は一緒にやろう！　一人でやりきるこだわりは捨てる。天体観測だけで終わらないもっと広いテーマに挑戦したいなら、別の知識や技術を持った人とコラボしないと！」

「おおーっ」とみんなが同時に声を上げた。

市原さんが、そこのこだわりを捨てるというのはビッグニュースだ。地学部の研究がさらに一歩、深いものになるのは間違いない。

「その話なんだけど——」と神保さんが話を引き取った。

「市原が共同研究に目覚めてくれてうれしいよ。ぼくは市原と組みたい。でも、同時に少し逆のことも考えていたんだよ。次回の研究からは、誰かが必ず筆頭研究者になって、最初から最後まで責任をもってやることにしようって話し合ってて」

「それ、特にあたしたちのことなんだよ」と仁科さん。

「あたしと詩暢で一緒にやっているとお互いに頼り合う部分が出てきてしまうし、いっそ、テーマを分割して独立した研究にしようかと思っていて」

「もちろん、円果とわたしは、同じ奥御子ジェーンの研究をするんだよ」と奥寺さんが続けた。

「でも、前に岩月さんに自分のテーマを聞かれた時に、答えられなくて、それはおかしいと思ったんだ。それで話し合ったんだけど、わたしは積乱雲が奥御子でできる大きなメカニズムを考えたい。その時の気圧配置とか、海風の方向や湿度といったものがどんなふうに対流の起爆をもたらすか」

「あたしは、詩暢よりももっと小さな、いわゆるメソγ(ガンマ)スケールの現象を見たいんだよ。

つまり、その積乱雲が大きく成長して激しい風雨をもたらす過程を解き明かしたい。激しい気象現象があたしの関心だから、それにぴったりだって思うんだ」

恋はいつでもスーパーセル、というのが仁科さんの信条だ。最初聞いた時にはなにかと思ったけれど、スーパーセルとは特大の積乱雲のことである。恋愛感情が激しく巻き起こったかと思うと、短期間で終焉を迎えるサイクルを繰り返すのを近くで見てきたおれたちは、うんうんとうなずくばかりだった。

「実は、岩月・坂上組もテーマ分けるんだよね」と神保さん。

「はい、わたしはヘリコプリオンの記載に挑戦して、瞬は示準化石を見つけてまずは年代の決定を目指します」

これは最近、話し合って決まったことだ。おれは、自分が責任を持つ研究ができたことで身が引き締まる思いだった。今のところヘリコプリオンの母岩からは、フズリナのような時代特定に役立つ示準化石が見いだせない。だから近いうちに、顕微鏡下で微化石を探してみようということになっていた。

「というわけで、次の研究は、みんな自分で責任を持ってやりきる市原のスタイルを真似ようと思っていたんだよ」

「えーっ、ぼくは共同研究したいのに！」

「安心して。これからは今まで以上に互いに口を出す。互いの研究を理解できるように中間発表にも力を入れて、切磋琢磨していこう！」

花音はおれと顔を見合わせ、二人だけに聞こえる距離感で笑い合った。

「これ、何かに似てると思わない？」と花音が聞いた。

「クライミングのカルチャー」とおれは即答した。

「それそれ。瞬が最初よく言ってたよね。ライバルなのに、オブザベーションの時には助言し合うって」

「地学部にもその精神が浸透してきたみたいだね」

花音はうんうんとうなずいた。

みんな地学部の活動を通じて成長している。そう確信できる美しくも劇的なシーンをおれたちは心に焼き付けた。

一方で、おれはおれで地学の研究とは別に、身体を鍛える方向性として、夏凪と一緒にクライミングジム・ヨセミテで過ごす時間が増えた。

夏凪と練習するということは世界のトップの技術を間近に見るということでもあり、おれはかなりの速度で上達した。これは花音の登りを見るのとは違う感覚だった。天才肌で、かつ、体格もまったく違う花音の登り方は、ちょっと真似ができないと感じることが多いのだが、夏凪の壁での一挙一動すべてがおれには生きた教材だと感じられた。まだまだ競技レベルとしては下の下だが、ボルダーも、リードもそこそこ登れるようになって、次第にクライマーとしての自覚も出てきたと思う。

夏凪が天山スポーツセンターでスピードクライミングの練習をする時には、おれがパートナーを務めた。スピード競技は、常に一対一での対決の形を取るので、実戦形式の練習をするには隣に誰かがいるに越したことはない。学校が同じで放課後一緒に移動できるおれに白羽の矢が立つのは自然だった。

ある日、夏凪がトレーニングウェアに着替えたおれを見て、目を細めた。

「瞬も、クライマーの体型になったね。ぎゅっと筋肉が絞られてる。瞬の場合は下半身が短距離選手みたいではあるけど、それはスピードクライマーの特徴だ。食事制限でタンパク質が少なめなせいか、ふくらはぎとか腿（もも）とか、必要なところにぎゅっと詰まっているかんじだよね」

夏凪があまりにしげしげと眺めるものだから恥ずかしくなるほどだった。

一方で、夏凪の身体は、並のクライマーのはるか上を行っている。一緒にストレッチをしていて驚くのは、その柔らかさだ。関節の可動域が広いだけでなく、筋肉が柔らかい。欧米の選手によく見られるような大きく見栄えがする筋肉ではないが、ありとあらゆる姿勢で柔軟に身体を支えてくれると信頼できる。

スピードクライミングを苦手とする夏凪はおれとの練習の中で、目に見えてタイムを伸ばした。もともと七秒台前半のタイムは持っているものの、ベストで六・五〇秒、コンスタントに六秒台に持っていけるのではないかと夏凪は考えていて、それがオリンピックの代表選考や本番での目標だ。

「そりゃあ、一回戦、二回戦で、五秒台の世界記録を持っているような選手と当たったらもう仕方ないけど、オリンピックで代表になるのはボルダーとリードも含めた総合得点で優れた選手で、スピード専門の選手はまずいない。だから、六秒台をコンスタントに出せれば、ベスト8には行けると踏んでいるんだよ」

スポーツクライミングの複合競技での得点の計算は独特で、すべての種目の順位を掛けてそれが小さい方が勝ちだ。スピード競技で八位をとっておけば、ボルダーやリードで十分に挽回(ばんかい)可能になる。

「つまり、だよ」と夏凪は付け加えた。

「今の世界には、ぼくなんかよりもスピードが速い選手がごろごろいる。だから、瞬は、スピードだけは、ぼくに勝つつもりで」

「うす」

というようなかんじで、おれたちは切磋琢磨した。

夏凪はおれのホールドを飛ばして登るやり方を取り入れたし、おれは、できるだけ一直線に上への推進力をキープする軸のぶれないムーブを夏凪と議論しながら工夫した。

夏凪が六秒台を連発するようになった頃、おれも七秒台前半のタイムをコンスタントに出せるようになった。

なにかが変わり始めている実感があった。

これまで、ちょっと見込みのある素人だと思われてきたわけだけれど、ここにきて、やっと競技でトップを狙う自覚が生まれてきた、というか。

そんな時に、花音が県博で高鍋先生との打ち合わせを終えた後、天山スポーツセンターを訪ねてくれた。おれはものすごくモチベーションが上がったし、夏凪も同じだったろう。

当たり前のように、おれたちは花音の前で競うことになった。

「せっかくだから、二人の対決を見せて。わたし、考えてみたら、瞬がフルサイズのスピード壁を登るのを生で見たことがないよ」と言われたら、もう拒否する理由などなかった。

つまりこれは、好きな子にいいところを見せたい男の子たちの徒競走みたいなものだ。

おれは自分の手を見つめた。

この手は、ホールドを保持するだけでなく、日々の暮らしで、ありとあらゆるところで活躍する。脊椎動物の進化の中で、まずは魚類の中の肉鰭類というグループで腕の起原となるようなヒレの進化が起こり、陸上生活への道筋が拓かれ、その後、両生類、爬虫類、鳥類、哺乳類が、それぞれのやり方で地に満ちていく中で、おれたちのご先祖さまは、この両腕にくっついている器用な手を得た。

ということを最近おれは、ヘリコプリオンの研究をする必要上学んだ脊椎動物進化の専門書や愛用しているウェブ百科事典で知った。

おれは、手を丸めて拳を作る、その側面で両ふくらはぎをとんとんと叩く。この筋肉がおれを上へ上へと押し上げる。花音が見てくれている以上、フル出力で火星まで飛んでいく。中二病的に言えば、我らが〈系統樹の棘〉を太陽系規模に展開してみせる。

スタートパッドに足を置いて、両手で逆さ恐竜ホールドを摑み、ロケットスタート。

次のホールドを摑んだ瞬間に雑念が消えた。

ごく自然に身体が押し上げられる中で、筋肉の出力もフルパワーになって、おれは地球圏外へと加速する。ものすごくキモチイイ！　火星どころか恒星の世界にまで飛んでいけそうだ！

そして、またやってしまった。

でも、まあ、いいか、とも思った。

花音に一度見てほしかったんだ。

おれが、計時パッドを飛び越す勢いで、空に手を差し伸べるところを。

体育館の照明と手が重なって眩しさを感じる中、半身くらい遅れた夏凪がきちんとパッドを叩く音が聞こえた。

フロアに降りて、タイムを確認する。

夏凪のタイムは六・五三秒。

おれはノータイム。ちゃんとパッドを叩いていれば、六・三秒台前半か。

お互いに会心の登りで、おれたちは花音も含めた三人でグータッチをした。

いろんなことがあったけれど、おれは今、上昇気流に乗っている。

もっと高く、もっと遠くへ。この手足で登っていけるはずだ。かつてのおれが想像しなかったところへ。

地学オリンピックの日本大会は大きなイベントだが、三学期は翌年度の課題研究の準備を整える時期でもある。

花音とおれは、懸案になっているヘリコプリオンの発掘に向けての根回しを着々と進めていた。県博の高鍋先生の呼びかけで「奥御子化石壁研究会」という非公式の会合ができ、二月くらいから活動が本格化した。

研究会は県博の会議室で行われ、花音とおれもできるだけ出席した。地学部の同窓生が中心で、秋桜祭や高校選手権に来てくれた人も多かった。そして、その研究会では、まずあのサイトを発掘するために必要なことはなにか、というところから議論が始まった。

高鍋先生が最初に言ったのは、「十分な説得力がある証拠がほしい」ということだ。ここを掘れば、ものすごく重要な化石が出るに違いないという確信があって、なおかつ説得力も持たないといけない。だから、また現場に行って、もっと本格的な機材でドローン撮影することも検討したい、と。

そのためには、化石の年代を知るのも大事だ。名目上、そのリーダーはおれなので、研究計画をおれがプレゼンした。示準化石として使えるフズリナが見つからない以上、母岩の一部を粉砕しさらに酸に溶かして、顕微鏡下で微化石を探す。コノドントと呼ばれる一ミリに満たない魚類の「歯」が見つかれば、年代決定に希望が持てる、などなど。細かいことは全部、高鍋先生から教えてもらったが、プレゼンをやり遂げたことは自信になった。

ウェブサイトを作ることになり、また、将来、世論を盛り上げたり、クラウドファンディングをする必要が出てくるかもしれないことから、本格的なイラストを起こしてもらうことになった。地学部出身で古生物画を描いている漫画家・イラストレーターさんが研究会に入ってくれて、すごいクオリティのヘリコプリオン復元画が出来上がった。

さらに、県庁の建設局に勤めている同窓生が、あのあたりが県有地であることを確認し、利害関係者としては、県有林関係の森林課のほか、あのエリアをクライミングで利用してきたクライマーとの調整が必要だと報告してくれた。では、誰に話をすれば調整できるのかということになるが、それは苫米地先生が県の山岳連盟のつてをたどって、地元でルートのメンテナンスをしているグループを教えてもらえた。そういったことが、同時進行的に起きた。

「大人って、こんなふうに仕事するんっすね」というのがおれの感想だった。おれの家は両親とも会社員だが、その仕事ぶりを間近に見るなんて一度もなかったから、新鮮に感じた。

それに対して、高鍋先生は笑いながらこう応えた。

「そう思ってもらっていいけど、でもね、これはぼくらにとっても、文化祭みたいなもんなんだよ。誰からやれと言われたわけでもない、自分たちが立ち上げたプロジェクトはいつだってお祭りだからね」

格好良かった。おれもいずれそういう仕事をしてみたいものだ。別に地学で職を得なくても、ここにはイラストレーターとか、県庁勤めの公務員とか、教員とか、建設会社の管理職とか、運送業とか、メーカーの技術職とか、広告代理店の営業とか、いろんな人がいて、それぞれの専門的な能力を活かして計画を進めるというのはものすごく魅力的だった。

それは花音にも同じように映ったようだ。

「ああいうのってすごいよね！」と帰りのバスの中で花音が言う時、「ああいうの」が何を指すのか、おれたちには自明だった。

「あれってさ、火星探査っぽくない？」とおれが反応し、

「うん、そう思った！」と花音もうなずいた。

「自分ができることがいくつかあって、それで役割分担をする小さなチームだよね。そういう人たちが最初に火星に行くだろうって」

「地質学者も絶対必要だし、クライマーもいるよ。だからわたしたちはいいチームだよ」

そんなふうに語り合い、笑い合った。いつかみたいに頬が触れるほどの近さになることはなかったけれど、十分すぎるくらいに近い距離感だった。おれは精神的には満ち足

りつつ、ちょっと過剰に身体が反応してしまった時には、そこからの帰り道をわざと遠回りして走りながら家に帰った。

道は単純ではない。

一つのことを極めることと、いくつもの回り道をしながら、いずれ大きな何かを実現すること。それらは今この瞬間には対照的に思えるけれど、長い目で見たら、表裏一体のような気もする。そして、おれは、オリンピックで金メダルを取ることはないにしても、ちゃんと前に進んでいることをこんなにも実感できたことはない。

というわけで、翌月、花音は地学オリンピックの日本大会に出て、今度こそ八月の国際大会への切符を勝ち取る。おれは、これからスピードクライミングだけでなく、ボルダーやリードの大会にも積極的に出て技術を磨く。そして、共通の活動としては科学研究コンクールのために、どんどん地質班の調査と研究を深める。

うん、それでいい。どんどん前に進もう。

卒業式で夏凪を送り出したら、おれたちも二年生になる。ってことは、後輩もできるってことだ。ますます気合が入る。

巨大な試練が間近に迫っていることを、おれはこの時点ではその予兆すらまったく感じていなかった。毎日、新聞を読む両親が「中国で感染症が……」というふうな話題を出すのを聞いても、それをスマホのニュースで見ても、おれ自身の生活にかかわってくることなど想像すらしていなかった。

〈地学部、放課後に緊急ミーティング、全員参加のこと！〉と昼休みに奥寺さんからのメッセージが入ったのは、二月の最終週だった。

そのメッセージに気づいた瞬間、おれと花音は同じ教室の対角線くらいの位置関係で、思わず互いを探し視線を交わした。

いったい、何が起きている？

地学部はものすごくゆるい部活だ。それぞれがそれぞれの責任においていろいろなことをやっているので、「全員参加！」という招集には違和感があった。実際にこれまでに一度もなかった。

ただならぬものを感じて、放課後、花音とおれはまっすぐに地学実験室に向かった。すでに二年生たちは集まっていて、外の冬空に似たどんよりした表情で待っていた。

「地学オリンピックの日本大会が中止」

奥寺さんがこわばった顔で言った。

「いったい、なぜ……」

おれがかろうじて反応すると、神保さんが弱々しく首を振った。

「小中高を休校にする話、聞いたよね。おとといの夜の総理大臣の会見」

おれは正直、なんかそういうことが話題になっているなあというくらいの認識で、きょう学校にきても「あれは、どうなるんだろうね」と誉田や香取が言っているのをぼーっと聞いているだけだった。つまり、あまりリアリティがなかった。

一二月に中国の地方都市で謎の肺炎が続発し、年明けにはすでに流行していたという。日本でも流行が始まっていることは連日ニュースになっていたものの、それがいきなり「学校休校」から、「地学オリンピック日本本戦の中止」にまで飛び火した。いくらなんでも飛躍しすぎにも思えたが、何度読んでもウェブサイトにはそう書いてあった。

では、八月にロシアで行われる予定の国際大会への参加はどうなるのか。

ウェブサイトによれば、予選の成績トップ一五位の中から、公開選抜で選ぶという。

「だから、ぼくたちの地学オリンピックはここでおしまい。ぼくは冬の天体観測に集中することにするよ」と市原さんが言った。

「あたしも、それ、付き合わせてよ。なんか急に暇になっちゃった」と仁科さん。

「いいね、天文班らしい活動、しばらくしてなかったものね。三月の巡検は、夜の天体観測ってことで」と神保さん。

「そういえば、岩月さんは火星に興味あるって言ってたよね。火星観測はどうなのかな」と奥寺さん。

「火星は、今、最接近ってわけでもないからなあ」と市原さんが頭をかく。

そんな流れの中で、おれは花音がずっと黙り込んでいることが気になった。

横顔を見ると、唇を嚙むみたいにぎゅっと引き締めている。

「まさか、花音って」

おれが言うと、全員が花音の方を見た。

わずかの間の後で、仁科さんが口を開いた。

「まさか、岩月ちゃんって……トップ一五位以内？」

ふたたび沈黙に包まれる中で、花音は首を縦に振った。そして弱々しく言った。

「今、メールが来ました。公開選抜の方法は追って知らせるって……」

おおおーっと、誰ともなく声を上げた。

たぶん、一番声が大きかったのはおれだ。というのも、おれは花音がどれだけ時間をかけて準備してきたか知っていたからだ。最初は苦手だった気象関連のことも、どんどん興味を持って学んできた。そして、知の総合格闘技、地学の広がりとその魅力を理解するようになった。おれにはその一部を一緒に体験してきた自負がある。

花音の国際地学オリンピックへの挑戦はまだ続いている。夏凪と一緒に「オリンピック」に出る目標は、決して終わっていない。

「じゃあ、岩月さんの強化月間にしよう。だって、ぼくたちの代表だよ。絶対に世界に行ってもらおう！」と神保さんが言い、みんながうなずいた。

でも、花音だけは蒼白な表情でずっと唇を噛み締めていた。

それ以降のことの推移は、日本の一高校生にとって抗いがたいもので、おれたちはなすすべもなく翻弄された。

いや、社会が、世界が、抗いがたいウイルス感染症の波に飲み込まれた。たぶん将来、歴史の教科書で二一世紀の試練の一つとして語られるような話なのだと思う。

しかし、実際に体験し、その期間を生きた者たちにとっては、どこまで続くかわからない灰色の霧の中でもがくしんどい時期だったということは言っておきたい。その中で、おれが一筋の光を、常に失わずに済んだのは、地学部のおかげだった。

三月から、学校は休校になった。当初は外出については厳しく指導されなかったため、おれたちは市原さんの天体観測に付き合った。市原さんが夜な夜な屋外でセミナーを開いてくれたような格好だ。

ずっと一人で観測するポリシーで続けていただけに、市原さんの夜暗いところでの立ち居振る舞いは堂に入ったものだった。赤いフィルターを貼ったライトで周囲を照らしながら作業をしつつ、おれと神保さんにこんな超実践的な現場の知恵を披露した。

「最初にやるべきなのは、赤道儀とか大きめのものをしっかり表に出して設置することなんだ。それがないと不審者に間違われる。特に坂上みたいに図体がでかいと、それだけで怖がらせる可能性があるから注意した方がいいよ。ぼくは、一度、ただ観測のために座ってるだけなのに、警察を呼ばれたことがあって……」

そのようなのっぴきならない事態に陥ったエピソードを惜しげもなく開陳してくれて、たしかに大いに参考になった。

ただ、こういった観測会に花音は参加しなかった。

「代表の公開選抜の準備したいから」ということなので、誰も文句を言う筋合いではなかったわけだが、おれとしては今ここで花音が一人きりになってしまったことを残念に思った。

高校一年生にしてトップ15に残った快挙が花音を孤独にした。他の先輩方がそこに残らなかったことにまで責任を感じ、思いつめているようにも感じられた。

おれは、自分が今年の地学オリンピックに参加しなかったことをはじめて後悔した。もちろん、今年のおれはあくまで記念受検みたいなものに留まって、一番最初に脱落しただろう。それでも、少しでも同じ経験をしておきたかったと思うのだ。

おれは何度も花音をクライミングの練習に誘った。気分転換にいいから、と。この時期はまだジムも開いていたし、マスクをするしないという議論はあったものの、登ること自体はできた。でも、花音は「できるだけ準備をしたいから」とまるで受験勉強みたいに知識を詰め込もうとしているようだった。

学校が休校になってしばらくすると、横浜に来港したクルーズ船での集団感染のニュースが毎日、スマホでもテレビでも流れた。クライミングジム・ヨセミテもしばらく休業となって、おれも練習場所を失った。夏凪のように自宅に練習用のボルダー壁があるわけでもないので、おれはひたすら自宅の周囲を走り回った。

そんな日の夕方、おれがランから戻ると、門の前に小さな人影があった。腕を組んで、うつむき加減で、むすっとして、つまり、不機嫌なオーラが全身から出ていた。

「おい、風雅、どうした。びっくりした」

　すると、風雅は顔を上げた。

「おねえが――」と言いかけた口元がはかなげで、不機嫌というよりも不安のニュアンスをおれは感じ取った。

「どうした、なんかあったのか」

「そういうわけじゃないけど」

「じゃあ、なんでここにきた？」

　おれはつい詰問調になってしまうのを自覚し、息を整えた。

「走ってたら、ここに着いただけだし」

「それで、おれのことを待っててくれたわけか。チャイム鳴らして、母親にランニング中だって聞いたんだろ？」

「そうだけどさ」

「さっき、何を言いかけた？　花音がどうした？」

「うん、ちょっと元気ないんだよね。いや、元気がないっていうか、いつものおねえじゃない」

「それは心配だな。実はおれも心配してる。元気？　って聞いても、元気だよ！　としか返ってこないし」

「あのさ」

風雅がなぜかもじもじと体を動かした。

「どうしたんだ」

「だからさ、誤解しないでほしいんだけどさ。おねえに――」

「なんだ？」

「今から一緒に来て、おねえに会ってくれないかな」

最後のところはものすごく小さくかき消えそうな声だった。

「わかった。おれも会いたかったんだ」

「言っとくけど、あんたのためじゃないから」

「わかってるよ。風雅が言うんだから、おねえのためだろ」

うんうんとうなずく表情はやっぱり花音に似たところがあって、つまりはこいつもかわいいやつだ。おれは、家にいったん入って母にこれから出かける旨を伝え、風雅と一緒に走っていくことにした。風雅と一緒にトレーニングみたいなことをするとは思ってもみなかった。

走っている間は二人とも無言で、家の前まで来た時、風雅はあらためておれを見た。

「おねえが、変なことばかり言うんだ。なんか遠くに行っちゃったみたいで、怖くて。あんたなら話し相手になるかもしれないだろ。でも、ほんと、あんたのためじゃなくて、おねえのためだから」

そう言って風雅は、家の中に入っていった。戻ってきた時には、花音と一緒だった。

「瞬、どうしたの？」と経緯を知らない花音が目をまん丸にした。

「いやね、風雅が来てほしいって言うから。花音がわけのわからないことを話していて、心配だって」

「だって、おねえ、ちょっとおかしいよ。いつもぶつぶつ言ってて、突然、笑いだしたりするし」

「あはは、そうだよね。風雅には、わかんないよね」と悪びれずに言う。

「おねえも、そんな言い方しないでよ。ぼくは心配してるのに」

風雅は唇を突き出して、抗議の意をあらわにした。

「どうしたの？」と奥から声がして、「うん、友だちが来た。ちょっと上がってもらうね」と花音が言った。

どくん、と心臓が高鳴った。

家に上がる？　想定外だ。

でも、花音は無造作に戻っていくし、風雅もその後に続くし、しまいに奥から母上が出てきた。玄関先でなら何度か挨拶したことがあるので、「お久しぶりです」と元気に言った。

「どうぞ、上がっていってくださいね」とそのまますんなり通された。

花音の家は、夏凪家ほどではないが、かなりゆったりとした一戸建てだ。廊下の壁にぶら下がって手指を鍛えるフィンガーボードがあり、クライマーの家だというのがよく分かった。花音の自室は二階で、ドアは開いていた。おれの部屋と同じでベッドと学習机がある。なんかどぎまぎしてしまったが、花音は外から一脚、椅子を持ってきて、おれを座らせた。母上も、すぐに茶菓子を持ってきてくれた。紅茶をティーポットに入れてくるところなど、なにか夏凪家の母上と同じカルチャーを感じた。

「花音が男友だちを部屋に上げるなんて、渓くん以外にこれまでなかったわよね」とか楽しげに言い、「ママ、そういうんじゃないから」と睨まれていた。

とにかく、ドアは開けたまま、お行儀よく会話する。おれにしてみると、久々に花音とじっくり話すチャンスで、うれしい限りだ。

「風雅がさ、すごく心配してて、わざわざ家まで来たんだよ」

花音は、はあ、というかんじでため息をついた。

「たしかに、ちょっと風雅に負担かけてたかも。一番近くにいるのをいいことにあれこれ話しすぎて」

「それってどんなこと？」

「地学のこと」

花音は机の上に開かれたノートをおれの方に寄せた。

細かい数字がたくさん書き込まれていて、おれは目がくらんだ。

「この計算、なに？　あと、ＤＮＡウイルスと、ＲＮＡウイルスがどうたらって……」

奇しくも世の中はウイルスの話題でもちきりだ。いろんな専門家があちこちから出てきてああだこうだと言っている。でも、そういった人たちは医学やウイルス学の専門家であって、地学の専門家ではない気がする。

「花音は、地学オリンピックのための準備をしているんだと思ってた」

「してるよ。これもそうだよ。だって、公開選抜は、ただの試験じゃないから。みんなかなり地学の知識がある人たちでしょう。そこで違いを出せるとしたらどこでだろうと考えたら、それは万葉高校地学部の精神じゃないかって思ったんだよ」

「それって、つまり――」

「すべては地学であるってやつ」

「なるほど。じゃあ、ウイルスも地学だと。でも、おれにはさっぱり」

「普通そうでしょ。それを説明するのに、なんにも知らない風雅を実験台にしたの。風雅に説明して分かってもらえるだけ、ちゃんと嚙み砕いて、説得力を持たせられるかが大事かなって」

「うーん、そうか。それが、風雅を思いつめさせるほどだったというのは、風雅がちょっと気の毒な気もしてきた」

「じゃあ、瞬が聞く？」

「聞く、聞く！」

花音が身を乗り出すみたいに説明を始める。

「つまりね、全海洋中にあるウイルス粒子数は一〇の三〇乗のオーダーなんだって。炭素量に換算するとシロナガスクジラ七五〇〇万頭分で、ウイルスをつくるDNAやRNAを伸ばしてつなげば、一〇〇〇万光年にもなるんだよ。何度も計算したから間違いないよ。考えてよ、海洋にこれだけの量が存在して、それらが取り付いた動物や藻類なんかと一緒に海底に降り積もって地層になったり、プレートの動きの中で、マントルの中に飲み込まれたりするんだよ。つまり、奥御子の石灰岩壁にだって、見えないだけで、たくさんのウイルスがいたんだよ。それで、ウイルス由来のものってどれくらい残っているだろうかと考えて……」

花音は一気にまくし立てた。うれしくて仕方ない様子だった。

「そのノートの計算って、そういうこと？」

「うん、そういうこと」

「なら、そういうことは、これからはおれに言うといいよ。どうせ暇だし、毎日でも走ってくるよ。やっぱり風雅には荷が重い。将来の地学部志望者を、今潰してはならんだろう」

「わかった、そうする！」

「おれも地学部員として、花音が地学するのを受け止めるのは喜びだしね」

「やっぱり分かってもらえた！」

「そして、将来の部員、風雅には、高校地学の世界トップを目指すオリンピアンの姉の濃すぎる地学議論ではなく、おれが選んだライトノベルを貸し、地学部には必須の中二心を養ってもらおう」

「あ、なにを選ぶ？　全然知らないから、わたしも気分転換に読もうかな」

「花音に最適なのは、いろんな鉱物を集めて武器を錬成する職人が主役の異世界ものだと思う」

「なにそれ、夢みたい」

そんなふうに盛り上がっていると、母上からご飯を食べていくようにと誘われた。おれは厚かましくもご一緒させていただき、仏頂面の風雅も一緒に煮込みハンバーグをいただいた。それが、おれに配慮して野菜を多めに刻み込んだ、減タンパク質・減塩バージョンのもので、おれは感激した。ほんのわずかな間に花音が母上に伝え、母上は即座にメニューをアレンジしてくれたらしい。

「また、いつでも来てね」と母上に言われ、これでまた花音と会う口実ができたとおれはほくそ笑んだ。世界は心配ごとに満ちているけれど、おれにとっては地学が希望の光なのだった。


三月も終わりに近づいた夜、ぐらりと揺れを感じた。

地震ではなかった。

スマホの画面に出るニュースで、「オリンピック延期」の文字がことさら浮き立って見えた。数日前からニュースでその可能性が取りざたされており、やきもきさせられていたのだが、それが現実になってしまった。状況を考えれば当然ともいえた。

オリンピック代表選考に向けて調整中だった夏凪に対して、おれはなんと声掛けをすればいいのか悩んだ。でも、本人からすぐにメッセージがあった。

〈五月の代表決定大会に第一のピーク、七月の本大会に第二のピークを持っていくつもりで計画を立てていたから、いったんリセットするよ。今、選手たちはみな試されているんだ。一年、遠回りすることになるかもしれないけど、それをプラスにしてみせる〉

力強い言葉にまずは安心した。でも、こんなふうに続ける。

〈まずはちょっと体を休めてみるよ。痛むところもあるし、そこをケアする時間をもらったと思って、しっかり治してから計画を練り直すつもりだ。やっぱり、ぼくは疲れていたんだろうね〉

普通の高校生活と引き換えにしてまでずっと目指していたものが、目の前からすーっと遠のいたのだから、一瞬、気持ちが崩れるのは分かる。夏凪も人の子だったということだ。

おれは、〈がんば！　渓くん〉とメッセージを送っておいた。

既読がつかないのが気がかりだったが、しつこくするのも考えものだから放置した。

その数日後の午後、ランニングをしていると、とけた靴紐（くつひも）を自分で踏んでしまい、転びそうになった。

しっかり締め直して走り始めたら、今度は靴底がずるりと剝がれた。走るのが危ない状態になったので、歩いて帰らざるをえなかった。

自室に戻ってからスマホを見ると地学部部長の奥寺さんから、グループではない直接の扱いでおれにメッセージが来ていた。ウェブサイトのURLを一つ示して、〈岩月さんが心配。ちょっと様子を見てくれないかな〉と書かれていた。

示されたウェブサイトは、地学オリンピックのお知らせのページだった。

〈国際地学オリンピック・ロシア大会は中止とするとの連絡がありました。これに伴い、日本代表選抜は、開催理由が消失したため中止とせざるを得なくなりました。代表選抜に向けて準備を続けてこられた皆様には非常に残念な結果となりましたが、どうかご理解いただきますよう……〉

おれはあわてて、花音に連絡をした。

〈そうなるんじゃないかと思ってたんだよ〉と花音は言った。

〈そう簡単にはいかないよね。でも、地学オリンピックは毎年あるんだから、まだいいよ。来年また挑戦すればいいんだから〉

花音は、自分に言い聞かせるようなことを書いてきた。なら安心できるかなと思い、こんなふうに返した。

〈うん、また一緒にがんばろう。来年はおれも出るから〉

これには返事がなかった。やっぱり、ショックは大きいのだろう。

夏凪も花音も、おれがとうていかなわないような高みで勝負をしてきたのだから、その前提がくつがえってしまった今、とてつもない痛手を受けているはずだ。

おれは相当やきもきして、最近、ライトノベルを貸したりして、連絡を取り始めた風雅に〈お姉さんのことをよく見てろよ。気になることがあれば連絡しろよ〉と言っておいた。とにかく、花音が落ち込みながらも身体は元気だということは確認して、おれ自身、落ち着かない時間を過ごした。

数日が過ぎて、いくらなんでも音信不通すぎると思った頃、花音の方からいきなり通話がかかってきた。

「瞬……」とものすごく切羽詰まった声だった。

「どうした？」

「渓ちゃんが、渓ちゃんが……」

「だからどうしたって」

「落ちて怪我して、今、救急で病院に運び込まれたって」

「えっ、なんで！」

おれは急いで身支度を整え、花音の家まで自転車を走らせた。

薄闇でもわかる蒼白な顔の花音と一緒に、おれはそのまま入院先の病院へと向かうことにした。ギアが間違っているんじゃないかと思うほど重たいペダルを漕ぎ、それなのになかなか自転車は進まず、おれたちは月の出ない夜道をひた走った。

二

日常生活の中で「人が傷つく」という言葉を使うときに、目に見える傷口が実際に開いていて、血がどくどくと流れ出している、みたいな状況を指すことは少ない。平和なこの国では、むしろ心に傷を受けたことを表現する場合が多いと思う。本当に平和で結構なことだが、それでも心の傷は、肉体的な受傷よりも、癒えるまでにずっと長い時間がかかることがある。

社会が傷つく、という言い方もされる。戦争だとか、天災だとかがきっかけになって、多くの人が心に傷を受けているような状態だ。悲しみやストレスや不満や憤りや、いろんなものがごっちゃになって、みんな余裕がないものだから、お互いに傷つけ合ったりもする。

その年の春、おれが物心ついてはじめて、自分も一員であるこの社会が傷ついていることをリアルタイムで切実に感じた。問題になったのはヒトからヒトへうつる感染症だから、助け合いをすることのハードルも高い。おれも、身近な大切な人たちが、大きく傷ついているのに助けることができない無力さをひしひしと感じ続ける日々だった。

夏凪を送り出すはずだった卒業式も、各クラスから数名の代表が出るだけの小規模開催になった。うちのクラスからは学級委員と、体育祭と秋桜祭でそれぞれ学年代表をつとめた香取と白里さんが出席した。香取から聞いたところでは、吹奏楽部の演奏もなく、校歌もピアノ伴奏による「黙唱」で、ひっそりとしたものだったそうだ。入院中の夏凪は欠席だったという。

三年生が去った後も、終業式までは形式上学校が続いた。毎日、時間を決めてオンラインのホームルームを開いてはいたけれど、おれが会いたくてたまらない花音は一度も参加しなかった。

最後に花音に会ったのは、夏凪が入院したと聞かされて病院まで一緒に自転車を走らせた時だ。あの日、おれはまず花音の家まで行き、そこから二人で夏凪が運び込まれたという病院まで急いだ。その病院は、いったんターミナル駅まで出て、そこからまたバスに乗るようなところで、自転車の方が早かった。花音は一秒でも早く行きたがった。

ウェブで調べた面会時間にはなんとか間に合った。でも、病院はゲートが半分閉じられており、警備員が立って出入りを制限していた。たまたまやってきた救急車のライトが物々しい雰囲気で、木立に赤い陰影を投げているのが目に焼き付いた。

「院内感染のクラスターが出たので、一般のお見舞いはご遠慮いただいています。整形外科？　それなら棟が別なので安心してくださっていいんですが、面会は最小限のご家族だけにしていただいています」

と丁寧な説明を受け、おれたちはすごすご帰るしかなかった。

しばらく、自転車を押しながら歩き、花音と話した。

いや、あれは「話した」と言えるのだろうか。花音は「渓ちゃんは大丈夫かな」と繰り返した。まだどんな怪我なのかも分からず、命にかかわるものだったらどうしよう、そうでなくても選手生命にかかわるものだったらどうしようと、不安が募った。

「これ以上、悪くはならないよ」とおれは慰めにもならないことを言った。「事故の後、すぐに搬送されて、ちゃんとした病院で処置を受けているんだし。ちゃんと治してもらおう」

「うん、そうだね。でも……」

　花音は言い淀み、小さな声で続けた。

「……渓ちゃんを一人きりにさせちゃったな」

　おれはうなずいた。たしかに、病室にいる夏凪は、今、ものすごく孤独に違いないとおれも思っていたところだった。

　自転車を漕ぎ始め、花音の家の近くで別れて帰宅した後、おれは〈きっと大丈夫〉と根拠なくメッセージを送った。でも、それは既読にならなかった。

　夏凪の状況が伝わってきたのは、花音と夏凪の母上同士のホットライン経由だった。おれはそれを花音ではなく風雅から聞いた。

〈渓くんの怪我は、足の脛骨・腓骨の開放骨折。骨が皮膚から突き出してたって。ヨセミテのボルダーで変な落ち方をしたらしい。これから二週間か三週間、腫れが引くまでずっとベッド上で足を牽引して、その後で、手術する。障害は残らず、元通りになるものらしいから、治ればまた競技ができるって。以上、おねえに言われたから、伝えた。

返事いらないから〉

憎まれ口は実に風雅らしいが、なんで花音が自分で伝えてくれないのか気になった。花音とおれとのやりとりは、花音から何日も前に既読がつかないまま終わっているのでなおさらだ。

春休みが始まり、春休みが終わった。

おれの中では、他に特記事項がない空白の時間だった。たしかにその時間を経過したはずだが、終わってみるとなにも残っていなかった。

二年生の一学期が始まった。それとほとんど同時にいわゆる緊急事態宣言が発出され、おれたちは一度も登校することなく、新しいクラス名簿だけが郵送で送られてきた。残念ながら花音とは別のクラスに分かれてしまった。一方で、誉田が腐れ縁のようについてきた。香取が花音と同じクラスだったが、新しい担任がネットでのホームルームに消極的だそうで、花音の情報はまったくなかった。

学校に行けないのだから、花道での勧誘もできず、地学部も二年生が三年生に、一年生が二年生になっただけだった。もともとそれぞれ独自研究をしている時間が長い部活だし、「ステイホーム」でもそれぞれのことをやるだけだから、まったく変わり映えがしなかった。特に市原さんは、天体観測をして、翌朝、寝坊しても問題がないこの生活を喜んでいるらしかった。

週イチで、部活のネットミーティングをしても、花音は出てこなかった。みんな心配して、夏凪のことも含めて、おれに質問したが、おれだって何も特別な情報はなかった。

この期間、かろうじて花音の消息を伝えてくれたのは、やはり風雅だった。夏凪の状況を聞いてから、風雅とのメッセージのやりとりは頻繁になっていた。それどころか、時々、家と家の中間点で会った。本を貸すためだ。

風雅は、なかなか中二心のあるやつで、おれが昔、熱心に読んだ異世界転生ものや時間ループもののラノベを貸したら、すぐにハマった。それで、読了したものを引き取り、新しいものを貸すために定期的にリアルで会う必要があった。おれたちの家の間には、大きな田園地帯があったので、まだ田植えから間もない田んぼを貫く道で落ち合うことが多かった。まったく田舎の中高生男子そのものだった。

「で、花音、お姉さんはどうなの？」というのがおれの方の関心事だ。

「体は大丈夫だよ。毎日ちゃんと食べてる。でも、元気はないよ。渓くんとは話してるみたい。そういえば渓くんは無事に手術が終わって、もう自宅に帰るみたい」

じゃあ、花音も夏凪もなんでおれには連絡してこないんだと思うわけだが、こないものは仕方ない。じりじりしながら、おれはがむしゃらに走ったり、本を読んだり、来年の地学オリンピックを見越した勉強をしたりするしかなかった。

いや、正直に言おう。花音から連絡がないのはものすごくきつい。思いつめているのだったらなおさらだ。おれじゃ、その悩みを受け止められないとでもいうんだろうか。いや、きっとそうなのだろう。おれは自分のふがいなさを責めた。

これまでの風雅なら、そんなおれを憐れむような目で見ただろう。でも、今回は風雅も悩んでいた。以前、おれを頼った時よりも深刻だった。

「あまり話してくれないんだ。この前みたいにわけのわかんないことを話しかけてくる方がまだよかった」

「そっか、それは相当、メンタルに来てるんだろうな」

「だから心配なんだ。ずっと部屋にこもってるし、食事に出てきても無口だし」

「そりゃ、きついよな」

風雅にとって、最愛の姉である花音が自分のことを相手にしてくれる余裕を失っているのは相当こたえる。それで、おれにラノベを借りて、中二病ワールドに目覚めるというのも、どこか気の毒な話といえる。

「そもそもさ、ひょっとして、あんたがおねえのこと怒らせたりしたんじゃないの？　おねえって、めったに怒らないけど、怒ったら怖いよ」

風雅が、不当にも食って掛かってきた。

「それは、ないな。最後に会った時にも、渓くんのことしか話さなかったし」

「でも、気づいてないだけかもよ。あんたは、ほら、デリカシーがなさそうだし」

「悪かったな。そうかもしれないけど、やっぱ、そうじゃないよな。花音、怒ってなかったし、怒ってるんだったら、おれに言うよね。きみのお姉さんは、ちゃんと伝えると思うけど」

「うん、それはたしかに……嫌なやつには露骨に嫌な顔するし」

結局、夏凪のことが心配で心配で、おれに連絡をよこす余裕がないということなんだろうか、と思うと、胸が締め付けられた。

そして、おれも風雅も、日々、答えがないままぐるぐると同じところを回り続けるしかなかった。世界中で感染症が広がって、ヨーロッパやアメリカでもひどいことになっているニュースばかりで、日本でもお医者さんがものすごくがんばってくれているのに、おれはこの小さな世界で地味に巣籠もりしながら、花音のことばかりを気にしていた。

「これって、時間ループものだよね」と風雅が指摘して、おれもうなずいた。

「まったくその通りだな」と。

時間ループものというのは、ラノベによくあるタイプの物語で、主人公がある時間の中に閉じ込められて、その期間を延々と何度も繰り返す。その中でキャラが成長したり、恋愛関係が発展したり、謎が解けたりすることで、ループが解除されて時間がその先へと流れ出すパターンが多い。

「時間ループものには何種類もある。まず、主人公がループをポジティヴに捉えるかネガティヴに捉えるか。ループそのものが目的である場合もあれば、そこから脱出することが目的である場合もある。ループから抜け出すための鍵が、異星人との戦いだったり、主人公の成長だったり、人間関係・恋愛関係だったり……」

風雅はうんうんとうなずいた。こいつ、そういう仕草が花音とそっくりだ。

「今のって、絶対にネガティヴなループだよね。毎日、家にいるだけで、学校もないし、土日もないようなものだし。うちの中学校、学活くらいネットでやればいいのにそれもやらないから、きのうときょうの区別がつかないよ」

「じゃあ、そのループから抜け出す鍵ってなにかな」

「そんなの決まってるだろ。緊急事態宣言が終わればいいんだ」

「そうかな。一度終わっても、何度も波が来るってニュースで言ってたけど。とはいってもウイルスと戦うのは手洗いとマスクくらいしかおれらにはできないし、ここは成長するしかないんだろうな」

我ながら偉そうなことを言ってしまった。

案の定、風雅は嫌そうな顔をした。

「あんたが成長するって、それ以上、背が伸びたら、逆に困るんじゃない」

「そっちの成長じゃないけど、まあいいや。じゃ、人間関係の方はどうだ。花音がふさぎ込んでいる理由を突き止めて、それを解消する」

「無駄だよ。おねえは、渓くんのことばっか考えてるよ。渓くんがずっと落ち込んでいるし、頑なだしね」

「えっ」とおれは小さく声を上げた。

ヒントに触れたような気がした。でも、その時は、そこから先には進めなかった。風雅が口を尖らせて、つむじを曲げて、それ以上のことは言おうとしなかったからだ。

「またなんか変化があったら教えてくれよ」とおれは毎度同じように念を押し、風雅と別れるのだった。

風雅が言っていたのが具体的にどういうことか、おれはアリョくんから教えてもらった。

夏凪が落ち込んでいるし、頑なだという。

アリョくんは、花音や風雅ほどではないにしろ、夏凪との付き合いは長い。特にこの三年ほどは、県の強化指定選手としてずっと一緒に練習してきたそうだ。実は県内でも屈指の難関である国立大学付属中学から、私立のスポーツエリート高校に進んだすごい経歴のやつだと最近知った。

「もちろんオリンピックの延期はショックだったはずだよ。でも、それより、怪我したことについて自責の念にとらわれているみたいなんだよね。だって、渓くんは、本当にみんなを引っ張ってきたから。ものすごくストイックだし、自分だけじゃなくて、全体を底上げしようとがんばってきた。なのに、自分が踏ん張るどころか、足引っ張ってるって耐えがたいんじゃないかな」

そんな話を聞いたのは、おれとアリョくんの自宅の中間地点にある川沿いの公園だ。「ちょっと話したい」と言われて、互いに二〇分くらい自転車で走れば会えると分かった。公園では先に来ていたアリョくんがベンチに座っており、カクっとしたたくましい肩のラインですぐに見つけることができた。

　アリヨくんは、さらにこう言った。

「渓くんに元気出してもらいたいって、強化指定選手のチームのみんなが思ってるけど、そもそも病院は面会できなかったし、家に行っても今の状況では会うのは難しいし。じゃあ、瞬くんみたいに、高校でのつながりがある人とも情報交換しておいたほうがいいよね、っていうのがみんなの意見で。それで、瞬くんは、どうなの？　ぼくらは、今、モチベーションを保つのに苦労してるんだよね」

「おれは正直、練習もできなくなって退屈してるけど、高校の地学部という面では、みんな自分のテーマがあるから、あまり問題ないかな。天体観測やってる先輩は朝寝坊できるからってむしろ喜んでるし。おれは、来年の地学オリンピックに出るための基礎勉強をわりと真面目にやってる」

「そうか、やっぱ、自分でできることを見つけられる人は強いよね。またジムが開いて、一緒に登れればいいよね。それと、ちゃんと公式大会に一度出て、スピード競技でいい結果を出して強化指定もらえれば、もっと一緒に練習できるんだけどね」

「まあそれはおいおい。今、大会は軒並み中止だし。でも、ジムじゃなくて、奥御子の岩でもいいかもな。屋外なら、換気を気にすることもないし」

「それいいね。今の選手って、ぼくも含めて、あまり外岩に行かない人が多いから、渓くんが連れて行ってくれたのが、数少ない機会なんだ。あれを経験すると、人工の壁でも見方が変わって、引き出しが増える気がするよ」

「じゃあ、今度奥御子に一緒に行こう。きっと地学部の活動も見せられるよ」

「うん、声をかけてほしい」

そんな雑談をしたのはせいぜい三〇分くらいだ。夏凪が連絡を断っている今、県のユース世代のまとめ役を任されているアリョくんは、以前のようなビビリの雰囲気はまったくなく、顔つきも引き締まっていた。この状況でも成長しているんだなと、おれはしみじみ思った。

別れ際に、もう一度、夏凪のことに話題が戻った。

「やっぱり、渓くんには試練だと思うんだ。ほら、渓くんって、オリンピックに賭ける気持ちが強くて、結局、今年の大学受験はスルーしたでしょ。推薦入試で行ける大学はいくつもあったはずなのに、オリンピックが終わってからＡＯ入試で法学部を目指すってすごい決断だったよね。でも、本当にタイミングが悪かった」

おれは「えっ」と思いながらも、驚きをちゃんと表す前にアリョくんは背中を向けてしまった。

そういえば、夏凪は進学のことを自分からは話さなかったとおれは今頃になって気づいた。オリンピックの話題の方が大きくて、進学まで興味が追いつかなかったというか。でも、かりにそれを知っていたとしても、おれは夏凪の決意を称賛するだけで、危うさを感じることはなかっただろう。

本当に、今となっては、タイミングが悪かったとしか言えない。誰だってこんな事態が起こりうるなんて半年前には想像もしていなかった。おれは帰りの川沿いの道を自転車で進みながら、あの夏凪がしんどい想念にとらわれていることをはじめてリアルに感じた。

「そりゃあ、岩月ちゃんにしてみたらショックだったと思うよ」と仁科さんはパソコンの画面のウィンドウの中で言う。

仁科さんは、浮世離れした地学部の面々の中では、ちゃんと人間界の些末な出来事にも関心を持って見ている先輩だ。その一方で、激しい気象現象への愛は並大抵ではなく、勢い余って「恋はいつでもスーパーセル！」とか、自分自身の恋愛感情も持て余しているフシがある。ほかの先輩方に聞くと、仁科さんは一年生の頃から、幾度となく「スーパーセル！」のような恋愛を短期間で繰り返してきたらしい。ただ、奥御子ジェーンの研究に熱中し始めてからは、少し沈静化していると奥寺さんは言っていた。

おれが仁科さんと話しているのは、地学部の全体ミーティングの時におれの様子がおかしかったと心配してくれたからだった。終わってすぐに直接のメッセージがあり、そのまま通話することになった。おれの悩みは単純で、この日も欠席した花音のことに尽きた。

「渓くんのことだけじゃなくて、自分の地学オリンピックも理不尽に中止になっちゃったわけだし、それは誰が悪いわけじゃないから、誰かを責めるわけにもいかないし。そういうのって、すごくきついよ。責める相手がいないんだよね」と仁科さん。

「でも、そういう時こその仲間じゃないですか。かりにおれに言いにくくても、奥寺さんや仁科さんにになら言いやすいとかあるんじゃないですか。花音にとって地学部はホームだから、なにか悩みがあったらまず言いますよね」

「たしかに、岩月ちゃんは素直な子だから顔に出るし、これまで小さなことでも心配ごとがありそうな時は、聞けば教えてくれたね」

「やっぱ、そうですよね。でも、おれはそういうの知らないな。どんなのがあったんすか」

「例えば……そうだな、地学オリンピックの一次選抜の時とか、会場に入ってもそわそわしてて、どうしたのって聞いたら、坂上くんがはじめての大きな大会だから心配だとか。ほんと素直でいい子だわ」

「おれ、猛烈にうれしいっす」

「まあ、岩月ちゃんは、そういう子なんだよ。大事にしなよ、とか言いながら、別に付き合っているわけでもないのはちゃんと分かってるよ。でも、大事にしたいよね、あの子は」

「うっす。本当にそうです」

「じゃあ、何ができるかなんだけど……こういう時は、建設的な将来計画を立てる、とかかな。それもみんなでできるやつを。先が見えない時こそ、未来を考えるんだよ！」

「いいすね。おそろしく前向きです。次の課題研究はもうみんな考えてるわけだから、もっとその先ですよね」

「なんて言いながらも、あたしの未来設計にはなかなか迷いがあるんだけどね」

「どうしたんすか」

「実は、元彼がさ、あ、去年、駅でたまたま会った時の人じゃなくて、もっと前に付き合っててまた縒りを戻した人なんだけど、あたしが高校卒業したら結婚して海外赴任についてこないかって言うんだ——」

ぶっと、おれは噴きそうになった。万葉高校の卒業生は男女問わずほとんどが進学する。九割以上、大学だ。いきなり結婚、というのは刺激が強かった。

「向こうも、こういうご時世で、海外に行ったらなかなか行き来しにくくなると分かってて言ってるんだよね。でも、もしも、そういうのを選んだら、たしかに楽しいかもしれないけど、あたしのジンセイってなに？　って思ったわけ。彼の付属物みたいだなあって」

「そういうもんすかね」

結局、仁科さんの恋愛遍歴にまつわる話を三〇分ほど聞かされることになるのだが、それはそれでおれの今の生活の中では彩りには違いなかった。

「恋はいつでもスーパーセルだけど、あたしは、なんやかんや言ってちょっとずるい選び方をしてきたかもしれない。ていうか、これまで年上の人とばかり付き合ってきたのって、どうよって思うんだ。たしかに頼りがいはあるし、知らないこと教えてくれるし、自分もオトナになった気分になるけど、それって自分で勝ち取ったものじゃないよね。若くてちやほやされるからってゲタを履かせてもらってるかんじ。でも、それじゃいかんのじゃないか。同世代と切磋琢磨して自分を磨くべきなんじゃないかとも思ったりするわけよ」

なかなか含蓄のあることを考えている仁科さんであった。そして話題は、夏凪に憧れる奥寺さんや、その奥寺さんをずっと見守っている神保さんのことまで一巡した後で、結局、また最初の話に戻ってきた。

「まあ、彼についていくってのはありえないね」と結論した後で――

「今、あたしは、恋愛じゃなくて、自分の青春そのものをスーパーセルにしたいと思うよ。地学部はその舞台だよ！　ってのが、当面の結論かなあ」

「高校だけでは完結できないくらい、地学部の大きな将来計画を考えたいですよね！」

そんなふうにおれたちは意見が一致した。

とはいえ、おれには花音とまったく連絡が取れない現実が重くのしかかる。花音がおれのことを大切に思ってくれていたことや、地学部のことを家族のように思ってくれていたのは間違いないのに、どうしてこれほどまでに頑なに繭の中に閉じこもってしまうのか。

おれは、今、自分自身が「大切に思ってくれていた」と過去形で考えたことに戦慄した。

「でも、それだけじゃだめなんですよ。前向きな計画だけでは足りないんです」とおれは強く言った。

将来の明るいビジョンは必要かもしれないが、それだけじゃだめだ。

では、鍵になるものがなになのか。おれはもうとっくに気づいていた。

「わかるよ」と仁科さんが察した。

「ですよね」

夏凪だ。

彼のことを知らずして、花音が抱えているものも理解できない。

「おれから連絡しても、反応してくれないし、誰か最近話した人とかいるんですかね。

それについては、アリョくん、県の強化指定選手つながりでも相談を受けていて……」

すると仁科さんが、ちょっと思案げに「そういえば――」と反応した。

「例えばだけど、渓くんのお母さんと話してみる気はある？」

「え、連絡先、知ってるんすか」

「あたしじゃなくて、詩暢ね。渓くんの家にみんなでお邪魔した時に、あたしと詩暢は、お母さんと話す時間がかなりあって。お母さんは陶芸を趣味でやっていて、自宅に電気窯を入れたいと思ってるんだって。それで、詩暢の叔父さんが勤めてる会社が、工場で使うようなプレスマシーンとか作ってるメーカーなんだけど、なぜか陶芸用の炉もやっていて、安く手に入らないか聞いてみる、みたいな話になって連絡先を交換したんだよね」

「なるほど」

「あたしの見立てでは、お母さんは詩暢のことが結構好印象で、息子の彼女にはこういう子が、とか思ったのかも。渓くんのまわりにいろんな子が寄ってこないはずないんだから、母親としては安心できる女の子にいてほしいよね」

どこまでもゴシップ好きな仁科さんだが、とにかく母上へのルートがあるというのはすごいことだ。おれは、奥寺さんにまずは連絡を取ってもらい、直接、母上と話せないか、聞いてもらうことにした。

一週間後の夕暮れ時、おれたちは花音の家の近くのバス停の前に立っていた。

付近では一番車通りが多い国道だが、このご時世で、ほとんど往来がなかった。スマホのトップ画面にはニュースがいくつか表示されていて、総理大臣の記者会見が始まると報じていた。

がらがらのバスから降りてきた待ち人たちと合流して、花音の家の方へ。

事前に風雅には言ってあるが、花音にはあえて伝えていない。数日前に、久しぶりにおれからのメッセージに既読がついたものの、かといって返事がきたわけではないので、むしろ刺激しないことをおれは選んだ。

チャイムを鳴らすと、まず風雅が出てきた。そして、事前に風雅が話をしておいてくれたらしい母上も顔を出して挨拶を交わした。

「三〇分か一時間、花音さんと外で話をしたいんです。夕食前にすみません。この人数なので、危ないこともないと思いますし、夕食の時間までには必ず、お帰ししますから」

おれは腰を折って、母上に頼んだ。

母上は「みなさんありがとうございます。花音に言ってきます」と快諾してくれた。

「坂上くんたちが――」

いったん閉じたドアの向こうから、母上の声が聞き取れた。

五分ほどたったところで、ふたたび玄関が開いた。そして、中から押し出されるように花音が出てきた。部屋着っぽいくたびれたジーンズと、三葉虫がプリントされたTシャツに、薄いカーディガンをはおっていた。

うつむき加減の花音は、ゆっくりとおれを見た。目が合いそうになると、握った両手を顔の前で合わせ、両肩を縮こまらせながら深々と頭を下げた。

「いやいや……そんなあやまってもらう話じゃないし。こっち見てよ。みんなで来たんだから」

少し間隔があって、花音はゆっくり顔を上げた。視線はうつむいたままだ。

「渓くんを、一人きりにしたって言ってたよね。あの意味が、やっと分かったよ」

花音の目がおれを捉えた。無言だが、ちゃんと見てくれた。

「花音は、渓くんが病室で一人きりだと言ったんじゃなくて、ずっと孤独だったたって言いたかったたんだよね。おれ、渓くんのお母さんと話したんだ。子どものころ、渓くんと花音は一緒にオリンピックに出るのが夢って言ってたたって聞いた。クライミングがオリンピック競技でもなかったのに、そう言い始めたのは花音なんだって？　でも、結局、花音は競技からいなくなって、渓くんは一人で旅をすることになった。花音は今さら責任を感じてしまった。自分の地学オリンピックが流れたことよりも、そっちが大きな問題だった。きっとそうだよね」

花音はこくりとうなずいた。ふっと息を吐き出して、小さく口を開いた。

「わたしも渓ちゃんの家で古い雑誌を読んで思い出したんだよ。無邪気にあんなこと言って、一緒に金メダルとか約束してるんだよね。だから、自分の方の地学オリンピックが流れたのはむしろうれしかった。わたしだけだと申し訳ないから」

「おれたちにも言ってくれればよかったのに」

今度は、イヤイヤするみたいに首を振る。

「わたし、渓ちゃんを一人にして、寂しくさせたのに、わたしには相談しようと思えば瞬がいて、みんながいるから、申し訳なくて、すると、もう連絡しちゃいけない気がして……」

声が震えて、途切れた。

おれの両側の空気が動き、少し質感の違ういい匂いがすり抜けていった。

「会いたかったよ」「うん、会いたかった」と奥寺さんと仁科さんが口々に言いながら、花音の肩をそれぞれ抱いた。

「おかえり、岩月さん」「待ってたよ」神保さんと市原さんが、おれの両脇から声をかけた。

地学部の全員が、花音のことを「迎えに」来た。これからどこかに出かけるという意味ではなく、三月以来、引きこもっていた花音を外の世界へとまた迎える、という意味で。

「渓くんのことは、一人で抱え込まないで。渓くんだって地学部なんだ。おれたちだって、心配していいだろう」

おれが言うと、花音はうつむいたままうなずいたように見えた。

「というわけで、いろんな計画を考えて、持ってきたよ」と神保さんが、プレゼン資料が入ったタブレット端末をかざしてみせた。

「いやいや、その前に――」

神保さんをさえぎるみたいに前に出た市原さんが、大きな双眼鏡を掲げた。

「日が暮れたら、西北西の空に金星と水星が接近して見えるんだ。金星は宵の明星で目立つけど、水星ってわりと見つけにくいから、こういう時に観察するといいんだよね。

残念ながら火星は、きょうは明け方だね。ただ、その代わりに、宵の口には、双子座のポルックスが三日月と接近して見える。これも滅多にないよ。ポルックスには、太陽系の木星の二倍くらいの重さの巨大惑星があって、それは二〇〇六年に視線速度法という――」

「市原、うるさい！　今は星空ナビゲーターはいらん」と仁科さんが割って入り、

「なんだと、ぼくが率先して星空解説するなんて滅多にないんだぞ」と市原さんが言い返した。

みんなが腹を抱えて笑った。

花音もうつむいたまま、少し口元を緩ませ、そのまま泣いているのか笑っているのかわからない目元のまま、やっぱり笑った。

三

奥御子渓谷は、県南では最大の河川である御子川の源流地域にあって、古くから畑作や果樹栽培に使われてきた扇状地に向けて開口している。古生代石炭紀から中生代三畳紀前期までの石灰岩の地層が見られ、地質学的な研究の対象になってきた。クライミングの聖地でもある垂壁は、最高峰、西岳の山体の一部をなす。昭和の初期にセメントなどの建築用途で大々的に採掘されていたことがあるため、散策路のはじめの部分からは、今も生々しい傷跡を見ることができる。

しかし、少し奥に踏み込むと、今も残された自然の王国だ。奥御子キャンプ場に付随する設備がわずかな人工的建造物で、あとはところどころにお地蔵様や祠がある程度。植林の杉が多い斜面を越えると、スダジイ、タブノキ、アカガシが混ざった自然林が広がっている。

おれは木々の間で立ち止まり汗を拭う。以前ならただの木だとしか思わなかったこの森で、樹種を意識できるようになったのは、植物に詳しい奥寺さんのおかげだ。同じ木に見えても、種ごとに特徴が違う。当たり前だが、意識して見るようにならないと見えてこない。さらに上空からドローンで撮影すると、ブロッコリーみたいな樹冠が、規則がありそうでなさそうな絶妙なランダムさで並んでおり、それがなんとも言えない美しさであることも最近知った。

喉が渇いた時、このあたりの湧水は飲用に適している。石灰岩地帯だから日本では珍しいかなりの硬水で、きりっと冷たい飲み口の後で舌にかすかな苦味を感じる。これも地学部の領分。ちなみにおれの特殊事情として、カリウムをとりすぎるのは良くないのだが、硬水に含まれる微量のミネラルは無視しても構わない量だということも調べた。

そして、おれたちの最大の主張としては、森が切れた先にある石灰岩の巨大な壁を登るクライミングも、地学の一部だ、ということである。

おれは、森の小道がもうすぐ陽光の下に抜ける輝かしい出口が見えたところで振り返った。

リュックを背負った夏凪が、念のためにトレッキングポールを持ちながらも、ごく普通に歩いてくる。機敏というわけではないが、足を引きずるようなこともない。斜め後ろからサポートする花音が少し不安げに足元を見ているけれど、夏凪の骨折した足は日常生活で困ることがない程度には回復しているようだ。

「そうジロジロみないでよ。ぼくの足は前と同じくらい丈夫だよ。チタンの棒が入ってるんだから」

「渓ちゃん、ちゃんと、ポールを使って。その状態でまた骨折したら、チタンが中で曲がって骨から取り出せなくなるんだよ」と花音がきりっとした口調でたしなめた。

「本当にそれって、洒落(しゃれ)になんないっすからね。曲がったチタンを取り出すには骨を砕かなきゃならなくて、最悪、足を切断とか聞きましたよ。気をつけてください」

おれが同調すると、夏凪はまいったなあというふうに頭をかいた。

「ほんと、二人とも、親みたいなこと言うんだな。そこまで心配なら、そもそも誘わなきゃいいのに」

夏凪の口元が少し皮肉っぽく歪(ゆが)んだ。

「まあ、それはそれです。ずっと引きこもっていたら、魂が腐りますから。おれたちは、渓くんと一緒に成し遂げたいプロジェクトがあるんで、そこは譲れません」

「強引だね」

「まあ、渓くんみたいに、うまく相手を褒めてその気にさせるような器用なことはできないんで。渓くんは、おれを競技クライミングに引き込んだんだから、そこはおあいこでしょう」

夏凪は口の端を上げたまま、ふっと笑う。

「わかったよ。見せてもらおう。二億年だったか三億年だったか、ものすごい過去へのタイムスリップルートってやつを」

おれたちはまた歩き始める。

少し先に見える森の出口の先には、白灰色の壁面に木々の葉が影を落として、複雑なパターンを刻一刻と変化させている。およそ二億五〇〇〇万年前という途方もない年月も前に海底に降り積もったサンゴやフズリナの壁がスクリーンになり、今生きている植物たちが生を謳歌（おうか）するさまを映すこの瞬間が、おれには信じられないほどの奇跡のように感じられる。

まがりなりにも地学部として活動したことがある夏凪にも、それをわかってもらいたくて、おれたちは光差す方へと進む。

地学部の先輩方と花音の家を訪ねたその夜、緊急事態宣言が全面的に解除された。総理大臣が記者会見をして、最後まで据え置かれていた地域も平時に戻ることが決まった。

おれたちは、花音の家の近くの公園で話し合い、それからの行動を決めた。すぐにたどり着いたコンセンサスは、「止まっていた時間を、また動かすべきだ」というものだ。

もう何十日にもおよんでループし続けたままだった時間から、そろそろ抜け出すときがやってきた、と。手始めにまずは花音とおれの二人で夏凪家を訪ねることが決まり、その場で電話して夏凪の母上の了解も取り付けた。

翌日の午後、さっそく訪ねていったおれたちを、母上は紅茶とケーキでもてなしてくださった。ただ、夏凪はなかなか顔を見せず、かれこれ三〇分くらいが過ぎてからやっと、自室のある二階から降りてくる足音が聞こえてきた。

「ごめん。午前中に一度起きたんだけど、二度寝しちゃって」

と少しだけ寝癖がついた髪のまま、本当に眠たそうな目をしてやってきた。最初に気になったのは右足だが、肘当てがついたタイプの金属の杖を使いながらも、ほとんどそれに頼らずに歩いていた。

「心配かけてごめんね。生活が完全に昼夜逆転してるんだ。深夜になってからヨーロッパの友だちと話したり、明け方になってからアメリカの友だちと話したりするうちに、結局、眠るのは朝になって、日中、ずっと眠いんだよ」

夏凪はこれみよがしにまぶたをこすってみせた。

おれが知っている夏凪とは違う、どこか危うい印象を受けた。それは花音も同じようで、隣で目をぱちぱちと見開きする気配をおれは感じ取った。

「渓くんは、やっぱり国際的っていうか、友だちが世界中にいるんすね。あるいはそれがクライミングのカルチャーってやつですね。それにしても、各国のみなさんはそれぞれ、大変なんでしょうね。ヨーロッパやニューヨークのロックダウンなんて、本当に家の中にいろっていうのに近いみたいで、日本なんかよりずっと不自由そうだし」

「そうそう、日本では外歩きするのはオーケイだったしね。ぼくの友だちというのは、みんな選手だから、体を動かせなくて大変だったみたいだよ。自宅の壁にホールドを取り付けて、ひたすら指を鍛えようとして、指をバキッたやつもいる」

「骨を折っちゃったんすか」

「骨じゃなくて腱が断裂したんだけど、医者にも行けずに苦労していたね。ぼくは緊急事態宣言の前の怪我だったから助かったよ」

「オリンピックも延期になったことだし、きっちり治す余裕ができたのが少しは希望が持てるってとこっすね」

　おれがそう言った時、隣の花音がふっと動きを止めた。夏凪も少し目を伏せた。

　今、かなり核心的なところに踏み込んだ自覚が、おれにもあった。これは花音にはできないことだから、おれがやらなければならなかった。

「それなんだけどね――」と夏凪。

「足の怪我って、わりと時間がかかるんだよ。前と同じパフォーマンスに戻るまで一年くらいじゃないかな。オリンピック代表を決める複合大会も延期されるだろうけど、時期によっては一〇〇パーセントでは臨めない。それと、抜釘（ばってい）といって、足に入っているチタンの棒をどこかで抜かなきゃならないんだよ。その時期も悩みどころなんだよね」

「つまり、どういうことですか」

「まあ、身から出た錆なんだけど、延期になってモチベーションを失いそうになる自分が怖くて、がむしゃらに練習したのが裏目に出た。口では少し身体を休ませるとか言いながら、実際はできなかったんだ。その結果として、ぼくは今回のオリンピックの代表になれる可能性は薄くなったと思ってる。でも、瞬、きみは来年にはもっと上達しているよ。スピード競技を武器にして、狙ってみてもいいかもね」

「何を言ってるんですか。おれは言われなくてもスピード競技をやっていくつもりですけど、渓くんが弱気になっていいはずないでしょう」

「とはいっても、怪我はどうにもならないし」

「渓ちゃん――」

花音がやっと口を開いた。

「わたし、来年、地学オリンピックを目指すよ。だから渓ちゃんも諦めないで」

「いや、だから、花音、ぼくだって……」

「わたし、地学オリンピックだけじゃなくて、将来はオリンポス山に登りたい」

唐突な展開に、夏凪は目を細めた。

「どうしたの？　オリンポスってギリシアの神々が住む山のことだよね。たしか歩いて登れるはずだよ」

「違うよ。地球のじゃなくて、火星のオリンポス山。太陽系で一番高い山」

夏凪が目をしばたたいた。長いまつげが重なって、本当にぱちぱちと音を立てた。

「つまり、渓くん、おれたちが言っているのは、オリンピックは通過点だってことです。花音は地学オリンピックのはてにいつか火星に行こうと思っています。おれもです。渓くんにとってオリンピックってなんですか。クライミング競技の発展のためのステップですか？　もともとクライミングって登山のための技術ですよね。考えてもみてください。渓くんも地学部だったんだから、渓くんのクライミングは地学のためでもあるんですよ」

「渓ちゃんと一緒に、登りたい。地学部で」

「花音も登るの？」

「そうです。花音も登る意味と目的を見つけたんです」

「それって、なに？　もうちょっと教えてくれる？」

夏凪がきょうはじめて体を前に乗り出した。

その目には、ほんの一瞬だけ、かつての強靱な光が見えた。いや、それは気のせいだったろうか。おれたちと夏凪の間にあるテーブルの上には、まだ透明な壁があって、夏凪は向こう側でしきりと瞬き（まばたき）をするばかりだった。

緊急事態宣言が明けてから二週間目の週末、おれたちは奥御子巡検合宿を敢行した。

万葉高校は、六月の第一週に開校記念の休日があり、それが今年、土日とくっついた。

そこで、梅雨入り直前のぎりぎりの時期ではあるけれど、今年度になって初の巡検を合宿形式で行うことになった。

奥御子のキャンプ場の予約はがらがらで、ベースになる大きなコテージを借りた上で、それぞれ別のテントで眠るという、なかなか贅沢なやり方で感染リスクを下げる。活動自体はほとんどアウトドアなので、安全安心の合宿となるはずだった。

参加者は新三年生四人と、新二年生二人。一年生はまだリクルートできておらずゼロ。その代わりに、卒業したばかりの夏凪も加わる。

夏凪が本当に来てくれるのか、最後まで半信半疑だった。

引率の苫米地先生は、テントなどの大きな荷物を自動車で運び、生徒たちはＪＲ万葉駅で待ち合わせて、鉄道を乗り継いで奥御子渓谷駅まで行くことになった。

朝の集合場所で、本当に夏凪は来るのだろうかとやきもきしていたところ、メッセージが入った。

〈午前中、病院に行かなきゃならない。それが終わったらすぐに向かうから、昼頃には到着できると思う〉

それで、おれたちは安心して先行することができた。そして、予告通りの時間に夏凪はキャンプ場までやってきた。

おれたちの顔を見るなり、こう言った。

「見せてよ。きみたちが登りたいっていう、当面の目標の壁を」

みんなが心配する中、夏凪はトレッキングポールを使って歩くリハビリの一環だと主張して、おれたちに壁までの案内を求めた。そして、一五分ほどの登り道を、文句を言いながらも危なげなく歩き通した。

花音とおれは、ドローンの調査で有望だと見られているあたりを指し示した。

「ねぇ、渓ちゃん、わたしたちはここを一〇メートル登るだけで、二億五〇〇〇万年以上も前にたどり着くんだよ。石灰岩は生物が作ったものだし、それをいったん地球が飲み込みかけて、吐き出してきたのがこのあたりの地層。そんなところをわたしたちはずっと登ってきたんだって分かって、わたしはクライミングがまた楽しくなった。この壁は、空よりも遠いところまで旅できるんだと、わたしは思ってるんだ」

花音は静かな熱を込めて、そんなふうに説明した。

このあたりは、花音と夏凪にとって、幼いクライマーとして、未来を夢見た場所でもある。花音の目には、上の方の一帯が色づいて見えるという。

「それが、花音のアンサーなんだね」と夏凪はぽつりと言った。

じゃあ、あなたにとってはなんですか、とおれは問いたい気持ちに駆られた。オリンピックでメダルを取ることなのか。クライミング競技を広めることなのか。夏凪渓という傑出した人間が、大きな輝きを放つのは、いつ、どこで、なのか、と。

「わからない」と夏凪はうつむいた。おれの問いを察知したかのような言葉だった。

先日、夏凪の自宅で会った時と同じように目をさかんにしばたたいている。

「でも、わざわざ来てくれたってのは、関心あるってことっすよね。これから三日あるんで、じっくりおれたちの考えを説明します。ただ、結構、きついっすよ。血反吐を吐くようなことはないですけど、地学部の活動はエンドレスです。朝から、地質、気象の活動があって、その上に、食事は自炊だし、クライミング班もやりますからね。睡眠時間削ります」

「覚悟しておくよ」

初日の午後はキャンプの設営を終えた後で、高台からの気象観測に費やした。夏に地学部同窓生の研究者とのコラボで、大型の水蒸気 LiDAR を持ち込める場所を探すのも一つの大切な点で、おれと仁科さんは結構、あちこち歩き回って、ロケハンをした。一方で、奥寺さんと夏凪は、去年のゴールデンウィークや夏と同じ定点で、動画撮影しながらの観測を受け持った。神保さん、市原さん、花音の三人は、キャンプ場に残って、夜の天体観測と夕食の準備を進めた。

夕食後、おれたちはキャンプサイトのまだ肌寒い屋外大テーブルに集まって、それぞれの研究テーマを発表した。科学研究コンクールでの対外的な発表は何度もしてきたわけだが、今年からはチームで口を出し合うカルチャーを取り入れることにした。あらためてお互いを知り合おう、みたいな企画だ。この回については、去年の研究をほとんど知らない夏凪に対して伝えるという面も大きかった。

宵の口からかなり雲が増えたので、天体観測は月を見ることになった。ほぼ満月のため、陰影にとぼしい平坦な見栄えだったけれど、市原さんの解説のおかげで立体的に理解できた。

「月の地形って最近になってものすごくよく分かってきたんだよ。二〇〇七年の日本の探査機、かぐやものすごく貢献していて――」

日本のかぐやの活躍で、月にたくさんの溶岩洞窟があることがわかり、そこが人類の居住空間に使えるかもしれないという話や、中国の嫦娥1号、インドのチャンドラヤーン1号、アメリカのルナー・リコネサンス・オービターなどの観測から、月にまとまった量の水が存在することがわかってきてにわかに月探査のモチベーションが高まっていることなど。市原さんがついツバを飛ばしそうになりつつも、時節柄、自制して静かな語り口に戻る、というのを何度か繰り返した。

「火星よりも先に月に基地を作る話が、今ＮＡＳＡやＪＡＸＡが言っていることで、でも、民間宇宙企業は火星に直接に行く意見みたいだよね」と神保さん。

「わたしは、火星ダイレクトの方がいい！」と仁科さん。

「大気現象を観測したいなら、火星だよね」と奥寺さん。

といったふうに、地学部ではやや火星派が多いようだ。明確に月派なのは市原さんで、その理由は、「月に基地ができて、月の極や地球の反対側に望遠鏡を置ければ、天文学や宇宙物理にとってものすごいメリットだから」ということに尽きた。

「だから、別に有人基地じゃなくてもいいんだけどね。うん、観測は無人で問題ないんで」と付け加える。

「じゃあ、有人は火星ってことで」と仁科さんがまとめて、地学部としては火星を推すということに決まって、その夜はお開きになった。

翌日は丸一日、朝から夜まで時間を使えるし、充実したものになるはずだ。おれは、ふだん眠る前に水を飲むと夜中に起きる高齢者みたいな癖があるため、就寝前に予防的にトイレ棟へと向かった。

テントの中のみんなはだいたい寝静まっているようだった。スマホをいじっていればそれだけで灯りが漏れるが、どのテントにも光はなかった。

足元をLEDライトで照らしながらトイレから戻る時、暗いテントから呼ぶ声がした。渓流の音にかき消されて、最初は呼ばれているのだと気づかず、何歩か通り過ぎてから振り返った。

「瞬、明日、大丈夫だよね」

「花音、眠れないのか？　大丈夫だよ。目閉じて、楽しいことを考えるといいよ。きっと明日はそうなるから」

おれはそう請け合って、自分もテントの中で寝袋に潜り込んだ。

四

合宿二日目。

朝六時に起床し、各自サンドウィッチを作るなどして朝食を済ます。川沿いをランニングした後で、河原の奥御子ボルダーでクライミングの練習の予定だ。
夏凪はランニングには参加できないこともあって、なかなかテントから出てこようとしなかった。そこで、おれたちは走る前にテントの外から一声かけて、出かけることにした。「うん、わかった。あとで行くよ」と眠そうな声が返ってきた。
ボルダー練習のリーダーは花音で、サブリーダーはおれ。花音が見つけた手頃な岩を使って、トレーニングする。クライミング班の目標は、競技というよりも、高校生活とその先に続く人生に必要な基礎体力を育み、あわよくば地学的なスキルに結びつけることなので、遊びの要素も取り入れた。
名付けて「地学クイズ・クライマーズ」だ。もともと花音とおれがヨセミテでやっていたことをアレンジしている。例えば、横幅のある岩の端から端までを手足自由で地面に落ちずに渡りつつ、一ムーブごとにクイズに答える。テーマを決めて、例えば、「火星」であれば、こんなふうになる。
「一九七六年にはじめて火星への着陸に成功したアメリカの探査機は？」（神保）
「バイキング1号と2号……うわー、次の手なに？」（市原）
「足が先です、膝を落としてドロップニーで、左足を踏んでから、右手を次のくぼみへ」（花音）
「火星で現地調達できる可能性があるロケット用の燃料とその理由は？」（神保）

「メタン。地中にメタンがあることは分かっているし、もしもそれが利用できなくても、大気の九五パーセントはCO_2だし、地中には水か氷、H_2Oがあるから、そこから酸素を作る時に、残ったＣとＨでメタンを作れる！」（市原）

「二〇二〇年代に火星に移民を送り出す計画を推進中のアメリカの企業と、そのＣＥＯは？」（神保）

「スペースＸで、イーロン・マスク！　ああ、だめだ、腕がパンプしてきた！」（市原）

「市原さん、まだできるはずです。手を左右順番におろしてシェイクしてください。次の一手は、ガバ持ちできますから、楽ですよ！」（花音）

「ひーん、だめだあ……落ちる、落ちる、落ちるー」（市原）

　という具合だ。

　クライミングのムーブを理解しつつ地学の知識も鍛えられるのがポイントで、おれはこの日は、苦手分野である気象を特訓してもらうことにした。

「十種雲形のうち、低空から成層圏まで突き抜ける唯一の雲はなんでしょう」（仁科）

「雄大積雲、じゃない、積乱雲っす」（おれ）

「では、積乱雲が発達して、成層圏上で横に広がりだした状態のことをなんと呼ぶ？」（仁科）

「かなとこ雲、ですよね」（おれ）

「難問です。火星でできる雲は、どんな雲？　二〇一九年にキュリオシティが観察した

ものの特徴を三つ述べよ」（仁科）
「えーっ、それわかんないす。奥寺さん、ヘルプミー！」（おれ）
「まあ、積乱雲じゃないことは確かだよね」（奥寺）
「それじゃ、わかんないすよ。ギヴ、ギヴ！」（おれ）
というように知識の増強をしつつ筋肉とコーディネーションも増強するのは単純に楽しいことだった。ちなみに、この直後におれは無様に落ちたのだが、教えてもらった解答は、「上空三一キロ、超高度の高層雲、ゆえに夜光雲、ドライアイスではなく氷晶の雲だったと思われる」だ。
そんなこと分かるはずがないとおれは憤るのだが、気象班はともかく天文班も常識レベルで知っていたらしい。おまけに花音まで、「ＮＡＳＡがアニメーションを公開しているやつですよね」とうなずいた。マニア度が違う。
そんな中で、おれと気分を共有してくれそうなのは、唯一、夏凪だが、やはりまだ姿が見えなかった。そろそろ呼びに行った方がいいのかも、と思ったとたんに、ガヤガヤと人の声が聞こえてきた。
週末だし、ここは県内のボルダリングの聖地だ。こんな時期でも、週末になればたくさんの人が来るのは間違いない。だから、おれたちは朝一番の活動にすることにしたのだった。
「お、夏凪くん、復帰したの？　怪我、大丈夫なんだね」

「一年、延期だけど、がんばって。応援してる」

そんな会話が聞こえてきて、おれはほんの一〇メートルほど先の岩陰に、夏凪が座っているのを見つけた。

「あ、ありがとうございます」とちょっと困ったみたいに応じる様子を見て、おれは大声を出した。

「渓くん、ちょっと！　神保さんにアドバイスしてください！　ムーブで苦労してます！」

困ったような、ほっとしたような表情で夏凪が近づいてきた。

夏凪に覇気を感じられない。

もちろん、いつもいつも覇気を感じさせる人というのは相当暑苦しいはずだが、夏凪はごく自然に、クールな覇気みたいなものを常に薄く身にまとっていたのだと今にして思う。

それを剝ぎ取られたとたん、夏凪は頼りないただの若者になってしまった。目に光がないのはなぜかと考えていたら、それはそもそも相手のことを見ていないからだと分かった。

「みんな、ひどいムーブだと思うので、気がついたことがあったらアドバイスしてください」とおれが言うと、それには答えずに近くの岩にもたれかかった。

「それにしても、みんな物知りだね。あんなクイズ出されたら、ぼくなんか一手も動けないよ」

夏凪はそう言ったきり、目尻を下げた微笑を浮かべ、なにをするわけでもなくただ視線を宙に泳がせた。

時間が過ぎて、ボルダーエリアがクライマーたちで賑わい始めた頃、おれたちはいったんキャンプ場に戻って、午前中の地質班の活動を開始した。

昨年、おれたちがヘリコプリオンの歯が入った転石を拾ったのは、ボルダーエリアだった。落ちてきたもとの壁はほぼ特定したとおれたちは思っているわけだが、今回の合宿ではその傍証を探して脇を固める方針だ。また、感染症流行のために計画が止まったままになっているヘリコプリオンの年代決定の手がかりになりそうな示準化石を探すのも大きな目標のひとつだ。

折りたたまれた地図を屋外テーブルの上に広げ、端っこに石を置いて風でめくれるのを防ぎながら、花音が手順を教えてくれた。

「チームに分かれて、石灰岩の転石を採集します。ヘリコプリオンが入っていた、すべっとした岩質を覚えてもらってそのタイプのものは重点的にお願いします。示準化石のフズリナが入っていたらいいんですが、何も入っていなくても微化石を探すためにエリアごとにサンプリングします。あと、場所の確認はＧＰＳで。地図にもプロットしてもらった上で、その場でスマホで採ったサンプルの写真を撮影してＧＰＳ情報も保存しておいてください――」

チームは二人ずつということになり、おれは夏凪と組むことになった。他は、花音と奥寺さん、神保さんと仁科さんが組み、市原さんは昼食当番でキャンプ場に居残る。

夏凪の足を考慮して、おれたちのチームはキャンプ場から近いあたりを担当した。きのう、花音と夏凪と一緒にたどった壁への道の途中で別の方向にそれ、ボルダーエリアとの中間点といえそうなあたりを中心に探していく。本当に見たいところは、歩くのが難しい斜面なので諦めて、散策路がある範囲で接近する方針だ。森の下生えを注意深くかきわけて探すと、意外に転がっているのが分かった。

おれは、手頃な大きさのものを散策路まで転がして、ハンマーで叩き割った。

「ほら、このフズリナです」と断面を夏凪に見せた。

「おれの理解だと、これはペルム紀のものです。ただ、ヘリコプリオンが入っていた石とは岩相が違って、今のところフズリナが見つからないというのがミステリーなんですよ。ほら、見てください。こっちが、ヘリコプリオンが入っていたのに近い粒子の細かい石灰岩です」

おれはサンプルとして持っている小さな石灰岩の塊を夏凪に見せた。

「これがどんな時代のものなのか知りたいんですよね。フズリナはペルム紀末で絶滅するので、その後の時代ならフズリナが見つからないのは納得なんですが、逆にこれまで知られているヘリコプリオンがいた時代とずれてしまうという別の大きな問題が出てきます」

「ふうん、瞬も、ものすごく物知りになったんだね」と夏凪は鼻を鳴らし、特にそれ以上コメントをすることもなかった。その後を、「地図にプロットしておいてもらえますか」とか「一応、GPSの値も記録しておいてください」とか、そういう指示には応えてくれたけど、あくまで事務的に、というふうだった。

採集の作業を終えて、ずっしり重くなったリュックをおれが背負ってキャンプ場に戻る途中、夏凪はぼそっとこぼした。

「こんなことやってて、なんになるんだろう」

それは別におれに対して言った言葉ではないと思う。むしろ、自分自身に問いかけたものだ。

「ずっと登ってきたし、これからも登るんだと思ってた。でも、花音は、子どもの頃から、ハーネスにロープをつなぎながらも、足元の石ころを見る子だったんだ。ぼくは、いったい何をやってたんだろうな」

「さあ、なんでしょうね」とおれもつい反応した。

返事なんか期待していなかったと思われる夏凪は、びっくりしたみたいに顔を上げた。

「おれも、クライミングしてても、地質班の活動をしていても、ふと疑問に思うことがありますよ。でも、これって、どうやら宇宙にまでつながっているらしいですよ」

「ぼくには、想像もつかないよ」

「花音は、石ころを見ると、まわりにいろんな色が見えるそうなんです。大切な石、関心がある石ほど、原色ではっきりしたものらしいですよ。共感覚っていうんですってね。渓くんは、それ知ってました？」

夏凪の目が泳いだ。ふわーっとした雰囲気で、アゲハ蝶が頭のあたりを飛んで消えていった。

「知らなかった、かな。いや、知っていたかもしれない。花音は、不思議な子だから、そういうことを言っても、またおもしろいことを言っていると思って、相手にしなかったかもね」

「本当に不思議な人だとおれも思いますよ。共感覚って文字に色がついて見える人が多いそうなんですけど、石ころに見えるなんて、本人にとってよほど大切なんでしょうね」

「きっと、そうなんだろうね……」

夏凪はふっと小さな曖昧な笑みを口元にだけ浮かべてまたうつむいた。

そして、膝を折って、その場にしゃがみこんだ。

「え？　渓くん？　どうしました？」

足に痛みでも走ったのかと思い、おれもしゃがみこんで顔をのぞき込んだ。

「これ、なんだろう。気のせいかもしれないけど、光って見えた」と夏凪は言った。

手には地面に転がっていた石灰岩の転石が載せられていた。断面はとても新鮮で、今年になって落ちてきたものだろう。細かい粒子でさらっとしていて、つまり、おれたちが探しているタイプのものだ。

おれはその場に膝をついたまま、斜面の山側を見上げた。木々のあいまにのぞく石灰岩の壁には、特徴的な出っ張りと窪みが確認できた。

「空よりも遠く、のびやかに」というフレーズが口をついて出た。

「え？」

「花音がクライミングを始めようとするきっかけになったルートですよ」

おれはその方向を指差し、夏凪は目を細めて光差す壁面を見上げた。

市原さんが準備してくれた昼食はカレーライスだ。おれのために減塩ルーを使い、午前中、暇にあかせて隣のマス釣り場で過ごした苫米地先生の釣果と、地元の山菜やきのこ類をふんだんに使うことで旨味成分をアップした意欲作である。

これが、おいしかった。翌日の昼ごはんに再度のリクエストが出て、市原さんもご満悦だった。本当に人の才能というのはどういうところにあるのか、分かったものではない。

そして、午後は気象班の活動にとってある。

仁科さんが中心になり、スマホを使って奥御子から見晴らせる扇状地での雲の成長を観測する。ただし、この時期には積乱雲自体があまりできないので、今回はスマホで最高の解像度の動画がどれくらい使えるか確認する予備調査のつもりだという。

二箇所から観測するために、二班に分かれた。おれは奥寺・市原組、夏凪は仁科・神保・花音組についた。

空を見上げ、雲を追い、必然的にまったりとした時間になる。時々、蝶がふわふわと漂い出てくるような穏やかな天気のもと、おれは奥寺さんの雲談義をじっくり聞くことになった。

「そもそも、なんで雲がおもしろいと気づいたんですか」とまず質問した。

すると、奥寺さんは小首をかしげつつ、「最初から気づいていたかも」と言った。

「わたしは、子どもの頃から、雲を見てると、丸一日、飽きずにいられる子だったよ。ふわふわしているのにくっきり形があって、風に乗って飛んでいくでしょう。本当にあそこに登れれば、空を飛べるかもと思ってた」

このあたりはファンシーな子どもの想像だが、奥寺さんはここからが一味違う。

「それで、すぐに気づいたんだけど、ちょっと足を止めて見ているだけで、どんどん変わっていくんだよ。みんな普通は三〇秒も見ないよね。空を見上げて、わーおもしろい雲だと思っても、せいぜいじっと見るのって一〇秒くらいだと思うんだ。でも、そのまま見続けたら、形が変わるのが分かる。タイムラプスで時間を圧縮しなくても、ただ三〇秒見てるだけでいいんだよ。それに気づいたら、もっと雲が大好きになって、空ばっかり見るようになったかも」

「へぇ、それってつまり、奥寺さんのオブザベ力につながってますよ。小さい頃から、細かい違いを見るのが好きだったわけですよね」

「そうかなあ。たしかに、一緒に気象班をやってても、円果は積乱雲みたいにダイナミックなものが好きで、わたしはもっと微妙なやつも好き。どんな雲にも内部的な物理過程があって、その結果が見えるんだと思ったらロマンだし。水蒸気は見えないけど、水滴や氷晶になって雲を作れば、目に見えるものになる。それって、地球の水循環の気相の部分、つまり水蒸気ワールドからのメッセージかもって思うから」

「奥御子ジェーンも、仁科は奥寺が思いついたって言ってたよ」と市原さんが口を挟んだ。

「いや、そうじゃないよ。奥御子ジェーンは円果の命名だよ。わたしが言ったのは、海から来た水蒸気の波がひたひたと押し寄せて、この地形でトラップされて上昇気流が起きると、対流の起爆が起きるってこと。対流の起爆って、水蒸気ワールドからのメッセージでもあるんだよ」

おれの頭の中では荒波が押し寄せる海岸から、その勢いのまま巨大な水の塊が押し寄せ、奥御子の渓谷の奥でざっぱーんとなる映像が鮮やかにリピートされた。なかなかのイメージの喚起力だった。

「あ、なんか雲行きが怪しい……」と奥寺さんがつぶやいた。

「高解像度の動画で、あとどれくらい撮れるかな？　最低四五分はほしいかも」

「大丈夫だよ。一時間は行ける」と機材担当の市原さん。

「オーケイ。じゃあ、止めないでずっと回し続けよう。坂上くんは、円果たちにも連絡して。しばらく通話をつないだままに。積乱雲を観測できるかもしれないって言って」

「わかりました！」

そこから先は、目を奪われるようなシーンが連なった。

最初は小さかった雲の塊が、みるみる間に上へ上へと成長していった。それは、ぱっと見ただけではわからないけれど、一〇秒、二〇秒、じっと見続ければ、明らかに成長しているのが実感できた。奥寺さんの言っていた観察のコツは、ものすごく正しい。ほんの少し目をそらさずにいるだけで、空は動き始める。

連絡のために常時、通話をオンにしておいたスマホからは、仁科さんが夏凪に解説する熱のこもった声が聞こえてきた。こっちはこっちで積乱雲マニアとしてディープなことを言っている。

「――つまり、積乱雲はひたすら上昇気流だけど、それで上空で雹とかができて落ち始めると話が変わってくるわけですよ。それまでイケイケだった気分が、急にネガティヴになります。雹が落ちる時にまわりの冷たい空気も一緒に引きずりおろして、積乱雲は衰退期に入るんです。でも、実はその下降流がまた別の下降流などとぶつかって上昇したところで新しい積乱雲ができてくるんですよ！　イケイケとネガティヴがぐるぐる循環するんです。そして、積乱雲が動きながら、次の積乱雲を生み出していくような条件が揃うと、同じ場所で延々と代替わりしていくようなバックビルディング現象が起きるわけです。きっとこのあたりは、地形的なサポートがあって起きやすいんです。その謎を解き明かすのがあたしたちの奥御子ジェーン計画です！」

そのものすごく勢いがある言葉に対して、夏凪がどう反応したのか不安になったが、花音が笑う声が聞こえてきて、まああっちの場が和んでいるのも間違いなかった。仁科さんはそういう人だ。

そうこうするうちに、雲は巨大になり、途中から太陽を覆い隠して灰白色の壁になってしまった。

すると、ピョコピョコと鳥が鳴くような発信音がした。奥寺さんがポケットから自分のスマホを引っ張り出した。

「はい、分かりました。すぐに戻ります！」

すぐに電話を切って、市原さんとおれを見た。

「苦米地先生から連絡。急いで撤収して、管理棟へ。たしかに、わたしもちょっと危ないかもと思ってた。あの積乱雲、こっちに流れてきそう」

おれはさっと三脚をたたみ、市原さんはセットしていたスマホを回収した。

おれたちが観測していた地点はキャンプ場から一五分くらい山道を登ったところだっ

た。少し足早に下るとほんの一〇分ほどでキャンプ場が見えてきた。

しかし、ほとんど同時に、ゴロゴロと雷の音が聞こえてきて、何度か稲妻のフラッシュが焚かれた。バケツをひっくり返したような雨という表現を、おれはその時はじめてリアルに感じた。本当に、一瞬にしておれたちはずぶ濡れで、すぐ近くにいるのに声さえ通らなかった。

避難所を兼ねた管理棟の前で、別方向から戻ってきた仁科・神保グループと合流して、全員で中に飛び込んだ。

「よーし、全員無事か！　ほら、体拭け。人数分、タオル確保しておいた」

合宿初日からひたすら影が薄かった苫米地先生が、ここに来て活躍を見せた。気象庁のナウキャストで三〇分後の豪雨の予報を知り、きゅうきょみんなを呼び戻してくれたのだ。

おれはタオルで体を拭きながら、ちょっと違和感にとらわれた。

何かが足りない。というか、余っている。

苫米地先生が「全員分」と言ったタオルが二枚残っており、先生はまだ誰かを探している。

「悔しいじゃん！　なんで近くで見てるあたしたちより、気象庁のレーダーが勝つわけ！」と髪を拭きながらぶつぶつ言っている仁科さんに、おれは鋭い声で聞いた。

「花音は？　渓くんは？」

仁科さんははっとして動きを止めた。そしてぐるりと周囲を見渡す。

「途中までは一緒だったけど！」

はっとした仁科さんの様子に、みんなぴくっと身体を震わせた。

「おれ、見てきます！」

返事も待たずにおれは外に飛び出した。

雨と風の音が一緒になって猛（たけ）り、目の前は雨の水壁だ。雷が光ってから音がするまでの時間もそれほど長くないから、かなり危険な状態に違いない。でも、おれは飛び出さずにはいられなかった。

仁科さんチームがいた高台への道はおれも知っている。だから、そこをひた走った。しばらくは平坦（へいたん）な草地が続き、そのあたりは宿泊用のバンガローが連なっている。そして、道が森に入ったとたん、坂が続く。

ちょうどバンガローが切れたあたりに、まばらに木が生えた一角があった。おれはそこで立ち止まった。大きな木の下に人影がある。雨のせいで陰影しかわからないが、たしかに人がいる。

「花音！　渓くん！」

大きな声を出したつもりが、雨風に邪魔されて声が届かない。

何歩か進んだところで、おれはふたたび足を止めた。

雨でびしょ濡れの二人が、あたりで一番大きな木の下で互いに頼り合うみたいに体を寄せているのを見て、自然と身体がフリーズしてしまった。

　不覚にも、その様子がものすごく美しかったからだ。

　想像してみてほしい。土砂降りの雨と、雷光で時々、強く照らされるフラッシュライトのもとで、二人の美しい若者がずぶ濡れになりながらも邪心のない幼子のように身を寄せ合っている様子を。それは一枚のドラマティックな絵画だ。

　おれは胸に痛みを覚えながらも、つい見とれた。

　また雷鳴がとどろいて、おれははっとして我に返った。見とれている場合じゃない。ここにいては危険だとおれの本能が告げていた。

　片足を投げ出している夏凪はきっと今、歩けない状態だ。しかし、花音の体格では肩を貸して歩けず、豪雨と落雷の中で動けなくなったのだと見た。

　おれは二人に駆け寄って、もう一度、大声で呼びかけた。

「花音！　渓くん！　ここは危ない！　大きな木の下は落雷注意！　動くよ！」

　花音の唇がおれの名前をなぞった。そして、うんうんとうなずいた。おれは夏凪を抱え起こして、肩を貸しながらゆっくりと進んだ。

「悪いね！　足を捻ったんだ」と夏凪が耳元で大声を出すが、それに反応している暇もない。

　バンガローが連なっているところまで戻れば、その軒下にでも潜り込めないだろうかというのがおれの考えだ。とにかく木の下は危険。えっと、半径四メートルくらいまでは側撃を食らう可能性があり、木の先端を見上げる角度が四五度くらいまでの間は比較的安全のはず。これはもとはといえば仁科さんが積乱雲についてのレクチャーで教えてくれたことだ。

とはいえ、こんな雨と風では落雷だけを心配していればよいというわけではない。事実、地面に落ちていた小枝などが吹き飛ばされて、すねに当たってからまた吹き飛んでいった。結構、痛い。

雷光が走り、一番近いバンガローの様子が一瞬だけくっきりと浮かび上がって見えた。二階建てで、その一階部分が炊事スペースになっていた。三方を壁に囲まれていて、天井もあるから、おれは夏凪を引きずるようにそこに飛び込んだ。

とりあえず雨をしのげて、落雷の心配もなくなり、おれはほっと一息ついた。風が容赦なく吹き込んで来るのだけが難点だ。調理に使うらしい薪が束ねてあったので、そこに手のひらの水気をなすりつけてから、スマホを操作した。地学部グループに状況説明をしておく。

すぐに奥寺さんから、〈雨と雷は大丈夫でも風に注意。できるだけ遮蔽物があるところにいて〉とレスポンスがあり、〈スーパーセルだよ！　ガストフロント来るよ！　まじで気をつけて！〉とどこかウキウキしているような気がしないでもない仁科さんのコメントも続いた。〈苫米地先生も飛び出しちゃったから、もしも見かけたら気にかけて〉と神保さんからの依頼が続いた。でもさすがにこの嵐の中、先生を見つけるのは不可能だった。

おれは夏凪を真ん中にして、向こう側にいる花音に画面を見せ、うなずき合った。夏凪は足が痛そうで、唇を噛みながら目を閉じている。

さっき、屋外で花音と夏凪が二人きりでうずくまっていた時の様子が頭のなかにフラッシュバックした。ひょっとしたら、夏凪はあのまま放置されることを望んでいたのではないかとふと思ったのだ。でも、おれはぶるぶると頭を横に振る。あの状況に花音を晒すなんて、ありえない。

風と雨と雷は激しさを増す。これが、スーパーセルかとあらためて驚く。ものすごく大きく成長した積乱雲は、たった半径数キロの小さな気象現象なのにかくも強力だ。仁科さんが言っていた「ガストフロント」というのは、たしか突風前線だったか。スーパーセルからの冷たい下降流がまわりの暖かい空気とぶつかって作る小さな寒冷前線。竜巻やら突風やら、激しい風を伴う現象が起きがちだ。

実際、ものすごい風だった。しっかりした造りのはずのバンガローが小刻みに揺れていた。外では木の枝や、どこから来たのかビニールシートや、いろんなものが飛び交っていたし、はてには誰かのテントまで飛んで来て、入り口のところに引っかかった。いきなり水しぶきが吹き込んできたのにはびっくりして身構えたけれど、それは川が増水して迫ってきたのではなく、どうやらそこまで激しい雨らしかった。

夏凪がなにか叫んでいた。隣なのに何も聞こえなかった。

とにかくおれは、この状況が過ぎ去ってくれるように祈り続けた。猛烈な雨風は、体感時間としてはものすごく長く続き、でも、実際のところは五分、一〇分のうちに収まった。すべてが元通りだった。ただし、キャンプ場は壊滅的で、タープはほとんど飛ばされていた。おれたちのテントは、しっかりしたペグを打ち、クライマーのたしなみであるロープワークできちんと張り綱も張っていたために飛ばされずに済んだ。

別のバンガローで風雨をしのいでいた苫米地先生、すぐに駆けつけてくれた神保さん、市原さんと協力しながら、夏凪を管理棟まで運んだ時には、もう青空が見えていた。太陽の強い光が目を刺した。

「ああ、きょうの夜は空がきれいそうだ」と市原さんが弾む口調で言い、夏凪も空を見上げた。

五

「火星？　火星探査ではなく、火星移住？　本気？」と口にしたのは夏凪だ。

夜、管理棟の前にある大テーブルで、暖色のＬＥＤランタンに照らされながら、おれたちは地学部の今後の大計画を話し合っている。

「おれたちが、火星にもしも将来移住するとしたら、何が必要になるだろうというのが地学部のテーマだってことです。発案は、花音ですよ」とおれが言うと、花音がうんうんとうなずいた。

「わたしは、来年も地学オリンピックで世界を目指すし、それは、いつか火星で科学するため。クライミング班も必要なんだよ」

「それを言うなら、ぼくたち天文班は、火星と地球での同時観測で宇宙を見る、惑星間超長基線電波干渉計を作る野心がありますよ」と神保さん。

「あたしたちは、火星の気象観測隊。ものすごい砂嵐があるかと思ったら、夜光雲が輝いたり、火星にもダイナミックな気象があるから！」と仁科さん。

夏凪は目をぱちくりさせた。そりゃあそうだとおれも思った。いきなり言われても意味不明だろう。でも、この件は、おれと先輩方が、花音の家を訪ね、花音を引っ張り出した後、公園で話し合ったことそのままなのだ。夏凪のことを心配している花音と、おれたちが語り合う中で、出てきたアイデアだった。

「この前、渓くんの家にお邪魔した時にも、少し話しましたよね。花音もおれも、太陽系最大の渓谷であるマリネリス渓谷の底から、最高峰であるオリンポス山の頂きまで探査して、火星の生命の痕跡を見つけたいんです。いや痕跡どころか、今だって、小さな生き物がいるかもしれないですよね。短期的な目標は、奥御子の壁からヘリコプリオンを見つけ出すことですけど、それで発掘技術を磨いて、大学でもっと学んで、いずれ太陽系のこと、宇宙のことを知りたい。それが、おれらの目標です」

「ものすごいね……」

夏凪が目をさらにぱちくりさせた。ますますわけがわからないという表情だった。当然だ。それでも、夏凪が熱心に耳を傾けるのは、きのうきょうの出来事からすると自然な流れだった。

二日目の夕食は、バーベキューで盛り上がった。そんな中で、一人でしゅんとしていたのが市原さんで、空を見上げては「雲がなあ」とつぶやいていた。

積乱雲が崩れた後、青空が広がったのもつかのま、また雲が多くなってしまった。大雨の後だから、光害の少ない山側の高台まで行くのが危険だということも考え合わせて、今晩の天文班の活動は中止の判断をせざるをえなかった。

「でも、明け方起きれば、火星と木星と金星が見えてるから、みんな早起きしよう！」

最近、星空の伝道師の役割に目覚めた市原さんが諦めずに言ったけれど、何人が早起きできるかは定かではなかった。

とにかく宵の口の予定がまるまるキャンセルされたため、本来、翌日に計画されていた大ミーティングを行う。

「たっぷり時間がとれる今、拡大版のミーティングをやります。今後の地学部について、さらにそこから先の活動について、語り合いましょう！」

奥寺さんのリーダーシップでみんなが管理棟の前にある大テーブルに集まった。

そして、いきなり出てきたのが火星の話題だった。

正直に言うと、これは花音の、ある意味、暴走だった。

夕食の後、夏凪は捻挫のことも考えて、家に帰ることになっていた。長時間アイシングして、テーピングで固定した上でなんとか歩けるようにはなったものの、安全第一主義の苫米地先生が心配して、夏凪の自宅と連絡を取った結果、そう決まった。それで、花音はとにかく冒頭で、言いたいことを言ってしまったのだった。

「いつか本気で火星に行きたい」と。

実際、おれたちが概略を話し終えたあたりで、苫米地先生がやってきた。

「じゃあ、夏凪、準備ができたらいつでも車を出すぞ」と言われ、夏凪は腰を浮かせた。でも、隣の花音が腕を押さえて引き止めた。

「先生、あと三〇分、いいっすか」とおれはすかさず言った。

「わかった。あと三〇分な。まあ、それなら常識的な時間に帰ってこられるかな。あまり遅いと、わたしは眠くなるから、ここまで戻ってくる時間を考えてくれよ」

その流れで、夏凪はもう三〇分話を聞いてくれることになった。

「あのね、渓ちゃん」と花音が話しかけた。

「わたし、約束、守れなくてごめんね」

夏凪がまたも目をぱちぱちさせた。

気を利かせた諸先輩方が、一時的に席を外そうと立ち上がった。

ここは花音と夏凪か二人で語るべきところだ。おれも先輩方と行動をともにすべきだろう。

おれが腰を浮かすと肩に圧力を感じた。ちょうど後ろを通りかかった仁科さんがおれの肩に手を置いて、立ち上がるのを制止していた。おれにうなずきかけてから、思わせぶりに視線を動かした。その先には……。

おれの心臓がドクンと跳ねた。

花音がおれの長袖パーカーの袖を、指で摘んでいた。花音の指は、かつて世界の頂点に立ったトップクライマーの指だ。華奢なのに自分の体重を預けられるほどの強靭な指先で、おれをここにつなぎとめようとしている。

花音が望んでくれるなら……。おれは、でんと腰を下ろして一緒に話すことに決めた。

指先に力を込めたまま、花音は続ける。

「わたし、一緒にオリンピック出たいとか言ってたのに、クライミングをやめちゃった。もちろん、あのまま続けてたら出られたなんて思わないけど、渓ちゃんを一人きりにさせたよね。地学オリンピックの国際大会に出れば、約束を果たせるみたいに思ってもいたんだけど、ぜんぜん重さが違った。競技にすべてを賭けてきた渓ちゃんが梯子を外された時にどんな気持ちだったのか、考えるだけでつらいよ」

風の音と渓流の水の音が大きく聞こえてきた。夏凪はあまり感情の起伏を感じさせないてらりとした表情で、宙を見た。

「ぼくは、そんなに頼りなく見えるかな……」

と言いつつ、また花音の方を見る。でも、やはり焦点が合っていない気がする。

「たしかに、ね。フォールして大怪我して心配をかけた。きょうだって、花音と瞬に助けてもらって命拾いした。このところ、心配かけたり、助けてもらってばかりだ」

「それは、おあいこってやつです」とおれ。

「渓くんは、おれを助けてくれた。おれの体が動きたがっているのをちゃんと分かって、クライミングに誘ってくれたでしょう。あれがなかったら、今のおれはないと思います」

「自分が考えるスポーツクライミングの将来像のため、だけどね。瞬は見事にそこに嵌ったから」

「そういうの、偽悪的な態度というらしいっすよ。悪ぶってるって。でも、それでいいっすよ。おれたちも、渓くんに、地学部の地学的な長期計画に沿って、提案するだけです」

「ぼくに、なにをしろって。今のぼくには、できることなんてないよ。気分転換に来てみないかって言われて参加したら、捻挫するし、嵐の中で遭難するし、ろくなことがない」

「それについては、申し訳ないっす。でも、おれにはちょっとうらやましかったすけどね」

うっかり言ってしまった。でも、心からそう思ったことも真実だ。あの極限の状態で、二人は美しかった。ただ、いくらドラマチックだったとしても、あれで落雷に打たれたりしたら洒落にもならない。花音も夏凪もぽかんとしたので、おれはその思いを急いで打ち消した。

「でも、いや、つまり、渓くんにできることがある、っていうのは変わりません」

「だから――」

夏凪が珍しく少し激した口調になった。

おれは、つとめてゆっくりとうなずいた。

それと同時に、花音が小さく手のひらを前に差し出した。おれのパーカーの袖をつまんでいた方の手だ。花音の手は、時に空を掴み、時に人に働きかける。実に表情豊かだとおれはもう知っている。

制止されて言葉を止めた夏凪は、花音の目を見た。

花音はゆっくりうなずきかけてから、ぽつりと、しかし、力を込めて言った。

「まず、夏までに、足を治して、登れるようにして。それで、わたしたちが主催する、〈地球（ジオ）のオリンピック〉に出て。誰かにセッティングしてもらうのじゃなくて、自分たちでやるオリンピックだよ」

「いや、それって……」と夏凪はぽかんとしている。

「さすがに夏までに復帰するのは無理だよ。そりゃあ、歩けるようにはなってるだろうし、トレーニングは再開してると思うけど、競技は無理」

「それでいい。〈地球のオリンピック〉は個人が競うものではなくて、地球の地学を宇宙に押し上げるものだから。渓ちゃんには、日本での登り手になって、世界中をつないでもらうんだ」

「は？」

花音は両手を差し出して、夏凪の手首をぎゅっと握った。無邪気な行動だ。夏凪は尖らせた口を緩めた。

「えーっと、ですね」とおれが割って入る。

「要は、世界中で、同時多発的に、クライマーが地元の岩を登るってことです。きのうも説明しましたけど、岩壁を登るのはそのままタイムトラベルです。時空の旅です。それをネットでつなぎます。本来の五輪が行われたはずの時期に、五輪よりも大きな時空の絵を描こうって話です」

「意味わかんないんだけど……さっき火星がどうしたとか言っていたことにもつながるわけ？　いやもう、ぼくにはさっぱり……」

夏凪はテーブルの上の手を自分の方に引っ込め、腕を組んだ。困惑、というのが正直なところだろう。それはおれにも理解できる。

ここでおれは、少し離れて見守ってくれている先輩方に目配せした。そろそろみんなの応援を得て説得力を増すべきところだ。たとえ常識はずれと言われようとも、地学部員が作り出す現実歪曲フィールドの中では非常識こそが常識になる。

「もはや、地球の生物学を地球だけで語る時代は終わってます」と神保さんがまず熱弁をふるう。

「いいですか、渓くんもご存知かと思いますが、地球の生命の起原を問うことはその材料がどこから来たかを問うことになります。それは宇宙です。それどころか、火星に生命がいるのか考えだしたら、それは地球と火星で別々に発生したのか、共通の祖先がいたのかって話になりますよね。だから宇宙です。すべての生物学は、もう宇宙生物学の一部なんです」

さすが、天文班でありながら、身近な宇宙由来物体、微隕石を地面から探して全国で賞を取った男である。宇宙と日常がつながっていることをよく知っている。

「系外惑星もそうですよ！　あちこちの恒星に、地球型の惑星があるのが分かってきました。液体の水が存在できるハビタブルゾーンがあるものも多いです！　それと、太陽系の小惑星観察なんて、もっと直接的に生命の元になる物質の起原を探します。天文学は生物学の一部で、生物学は天文学の一部です」と市原さん。

「いやなんというか……熱意は分かったけど、でも、なんでそれでクライミングなんだろう」

夏凪がたじたじになると、

「わたしたちもそう思いました」と奥寺さんが笑いながら応えた。

「でも、ふだんは地元で積乱雲の観測をしているわたしたちも、積乱雲ができやすい気圧配置とか海面温度とかいろんなことを考え始めると、すぐに考えは地球規模になっちゃうんです。それどころか、太陽の活動がどうしたとか宇宙規模にもなります」

「だからクライミングなんです！」と仁科さんが勢いよく言葉をつないだ。

「だって、すごくないですか？　一メートル、二メートル登っただけで、一〇〇万年とか一〇〇〇万年の旅ができるって。地球の古生物学は、気象の一部です。だって、石の中に太古の気候変動が記録されているんですから」

花音がなにかもぞもぞとスマホをいじっている。いきなり夏凪に向けて画面を見せた。

「渓くん！」と風雅が画面の中で手を振った。

「ぼくは、ヘリコプリオンと一緒に宇宙に行く！　ヘリコプリオンの螺旋は、スーパーセルの渦巻と同じだって、円果ねえが言ってた。それに、バカ瞬のアニキは、その螺旋は、遺伝子の二重螺旋の象徴だって。だからヘリコプリオンは地球生命代表だよ」

バカは余計だが、おれのことをアニキと慕い始めた風雅はかわいいやつだ。もっとも、風雅は、仁科さんや奥寺さんにも急速に懐いているあなどれないやつである。

夏凪は、ふーっと息を吐き出した。深呼吸をしたようにも、ため息をついたようにも見えた。

「ぼくはとんでもないところに足を踏み込んでいたらしい……」と夏凪は言った。

「おーい、三〇分たったぞ」と苫米地先生が言いに来て、夏凪はさっと立ち上がった。

「先生。足首は大丈夫です。痛みはないし、腫れていません。これなら家に帰っても同じなので、最後までいます。お騒がせしました。家には自分から連絡しておきますので」

夏凪は淀みなくさらりと言い切った。

苫米地先生が、「そうか、ならよかった」と眠そうにテントの方へと戻っていき、おれたちはさらに語り続けた。

深夜になって、みんなが自分のテントで横になってしばらくしてから、おれは一日の終わりの小用に立った。みんなもう寝静まっている中で、夏凪のテントだけがスマホが発する光で明るかった。まあ、あれだけいろんなことを一度に言われて、眠れなくなっているんだろうなと単純に思った。

おれは声をかけずにそのまま自分のテントに戻って、こっちはすんなりと眠りに落ちた。

六月は、一年のうちで一番日の出が早い。

午前八時、雲一つない青空と、山肌よりもうかなり高いお日様の相乗効果で、光に満ちた爽やかなことこの上ない朝だ。おれたちは河原のボルダーエリアでストレッチを終え、ボルダーの課題でのトレーニングにかかろうというところだ。

こんなときに、おれはあくびを連発している始末である。昨晩の夜ふかしで、眠たいのだから仕方ない。しかし、おれ以上にひどいのが市原さんだ。そもそも目が開いていない。薄目を開けたくらいの状態で、もがもが話す。

「明け方、やっぱり観測したくなって、火星と木星を見たんだよ。二時半に起きて四時前の明るくなってくる時間まで。雨が降ったおかげですばらしいシーイングだった。火星の表面のディテールがものすごく分かったし、みんな起きるかと、一応、声かけたけど、起きてきたのは一人だけで……」

市原さんの発言は、大あくびでおしまいになった。

「じゃあ、最終日のクライミングのトレーニングは、ぼくがリーダーでいいよね」

そう言ったのは夏凪だ。

「きのうはじっくり見させてもらったから、いろいろ助言できると思うよ。みんな少しの助言で大きく伸びる可能性が高い。二時間後、みんな少しずつレベルアップしていることを保証しよう」

さりげないにこやかな口調で、川の流れの音の中でもしっかりと耳に入ってくる。

花音とおれは、思わず目配せしてうなずきあった。

おれたちが知っている夏凪だった。きのうの夜のミーティングが効いたのかは分からないけれど、夏凪の表情が変わったことをおれたちは素直に喜んだ。やっぱり、夏凪は嫌味なほどポジティヴなオーラを身にまとってこそだ。

「きょうはぼくが手順を全部指定するから、みんなそれに従って一手一手登って。まず、遥輝からやろうか。今朝、火星の観測を一緒にさせてもらってありがとう。なかなか新鮮だったよ。オリンポス山があの辺とか言われたら、なにか見えるような気分になったしね。みんな、あんな遠くまで行って研究したいなら、鍛えなきゃ」

なんと、市原さんと一緒に観測したというのは夏凪だったのである。最後までテントの中で起きていたくせに、あの後二時半頃から観測していたとすると、つまり、ほとんど眠っていないということだ。

こいつ超人か、と思ったら、小さくあくびを噛み殺してかわいげのある部分も見せた。

夏凪は市原さんが挑む課題を選び、手足の置き方を指定してから、おれたちの方を見た。

「きのうのあのクイズ、楽しかったからきょうもやろうか。誰かクイズを出してよ」

そんな流れで、市原さんの「クイズ・クライマーズ」のトライが始まる。

「じゃあ、入門編。火星を観察して、火星には運河があるって信じた天文学者は？」と神保さん。

「パーシヴァル・ローウェル」

市原さんが、一手先に進む。

「ローウェルは、天文学者であると同時に日本研究者でもあった。ローウェルが親交を結んだ、日本在住のイギリス人作家は？」

「えー、そんなの分かるはずがない」

「じゃあ、ヒント。晩年、怪奇文学作品集『怪談』をあらわした」

「ふぇーん、怪談は嫌いだ！　夜眠れなくなる！　って、どこが地学クイズなんだ！」

といった具合に抱腹絶倒系のやりとりがあって、なんとか一手一手進んでいった。おれには夏凪の考えが読めた。粘り強い市原さんだが、慎重すぎて大きな思い切った動きを怖がる。だから、壁に正対するだけでなく、対角線（ダイアゴナル）の動きを意識させつつ、最後は大きく足を振って跳ばせた。

「サイファー！」とおれは叫んだ。

勢いをつけて斜め上の手がかりに跳びつくダイナミックな技だ。

市原さんは、腕をぷるぷるさせながらなんとか最後の一手を決め、岩の上に立ってから降りてきた。

「ほら、テッペンは気持ちいいだろ。遥輝はやればできる子なんだから。がんばろう！」

夏凪が朗らかに言った。

そして、おっ、と小さく声を出して、尻ポケットからスマホを取り出した。

着信があったらしい。スピーカーモードにして英語のやりとりをした後で、画面をおれたちに見せた。画面のヨーロッパ系男性が、ハイとおれたちに手を振った。

どこか見知った顔だった。そうだ、去年のスピードクライミングの記録会にゲスト参加していたギリシアの選手、マリオスだ。あのモジャモジャ頭は忘れようにも忘れられない。

「夏のジオ・オリンピックに、地元のギリシアで参加したいって」

短い通話を終えて夏凪が言った。

「きのうの夜テントに戻ってから、仲のいいクライマーたちに声をかけたんだけど、北米はすぐに返事が来て、やりたいやつが何人か。瞬も知っているジャスティンも乗り気だ。それで、ヨーロッパはマリオスが最初。オリンピックの母国ギリシアは絶対に参加してほしいでしょう。メテオラって奇岩地帯があって、そこのサンドストーン、砂岩の壁でイベントができるかもって」

みんなまじまじと顔を見合わせた。

花音がぱあっと顔を輝かせた。そして、さっと一歩踏み出し、夏凪の手を取った。

おれとしてはおもしろくないが、それでも夏凪の夜を徹しての活躍には脱帽せざるをえなかった。

「え、なに、ぼーっとしてるの？　本当にやるんだよね？　アメリカもヨーロッパも、みんなやる気だよ。もうすぐ南アフリカやケニアのアフリカ勢からも返事が来る。アジアとオセアニアは時差を考えるとその後になるけどね。とにかく合宿から帰ったらオンラインでミーティングして、ディテールを詰めていかなきゃならないよ」

「すごい、渓ちゃん！」と花音が心底尊敬の目で見ている。

まあ、おれだってそう思う。

「ダメだよ。ぼくだってこんなのははじめてなんだ。アイデアは現役地学部なんだから、ぼくみたいな卒業生よりもちゃんと働いてもらわないとね。それにしても、新鮮だよ。

いつも誰かがセッティングしてくれた大会に出てきたわけで、自分たちで大会なり、イベントなりを作るっていうのはいいね！」

花音がうんうんとうなずき、奥寺さんも、神保さんも、仁科さんも、すでに疲れ切っている市原さんも、みんなが夏凪に歩み寄った。少し離れたところで一人で立ち尽くしていたおれを、花音が手首を握って導いた。

カチリと歯車が嚙み合ったとおれは感じた。

止まっていた時間が、今、またふたたび動き始めた。

曲がりくねった川の途中にできた淀みが、新たな水路を得て速やかに解消していくような、抗いがたい力を感じる。おれたちはこの地球の上で、宇宙の中で、新しい絵を描き始める。

終章　空よりも遠く、のびやかに（二〇二〇年夏）

その年の八月、世界中の多くの国々では、感染症の波が小康状態を保っており、はじめての五輪競技が延期になったクライマーたちは、それぞれが移動できる範囲内の地域で、自主的な〈ジオ・セレブレーション　コスモスの祭典　Geo-Celebration――Rite of the Cosmos〉を開催した。

スポーツクライミングの原点である、「登る」という行為に立ち返り、地球上の様々な象徴的な場所を、トップクライマーたちが競技を離れて登る。オリンピックという言葉を使えなかったのはオトナの事情だが、それでもおれたちは、五大陸すべての選手たちが参加して、地球と宇宙とクライミングをことほぐイベントを、「オリンピックの自主開催」だと信じていた。

個別の取り組みは多種多様だ。

例えば――

中米のクライマーたちは、ユカタン半島の地底湖から地上に向かう縦穴を登ってみせた。深い闇の世界から、光を求めて一手一手登攀していく様子は、なにか地球生命の歴史を想起させるものがある。周囲にはいわゆるK－Pg境界の大量絶滅をもたらした巨大隕石の衝突の証拠とされるセノーテ、つまり陥没穴に地下水が溜まった泉があるエリア出し中の映像ディレクターがいて、腕をふるったそうだ。

東アフリカのクライマーたちは、いわゆる大地溝帯をめぐる「人類の揺りかご」とも呼ばれる渓谷を訪ねて、二五〇〇万年前の人類の大先輩、アウストラロピテクスの発掘地を紹介した後で、大地が裂けている現場を登った。化石の話から古人類の遺伝子まで、やたらアカデミックで勉強になる内容だった。これも後から聞いた話だが、ドイツのマックス・プランク研究所に留学中の博士課程の学生が熱心なクライマーで、監修したそうだ。

ギリシアのクライマーたちは、僧院が立ち並ぶ奇岩地帯メテオラの自然壁を登り、遠く神々をいただくオリンポス山を望んだ。おれも会ったことがあるモジャモジャ頭のマリオスがリーダーで、古代ギリシアのコスプレに力を入れていたからビジュアル的にも充実していた。なお、これは事前に知っていた話だが、マリオスは来日時にコスプレ文化に触れて、その魅力にはまった人である。

カナダ、ブリティッシュコロンビア州のジャスティンたちはおれたちの企画と合わせて、地元にある三畳紀の黒色頁岩層を登った。軟骨魚類の部分骨格も見つかっているレアなサイトだ。ただし、残念なことにリードクライミングには適さない。板が積み重なったようにあらかじめ層面で割れている地層なので、ボルトを打っても保持力がない。ジャスティンたちは最初、命綱なしのボルダリングで挑んだものの、そのうちに地面に落ちている転石にたくさん化石が入っていることがわかり、結局は地面ばかりを見ることになった。そして、実際に、サメではなくシーラカンスの化石を見つけて、まったくクライミングに関係なく盛り上がった。

　ニュージーランドのクライマーたちは、ファンタジー映画のロケで使われたボルダーエリアや、山岳地帯をめぐった。オーストラリアのクライマーたちは、赤い火星のような砂漠の、岩一つがまるまる山といえるような真っ赤な酸化鉄の巨岩を先住民族と一緒に登った。ともに、地球にいながらにして異世界感にあふれており、おれたちの意識を一気に並行宇宙（マルチヴァース）にまで広げるくらいの衝撃があった。

　こういったことは、最初、世界各国で、同時多発的に行われた独立したイベントに見えていたはずだ。しかし、途中からは〈ジオ・セレブレーション　コスモスの祭典　Geo-Celebration――Rite of the Cosmos〉という共通のコンセプトを持ったクライマーたちのお祭りだとＳＮＳを通して浸透した。たまたま国際宇宙ステーションに滞在中の宇宙飛行士が競技歴のあるクライマーで、この件を軌道上からの番組で紹介してくれたこともあって、伝統的な大手メディアでも取り上げられるようにもなっていった。

　そんな中で、日本ではまず、関西と中部地方のチームが、愛知の剣持司選手を中心に熊野古道でボルダリングをするイベントを開催した。古い森の中に転がっている巨岩をチームで攻略するゲームで、神秘的な日本の伝統とクライミングという西洋発祥のスポーツの組み合わせがウケて、ネットでもバズった。

その一方で、言い出しっぺであるおれたちのイベントは比較的地味だった。夏凪渓の呼びかけに応じて集まった関東のクライマーが、奥御子の石灰岩の壁を化石を求めて登る。〈二億五〇〇〇万年の旅〉というテーマで、その中身は一〇〇パーセント、万葉高校地学部が考えて提案したものだ。

実際の運営も、地学部と同窓会組織である秋桜会が、県の山岳連盟と連携して行った。中核を担うおれたち高校生組は、前日の朝に現地入りして、ドローン撮影や中継の予行演習をした上で、その夜は早い時間にテントで眠った。

そして、翌朝。まだ、山の向こう側から太陽が出てこない時間帯に起き出して、霧が出た幻想的な雰囲気の中で最初の登攀を開始。おれは、花音にビレイをしてもらい、チョークバッグにはチョークではなく化石発掘の現場用品を詰め込んで登り始めた。数メートル隣では、アリョくんにビレイされた夏凪が並行して登る。

おれが担当したルートは、かつて「空よりも遠く、のびやかに」と名前がつけられていたものだ。トップの部分が崩落してしまったため、迂回(うかい)する形に変更してあるものの、途中までは変わらない。

花音がクライミングを始めるきっかけになった、上の方がキラッと光っていたルートだが、そこをおれが登ることに対して、花音はこんなふうに言った。

「ほとんど登っていないわたしよりも、今の瞬の方が一番乗りに相応(ふさわ)しいと思うよ。瞬にルートの技術を教えたのってほとんどわたしだし、上でやる作業を考えたら瞬の方が適任だし、ここは自信と確信をもって、瞬に登ってもらうよ」

もっとも花音が一番手で登りたかったことは間違いなく、オトナな発言をしつつも、口元は不満げに突き出していたことは申し添えておく。最初の二人の枠を満たすスキルを持っていたのが夏凪とおれだったため、花音はしぶしぶ身を引いただけだ。

そんなわけで、夏凪とおれはゆっくりと登り続ける。雲海でのクライミングはものすごく絵になる可能性があるが、霧が濃すぎるとただの薄闇だ。だから、霧が濃くなると休みつつ、少しずつ高度を上げた。ほどよく視界が出たときには、この世のものとは思えない浮遊感を味わった。上下の感覚が希薄になり、宇宙空間を登攀しているような気分にさえなった。花音が言うようなキラッとした光は見えなくとも、映像的に見栄えがする瞬間を何度も作ることができたと思う。

いったん目標地点よりも上まで上がり、山岳連盟の熟練者が打ってくれた新たなボルトにクリップして、別の短いスリングでセルフビレイを取る。ここに留まってしばらく作業することになるので、花音が持っているビレイロープに加えて、もう一つ独立した安全策を取るということだ。

これにて、おれたちは目的の地層へのアクセスを得た。

最初、トイドローンによる観察で、少し色が違って見えているのがわかり、その後、もっと大型の本格的なドローンで撮影したところ、まず間違いなかろうということになった。その目的物を、はじめて肉眼で確認する。

霧が晴れて直射日光が差し、表面の陰影がくっきりと際立って見えた。

夏凪とおれは、ほとんど同時に「おーっ」と声を出した。

二億五〇〇〇万年前の三畳紀最初期で、つまり恐竜時代の前夜の海底に横たわった遺骸が今この場所に顔を出していることに、素直に心打たれる。

ちなみに年代については、最近やっと解決したばかりだ。ヘリコプリオンの印象化石の母岩の一部を砕いて弱い酸で溶かした時に出た残りかすを顕微鏡で見たところ、示準化石に使えるコノドントという魚類の「歯」を何種類か見つけた。県博での作業で、最初の一つを見つけたのはおれだ。

高鍋先生はすぐに専門家にそれらの画像を送り、時代を調べてもらった。そして数日後、「三畳紀の最初期！　P－T境界を生き延びたヘリコプリオンです！　これまでペルム紀後期の記録がなかったのでラザロ分類群ということになりますが、さらにP－T境界を生き延びていたというのが実に興味ぶかい！」と研究会のSNSに報告してきた。みんな興奮した。

たしかにそれはものすごいことだけれど、いざ本物の化石を目の前にすると、そんな理屈は頭から吹き飛んだ。それ自体、造形として美しく、そこにあるだけで目を奪われた。

ひとことで表現するなら、螺旋、だ。それも、三重にもぐるぐる巻いた螺旋状の歯列。生き物が生み出したとは信じられないけれど、と同時に、生き物以外がこれを創り出すことも想像できない。そんな奇跡の造形だった。

「すごいものを見つけました」と夏凪はヘッドセットのマイクに向かって語りかけた。これがそのまま「現場の第一声」として実況として使われているはずだ。おれの方はアクションカメラできちんと画像が送られるように頭の位置を正面に持ってくる。

「ドローンで見た時には大雑把にしか分からなかったのですが、かなりはっきりと露出しています。白地の石灰岩に茶色の化石です。視覚的にもかなりくっきりと分かって……なんというかものすごいです」

夏凪が落ち着いた口調で驚いているニュアンスを出そうとするのが、むしろおかしい。でも、まあ、弁も立つので適任だと言ってよい。だからこそ夏凪は最初の二人に選ばれた。一方で、これを最初に見るべきだったのは、おれたちじゃなくて花音だったのではないかと、おれはあらためて思った。でも、結果的に任せてもらったのだから、おれは自らのミッションをまっとうするまでだ。

おれはまずしっかり見る。アクションカメラの支障にならない範囲で顔を寄せて凝視する。二億五〇〇〇万年の時間旅行を果たし、今、おれたちの前に現れたヘリコプリオンの歯は、石灰岩の彫刻になっても鋭さを失っていない。

歯の一つ一つは矢じりのような形で、全体としては螺旋状の丸のこぎり。その異形は、決して進化の気まぐれだとか失敗作というわけではない。この構造を持った一族はペルム紀前期に繁栄し、その後、細々と生き延びて、さらにはペルム紀・三畳紀境界の史上最大の大量絶滅イベントすらなんとか切り抜けてみせた。

おれたちが昨年の五月に見つけた印象化石とほぼ同じサイズだと思われるが、これがぴたりとはまるかどうかは後のお楽しみだ。もしもこれが本体だと分かれば運命的な何かを感じるし、逆に別のものだということになれば、このあたりはヘリコプリオンの化石が多く期待できる場所ということになる。

〈作業は慎重にお願いするよ。化石にも、下にいる人にも危険だからね。とにかく安全第一。化石を壊してしまったら元も子もない〉

発掘チームの指導者である高鍋先生の声がヘッドセットから聞こえてきた。おれたちのことというより、貴重な標本が心配でならない、というのがよく分かる。

「了解です」と言ってから、マイクをオフにした。

高鍋先生によるヘリコプリオンの解説が始まるので、現場からの実況はおしまいだ。ここからおれたちは作業の準備をする。

「まあ、ぼくたちは心配されても仕方ないよね。化石の扱いなんて、県博で講習受けただけでここにいるんだから。ぼくは本当に素人だから、危険なところは瞬にお願いするよ。花音に言わせると、瞬は一番、化石の扱いがうまいんだって」

「みなさん、きっと化石が好きすぎて、気持ちが先走るんですよ。クリーニングする時なんかも、花音なんか早く化石を取り出したくて焦って失敗するんです。その点、おれはじっくりやりますんで」

おれが最初の二人に任命されたのは、つまりそういうことだ。花音には本当に悪いと思うのだが、結局、おれたちをここに導いたのは花音なんだし納得してくれよなと、心の中でしみじみとする。

「まあたしかに、花音がいなければ、ぼくたち二人が並んでここにいることもなかったね」と夏凪。

「まったくその通りっすね」とおれ。

まるで思考を読んだみたいな会話に、おれはまたも苦笑した。

「それにしても、本当にこの化石、すごいね。螺旋の歯を持った生き物がいたなんて、正直信じがたい。瞬と風雅は、これが宇宙生物みたいだって言うんだろ。思わず納得しそうになるね」

「それを言うなら、市原さんは渦巻銀河みたいだって言うし、仁科さんならスーパーセルだと言いますよ。地学部はみんなそういうやつです」

〈それでは、作業を開始します〉

高鍋先生が前説を終え、交代してマイクを持った神保さんの声がした。それが合図になって、おれたちは黙って作業に取りかかった。

〈今、上で行われていることの解説をします。まず二人のクライマー、夏凪渓と坂上瞬の担当は、石灰岩の壁に露出しているヘリコプリオンの螺旋状の歯の表面やまわりを軽くクリーニング、つまり掃除をした後で、補強まで行います。今は最初の掃除をしているところです〉

まずは表面についている風化した岩の粒子や埃をできるだけ取り除くために刷毛でブラッシングし、ひび割れがあるところは瞬間接着剤で接着する。端っこには歯が母岩の中に埋まっている部分があるので、そこは無理のない範囲で母岩を取り払って化石を露出させる。おれは地道に手を動かす。

完全に視界が開けたので、ドローンが複数機、飛び始めた。なかなか豪華な中継になっているはずだ。その操作や中継の作業は、秋桜会のメンバーが引き受けてくれている。

〈これは、わたしたちにとってのオリンピックなんです〉

ドキュメンタリー番組のナレーターみたいな抑揚で語るのは奥寺さんだ。以前、軽音サークルのライヴではボーカルを取るのを恥ずかしがった奥寺さんだけど、今回は「やりたい」と自分で言い出した。

〈わたしたちが目指していた国際地学オリンピックは中止になりました。アスリートたちのオリンピックも延期されました。だから、わたしたちは、本来、つながれたはずの人たちとつながるために、自分たちで発信することにしました。地学とアスリートが交わるところ、知と地のアスリートの競演です〉

なかなか堂に入っており、おれは自分が本当にドキュメンタリー番組の中に入り込んだみたいに感じた。実際、秋桜会は、事後に記録動画をまとめる予定だ。

「とはいえ――」と夏凪が手を動かしながら言った。

「やっぱりなぜこんなことをしているのか、ぼくには釈然としない。たしかに、このサメの歯が貴重な標本だというのは認めるよ。でも、やっぱりただのサメだろ」

「ただのサメというか、ギンザメっていうサメのご先祖さまとか親せきみたいなやつなんですけどね。なぜ貴重かって言われたら……それは、たまたま出会ってしまったから、ですかね。だって、これは地質学的な規模、宇宙規模の出会いですよね」

「たしかに、そうだけどね……まあ、いいか。今、ぼくがものすごく楽しいことは事実だ。スキルの使い方って、競技だけじゃないってことには心底納得してる」

「このヘリコプリオンの論文には、おれたちの名前も載ることになりますよ。科学論文って、人類にとっては普遍的な価値を持つものっすから、そこに貢献するのもいいっすよね」

「うん、ものすごく楽しいね！」

　直射日光をかなり浴びておれたちはもう汗だくだった。夏凪は腕で額を拭い、白い歯を見せて笑った。

「よし、そろそろじゃないかな」

「そろそろっすね。あまり攻めすぎて化石を壊してもまずいですから」

　おれたちはふたたび化石の表面をブラッシングしてきれいにすると、チョークバッグの中からプラスチックのボトルを取り出した。アセトンにビーズ状のアクリル樹脂を溶かした補強剤が入っている。それを、絵筆の先に染み込ませて、螺旋の歯の表面に染み込ませていく。透明な液体で、化石の組織まで浸透した上で固まってくれるので、化石の補強によく使われているものだ。

筆先を丁寧に這わせていくと、表面がつややかに輝き始める。それは単純に美しい。まんべんなく塗り終えてぬらぬらした化石は、ずっと前に死んだ生き物なのに今にも動き出しそうに感じられた。

補強材が乾くまでに一五分はかかるので、おれたちはいったん地上へと降りた。

「おつかれ!」と言い合って、花音とグータッチする。

すでに、ほかのクライマーたちも別のところで壁に取り付いており、そちらの実況が始まっていた。おれたちがいるところより少し古い、ペルム紀後期の石灰岩の壁だ。夏凪の友人で、日本の女子の頂点に君臨するクイーン、野々宮萌選手が参加してくれており、「わー、化石ありますよ。普通に登ってると気づかないけど、たくさんあるんですね!」とフズリナを見つけて歓声をあげていた。

野々宮選手たちのサポートチームとしては、仁科さんと市原さんがついている。最近、仁科さんが市原さんの尻を叩くような立場で行動をともにすることが多く、それはそれで見ていて微笑ましい。市原さんは迷惑そうなのだが、同世代との切磋琢磨をテーマにした仁科さんにはいろいろ思うところがあるのだろう。

おれたちはその間に水分補給し、休憩を取る。少し日陰に入り、今のところ夏凪とおれだけが肉眼で見たヘリコプリオンの見事な螺旋歯について話し合う。おれたちが語る言葉に接して、花音の目がみるみる輝きに満ちていく。

補強剤が乾いた頃合いを見計らって、再度、登攀の準備。今度は花音とおれがクライマーだ。おれはアリョくんに、花音は夏凪にビレイしてもらう。

化石の「発掘」としてはここからが本番だから、身が引き締まる。もっとも、本当に掘り出すわけではない。今回は、危険な高所作業での発掘は諦め、型取りだけすることになっている。岩の割れ目をうまく使って化石の入っているブロックごと切り出せるかというのは、今後の検討事項だ。

するすると登って地層に達したおれたちは、まずつやつやした化石に眼差しを送る。特に、花音が息を呑み涙ぐみそうになっているのを、おれは隣でひしひしと感じる。

でも、作業は手早く、高所に留まる時間は最小限に。それが鉄則だ。

おれたちは、あわてずに、しかし迅速に、行動する。

まずは型を取りたい範囲の境界を粘土で縁取りした上で、化石の表面に剝離剤として石鹼水を塗る。乾くまでに数分。さらに特殊メイクなどにも使う液体ラテックスを塗布し、これはすぐ乾くので、乾いた端から何度も何度も重ね塗りする。螺旋の歯は、すぐに白濁したラテックスの膜に覆われた。このまま剝がせば簡単に型になるのだが、その前に熱可塑性樹脂のシートを上から押し付けた上で、電池式のヒートガンで温めた。黒い樹脂のシートが歯の起伏に合わせた凹凸を形作り、これがラテックスの型を護るジャケットになってくれる。

そして、二人でまずはジャケットを剝がし、その後でラテックスの型が破れないように慎重に剝がし取った。地味とはいえ、とても重大な共同作業だ。壁面の化石を傷つけることなく無事に型を取り終え、思わず微笑み合った。

　地上に降りて、高鍋先生に見てもらってオーケイをもらい、おれたちはきょうの最大のミッションを終えた。この型からレプリカを作って、おそらくは新種の記載論文へと進むことになる。

　黒い樹脂のジャケットから、白いラテックスの型を取り出して太陽にかざした。

　二億五〇〇〇万年の長旅をお疲れ様！　とおれは心の中で、人類のはるかな先行者で最大の絶滅時代を生き延びたヘリコプリオン先輩に向かって語りかける。

　自然と奥寺さんと神保さんが近寄ってきた。二人とも目をまん丸に見開いたまま顔を寄せている。さらに同窓生たちがまわりを取り囲み、螺旋の歯列がラテックスを透過した光の陰影としてくっきりと浮かび上がるのを眩しげに見上げる。それは、ＳＦ映画に出てくる不思議な形の宇宙船のようでもある。

　ひとしきり鑑賞をした後で、今度は夏凪と風雅が登っていった。本当に発掘ができる日を期して、表面に保護剤を塗布するためだ。最初に使ったアクリル樹脂溶液のずっと濃いものを使う。これによって、しばらくは風雨から表面を守ってくれるはずだ。

〈わお、本物のヘリコプリオン！　系統樹の棘！〉と風雅がヘッドセットからの声で一人盛り上がっている。

　ぶら下がったまま小躍りするのを、夏凪が「おいおい」というように制止しているのをおれは眩しく見上げる。「風雅！　ふざけないで！　危険だよ」と花音が大声で注意すると、風雅はびくりとして、やっと作業に集中し始めた。

花音が両手を差し伸べて、いつものように空を摑む動作をする。

おれも空に手を差し伸べてみる。

夏凪と風雅がいる壁をはるかに超え、空に浮かぶ雲や散乱する青い光のさらに向こうへと指先が触れるようにと。

それが今はとうてい届かないものであると知りつつ、おれはぐいっと宇宙を抱えるくらいのつもりで両腕を大きく左右に広げた。

指先に絡まるぬくもりがあった。

はっとして見ると、空を摑む花音の指がおれの指と交差していた。

花音がこちらに目を向け、おれはその目に映る自分自身の姿をみとめた。

手を引っ込めようとしたけれど、果たせなかった。

花音が繊細なくせに力強い指先で、おれの手を取ったからだ。

絡まった指から、温かい鼓動が流れ込んでくる。

おれは、ずっと花音のこの指に触れたかったのだと今にして知る。

空さえ摑むのびやかな動きに目を奪われ、心を熱くしてきたのだから。

おれたちはまた空を仰ぎ見て、指先を絡めたままで大きく両手を広げる。そして、一緒に、星々を、宇宙を摑もうとする。

で奥御子帯産ヘリコプリオン属化石を新種だとする**記載論文**を執筆、国際誌に発表した。

年代

奥御子帯の石灰岩の大部分はペルム系で**フズリナ類**の化石を含んでいる。ところが、ヘリコプリオン属の化石の母岩にはフズリナ類が全く含まれていなかったことから、三畳紀のものである可能性が示唆された。そこで石灰岩を**酸処理**して**コノドント**の抽出を試みたところ、これに成功、年代決定に有効な種類の構成が確認されたことで、三畳紀最初期という年代が確定した。

堆積環境

化石が保存されていたのは三畳紀最初期の石灰岩で、**ウミユリ類**や**コケムシ類**の破片を含む部分もある細かい粒子からなる。これは**海洋島**の周囲に発達した巨大な**サンゴ礁**の中に形成された**礁湖**に堆積した岩石だと考えられ、外洋に生息していたヘリコプリオンやコノドントが何らかのイベントによりサンゴ礁の中の礁湖に流され、堆積したものだと推定される。

ロッククライミング

石灰岩の岩壁の上に残っていた化石の本体を調査、発掘するため、岩月と坂上は**ロッククライミング**を行った。その際、**2024年パリ五輪**の**スポーツクライミング**で**男子金メダル**を獲得した**夏凪渓**（万葉高校地学部出身）、**女子銅メダル**を獲得した**野々宮萌**らトップクライマーが協力した。万葉高校地学部同窓会（秋桜会）が制作し、動画共有プラットフォームで公開した発掘ドキュメンタリー作品のタイトルは『**火星のクライマー　知と地のアスリート**』である。また、論文著者の一人、坂上は2022年以降、**スピードクライミング**の**日本記録**を2度塗り替えた。

ウェブ百科事典 GeoWikipedia より転載（2024年11月閲覧）

市立万葉高校地学部が発見した新種のヘリコプリオンは、史上最大の大量絶滅が起きた P-T 境界を生き延びた異形のサメの仲間として世界的な話題となった。記載論文が発表された 2024 年、ウェブ百科事典 GeoWikipedia にも、独立した項目が設けられた。

ヘリコプリオン・オクミコエンシス

Helicoprion okumikoensis Iwatsuki, Sakagami et Takanabe, 2024

概要

エウゲネオドゥス目ヘリコプリオン科**ヘリコプリオン属**の新種として2024年に記載された**絶滅軟骨魚類**で、**日本産標本**を**ホロタイプ（完模式標本）**とする。従来の研究では、ヘリコプリオン属は**古生代ペルム紀**前〜中期に生息したとされてきた。それに対して、本種は**P-T境界**を生き延びた**中生代三畳紀**のヘリコプリオン属として、初めて報告された。ヘリコプリオン属には、ペルム紀後期の化石記録が知られていないため、本種は**ラザロ分類群**とみなすことができる。

最初に発見された本種の化石は、本属の特徴である**下顎正中歯列**の一部の**印象（外形雌型）**である。その後の調査で下顎正中歯列の本体や頭を形成する軟骨などの存在が確認され、発掘された。また、**3Dスキャン**と**紫外線撮影**により、軟体部の一部も保存されていることが判明した。

経緯

2019 年、**市立万葉高校地学部**が**千原津県**南部に分布する**奥御子帯**を巡検した際に、**岩月花音**（発見当時、高校１年）が奥御子帯の中にある**石灰岩ブロック**由来の転石から印象化石を見出した。この転石が採集されたのは、奥御子の**ボルダリング**の初段課題の一つ「**空を掴むつもりかい**」のそばである。2020 年、化石の本体が、**リードクライミング**のルート「**空よりも遠く、のびやかに**」の途中の崩落部分にて発見され、2021 年、この石灰岩の露頭（岩壁）から採集された。

万葉高校地学部OBで**県立博物館**研究員の**高鍋真司**博士の指導のもと、岩月の同級生で同じく地学部員である**坂上瞬**を含む3名によるヘリコプリオン属化石の**産出報告**が2022年に発表された。さらに岩月と坂上を中心に研究が進められ、両者が大学に進学した後の2024年、3名の連名

謝辞など

二〇二〇年一月に書き始めた本作品は、執筆の中断期間を経て、コロナの季節を生きた高校生たちの物語になりました。この物語を読む間、読み手のそれぞれの日々の中で、彼ら彼女らを傍らに置いてくださったとしたら、著者としてこの上ない喜びです。

執筆に際して多くの方々の協力を得ました。ここにお名前を挙げて謝意を表します。

髙桒祐司さん（群馬県立自然史博物館主幹学芸員）は、古代の軟骨魚類の発見と発掘にまつわる基本的なアイデア出しに協力いただき、草稿をチェックしてくださいました。また、末尾のWikipedia風記述の原案をいただきました。山田和洋さん（市立千葉高等学校地学科）は、今どきの地学部について、大高英樹さん、野中麻衣子さんの両氏は、クライミングにまつわる様々なことについて、執筆前にディスカッションに応じていただいた上で、草稿を読んでいただき、助言をいただきました。

宮下哲人さん（カナダ自然博物館）は古生物の発掘について、福山京子さん（フクヤマクライミングクラブ）と大高伽弥さんはクライミングのトレーニングやカルチャーについて、それぞれ有益な助言をくださいました。本間慎也さん（千葉県立千葉高校）は、取材のアレンジの労を執ってくださいました。塚原知樹さん（川崎幸病院腎臓内科医長）からは、慢性腎臓病（ＣＫＤ）にかかわることについてご助言をいただきました。

　取材当時、東京都山岳連盟の強化指定選手だった上村悠樹さん、柿﨑未羽さん、菊地咲希さん、篠沢諒さん、美谷島ももかさんからは、クライミングの魅力と選手としての体験を、瑞々しい言葉で語ってくださいました。クライミングジム GIRI GIRI（東京都西東京市）の小尾健一さんは、作品内に登場するような分割スピードクライミング壁の体験をさせてくださいました。川端唯人さんは、日本とニュージーランドでクライミングの世界にいざなってくれました。

　皆様に心から感謝申し上げます。

　なお、著者自身、高校時代は地学部に所属しました。当時かかわりをもってくれた仲間たちに感謝します。今更ながら、地学は理科の「全部入り」、つまり理科の王だとつくづく感じています。

二〇二一年四月　いまだコロナの渦中で

川端裕人

解説

吉田伸子

なんて伸びやかな物語なんだろう！　爽やかで瑞々（みずみず）しく、しなやかで優しい。昨年（二〇二〇年）突然に始まった新型コロナウイルスという未知の脅威にさらされている（しかも、どうやら私たちの願いとは裏腹に、このウイルスとの戦いは長期戦となりそうでもある）今、本書のような青春小説こそ、広く読まれて欲しい、と思う。

物語は、二〇一九年の春、主人公の坂上瞬が市立万葉高等学校に入学したその日から始まる。丘の上という立地と、正門から中庭に続く桜並木で、毎年盛り上がるはずの入学式――例年はその景観の画像がネット上で拡散されるほど――は、早咲きのせいで葉桜になってしまったことに加え、寒の戻りのような気温も相まって、春というには寒々しい様相を呈していた。けれど、瞬は思う。「どのみち、高校生活が弾けるような楽しいものになるとは思っておらず、『日々、平熱（ノーマルヒート）』をモットーにして生きると決めていた。だからこんな気だるい始まりは、悪くないはず」と。

そんな、心身ともに〝省エネモード〟だった瞬の心が波立ったのは、ホームルーム後、中庭で行われる各部活の新人勧誘の時だった。他の新入生より、頭ひとつ分は高い瞬には、バスケ部、バレー部、野球部と、運動部から引きがかかる。なかでも、中学時代一年間だけ野球部だったこともあり、当時の先輩からの勧誘は熱を帯びていた。逃げるようにして件の先輩から逃れ、文化部エリアに足を向けた瞬だが、「目指せ、オリンピック！」の文字に、ふと足を止めてしまう。すかさず手渡された地学部のチラシには、「アスリート」やら「ガチンコバトル」やら、地学部だというのに何やら暑苦しい文字が。あっさりとその場を去ろうとした瞬だったが、隣で熱心に話を聞いている女子の横顔が目に入った時、何故か「トクン」と胸が弾んでしまう。

　実は瞬とその女子、花音は中一の時に同じクラスだったのだが、そして、高校でも同じクラス（！）だというのに、その時まで、瞬の目に花音は映っていなかったのだ。しかも、瞬は、花音の苗字さえ覚えていなかったのだ（まぁ、男子なんてそんなもんですよね、とは男子の母である私の実感です）。

　それでも、地学部の放つ熱量は、平熱モードを旨とする自分にはちょっと、とスルーしかけた瞬に、地学部の上級生が声をかける。花音を追いかけて、彼女が忘れて行った入部届の紙を渡して欲しい、と。いきがかり上、花音の後を追った瞬だったが、花音は不意に消えてしまう。その直前、花音が空に手を差し伸べた姿を目にした瞬は思う。「天使、かよ」と。これが、瞬が恋に落ちた瞬間だった。

　ここから、花音の後を追いかけるようにして地学部に入部した瞬と花音の恋バナをメインにした流れになると思いきや、そうならないのが本書のなによりの美点。この後で描かれるのは、地学部の活動とクライミング（！）の話なのである。もちろん、瞬が花音に寄せるきゅんきゅんした想い、も書かれてはいるけれど、それがメインでは、ない。そう、本書はなんと、青春恋愛小説ではなく、青春地学部小説、青春クライミング小説、なのである。

地学部、と聞いて、みなさんはどんなイメージを思い浮かべますか？　はるか昔、私が通った高校にも地学部はあったのだけど、私のイメージは、白衣（物理学部も科学部も生物学部も、我が高校では理科系の部活は白衣を着ていた）と石（文化祭の展示で、色んな石が展示されていた印象が強い）だ。石なんて一ミリも興味がなかった私にとって、地学部＝ザ・地味な部、だった。おそらく、それは地学に興味がない高校生にとっての共通のイメージなのではないか。

でも、ですね。本書を読むと、その、地学部＝ザ・地味、という概念が書き換えられるんです。え？　何？　地学って、こんなに面白そうなジャンルなの？　石だけじゃないじゃん、天文も気象もあるじゃん！　と。「地学というのは、理科『全部入り』の総合格闘技で、十種競技」というのは、本書に出てくる言葉なんですが、そもそも地学って、「地球科学」だって知っていましたか。自分の無知を晒すようで恥ずかしいのですが、私は「地質学」だと思っていました。市立万葉高校地学部部長である奥寺さんいわく、「地学は地球科学の略だけど、『地球』と聞いてイメージするものをはるかに超えていると思う。地球は生命の星だから、物理や化学が必要なだけでなく、生物の知識や道具も総動員しなければならないし。それって、理科の王でしょう！」。理科の王！

こんなふうに、自分のもっていた固定観念を覆してもらえる物語というだけでも、私には面白かったのだけど、何よりもいいのは、各部員たちが本当に楽しそうに自分の愛する地学の分野を語るところ。それぞれが各分野でのある意味オタクではあるのだけれど、彼ら、彼女らのなんと生き生きとしていることか。好きなものがある、熱中できるものがある、というのはそれだけで素晴らしいことだし、尊い。

さて、では、クライミングはどこに登場するのかといえば、花音なんですね。そう、花音は地学女子であると同時に、クライミング女子、でもあったのだ。しかも、中学時代の花音は、世界中の同世代のクライマーが注目するほどのレベルの選手だったのである。今はもう競技クライミングをやめてしまったけれど、それでも花音の中には、クライマーとしての血が脈打っているのだ。こうなると、瞬だって追いかけますよね、当然。花音を追って地学部に入部したくらいなのだから。ただ、瞬には激しい運動ができない理由があって……。

ここから先の展開は、実際に本書を読んでください。花音の幼馴染（おさななじみ）で、学年が二つ上の先輩であり、オリンピック代表を目指している競技クライマーの夏凪のために、地学部にクライミング班を作ってしまう、という地学部ゆえの懐の深さは最高！　スポーツ競技を諦めていた瞬が、クライミングに魅せられていくくだりもぐっとくる。

なにより、地学とクライミングが、実は親和性のあるものだということが本書を通じてわかるのがいい。あと、クライミングの「課題」としてつけられている名称、これがまたいいんです。本書に出てくるのは「空を摑むつもりかい」というものなのですが、試しにネットで調べてみたところ、クライミングの岩は、初登攀者（クライミングの課題を生み出した人）が命名できるらしく、色々な名前がつけられていました。「大いなる河の流れ」なんて、かっこよくないですか？　「百鬼夜行」なんていうのもあります。

本書は序章の後、二〇一九年の春から始まって、終章の二〇二〇年の夏で終わる。それはビフォー新型コロナから始まって、アフター新型コロナで終わる、と言い換えてもいい。この原稿を書いているのは二〇二一年の春だが、私たちの世界は、今まさに新型コロナと闘っている最中でもある（ワクチン接種によって、ようやく終わりが見えてきた感があるものの、続々と現れる変異株のせいで、予断を許さない状況は続いている）。

そんななか、オリンピック中止というアスリートたちにとっての辛い試練を乗り越えて、夏凪が世界各国のクライマーの輪を繋いで行った自主セレモニー――それぞれの国や地域で、スポーツクライミングの原点である「登る」という行為に立ち返り、地球上の様々な象徴的な場所を、トップクライマーたちが競技を離れて登る――が、本書の終章で描かれているのだが、この終章は読んでいて胸が熱くなる。そして、このセレモニーでの、瞬たち関東のクライマーたちのイベントテーマを提案したのが、他ならぬ万葉高校地学部、というのもまた、心に迫ってくる。

私たち大人でさえ、コロナ禍の下、閉塞感を抱えて日々を送っている。そんな時、未来ある彼らが、自分のできるベストを選ぶ、ということのなんと輝かしいことか。

イベントでナレーターを務めた奥寺さんの言う「わたしたちが目指していた国際地学オリンピックは中止になりました。アスリートたちのオリンピックも延期されました。だから、わたしたちは、本来、つながれたはずの人たちとつながるために、自分たちで発信することにしました。地学とアスリートが交わるところ、知と地のアスリートの競演です」

地のアスリート、という言葉が、力強い希望の灯りとなって、読後、胸を照らし続ける。

（よしだ・のぶこ　書評家）

本書は、集英社文庫のために書き下ろされた作品です。

本文デザイン　高柳雅人

川端裕人の本

銀河のワールドカップ

元Jリーガー花島は、驚くべきサッカーセンスを持った小学生たちと出会った。花島はコーチを引き受け、全国制覇を目指す。困難の果てに彼らが出会ったのは!? NHKアニメ原作。

集英社文庫

川端裕人の本

今ここにいるぼくらは

昭和後半、どこにでもあった里山の自然の中で遊び、学び、成長していく少年少女。名もない小さな川を中心に起こる小さな事件の数々。あの懐かしい日常を丹念に描いた傑作青春小説。

川端裕人の本

雲の王

気象台に勤める美晴は、息子の楓大と二人暮し。突然届いた手紙をきっかけに、自分たちが天気を「よむ」能力を持つ一族の末裔であることを知り……。かつてない〝気象エンタメ〟小説！

集英社文庫

川端裕人の本

天空の約束

身の回りの空間の気候〈微気候〉の研究者・八雲助壱。元教え子と共に「雲の倶楽部」なる会員制のバーを訪れ、不思議な小瓶を預かることに――。天気を予知する空の一族の壮大な物語。

集英社文庫

川端裕人の本

エピデミック

死に至る肺炎を引き起こす謎の感染症が東京近郊で発生！　パンデミックを防ぐために疫学者たちは奮闘するが……。緊迫の10日間を描く衝撃の物語。まさに予言の書！

集英社文庫

集英社文庫

空(そら)よりも遠(とお)く、のびやかに

2021年5月25日　第1刷　　定価はカバーに表示してあります。

著　者　川端裕人(かわばたひろと)
発行者　徳永　真
発行所　株式会社 集英社
東京都千代田区一ツ橋2-5-10　〒101-8050
電話　【編集部】03-3230-6095
【読者係】03-3230-6080
【販売部】03-3230-6393(書店専用)
印　刷　大日本印刷株式会社
製　本　大日本印刷株式会社

フォーマットデザイン　アリヤマデザインストア　　マークデザイン　居山浩二

ISBN978-4-08-744254-0 C0193